Paul Quincy
Weiße Böen
Reihe: William Turner, Band 5
Kuebler Verlag

Das Buch

1778: Nachdem der Plan der Briten gescheitert ist, im Norden die Neuenglandstaaten von den Südstaaten zu trennen, versuchen sie nun mit Hilfe der Loyalisten die rebellischen Kolonien vom Süden her aufzurollen. Turner wird zum Commander befördert und mit zwei Schiffen nach Savannah geschickt, um den günstigsten Landeplatz für die Truppen auszuspionieren. Zufällig stößt Turner auf die Piraten-Capitana Janine, die sich den Briten ausliefert, um ihre Spießgesellen zu retten. Um ein neues Leben beginnen zu können, sorgt Jane dafür, dass Turner ihr altes Schiff stellt und die Besatzung weitgehend massakriert wird. Sie weiß, es darf keine lebenden Zeugen geben, sonst könnte ein Geist aus der Vergangenheit später wieder auftauchen und ihre Zukunft zerstören.

Der Autor

Paul Quincy war Seemann und weltweit als Wachoffizier und in leitender Position auf Schiffen der Großen Fahrt unterwegs. Neben seiner Tätigkeit als Autor hat er als Übersetzer etwa 60 Romane und Fachbücher – zum größten Teil historische maritime Romane aus den Napoleonische Kriegen – vom Englischen ins Deutsche übertragen. Paul Quincy verknüpft in der Reihe um William Turner Spannung mit historischen Fakten, profunden seemännischen Kenntnissen und viel Wissen über die Lebensumstände der damaligen Zeit.

Paul Quincy

Weiße Böen

William „Wild Bull“ Turner und die Schlacht von Savannah

Band 5 der Reihe „William Turner“

KUEBLER VERLAG

Mehr Informationen zu diesem Buch, zum Autor und zu anderen maritimen Romanen erhalten Sie hier:
www.kueblerverlag.de

Impressum
Neu durchgesehene Ausgabe im Kuebler Verlag.

Dieser Titel ist 2010 erstmals unter dem Titel „Weiße Böen – Zerfetztes Rigg“ im Ullstein Verlag erschienen.

ISBN 978-3-86346-070-9

Vorwort

Der Krieg in den aufrührerischen Kolonien Nordamerikas geht unverändert verbissen weiter. Seit dem Eintritt Frankreichs auf Seiten der Kolonisten und der Übernahme des militärischen Drills der Kontinentalarmee durch Baron von Steuben sind für die Streitkräfte Großbritanniens die Chancen einer siegreichen Niederschlagung der nach Unabhängigkeit strebenden Kolonien stark gesunken. Dies galt insbesondere, seit starke Truppenkontingente vom Kontinent abgezogen werden mussten, um die karibischen Besitzungen zu schützen. Da weicht das britische Oberkommando auf eine neue Strategie aus. Hatte man bisher versucht, die besonders aufmüpfigen Neuenglandstaaten entlang einer Linie vom Hudson und Lake Chamberlain bis nach Kanada von den Südstaaten zu trennen, so will man jetzt den Krieg in den Süden tragen, wo man unter weiten Teilen der Bevölkerung eine geringere Begeisterung für die Unabhängigkeitsbestrebungen vermutet. Dabei setzt man insbesondere auf einen massenhaften Aufstand der zahlreichen Königstreuen und Negersklaven. Sobald man die Südstaaten befriedet hat, glaubt man sich dann mit allen Kräften erfolgreich den hartgesottenen Rebellen in den Nordstaaten entgegenstellen zu können.

Leutnant William Turner, der Kommandant des Schoners *Shark* und ohne eigenes Zutun Agent im Geheimdienst Seiner Majestät Regierung, wird von seinem Agentenführer Mister Smith wieder auf den Verräter Lord Dunbar angesetzt, der mit abtrünnigen, nur auf ihren Profit bedachten Kreisen der Londoner City ein selbstständiges Fürstentum aller karibischen Inseln gründen will, das unter der Schirmherrschaft der französischen Krone stehen soll. Turner soll Dunbar eliminieren, und nichts würde „Wild Bill" Turner lieber tun als das, denn der verräterische Lord trägt seiner Meinung nach die Mitschuld am Tod seiner geliebten Elizabeth, die kurz vor der Eheschließung von Dunbars Komplizen Hernandez verschleppt wurde und auf dessen Plantage auf Martinique bei der Geburt von Turners Sohn verstarb. Außerdem vermutet Turner, dass sein Sohn sich in der Gewalt von Dunbar befindet. In seiner Trauer und Wut will der junge Seeoffizier das Blut seines Widersachers fließen sehen, aber an Dunbar heranzukommen wird nicht einfach sein, denn laut Geheimdienstberichten hat er in den Carolinas ein sicheres Refugium gefunden. Aber wie wir „Wild Bill" Turner und seine auf ihn eingeschworene Crew kennen, wird er einen Weg finden, den abtrünnigen Schurken in seinem Rattenloch auszuräuchern!

Kapitel 1

English Harbour, September 1778

„Bevor ich diesen rotzfrechen Lümmel von einem dahergelaufenen Leutnant zum Master und Commander befördere, werde ich eher selbst auf meinem Flaggschiff als Putzer des Abtritts auf der Galion anmustern! Dieser, dieser ...!“, schnaubte Konteradmiral Sir Samuel Blake wütend. Mit hochrotem Kopf packte er seinen Pokal aus schwerem, geschliffenem Kristall und schüttete sich den dunklen, duftenden Portwein ohne auf den Geschmack zu achten schwungvoll hinter die Binde. Hart knallte er das Glas auf den kleinen Salontisch und starrte mit hervortretenden wasserblauen Fischaugen sein Gegenüber an. Man konnte seinen Blick, selbst wenn man viel Wohlwollen aufbrachte, nicht anders als zutiefst angewidert bezeichnen. Lord Worthington, der sehr ehrenwerte Earl of Souchester und Gouverneur von Antigua, war fast unmerklich zusammengezuckt, als der Admiral das Glas hart auf den Tisch knallte, und mit einem misstrauischen Blick hatte er kontrolliert, ob der grazile Stiel diesen Anschlag überstanden hatte. Im Arbeitszimmer des Gouverneurs herrschte ein wohltuendes Dämmerlicht, denn die Sonnenblenden waren heruntergeklappt und durch ihre Lamellen wehte eine schwache Brise. Im Zimmer war es zwar keineswegs kühl, aber doch recht erträglich. Jetzt musterte der hohe Beamte, der auch bei dieser tropischen Hitze nicht auf seine voluminöse Perücke verzichten mochte, den cholerischen Seeoffizier in der dicken blauen Galauniform unter halb geschlossenen Augenlidern hervor und lehnte sich in seinem bequemen Ohrensessel zurück. Er zog ein Spitzentaschentuch aus seiner

Manschette und tupfte sich ein paar kleine Schweißperlen von der Stirn. Ein kräftiger Duft nach Sandelholz und anderen teuren exotischen Aromen verbreitete sich in der Luft. Wer ihn nicht kannte, mochte glauben, dass er lethargisch vor sich hin döste und von seiner Umgebung kaum etwas mitbekam. Aber seinen scharf beobachtenden Augen entging nichts. Während er das ihm wohlbekannte hochrote Gesicht, die aufgeworfenen Schmolllippen, die kleine, platte Nase mit den vielen geplatzten Äderchen, die Schweißbäche, die unter der Perücke hervorströmten und die wässerigen blauen Augen unter den buschigen weißen Augenbrauen, leidenschaftslos betrachtete, stellte er sich den Admiral mit Pütz und Schwabber vor, wie er – in einen zu engen Drillich aus der Slopkiste des Zahlmeisters gezwängt und über die Aussparungen in den Sitzplanken der Latrine gebeugt – die Spuren beseitigte, die die vielen Hundert Benutzer des Abtritts eines Linienschiffs hinterlassen hatten. Diese Vorstellung entlockte ihm ein sparsames Lächeln. Aber schnell wurde er wieder ernst und machte dem Lakaien im Hintergrund ein Zeichen, der daraufhin das Glas von Admiral Blake wieder füllte, der mit tief zwischen dem steifen Uniformkragen eingezogenem Hals finster vor sich hin dräute.

„Mein lieber Admiral, ich verstehe Ihre persönliche Abneigung gegen den Leutnant vollständig, schließlich hat dieser junge Mann Sie einige Male wirklich schlecht aussehen lassen“, begann der Gouverneur sanft. „Mit seiner Nussschale hat er den Piraten und Freibeutern schwere Schläge zugefügt und hat zeitweise mehr Prisen eingebracht als Ihre gesamte Flottille.“ Blake verzog schmerzhaft das Gesicht. Er sah aus, als hätte er mit einem faulen Zahn auf einen harten Kirschkern gebissen. „Das war auch deshalb besonders ärgerlich, weil Sie nicht Ihr Achtel vom Prisengeld abbekommen haben, denn Turner segelt unter der Flagge der Admiralität und nicht der Ihren und streicht daher die vollen drei Achtel des Wertes jedes eingebrachten Schiffes und seiner Ladung ein.

Der Kerl hat in den wenigen Jahren, die er sich hier herumtreibt, mehrere Tausend Pfund Sterling auf sein Konto gescheffelt! Wenn er wollte, könnte er halb Antigua aufkaufen, äh ... jedenfalls beinahe, aber auf alle Fälle könnte er uns politisch schwer unter Druck setzen." Der Lord unterdrückte ein Schmunzeln, weil er sich darüber nur wundern konnte, dass jemand seine Möglichkeiten zur direkten Einflussnahme nicht erkannte und ausnutzte, dann schlug er plötzlich einen schärferen Ton an und fuhr fort: „Und das ist genau der springende Punkt, Blake. Es geht hier nicht um persönliche Animositäten, sondern um die Ausführung von Befehlen von höchster Stelle. Wie mir von, äh, sagen wir mal, kompetenter Seite mitgeteilt wurde, erfordert es das Staatswohl, dass wir die *Shark* in geheimer Mission zusammen mit einem weiteren Schiff an die Küste von Nordamerika schicken müssen. Nun gibt es aber in Ihrem Flottenverband – wie man mir versicherte – keinen erfahrenen Kommandanten im Leutnantsrang, der weniger Dienstjahre als Leutnant Turner hätte, folglich muss dieser befördert werden – selbst wenn Sie den Abtritt scheuern müssten!", setzte er plötzlich mit unerwarteter Schärfe hinzu.

Sir Samuel Blake, Konteradmiral der blauen Flagge, stieß zischend den Atem aus, eine feine Speichelwolke flog über die Tischplatte, er kippte sich den Portwein wieder hastig hinter die penibel sitzende Halsbinde. Der im Hintergrund wartende Diener goss sofort wieder nach, ohne auf die Anweisung seines Herrn zu warten.

Lord Worthington wedelte mit seinem Taschentuch durch die Luft, stieß dann seinen Kopf nach vorne und fixierte Blake mit hartem Blick. „Wie mir mein, äääh, Verbindungsmann zu den höchsten Kreisen der Administration versicherte, ist die Operation sowohl navigatorisch als auch militärisch außerordentlich schwierig. Leutnant Turner hat schon mehrfach bewiesen, dass er derartige Unternehmen erfolgreich leiten kann! Wir können nicht zulassen, dass das andere Schiff von einem zwar willigen, aber auf Grund seiner mangelnden Erfahrung nicht geeigneten jungen Leutnant befehligt wird. Der Erfolg der gesamten Mission könnte dadurch in Frage gestellt sein.

Was ich Ihnen jetzt sage, unterliegt der höchsten Geheimhaltungsstufe, Herr Admiral. Wie Sie wissen, haben Admiral Peter Parker und General Henry Clinton im Juni 1776 schon einmal versucht, Charleston in South Carolina zu erobern. Obwohl das Fort an der Zufahrt erst teilweise fertiggestellt war, gelang seine Zerstörung nicht, und unsere Streitkräfte mussten mit eingezogenem Schwanz wieder abziehen. Das hat bei den zahlreichen königstreuen Familien in dieser Gegend keinen guten Eindruck gemacht. Wenn wir die dortigen zahlreichen Loyalisten dazu bringen wollen, aktiv auf unserer Seite einzugreifen, dann müssen wir ihnen beweisen, dass wir siegen können! Und nun kommt es: Generalleutnant Henry Clinton, der bekanntlich nach General Howes Ablösung der neue Oberkommandierende in Nordamerika ist, beabsichtigt, Georgia und die Carolinas zu besetzen und mit Hilfe der dortigen Torys wieder der Herrschaft des König zu unterstellen. Er wird als Erstes Savannah nehmen und dann Charleston belagern und erstürmen. Damit sich das Desaster von '76 nicht wiederholt, schicken wir als Aufklärer *Commander* Turner hinüber." Er trommelte mit den Fingern auf der Tischplatte. „Haben Sie das verstanden, Sir?"

Konteradmiral Blake nagte an seiner Lippe, und neue Speichelbläschen bildeten sich vor dem Mund. Er ähnelte einer beleidigten Bulldogge, und es fehlte nur noch, dass er aus den Mundwinkeln gesabbert hätte. „Ich habe es gehört!", murrte er schließlich schnaufend und verschränkte abwehrend die Arme vor der Brust.

„Das interessiert mich nicht, Sir, ich will wissen, ob Sie verstanden haben, was Ihre Pflicht ist!", fauchte Lord Worthington mit einer für ihn ungewohnten Schärfe. Er suchte etwas in dem Dokumentenstapel auf seinem Schreibtisch und fischte schließlich zwei Papierbögen hervor. Den einen nahm er in die linke, den anderen in die rechte Hand und wog sie abschätzend. „Ich habe hier Ihre Beurteilung bezüglich unserer Zusammenarbeit für meinen Minister, Herr Konteradmiral." Der Gouverneur blickte nachdenklich auf den eng beschriebenen Bogen in seiner rechten Hand. „In dieser hier lobe ich Ihr Pflichtbewusstsein, die strikte Disziplin, die Sie in Ihrer Flottille aufrecht gehalten haben, Ihren ausgeprägten Sinn für die Einhaltung der Dienstvorschriften, die hohe Einsatzbereitschaft Ihrer Flottille, die fruchtbare Kooperation …" Er machte eine Pause, ließ das Papier nachlässig auf die Schreibtischplatte fallen und wedelte fahrig mit dem zweiten Blatt vor den Augen des Admirals herum. „In diesem zweiten Entwurf ist von einer gewissen, zumindest temporär stark ausgeprägten Vorliebe zu geistigen Getränken die Rede." Blakes Hand, die gerade erneut auf dem Weg zu seinem Glas war, fror gleichsam in der Luft ein. Er holte erschrocken Luft. „Des Weiteren sehe ich mich gezwungen, zu erwähnen, dass mir aus kompetenten militärischen Kreisen Berichte zu Ohren gekommen sind, die Ihnen einen starken Drang zu einer, fast hätte ich gesagt, pathologisch lethargischen Zögerlichkeit nachsagen und darüber hinaus einen vollständigen Mangel an innovativen Ideen, woraus durchaus eine Gefährdung der Kolonie hätte resultieren können. Ich bin kein Fachmann in Marinefragen, aber die Leute, die mir das mitgeteilt haben, sind es!" Der Lord seufzte bedauernd. „Es tut mir leid, aber ich bin ziemlich sicher, dass der Außenminister nicht umhinkommen wird, meine Einschätzung den Lords der Admiralität zugänglich zu machen, glauben Sie nicht auch?" Lord Worthingtons Stimme klang emotionslos, aber Sir Samuel Blake hatte vollkommen verstanden. Wie hatte es dieser hochwohlgeborene Lümmel, James Dechamp, Erster Leutnant auf der *Shark*, doch erst kürzlich bei ihrem Zusammentreffen beleidigend, aber sehr treffend ausgedrückt? Die Äußeren Hebriden wären doch auch eine interessante Gegend für einen

Admiral, den man aufs Abstellgleis schicken wollte. Vielleicht war die Gegend dort etwas klimatisch benachteiligt und navigatorisch eine echte Herausforderung, aber besser als gar kein Kommando ... Verdammt! Schließlich befand sich Blake als Konteradmiral der blauen Flagge ja noch ganz unten auf der Leiter der Admirale, es lag durchaus im Bereich des Möglichen, dass man ihn in die „Wüste" oder mit Halbsold auf sein Gut schickte, wo er unter Knute seines Ehegespons versauern konnte. Er verzog beleidigt das Gesicht.

Pikiert schnarrte er: „In Anbetracht der Umstände werde ich meine sachlich und fachlich begründeten Einwände gegen die Beförderung von diesem Leutnant William Turner selbstverständlich zurückstellen und ihn zum diensttuenden Master und Commander befördern." Er hätte am liebsten ausgespuckt, spülte aber die aufsteigende Galle mit Portwein hinunter.

Der Gouverneur zerriss aufatmend das Blatt Papier in seinen Händen, auf dem sich nur ein paar hingekritzelte Schreibproben von einer neuen Gänsefeder befanden, was Blake aber nicht bemerkt hatte, und warf die Schnipsel schnell in einen Papierkorb. Dann schnalzte er mit der Zunge, genehmigte sich seinerseits einen Schluck von dem Wein und fuhr im Plauderton fort: „Dann ist das ja geklärt, mein lieber Freund. Ich wusste, dass Sie sich guten Argumenten nicht verschließen werden, Sir Samuel. Schließlich geht es um das Wohl des Empires. Manchmal stellt uns der Dienst für den König vor schwere persönliche Entscheidungen, aber wir müssen unsere Pflicht ohne Ansehen der Person und unserer Gefühle tun, nicht wahr, mein Bester?"

Blake grunzte etwas Unverständliches in sich hinein und hielt dem Diener, der noch hochnäsiger blickte als sein Herr, das leere Glas hin. Mürrisch erkundigte er sich: „Übrigens war doch vorhin von einem zweiten Schiff die Rede. Handelt es sich dabei um ein Schiff meines Geschwaders? Es wäre doch nett, wenn man mir mitteilen würde, um welches Schiff es sich handelt, bevor es mir mein Kabinenjunge ins Ohr flüstert. Und welcher meiner Offiziere wird die zweifelhafte Ehre haben, unter diesem neureichen Laffen Turner zu dienen? Ich scheine auf dieser Station anscheinend stets derjenige zu sein, der alles als Letzter erfährt!"

Das meinte ich damit, als ich erwähnte, dass du ein langweiliger Trottel ohne Eigeninitiative bist, dachte der Gouverneur bei sich. Laut erklärte er: „Ich verstehe von diesen Marineinterna nichts, mein lieber Sir Samuel. Aber Sie werden in Kürze Ihre Anweisungen mit den entsprechenden Siegeln bekommen, damit in Ihren Akten alles seine Richtigkeit hat. Ganz bestimmt wird es nicht allzu viele altgediente überdurchschnittlich fähige Leutnants mit einem eigenen Kommando in Ihrem Geschwader geben, nicht wahr?"

„Das ist richtig. Mir kommen da eigentlich nur zwei oder drei Namen in den Sinn", meinte Sir Samuel Blake nachdenklich und legte die Stirn in Falten. „Wann soll denn die offizielle Beförderung Turners stattfinden, Sir? Ich hoffe, ich muss da keine große Sache draus machen?"

„Nein, nein, kochen Sie das ruhig auf kleiner Flamme. Die Übergabe der entsprechenden Urkunde unter vier Augen ist völlig ausreichend, mein Lieber. Aber jetzt lassen Sie uns über die Soiree bei den Mullings reden. Man kann wohl mit Fug und Recht behaupten, es war ein herausragendes gesellschaftliches Ereignis, stimmen Sie mir da zu?"

Admiral Blake nickte abwesend, anscheinend war er mit den Gedanken ganz woanders, unvermittelt erhob er sich leicht schwankend und brummte ganz offensichtlich noch immer tief beleidigt: „Wenn Sie gestatten, Sir, darf ich mich jetzt zurückziehen. Sie verstehen: wichtige dienstliche Geschäfte, Sir."

„Aber selbstverständlich, mein Bester! Ja, ja, immer diese aufreibenden Pflichten", spottete der Gouverneur, verzog dabei aber keine Miene. Ich wette, dass du deine Männer exerzieren lassen wirst, bis ihnen der Schweiß in Strömen über den Rücken läuft, sobald du an Bord bist, um deine Aggressionen abzubauen, überlegte er bei sich. Arme Schweine!

Als der Gouverneur eine Stunde später auf die Terrasse ging und aufmerksam durch sein unter einem Sonnenschirm aufgestelltes Teleskop, mit dem er den ein- und auslaufenden Schiffsverkehr nach Englisch Harbour neugierig zu beobachten pflegte, hinunter auf das verankerte Flaggschiff *L'Enfer du Mer** des Konteradmirals blickte, machte das anscheinend seinem Namen alle Ehre. Es war ein altes, ehemals französisches Linienschiff der dritten Klasse mit sechzig Kanonen. Auf dem Deck und in der Takelage herrschte hektische Betriebsamkeit. Die Seeleute waren dabei, die Royal- und Bramrahen an Deck zu geben, anschließend würden sie auch noch die Royal- und Bramstengen nach unten auf das Deck fieren. Der besondere Trick dieser ohnehin schweren, erschöpfenden Übung in der brütenden Mittagshitze lag darin, dass die Arbeiten an allen drei Masten absolut synchron ablaufen mussten. Das bedeutete, dass beispielsweise die drei Royalrahen parallel und zum exakt gleichen Zeitpunkt die Marsen passieren und alle drei gleichzeitig das Deck erreichen mussten. War das nicht der Fall, begann das Spiel von vorne. Blickte einer der schikanierten Seemänner aufsässig oder meckerte gar in Hörweite eines Vorgesetzten, dann war ihm die neunschwänzige Katze sicher. Ja, von formaler Seemannschaft und Erzwingung von Disziplin verstand Konteradmiral Sir Samuel Blake etwas. Hätten sich die schwarzen Flüche der Männer an den Fallen und Brassen in der Kuhl und oben in der Takelage in dunklen Wolken manifestiert, wäre von der *L'Enfer* auf dem verführerisch grün schimmernden stillen Wasser der malerischen Bucht von English Harbour nichts zu sehen gewesen.

„Arme Schweine!", flüsterte der Gouverneur wieder, wedelte sich mit seinem parfümierten Taschentuch Luft zu und verzog abschätzig das Gesicht. Natürlich hatte der Lord kein

---

* Hölle des Meeres

wirkliches Mitleid mit den geschundenen Seeleuten oder entwickelte gar Sympathie für sie, dafür war er viel zu sehr ein Angehöriger seiner Klasse, aber was der Admiral da unten aus Frust veranstaltete schien ihm einfach nicht fair zu sein. „Arme Schweine!“, wiederholte er leise. „Dieser Blake hat wirklich keine Klasse! Das ist ja, als würde ich meine Hunde verprügeln, weil der Himmel meine Zuckerrohrfelder verdorren lässt.“

*

Die hohe schwarze Bordwand des Piratenschiffes ragte in wenigen Fuß Abstand neben ihm auf. William Turner erschauderte. Gleich mussten die schweren Geschütze ihre todbringende Ladung mit langen, sengenden Feuerlanzen über das Deck der *Shark* ausspucken, auf dem sich seine Männer drängten und mit ihren Waffen wütend in der Luft herumfuchtelten. Sie brüllten die Wut über ihre hilflose Lage mit unverständlichen Flüchen laut heraus. Warum warfen sich diese stupiden Kerle nicht flach auf das Deck? Dann mochten sie zumindest eine kleine Chance haben, den dichten Hagelschauer aus gehackten Bleistücken zu überleben, zwar nicht unverletzt, aber immerhin würden einige es überstehen. Er sah, wie Leutnant Dechamp langsam, unendlich langsam seinen Degen zog, ihn hoch in die Luft stieß und dann auf das fremde Schiff deutete. William sah, wie er seinen Mund weit aufriss und hörte ihn brüllen, aber die Worte kamen bei ihm wie durch ein Wattepolster gedämpft an: „Klar zum Entern, meine tapferen Jungs! Mir nach! Pardon wird Piraten nicht gegeben, Kerls!“ Die Männer stürmten wie eine anrollende Brandungswelle auf die Bordwand zu und wollten über das im engen Spalt zwischen den Schiffen brodelnde Wasser springen. Da fuhren die gleißenden Blitze aus den Mündungen, und dichte braungraue Qualmwolken hüllten die Szene ein. Die Brandungswelle musste sich für ihn unsichtbar in den wabernden, stinkenden Ballen aus Pulverdampf gebrochen haben. Das Deck würde zweifellos mit zuckenden Leibern bedeckt sein, die nicht mehr viel Menschliches an sich haben würden. William kannte diese Bilder. Körper ohne Gliedmaßen, aufgerissene Leiber, aus denen die Eingeweide quollen. Torsi ohne Köpfe, aus deren Hälsen rote Springbrunnen sprudelten. Herumliegende Körperteile, nach denen die Verwundeten mit suchenden Händen tasteten. Gleich würde das ohrenbetäubende Schreien der grässlich Verstümmelten einsetzen. Turner widerstand nur mühsam dem Impuls, sich die Ohren zuzuhalten. Er riss den Säbel aus der Scheide, zog sich an den Wanten auf die Verschanzung und sprang hinüber auf die Püttingplattform des anderen Schiffes. Wie von Furien gehetzt, enterte er auf, flankte über die Reling und sprang auf das Deck. Er landete unweit einer der Achterdeckkanonen. Mit hocherhobenem Säbel stürzte er auf die Bedienungsmannschaft los. Ein halbnackter Schwarzer mit einem roten Kopftuch stieß über das Rohr hinweg mit dem Rammer nach ihm, als Turner einen kleinen Kerl mit dem Auskratzer in den Händen von hinten durchbohrte. Das Kerlchen ließ das Werkzeug fallen und stürzte nach vorne über. Turner wandte sich dem Geschützführer zu, der nach seinem Entermesser tastete, das in der Hitze des Gefechts nach hinten auf seinen Rücken verrutscht war. Er kam nicht mehr dazu, es zu ziehen, bevor ihn Turners Waffe tötete. Der schwere Rammer traf Turner am Kopf, und er taumelte zur Seite. Benommen sah er aus den Augenwinkeln, wie eine Pike in die Brust des Schwarzen eindrang, der daraufhin den Rammer fallen ließ, mit beiden Händen den Schaft der Pike umklammerte, schauerlich mit den herausquellenden Augen rollte und versuchte, sich die Spitze aus der Brust zu reißen. Er stürzte auf die Knie, ein Blutschwall ergoss sich aus seinem Mund, dann wurde die Waffe mit einem Ruck aus seinem Körper zurückgezogen, und er fiel vornüber auf das Deck. Andere Männer mit wutverzerrten Gesichtern drangen auf Turner ein, ihre Gesichter kamen ihm seltsam bekannt vor. Er hatte das Gefühl, diese Männer schon früher einmal gesehen zu haben: Ihre hasserfüllten Fratzen und vom Blutrausch entstellten Mienen schienen ihm seit langem vertraut. Mit dem Säbel um sich schlagend ging er langsam Schritt für Schritt durch die Menge, die sich vor ihm zu teilen schien. Bei einem Blick in die Kuhl sah er, wie sich Dechamp mit dem riesenhaften, langbärtigen Piratenkapitän duellierte. Dechamp war ein ausgezeichneter Kämpfer und würde gewiss mit dem Kerl fertig werden. Und in der Tat blutete der Korsar bereits aus mehreren Wunden. Entmutigt trat der einen Schritt zurück und ließ seine Waffe fallen. Dann nahm er seinen Hut ab, hielt ihn mit beiden Händen vor seine Brust und machte einen tiefen spöttischen Kratzfuß. Als er sich wieder aufrichtete, hielt er eine Pistole, die er in seinem Hut verborgen haben musste, in der rechten Hand; er richtete sie auf Dechamp und schoss ihn in die Brust. Der Erste sah ihn erstaunt an, dann verzog sich sein Gesicht angewidert – aber das war gar nicht Dechamp, das war Leutnant O'Bailey, Turners ehemaliger Stellvertreter auf der *Shark*, der bei der Erstürmung des Landsitzes des verbrecherischen Lords von dem Verräter Dunbar tödlich verwundet worden war, bevor ihn O'Bailey mit letzter Kraft durchbohrt hatte. Ohne zu wissen, wie das geschehen konnte, war Turner plötzlich waffenlos. Hatte er vor Entsetzen über diesen Spuk den Säbel fallen lassen oder war er ihm aus der Hand geschlagen worden, ohne dass er es bemerkt hatte? Er wollte sich mit einem Sprung zur Seite vor den auf ihn zustoßenden Waffen retten, glitt aber auf dem glitschigen Deck aus und stürzte. Über sich sah er einen blondlockigen Wikinger mit erhobener breitschneidiger Doppelaxt. Der Mann fletschte die Zähne; fast sah er aus, als ob er lächeln würde, aber dann wurden seine blauen Augen glasig, eine scharfe Klinge hatte ihn von hinten durchbohrt. Zischend atmete

Turner erleichtert auf; der Mann brach zusammen, hinter ihm kam Elizabeth zum Vorschein und hob salutierend den Säbel. Sie lächelte ihn an. „Elizabeth!", rief William und sprang auf die Füße, „Wie kommst du hierher?" Er wollte nach ihr greifen, aber sie schlug ihm nur leicht mit der flachen Klinge auf die Schulter, dann zerflossen ihre Konturen.

„Zur! Käptum, Zur! Reise, reise, nach alter Seemannsweise, sie haben einen Termin an Land bei Ihrem Agenten Mister Smith." Turners Aufwärter und Bootssteuerer Thomas Brown schüttelte ihn wieder vorsichtig an der Schulter.

Turner fuhr auf und blickte sich wild um. Dann wischte er sich den kalten Schweiß mit dem Ärmel von der Stirn und stieß pfeifend den Atem aus. Schließlich ließ er sich wieder nach hinten in die Kissen fallen. Er fühlte sich wie gerädert. „Danke, Tom. Habe ich noch Zeit, um eine Runde um das Schiff zu schwimmen?"

„Immer, Zur, kein Problem. Ich bereite inzwischen das Frühstück vor."

*

Leutnant William Turner saß unter dem Sonnensegel auf der Terrasse über dem Innenhof in der Green Lane 10 bei Mister Smith, seinem Agentenführer. Dort neben der massiven Eingangstür befand sich an der Hauswand ein kleines Schild, das verkündete, dass in diesem bescheidenen Haus die Firma *Hermes Enterprises Worldwide* residierte. Auffällig mochte höchstens sein, dass das Haus im Erdgeschoss keine Fenster hatte und die Fenster im Obergeschoss mit massiven hölzernen Läden verschlossen waren. Loftus, der riesenhafte schwarze Butler und Leibwächter von Smith, hatte dem Leutnant einen Krug mit kühler Zitronenlimonade serviert. William hatte sich schon vor einiger Zeit von den besonderen Qualitäten von Loftus überzeugen können, denn der hatte ihm mit einem meisterhaften Messerwurf das Leben gerettet, als ihm ein paar Mordbuben in einer Gasse ganz in der Nähe das Lebenslicht hatten auspusten wollen. Smith, der wie immer ganz in Weiß gekleidet war, wodurch sein rotes leuchtendes Gesicht mit der von der Sonne verbrannten Nase besonders auffiel, saß ihm mit übergeschlagenen Beinen lässig gegenüber und nippte an einem Glas Rheinwein. Der Resident des Geheimdienstes beobachtete sein Gegenüber scharf.

„Sie machen den Eindruck, als ob der Stuhl unter Ihrem Hintern in Flammen steht, Sir. Entspannen Sie sich, genießen Sie den Augenblick. Ihr nächster Einsatz wird kein Zuckerschlecken!"

William verzog spöttisch das Gesicht. Er konnte sich an keinen Einsatz im Dienst des Geheimdienstes erinnern, der ein Urlaubsspaziergang gewesen war, denn entweder waren die klimatischen Bedingungen ekelhaft, ja mörderisch gewesen, oder der Gegner hatte mit allen ihm zur Verfügung stehenden Mitteln versucht, sie zu massakrieren. „Lassen Sie es mich wissen, Sir, wenn Sie mal einen Job zu vergeben haben, bei dem Zuckerschlecken angesagt ist, damit ich als Ausgleich genug Zitronen mit auf die Reise mitnehme", meinte er ironisch.

Smith schaute ihn säuerlich an. Er liebte es nicht, wenn auch andere witzig waren, er sah das wie viele Vorgesetzte als seine Domäne an. „Nun, im Großen und Ganzen wissen Sie ja Bescheid, aber der Teufel steckt im Detail, Sir! Also hören Sie gut zu. Wir warten nur noch auf die neuesten Nachrichten von unseren Agenten aus Georgia und den Carolinas. Große Ereignisse werfen ihre Schatten voraus, Turner. Was ich Ihnen jetzt sage, unterliegt der höchsten Geheimhaltungsstufe, daher wird davon auch kein konkretes Wort in Ihren Befehlen auftauchen." Smith beobachtete, wie Turner die Ohren spitzte, und seine Augen fingen an zu funkeln. Aufmerksam beugte sich der junge Mann leicht nach vorne. Er erinnerte Smith an eine sprungbereite Raubkatze, die ihre Beute fixierte. „Aus New York habe ich gestern die Information bekommen, dass General Clinton in Kürze ein Expeditionskorps von 3.500 Soldaten unter dem Befehl von Oberstleutnant Archibald Campbell über See in den Süden schicken wird, das zusammen mit den aus Florida anrückenden Truppen von General Augustine Prevost Savannah in Georgia erobern soll." Smith machte eine bedeutungsvolle Pause. „Und Sie werden zusammen mit der *Platvis* unter falscher Flagge zuerst das Fahrwasser nach Savannah und nach der siegreichen Besetzung dieser Stadt die Ansteuerung von Charleston auskundschaften. Außerdem werden Sie die Stimmung unter den Torys ausbaldowern und sie gegen die Rebellenregierung aufwiegeln."

William Turner stieß heftig den Atem aus. Das war ein Himmelfahrtskommando, denn mit Spionen machten die Rebellen kurzen Prozess. Aber wenn er es recht bedachte, dann wollte er selbstverständlich nach Charleston, auch wenn er einen Umweg über Savannah machen musste. In Charleston oder doch im näheren Umkreis vermutete er seinen Sohn in den Fängen von Lord Dunbar. Ihm war jedes persönliche Risiko recht, das Kind zu befreien. Smith hatte ihn aufmerksam über den Rand seines Weinglases beobachtet und offensichtlich seine Gedanken gelesen. Mit schneidender Stimme fuhr er fort: „Wenn ich ehrlich sein soll, Herr Leutnant, dann muss ich gestehen, dass ich ernsthafte Bedenken hatte, Sie für diesen Einsatz vorzusehen, weil ich weiß, dass Sie noch stark unter dem Tod Ihrer, äh, Beinahe-Gemahlin Lady Elizabeth und dem Verlust Ihres Kindes leiden. So gut ich Ihre Trauer, Ihre düsteren Gefühle verstehe, so sicher bin ich mir aber auch, dass Sie in erster Linie versuchen werden, Ihren Widersacher Dunbar zur Strecke zu bringen. Das ist zwar durchaus *auch* in unserem Sinne, aber im konkreten Fall zweitrangig. Zudem könnte das persönliche Engagement Ihr normalerweise gesundes Urteilsvermögen trüben und zu einem Desaster führen. Daher war ich fast geneigt, Ihrem Stellvertreter, unserem vielversprechenden Leutnant Dechamp, das Kommando zu übertragen …" Er ließ die Drohung einsinken. „Also keinen persönlichen Rachefeldzug, Sir, der viele gute Männern das Leben kosten und den Erfolg eines ganzen Feldzugs gefährden kann! Haben wir uns da verstanden, Turner?" Die Miene von Smith ließ keinen Zweifel daran, dass er jedes Wort ernst gemeint hatte und William bei einer Missachtung seiner Anweisungen schneller vor einem Exekutionspeloton stehen würde, als er „Piep" sagen könnte.

„Aye, Sir! Voll und ganz, Sir!"

„Das freut mich zu hören, Mister Turner." Smith sah ein wenig zweifelnd drein, schließlich kannte er seine Pappenheimer, und aus einem wilden Bullen wurde nun mal über Nacht kein zahmer Ochse. „Ich habe als Trostpflaster aber auch eine gute Nachricht für Sie, *Commander* Turner!" Er schwieg und wartete Williams Reaktion ab. Der brauchte einen Moment, um den Sinn von Smiths Worten zu erkennen. Hatte der nicht eben „Commander" gesagt? Sein Gesicht war ein einziges Fragezeichen. Smith musste grinsen. „Sie haben ganz richtig gehört, mein lieber Turner. Wir müssen Sie befördern, damit wir auf die *Platvis*, die ich Ihnen übrigens zu einem fairen Preis für den Einsatz abkaufen und dann an die Navy verchartern werde, einen erfahrenen, zuverlässigen Leutnant als Kommandanten einsetzten können. Was das Schiff angeht, so habe ich schon Verbindung mit der Goldmanschen Schiffsmaklerei aufgenommen, die ja wohl Ihre Interessen wahrnimmt. Es war übrigens ein schweres Stück Arbeit, Konteradmiral Sir Samuel Blake von der Notwendigkeit Ihrer Beförderung zu überzeugen, hat mich der Gouverneur wissen lassen." Smith grinste wieder breit. „Irgendwie scheint der Admiral nicht zu Ihren Bewunderern zu gehören. Aber wie heißt es doch so richtig: Murren darf er, aber gehorchen muss er! Selbstverständlich ist die Beförderung erst vorläufig. Die Admiralität muss sie bestätigen. Wie Sie sich denken können, wird die endgültige Entscheidung nicht unerheblich von dem Ausgang des Unternehmens abhängen, aber wem sage ich das?“

Turner nickte stumm, da war es wieder: Zuckerbrot und Peitsche. Smith verstand seinen Job, seinen Untergebenen Feuer unter dem Hintern zu machen, gestand er sich widerwillig ein. In seiner tiefen Trauer um Elizabeth und seinem Selbstmitleid war er eigentlich der Meinung gewesen, dass er zu keinen anderen Emotionen mehr fähig wäre. Jetzt spürte er aber eine nagende Eifersucht: Leutnant Dechamp, den er zwar sehr schätzte, als Commander bei diesem Einsatz als Kommandant der *Shark* – das konnte nicht sein, die *Shark* war sein Schiff! Punktum! Also war er doch noch zu anderen und gleichzeitig so niederen Gefühlen wie Eifersucht und Neid fähig. Dechamp als Kommandant, pah, das war doch lächerlich! Er war sich zwar ziemlich sicher, dass auch Smith so dachte, also in diesem Punkt bluffte, aber ganz sicher konnte man bei dem alten Schlitzohr nie sein.

Smith fuhr heiter fort: „Haben Sie Vorschläge für die Besatzung der *Platvis*, Herr Kapitän? Der Kommandant wird Leutnant Tobias White sein, ein sehr erfahrener Mann, mit Wurzeln in den Südstaaten. Kennen Sie ihn?“

Turner überlegte, dunkel erinnerte er sich an einen untersetzten, kräftigen Mann mittleren Alters, dessen sonnenverbranntes, offenes Gesicht von zwei klaren blauen Augen dominiert wurde. Sie hatten auf einem offiziellen Empfang mal ein paar Worte gewechselt, aber dienstlich nie miteinander zu tun gehabt. „Wird Kapitän White sich nicht zurückgesetzt fühlen, wenn ich, der sehr viel Jüngere, befördert werde und dann sein Vorgesetzter bin?“

„Das wird er schlucken müssen, denn das ist ja genau der Zweck der Übung. White ist ganz zweifellos ein hervorragender Seemann von echtem Schrot und Korn, aber für den zweiten Teil des Auftrags, also die verzwickte Mantel-und-Degen-Routine, bringt er nicht annähernd die erforderlichen Voraussetzungen mit. Sie dagegen haben ja schon mehrfach bewiesen, dass Sie auf diesem Gebiet über eine Menge Talent verfügen – und das werden Sie auch brauchen." Smith schwieg, trank sein Glas aus, blickte dann hinaus in den Innenhof, auf dessen Sonnenseite die Luft vor Hitze flirrte. Er schnaubte verdrießlich und wischte sich mit einem großen blütenweißen Taschentuch den roten Stiernacken ab, fuhr dann mit dem Tuch über sein kurz geschnittenes weißes, borstiges Haar und schaute anschließend angewidert auf das nasse Tuch. Dann fixierte er Turner mit seinen eiskalten Fischaugen und stellte fast flüsternd, aber sehr pointiert fest: „Wir konnten die Neuenglandstaaten nicht von den anderen separieren, Stichpunkt: Saratoga. Wir konnten die mittleren Kolonien nicht halten, Stichpunkt: Philadelphia und Monmouth. Die ehemaligen Königlichen Gouverneure Dunmore aus Virginia, Campbell aus South Carolina und Josiah Martin aus North Carolina, die freilich jetzt in England sind, haben dem Amerikaminister Lord Germain versichert, dass die Torys in ihren ehemaligen Kolonien förmlich darauf brennen, die verfluchten Rebellen Mores zu lehren, wenn sie durch reguläre Truppen unterstützt werden. Für den Fall eines Scheiterns verlangen sie indes eine Garantie, dass wir sie beschützen und gegebenenfalls in sichere Gebiete bringen." Smith blickte etwas gequält auf seine weißen Schnallenschuhe. So ganz schien er dem Urteilsvermögen der Ex-Gouverneure nicht zu trauen. „Jedenfalls ist die Besetzung der südlichen Besitzungen mit ihren hoffentlich vielen königstreuen Bewohnern unsere letzte Chance, dem Krieg noch eine positive Wendung zu geben. Ich möchte nicht in Ihrer Haut stecken, wenn Sie den Einsatz in den Sand setzen, Sir, nein, wirklich nicht – weder für Geld noch für gute Worte!" Er blickte geistesabwesend in scheinbar unendliche Fernen und ballte die Faust, dann seufzte er und fuhr langsam und jedes Wort betonend fort: „Teilen Sie mir mit, was Sie an Männern und an Ausrüstung brauchen:

Sie werden alles bekommen, das garantiere ich Ihnen!“ Er schnaufte, hieb mit der Faust auf die Armlehne seines Sessels und fuhr dann heftig fort: „Mehr kann ich für Sie nicht tun, Commander, aber ich habe volles Vertrauen zu Ihnen, enttäuschen Sie mich nicht! Ich würde nach Ihrer Rückkehr gerne eine Flasche Champagner mit Ihnen leeren.“

Turner schluckte trocken. So emotional, so persönlich nahe hatte sich Smith ihm gegenüber noch nie gegeben. Unter den Stachelschweinborsten des Residenten schien doch wider Erwarten ein Herz zu schlagen, dem menschliche Gefühle nicht gänzlich fremd waren. „Top, Sir! Wenn ich heil zurückkomme und die britischen Truppen in Georgia Fuß gefasst haben, begießen wir das ausgiebig mit geschmuggeltem Schampus.“

„Na, auf diesem Gebiet kennen Sie sich ja bestens aus, Turner“, knurrte Smith schon wieder bärbeißig.

„Nun, mein Vater wird uns aus nahe liegenden Gründen leider nicht beliefern können, obwohl er Ihnen sicher einen fairen Preis für die Erzeugnisse der aufstrebenden Firma des Monsieur Philippe Clicquot machen würde, Sir. Aber jetzt zum Geschäft! Ich hätte auf der *Platvis* gerne zusätzlich den Segelmeister Sharps, den wir auf Martinique aus der Kriegsgefangenschaft befreit haben. Kapitän White mag so erfahren sein wie nur irgendjemand, Sharps wird ihm trotzdem den einen oder anderen wertvollen Tipp geben können. Als Ersten Offizier kann sich White an Bord holen, wen immer er mag, das gilt auch für die übrige Besatzung. Aber machen Sie ihm klar, dass die Männer nicht nur erstklassige Seeleute, sondern auch kampferprobt sein müssen wie die Gehilfen des Beelzebub persönlich, außerdem sollten sich zumindest ein paar von ihnen auch unauffällig an Land unter den Rebellen bewegen können. Wenn einige darunter wären, die Holländisch oder zumindest Deutsch sprechen können, wäre das für die Tarnung als neutraler Holländer äußerst vorteilhaft. Falls Sie Ihre Güte perfekt machen wollen, dann wäre es sehr hilfreich, wenn auch die *Platvis* einen Zug Seesoldaten an Bord nehmen würde." Er stockte kurz. „Die Marines sollten von einem Leutnant befehligt werden. Ich würde den jungen Benjamin Blower vorschlagen." Er übersah geflissentlich, dass ihn Smith überrascht und zweifelnd anschaute. Wahrscheinlich war ihm der Mann zu jung und bei Weitem zu unerfahren, aber Turner wollte keinen alten Kommisskopf von einem Linienschiff, der mehr vom Drill als vom Kampf verstand. Den Jungen würde er sich schon hinbiegen. Unverdrossen fuhr er fort: „Und sorgen Sie bitte dafür, dass sich die Segelmeister mit den neuesten Karten und Segelanweisungen unseres Zielgebiets versehen können. Und noch etwas, vielleicht das Wichtigste von allem: ich verfüge zwar noch über den größten Teil der Goldmünzen, die mir unser gemeinsamer Chef Hermes in England für subversive Aktivitäten übergeben hat, aber wenn ich eine große Anzahl zaudernde Loyalisten davon überzeugen soll, dass auf *unserer* Seite das Brot dick mit Butter bestrichen ist, könnte ein praller Beutel mit überzeugenden, glänzenden Argumenten nicht schaden!" Er machte eine bezeichnende Geste mit dem Daumen und dem Zeigefinger der rechten Hand, dann blickte er angestrengt zur Decke, aber im Augenblick fiel ihm keine weitere Forderung mehr ein. Er trank das Glas mit seiner warm gewordenen Limonade aus und erhob sich. „Ach, übrigens, wann wird mein hochverehrter Gönner und Förderer Admiral Blake die Zeit finden, mir meine Beförderungsurkunde mit seinen besten Wünschen zu überreichen?", erkundigte er sich mit einem spöttischen Unterton und verzog dabei leicht den Mund.

Smiths Miene blieb ausdruckslos: „Ich würde Ihnen vorschlagen, morgen zu vier Glasen auf der Vormittagswache bei ihm vorzusprechen. Erwarten Sie nicht, dass er Salut schießen wird – und, Mister Turner, reizen Sie den armen Kerl nicht noch zusätzlich. Ich möchte nicht, dass ihn in den letzten Wochen seines hiesigen Aufenthalts noch der Schlag hinweg rafft."

„Aye, aye, Sir, ich werde mein Bestes geben."

„Genau das befürchte ich, Sir, genau das ist es, was Sie ihm nicht antun sollten. Im Augenblick machen Sie zwar einen recht deprimierten Eindruck, aber wer weiß, vielleicht lassen Sie Ihre angestauten Frustrationen an einem Ihnen völlig unterlegenen Opfer wie dem tumben Blake aus? Wenn Sie mal zu den Fischen geschickt werden, Turner, wird Old Nick* Ihr schändliches Mundwerk extra totschlagen müssen. Also gehen Sie mit Gott, aber gehen Sie."

Turner salutierte und stieg bedächtig die steile Treppe ins Erdgeschoss hinab, wo ihn schon Loftus erwartete und mit einem breiten Grinsen die schweren Riegel an der Tür zurück zog. „Herzlichen Glückwunsch, Zur, Sie haben die Beförderung schon lange verdient, wenn Sie mich fragen. Ich hätte Sie gleich zum Vollkapitän gemacht."

„Danke, Loftus. Wenn du dich mal beruflich verändern willst, wende dich ruhig an mich, ich habe nicht vergessen, was du für mich getan hast."

„Es war mir ein Vergnügen, Zur, jederzeit zu Diensten." Der riesenhafte Neger in dem tadellos sitzenden schwarzen Rock eines hochherrschaftlichen Butlers verbeugte sich leicht; seine weißen Zähne blitzten im Dunkel des Flurs. „Leider kann ich Master Smith nicht sich selbst überlassen, er ist ohne mich so hilflos, was die Führung des Haushalts angeht, aber vielleicht heiratet er ja mal, Zur."

Loftus musste herzlich lachen, als er sich Smith als treusorgenden Haushaltsvorstand in Pantoffeln, geblümtem Hausmantel und Nachtmütze vorstellte. Selbst der immer noch melancholische Turner gönnte sich ein kleines Lächeln.

Der große Neger blickte dem jungen Seeoffizier hinterher, der durch die schattige Gasse zum Hafen hinunter schritt. Ein paar Arbeiter kamen ihm entgegen, eine Karre näherte sich ratternd, und aus einem schräg gegenüberliegenden Lagerhaus ertönten laute Stimmen. Loftus seufzte und schüttel-

* Teufel

te besorgt den Kopf, als er an Turners Auftrag dachte, dann verschloss er wieder sorgfältig die massive Tür. Er stieg erstaunlich leise und leichtfüßig die steile Treppe zum ersten Stock empor. Während er den Krug mit der restlichen warm gewordenen Limonade und das leere Glas auf ein Tablett stellte, räusperte er sich, worauf ihn Smith fragend anblickte.

„Wenn ich mir eine Frage erlauben darf, Sir?" Smith machte eine auffordernde Handbewegung. „Hatten Sie wirklich ernsthaft in Erwägung gezogen, dem jungen Dechamp das Kommando zu übertragen?"

„Loftus, Loftus, du weißt doch am besten, dass ich alle möglichen Macken habe, aber niemand wird von mir behaupten wollen, dass ich schwachsinnig bin! Natürlich habe ich keine Sekunde diese Möglichkeit ernsthaft erwogen. Unser lieber ‚Wild Bill' ist zwar zurzeit recht trübsinnig gestimmt, aber trotzdem ist Turner der beste Mann für diese komplizierte Mission. Falls ich ihn von diesem Einsatz abgezogen hätte, da bin ich mir ganz sicher, hätte unser Teufelsbraten mir die Plünnen hingeworfen, aus seiner eigenen Tasche noch drei oder vier Schiffe aufgekauft, sie nach Marineart ausgerüstet und sie mit einer Armee bis an die Zähne bewaffneter Freiwilliger bemannt. Damit hätte er in den Südstaaten, genauer gesagt da, wo er Dunbar und seinen kleinen Sohn vermutet, einen Privatkrieg angezettelt. Und weißt du was, Loftus?" Der Butler schüttelte den Kopf, worauf Smith leise kichernd fortfuhr: „Ich bin mir fast sicher, dass er auch noch Erfolg gehabt hätte. Vermutlich wäre Charleston in Turnertown umbenannt worden und Generalleutnant Campbell oder wer auch immer den Angriff auf Charleston leiten wird, hätte mit Seiner Exzellenz, dem Stadtkommandanten, dem sehr ehrenwerten William Turner, Ex-Leutnant der Royal Navy, in Verhandlungen treten müssen, falls er es bis dahin nicht sogar schon bis zum Gouverneur der Kolonie gebracht hätte. Schöne Aussichten, nicht wahr, Loftus? Wenn wir ihn unter Order dort hinschicken, bleibt uns immerhin die Hoffnung, dass er sich zumindest in groben Zügen an seine Anweisungen hält. Hi, hi, hi ...“, kicherte Smith in sich hinein.

Loftus überlegte und fand, dass ihm die erste Variante eigentlich wesentlich besser gefiel, denn in diesem Fall hätte er wirklich ernsthaft über den Wechsel seines Arbeitsplatzes nachgedacht.

*

Nachdem er die Green Lane verlassen hatte, setzte sich Turner am Kai schon fast traditionell an einen der Tische vor einem kleinen Gasthaus am Kai. Dort hatte er, wie es ihm schien, vor einer ganzen Ewigkeit Elizabeth kennengelernt, die in ihrer Kutsche von ein paar angetrunkenen Matrosen belästigt worden war. Er blickte über die Bucht. Das türkisgrüne Wasser lag fast reglos unter den sengenden Sonnenstrahlen, nur gelegentlich kräuselte eine leichte Kühlte die glänzende Oberfläche. Unten an den grünen Flanken der Hügel drängten sich die bunten Hütten der Einheimischen und darüber thronten die weißen Villen der reichen Handelsherrn und Reeder. Das Idyll weckte heute bei ihm keine fröhlichen Gefühle. Melancholisch bestellte er sich ein Glas leichten Rotwein, das er voller trüber Gedanken langsam austrank. Ehe er wieder in den zähen Sumpf des Selbstmitleids versank, sprang er energisch auf und ging die paar Schritte am Hafen entlang zu den Häusern und Büros des kleinen Firmenimperiums, das sich die Familie Goldman hier aufgebaut hatte: *Goldman Im- and Export, Goldman's Stevedores, Goldman Warehouse Company, Goldman & Co – Shipping Agents, Goldman Shipchandlers, Bank Goldman & Söhne*. Er betrat ein Haus, neben dessen Tür das blank polierte Messingschild verkündete, dass hier die *Goldman Real Estate, Consulting and Management Company* ihren Sitz hatte. In dem großen Raum standen gut zwei Dutzend Schreiber an Stehpulten und füllten eifrig Seite um Seite mit wohlgerundeten Buchstaben, die sich zu Worten ergänzten, zu langen Sätzen anwuchsen, aus denen inhaltsschwere Absätze wurden. Andere füllten lange Zahlenkolonnen in voluminöse Folianten. Ein älterer, graugesichtiger Mann mit einem Kneifer auf der Nase, einer altmodischen Perücke auf dem Kopf und schwarzen Ärmelschonern blickte auf, erkannte den seltenen Besucher ganz offensichtlich nicht. Er legte gemächlich den Federkiel aus der Hand, rutschte langsam von seinem erhöhten Podest herunter, von wo aus er die anderen Schreiber kontrollieren konnte, und kam ohne Eile auf ihn zu getrippelt. „Was kann ich für Sie tun, Sir?“

„Zuerst einmal einen guten Tag, Sie ungehobelter Tropf! Ich möchte Mister Abi Goldman sprechen, Mister Namenlos, und zwar sofort.“

Der kleine Mann schien unbeeindruckt. Er legte die Handflächen so vor der Brust zusammen, dass die Fingerspitzen auf Turners Brust deuteten. Dabei musterte er Williams Leutnantsuniform von oben herab, jedenfalls erweckte er diesen Eindruck, was bei seiner geringen Körpergröße durchaus eine Leistung war. „Guten Tag, meine Name ist Scrooge, Ezechiel Scrooge, aber Mister Goldman ist ein sehr beschäftigter Mann, äh, Herr Leutnant. Ich glaube nicht, dass er heute für Sie Zeit haben wird.“ Hinter seinem Rücken stießen sich zwei Schreiber an, die Turner offensichtlich erkannt hatten. Der eine hielt sich die Hand vor den Mund, um ein Lachen zu ersticken. „Aber ich kann gerne nachschauen, wann wir einen Termin für Sie vereinbaren können“, meinte er blasiert.

„Sie flitzen jetzt sofort mit fliegenden Rockschößen in das Büro von Mister Goldman und teilen ihm mit, dass ihn Mister Turner sofort zu sprechen wünscht. Sollten Sie sich dazu nicht in der Lage fühlen, werde ich mir meinen Weg alleine suchen. Dann aber werde ich leider nicht umhin kommen, Mister Goldman zu bitten, Sie umgehend von Ihren Pflichten zu entbinden, denn ich kann fußlahme Aktenschmierer auf den Tod nicht ausstehen, Mister! Vorwärts, Männchen, setzen Sie die Leesegel – und ab vor dem Wind!"

Überall im Raum wurde jetzt unterdrückt gekichert, den niederen Tintenkleckserm war es offensichtlich ein Fest, dass ihrem sonst so selbstgerechten Aufseher mal so richtig Maß genommen wurde. Der kleine Mann war kreidebleich geworden, soweit das bei seinem grauen Teint überhaupt möglich war. „Oooh, Mister Turner, Herr Kapitän Turner, ich wusste ja nicht … Ich habe Sie nicht erkannt … *Der* Turner, der Besitzer der Parkerplantagen! Oh, mein Gott, wie peinlich! Ich werde sofort …!"

„Halten Sie keine Volksreden, bewegen Sie sich! Ich habe meine Zeit nicht gestohlen, Mann!"

„Selbstverständlich, Sir! Wenn Sie mir bitte folgen wollen." Der kleine Mann warf einen drohenden Blick auf seine Untergebenen, die scheinbar verbissen über ihre Arbeit gebeugt waren, aber hier und da zuckte eine Schulter verräterisch oder war ein unterdrücktes Schnaufen zu hören. „Sir, ich erlaube mir, vorauszugehen." Er stieg behände eine Treppe am Ende des Raumes empor und geleitete Turner durch einen breiten Gang zu einer aufwändig geschnitzten Tür. Er klopfte an, öffnete sie, ohne auf eine Antwort zu warten, und schob sich durch den Spalt hinein. Devot verbeugte er sich und meldete: „Mister Turner möchte Sie sprechen, Sir." Anschließend riss er die Tür weit auf, um William eintreten zu lassen.

„Was zum Teufel …! Aah, Mister Turner, das ist natürlich etwas anderes." Abi Goldman schob seinen Stuhl hinter dem Schreibtisch zurück und sprang auf. Er zog schnell seinen dunklen Rock über und kam dann mit ausgestreckten Armen auf Turner zugeeilt. „Schön, dass Sie die Zeit erübrigen konnten, mich mal in meinem armseligen Kontor zu besuchen."

Turner blickte sich um. Abi Goldman beliebte zu scherzen, denn armselig war die Einrichtung des Zimmers nun wahrlich nicht. Viele Details an den Möbeln verrieten, dass sie in einer erstklassigen Tischlerei von wahren Meistern, von Künstlern ihres Metiers, gebaut worden waren. Sie bestanden aus schön geflammtem dunkelrotem Mahagoni, das auf Hochglanz poliert war. Auf dem Boden lagen Teppiche mit exotischen Mustern. Durch die geöffneten breiten Doppeltüren zur überdachten Veranda bot sich ein grandioser Ausblick über die Bucht mit den vor Anker liegenden Schiffen. An einer Wand über dem Sideboard hing ein Seestück aus der flämischen Schule. Goldman entließ den Schreiber mit einer kurzen Handbewegung und bot Turner einen Stuhl an. „Was kann ich Ihnen anbieten? Ich fürchte allerdings, mein Keller kann mit dem Ihren nicht mithalten, Sir."

„Eine Tasse Tee käme mir recht, Mister Goldman."

Der junge Mann, der ursprünglich nur Turners Rumfabrik verwaltet hatte, jetzt aber für alle seine Immobilien und Geschäfte auf Antigua zuständig war, zog an einer breiten, gewebten Klingelschnur. Kurz darauf erschien ein schwarzes Zimmermädchen, begrüßte Turner mit einem Knicks und nahm mit einem scheuen, bewundernden Blick auf den in Englisch Harbour allseits bekannten Seehelden die Bestellung entgegen. Vermutlich kennen mich die jungen Damen weniger wegen meiner kriegerischen Taten, sondern aufgrund meiner Affäre mit Elizabeth und dem ganzen Tohuwabohu, das wegen meines Fernbleibens von der Hochzeit und dem sich daran anschließenden Verschwinden kurz vor ihrer Niederkunft geherrscht hatte, überlegte Turner bitter. Verstimmt runzelte er die Stirn.

„Gibt es Ärger, Sir?", erkundigte sich Goldman sofort.

„Wie? Nein, nein, ich war nur in Gedanken." Turner sammelte sich. Was hatte er mit Goldman besprechen wollen? Der junge Mann hatte sich ihm schon mehrfach als scharfsinniger, aufrichtiger Gesprächspartner empfohlen, der zudem durch die weitreichenden Kontakte seiner Glaubensbrüder in aller Welt, die zugleich Geschäftspartner waren, über viele interessante Informationen verfügte, die häufig genug verlässlicher waren, als die der Agenten des britischen Geheimdienstes.

„Selbst auf die Gefahr hin, Sie zu langweilen, Mister Goldman, ich mache mir noch immer Gedanken, wie ich das Schicksal meiner Sklaven auf den Plantagen erträglicher gestalten kann. Sie in die Freiheit zu entlassen, haben Sie mir ja erfolgreich ausgeredet.“ Er machte eine Pause, als die Zofe mit dem Tee hereinkam und die bauchige Kanne, die Tasse, den Zuckertopf und das Sahnekännchen aus hauchdünnem, mit exotischen Motiven bemaltem chinesischem Porzellan auf einem schwarzen Lacktablett neben ihm abstellte. Sie goss ein und ein aromatischer Duft verbreitete sich im Zimmer.

„Ein First Flush Orange Pekoe, Sir, genauer gesagt, ein Fine Tippy Golden Flowery Orange Pekoe, der auf dem direkten Weg ohne den Umweg über London hierher gelangt ist. Nicht die allerbeste Qualität, aber doch ganz ordentlich ...“ Er schmunzelte hintergründig und ließ offen, ob die Ostindische Handelskompanie ihr neues Privileg ausgenutzt hatte oder ob der Tee auf nicht ganz legalem Weg auf die Insel gelangt war. Zwar wurde im Englischen Kanal nur selten Tee geschmuggelt, was auch mit der extremen Empfindlichkeit der Ware zu tun hatte, aber Turner wusste natürlich – auch dank Elizabeths dezenten Belehrungen –, dass die Bezeichnung FTGFOP für die drittbeste Qualität stand, die aber immer noch sündhaft teuer war. Also vermutlich von einem Yankeeschiff geschmuggelt, resümierte Turner, denn an die allerbesten Qualitäten kamen die Schiffer nicht heran, weil die britischen Skipper über deren älteren und besseren Verbindungen zu den chinesischen Händlern verfügten, die ihrerseits mit den Yankees nicht viel im Sinn hatten, weil sie deren lautes, grobschlächtiges Verhalten verabscheuten, das auf die streng formellen, auf Harmonie bedachten Verhaltensregeln der Asiaten keine Rücksicht nahm. Daher blieben für sie die besten Sorten unerreichbar – es sei denn, sie setzen sich durch Seeraub in ihren Besitz. Goldman ging zu seinem

Weinschrank hinüber. „Ich werde mir ein Gläschen Sherry gönnen, wenn es um so schwierige Themen geht, Sir." Er entnahm ihm eine Flasche Oloroso und ging dann zum Sideboard hinüber, um sich ein Glas zu holen. Er entkorkte die Flasche und ließ die bersteinfarbene Flüssigkeit langsam in das Glas laufen. Genießerisch sog er das nussige Aroma ein, ehe er das Glas in die Richtung von Turner hob und ihm zuprostete. Der nahm einen kleinen Schluck Tee, lehnte sich dann zurück und begann seinen Gedankengang zu entwickeln.

„Nun, ich habe darüber nachgedacht und bin zu der Überzeugung gelangt, dass man zumindest die Lebensumstände der Sklaven verbessern kann, ohne dass gleich bei den Nachbarn Aufstände ausbrechen. Daher möchte ich, dass den Familien am Rand der Plantagen neben ihren Hütten Land zur eigenen Bewirtschaftung zur Verfügung gestellt wird. Die ausschließliche Ernährung der Sklaven mit Brot und möglichst fettem Schweinefleisch ist völlig indiskutabel. Wohin die Abhängigkeit von den Getreidelieferungen aus Amerika führt, erleben wir ja zurzeit hautnah. Außerdem neigen die Menschen durch diese einseitige Ernährung zu Krankheiten und ihre Leistungsfähigkeit ist zudem eingeschränkt. Wie sagen doch die alten Teernacken so richtig? Wie die Verpflegung – so die Bewegung! Die alten und für die reguläre Arbeit auf den Feldern nicht gut geeigneten Frauen sollen auf dem ihnen zugeteilten Boden mit Hilfe der Kinder die verschiedensten Gemüsearten anbauen, außerdem sollen sie Möglichkeit zur Kleintierhaltung bekommen. Besteht ein Zugang zum Meer, können die Männer und Jünglinge am Sonntag fischen und außerdem Muscheln und Krebstiere sammeln. Was ihre Familien nicht selbst verzehren, sollen sie verkaufen können, den Erlös dürfen sie behalten. Allerdings bleibt ihnen der Kauf von Alkohol unbedingt untersagt!"

„Eine sehr gute Idee, Herr Kapitän. Das sollte die Motivation erheblich verbessern. Ich bin gespannt, wie sich diese

Maßnahme in den Produktionszahlen niederschlägt", überlegte Goldman und blickte grübelnd zur Decke. „Aber wann genau sollen die Sklaven das Land bearbeiten dürfen, und wie groß soll die Fläche pro Kopf sein?"

„Wie schon gesagt, sollen sich in erster Linie die alten und die nicht hochschwangeren Frauen darum kümmern. Für schwere Arbeiten, die von Männern ausgeführt werden müssen, dachte ich zuerst einmal an den Sonntag, sollte das nicht ausreichen, kann man vielleicht gelegentlich den Nachmittag des Sonnabends dazu nehmen. Machen Sie sich schlau, wie viel Grundfläche pro Familie benötigt wird und wie viel Zeit man für die Bearbeitung ansetzte muss. Ich bin schließlich kein Bauer. Sicher können Ihnen mein Bursche Tom und Miss Michelle eine Menge Ratschläge geben, und Sie selbst werden ganz gewiss auch Ihre eigenen Quellen haben, nicht wahr? Schreiben Sie das alles schön säuberlich auf und stimmen Sie sich mit Ihrem Herrn Vater, dem alten Fuchs, und Rechtsanwalt Raven ab.

Für die Kinder soll außerdem ein regelmäßiger Unterricht in Lesen, Schreiben, Rechnen und Singen eingerichtet werden. Ziel ist es, dass ihnen die Bibel nahe gebracht und die Liebe zum König eingeimpft werden. Vielleicht können Sie eine Übereinkunft mit den für die jeweilige Plantage zuständigen Geistlichen schließen. Was meinen Sie?" Er blickte Goldman fragend an, der langsam zustimmend nickte. „Außerdem bitte ich Sie, alle Hütten zu untersuchen und dafür zu sorgen, dass die Familien in entsprechend großen, sauberen Unterkünften mit angemessenen zentralen sanitären Einrichtungen wohnen."

„Das wird schwierig, Sir! Wie wollen Sie eine Familie definieren?"

„Lassen Sie sich da etwas einfallen. Ziehen Sie eine Grenze. Es ist klar, dass der Großonkel nicht mehr zum engsten Familienkreis gehört."

„Verstehe, Sir!"

„Außerdem möchte ich, dass bei einem nötigen Verkauf eines Sklaven keine Familien auseinander gerissen werden."

„Gilt das ganz generell, Herr Kapitän?"

Turner zögerte. „Nun, Sie kennen doch diese harten Burschen, unbelehrbare Unruhestifter, für die gilt diese Regelung nicht. Die müssen von der Insel verschwinden! Ich will auf meinen Besitzungen Ruhe haben! Allerdings wünsche ich nicht, dass meine Verwalter die Peitsche im Übermaß benutzen. Ich habe die Erfahrung gemacht, dass das Auspeitschen einen schlechten Mann nicht zu einem besseren macht, aber einen guten Mann zu einem schlechteren. Raven soll eine Liste erstellen, in welche die üblichen Verfehlungen aufgenommen werden, und dafür angemessene Strafen festsetzen. Die Bestrafungen sind am Sonntag vor dem Gottesdienst durchzuführen und Raven hat daran teilzunehmen. Da ich drei Plantagen und die Rumfabrik besitze, ist folglich jedes dieser Objekte einmal im Monat dran. Ich werde die Verwalter noch persönlich von den Veränderungen in Kenntnis setzen. Sollte sich in meiner Abwesenheit einer der Verwalter über meine Anordnungen hinwegsetzen, schmeißen Sie ihn – wieder nach Rücksprache mit Raven – ohne zu zögern raus. Sollte es wirklich sehr ernsthafte Probleme geben, schreiben Sie einen Brief an die *Hermes Worldwide Enterprises* in der ..."

„Green Lane Nr. 10, c/o Mister Smith, würde ich meinen", fiel ihm Abi Goldman schmunzelnd ins Wort. „Ich verstehe vollkommen, Sir. Ich denke, dass ich weiß, was Ihr Anliegen ist. Ich werde mich sofort an die Umsetzung machen."

„Ach ja, was ich Sie noch fragen wollte. Haben Sie die notwendigen Papiere für Miss Michelle zusammen, die bestätigen, dass sie eine Freigelassene ist?"

„Unser Anwalt, der sehr ehrenwerte Mister Raven, kümmert sich darum. Nach meinem Wissen ist es nur noch eine Frage der Zeit, bis alles geregelt ist, Sir."

„Gut, Mister Goldman, denn ich möchte, dass Miss Michelle die unmittelbare Leitung des Agrarprojekts übernimmt.

Sie wohnt jetzt in meinem Stadthaus, kann aber zuerst den Haushälterinnen auf den Plantagen und dann den anderen Frauen verklaren, falls sie es nicht von alleine einsehen, was für Vorteile die weitgehende Eigenversorgung der Familien hat, und dafür sorgen, dass kein Missbrauch getrieben wird. Ich weiß nicht, ob Sie schon gehört haben, dass die junge Frau bei den Schwarzen einen gewissen Ruf als Heilerin, ja sogar als eine Art Priesterin genießt."

„Nein, das wusste ich nicht, aber ich habe schon so etwas geahnt, denn sie bewegt sich wie eine Prinzessin zwischen ihresgleichen. Ei wei, ich denke, dass Sie sich einen klugen Schachzug haben einfallen lassen, wenn Sie die junge Frau als Kontrollinstanz einsetzen. Sie kann Tacheles mit ihren Leuten reden. Und übrigens, ich bin der festen Überzeugung, dass die Änderungen nicht nur günstig für die Sklaven sein werden, sie werden sich auch positiv im Hauptbuch niederschlagen."

„Nun, das wird sich zeigen, das wäre ein erfreulicher Nebeneffekt. Im Übrigen sollten Sie sich um ein gutes Verhältnis zu Miss Michelle bemühen, Mister Goldman. Abgesehen davon, dass Sie mit ihr zusammenarbeiten müssen, wenn die Geschichte effektiv ablaufen soll, könnte es sein, dass selbst Sie einmal krank werden, und dann ist ihre Hilfe nicht mit Gold aufzuwiegen!"

„Nanu, wenn Sie es sagen, Sir", meinte Goldman zweifelnd. „Ei wei, möcht' ich mich dann aber doch lieber auf einen von unseren Doctores verlassen."

Turner zuckte die Schultern und leerte genüsslich seine zweite Tasse Tee. „Ganz ausgezeichnet der Darjeeling, Sir, wirklich ganz exzellent. First Flush, wie? Mit vielen Knospenspitzen und goldbraunen, ungebrochenen Blättern, nicht wahr? Nun, am Rande noch eine Frage: Wie schätzen Sie die Lage in Georgia und den Carolinas ein? Nicht, dass ich direkt damit befasst wäre, aber ein Bekannter hat mich nach meiner Meinung gefragt."

Abi Goldman musterte ihn scharf, verzog aber keine Miene. Er nahm einen kleinen Schluck von seinem Sherry, dann strich er sich nachdenklich über den Kopf. Turner registrierte aber, dass er keine Kippa trug.

„Nanu, was soll ich kleiner Jüd schon sagen zu den Irrungen und Wirrungen der großen Politik. Die Alten in der Schul diskutieren oft über die Verhältnisse in Savannah und Charleston. Wussten Sie, dass in Savannah die drittälteste Synagoge Amerikas steht?“ Als er sah, dass Turner den Kopf schüttelte, breitete er die Arme aus und fuhr dozierend fort: „Über vierzig Juden aus London gehörten zu den ersten Bewohnern der neuen Kolonie. Sie kamen mit dem zweiten Schiff 1733 dort an. Unter ihnen war ein gewisser Dr. Samuel Nunez, der erste Arzt der Kolonie, der sofort seinen Wert für die Bevölkerung beweisen konnte, denn es waren schon viele der Siedler an allen möglichen Krankheiten verstorben. Es handelte sich um eine sogenannte Eigentümerkolonie, und diese gebärdete sich in den ersten Jahren ausgesprochen philanthropisch. So waren der Verkauf von alkoholischen Getränken bis 1742 und die Sklaverei bis 1750 verboten.“ Er lachte glucksend in sich hinein. „Sie werden es gewiss nicht glauben, aber bis 1755 gab es in der Kolonie keine Anwälte. Das hätte unserem Freund Robin Raven sicher gar nicht gefallen. Außer den Juden kamen dann noch Lutheraner aus Salzburg, Protestanten aus Böhmen und Mähren und Hugenotten aus Frankreich ins Land. Den schwarzen Peter hatten lange die Katholiken, ihnen war die Niederlassung in Georgia bis 1748 verboten.“

Turner hatte interessiert zugehört, jetzt fragte er nach: „Die Sklaverei war lange verboten? Wie sieht es denn jetzt dort auf den Plantagen aus?“

„Haben dort früher die Weißen einträchtig mit den freien Schwarzen auf den Feldern der überwiegend kleinen Farmen geschuftet, so hat sich das in den letzten Jahren entscheidend gewandelt. Das Verbot der Sklaverei ist nun fast dreißig Jahre her, und inzwischen wurde dort eine große Anzahl Sklaven importiert, und auch die Flächen der Tabak- und Baumwollplantagen haben sich vergrößert."

„Meinen Sie, dass die Sklaven sich gegen ihre Herren, die gegen den König rebellieren, erheben würden, wenn – nehmen wir mal an – eine von britischen Bajonetten gestützte Regierung ihnen die Freiheit versprechen würde?"

„Nu, was soll ich sagen, könnt' gut sein, möcht' aber sein, dass die Sach' nicht ganz nach Ihren Vorstellungen abläuft, Sir! Wie soll so ein kleiner schwarzer Krauskopf verstehen, dass seine Leidensgenossen auf der Nachbarplantage frei gelassen werden, weil deren Master ein republikanischer Feuerkopf ist, er aber weiter mit Haut und Haaren seinem Herren dienen muss, weil der ein loyaler Untertan unseres Königs geblieben ist. In der Praxis völlig undurchführbar."

Turner nickte verstehend, kniff die Augen zu schmalen Schlitzen zusammen und suchte nach einer Lösung aus dieser Falle. „Wie wäre es, wenn man verbreiten lassen würde, der Dienst für König George macht frei?"

Abi Goldman blickte wie elektrisiert auf. „Also, nur wer in die Armee eintritt, wird die Sklavenfessel los?" Er nickte langsam vor sich hin, hielt die Sherryflasche in die Höhe, und diesmal nickte Turner zustimmend. Goldman stand auf, holte ein zweites Glas aus dem Buffet und füllte es. „Das könnte gehen. Fragt sich nur, ob die hohe Generalität mitspielt. Die Herren sind von einem tiefen Misstrauen gegen schwarze Waffenträger durchdrungen."

„Bei der Navy haben wir damit keine Probleme, wie Sie auf meinem Schiff jeden Tag beobachten können."

„Ihr Schiff ist nicht repräsentativ für die Royal Navy und die Royal Navy nicht für die Armee, Herr Kapitän, wenn man sich das manchmal auch wünschen würde. Außerdem ist Ihre Mannschaft gut gemischt, die Mehrheit ist allerdings weiß, die Unter- und Deckoffiziere sind ohnehin durchweg Weiße und die bestallten Offiziere sowieso. Aber bei den möglichen schwarzen Einheiten in Georgia geht es um ganz andere Zahlen. Da wären schnell mehrere schwarze Kompanien, ja Bataillone aufzustellen, die ihre eigenen farbigen Unteroffiziere – möglichst sogar schwarze Truppenoffiziere – haben müssten, wenn sie im Gefecht effektiv geführt werden sollen. Das werden die Generäle nicht zulassen – und die anderen weißen Offiziere wohl auch nicht. Im Kasino an einem Tisch neben einem Mohren speisen – das geht über deren Vorstellungsvermögen. Servieren bei Tisch darf er, das ist etwas anderes. Puh, Mister Turner, Sie können einem aber auch schlimme revolutionäre Gedanken in den Kopf setzen, das macht mich richtig meschugge."

Turner grinste breit, das erste Mal seit vielen Tagen, und meinte halblaut lachend: „Was soll ich da erst sagen, Sir? Ich mache mir so meine Gedanken darüber, wie man zögerlichen Loyalisten so viel Feuer unter dem Achtersteven machen kann, dass sie aktiv in die Kämpfe eingreifen. Gleichzeitig sollte es glücken, wohlgemerkt nicht mir, sondern einem bedauernswerten Trottel, den man vielleicht irgendwann dorthin schicken wird, das riesige Reservoir der Sklaven zum Kampf gegen die Yankees zu motivieren, ohne dass sie ihre königstreuen Herren massakrieren. Das erinnert mich verdammt an die Quadratur des Kreises." Er hielt inne und bemerkte schmunzelnd: „Natürlich ist das Ganze nur ein Gedankenspiel, und selbst davon haben Sie nie Kenntnis bekommen, nicht wahr, Mister Goldman?"

„Selbstverständlich nicht, Herr Kapitän, wir haben uns nur über gewisse Veränderungen auf Ihren Plantagen unterhalten."

William Turner blickte geistesabwesend zur Decke, faltete die Hände und murmelte monoton, ohne die Stimme zu heben: „Es gibt Leute, denen fehlt jeglicher Humor, wenn es um Staatsgeheimnisse geht, Sir. Denen ist ein Menschenleben nicht so viel wert, wie das Schwarze unter den Fingernägeln eines ihrer Lagerarbeiter. Und es ist ihnen völlig gleichgültig, ob der Besitzer der Fingernägel ein Protestant, Katholik, Heide … oder ein Jude ist."

„Ich weiß überhaupt nicht, wo dieses Savannah liegt, Mister Turner. Wenn ich es mir recht überlege, so bin ich mir sogar ziemlich sicher, dass ich noch nicht mal den Namen buchstabieren kann, Sir!"

„So jung und schon so weise, Mister Goldman? Das lässt mich hoffen, dass Sie uralt werden können."

Die beiden jungen Männer prosteten sich zu, wobei Turner verschwörerisch ein Auge zusammenkniff.

Kapitel 2

Auf See, Oktober 1778

Turner stand breitbeinig auf dem Achterdeck und glich die Schiffsbewegungen durch leichtes Federn in den Knien aus. Die *Shark* lief hoch am Wind gegen die vom leichten Passat aufgeworfene See an. Spritzwasserwolken stiegen am Bug auf und wurden als wohltuend empfundene Erfrischung bis auf das Achterdeck geweht. Nur Commander Turner fluchte leise vor sich hin, weil er danach das Fernglas absetzen und die Linse putzen musste. Danach setzte er das Teleskop wieder ans Auge und beobachtete eine große Bark etwa vier Strich in Lee, die ebenfalls Höhe presste. Sie bemühte sich offensichtlich, vom Nordkap der kleinen Insel an Backbord freizukommen, um dann, wenn ihr dies geglückt war, abzufallen und mit raumem Wind mit Höchstfahrt durch die Passage zwischen den Inseln ihr Heil in der Flucht zu suchen.

Die *Shark* und ihr Begleiter, die *Platvis*, hatten das fremde Schiff gegen sieben Glasen auf der Vormittagswache fast recht voraus in Sicht bekommen und hatten sich an die Verfolgung gemacht. Turner hatte anluven lassen, denn sein Schoner konnte mit den Gaffelsegeln mehr Höhe laufen als das überwiegend rahgetakelte unbekannte Schiff, das galt natürlich auch für die Brigg *Platvis*, die dem Fremden im Kielwasser folgte. Ohne die Flagge zu setzen, versuchten die beiden britischen Schiffe, die große Bark in die Zange zu nehmen. Turner schwang das Teleskop etwas herum, bis er die Brigg im Okular hatte. „Was macht dieser White denn da?“, murmelte er erstaunt. Auf der *Platvis* wurden die Rahen gebrasst, die Segel auf einen Kurs mit halbem Wind eingestellt. Turner schnaufte zustimmend. „Gut, der Mann! Er verlässt sich auf seinen geringeren Tiefgang und hält schon auf die Passage zu. Nun, auch für uns wird es Zeit, etwas zu unternehmen. Mister Lennon!“

„Sir?“

„Was denken Sie, was ist das für ein Landsmann, Sir?“

Lennon erwiderte ohne zu zögern: „Ein Spanier, würde ich meinen, Sir. Der Segelschnitt und die Bauart lassen meiner Meinung nach keinen anderen Schluss zu, aber natürlich kann das Schiff durch Verkauf oder Seeraub unter eine andere Flagge gekommen sein. Für einen Spanier hat er eine erstaunlich moderne Rumpfform ...“

Turner nickte zustimmend. „Genau das hat mich stutzig gemacht, denn ich hätte sonst auch sofort auf einen Don getippt, Mister Lennon. Schon wegen des Lateinersegels, das er am achteren Mast fährt. Nun, dann wollen wir ihm mal etwas zum Nachdenken geben. Lassen Sie abfallen, wir wollen mit halbem bis raumem Wind unser volles Geschwindigkeitspotential ausspielen. Mal sehen, was er dann macht ...“

„Aye, aye, Sir!“

„Achtung an Deck! Bootsmann! Segel auf halben Wind trimmen! Rudergänger! Neuer Kurs: Halber Wind!“

Der Klüverbaum wanderte nach Backbord, die Segel wurden aufgefiert, und das Schiff richtete sich auf und schoss vorwärts. Aber auch auf der Bark tat sich etwas. Der Kapitän war offensichtlich der Meinung, er habe genügend Höhe gewonnen, um die Passage gefahrlos anliegen zu können, und fiel ebenfalls ab. Die Frage war, ob er sich nicht verschätzt hatte oder ob ihm die *Platvis* der Weg verlegen konnte, bis die *Shark* herangeschnaubt kam. Turner schüttelte abwägend den Kopf. „Das wird eng für uns. Die Frage ist: Wie gut kennt der Don sich hier aus? Kann er dicht unter dem Nordkap hindurchlaufen oder ist es dort untief? Wenn er einen zusätzlichen Schlag machen muss, dann ist er geliefert.“

„Nach meinen Erfahrungen kann man bis dicht unter die Steilküste laufen, Sir“, ließ sich der alte Segelmeister vernehmen, auch er beobachtete die Bark durch ein Fernglas. Er war die Ruhe selbst, aber das war er ja immer. Der alte Salzbuckel hatte in seinem langen Seemannsleben schon so viel gesehen und erlebt, dass ihn wohl nichts mehr erschüttern konnte. „Aber es wird knapp werden, Sir, der Señor da drüben versteht sein Geschäft, und die Sonne steht schon gut im Westen.“ Die Zeit verging, der Wind frischte auf, je näher sie der Durchfahrt kamen. Der Düseneffekt verschaffte dem großen Kauffahrteisegler einen Vorteil, denn durch seine größere Länge in der Wasserlinie konnte er bei diesen Windverhältnissen jedes Taschentuch setzen und seine höhere Rumpfgeschwindigkeit voll ausspielen. Seine kleineren Verfolger waren da im Nachteil. Zumindest die *Platvis* blieb langsam zurück, obwohl Leutnant White weiter abfiel und die Leesegel setzen ließ. Auch auf der *Shark* wurde erst der Kurs weiter nach Lee geändert und dann zusätzlich die Marssegel gesetzt. Die Sonne stand noch eben über dem dampfenden Grün des dichten Urwalds auf den Bergen der Insel. Die schroffe Klippe drohte beängstigend nah an der Backbordseite voraus. Aber der Spanier hatte die Enge bereits passiert, dann eine Halse wie aus dem Lehrbuch hingelegt und acht Strich angeluvt. Turner knurrte missmutig: „Das war's dann wohl! Er flüchtet sich in den Schutz der Batterien des Forts St. Sebastian auf der anderen Seite der Insel. Für zeitaufwendige Kommandounternehmen haben wir keine Zeit, wir können das Schiff nicht mal eben mit Hilfe unserer Boote entern und im Schutz der Dunkelheit von der Reede entführen. Aber was soll's, es war eine gute Übung. Mister Lennon, lassen Sie die Männer von den Gefechtsstationen wegtreten und bringen Sie das Schiff wieder auf den alten Kurs!“

„Aye, aye, Sir!“, quittierte Lennon den Befehl; der alte Weißkopfadler nahm seinen Hut ab und fuhr sich mit den Fingern durch seine langen weißen Haare. Er wunderte sich insgeheim, dass sein Kommandant so gelassen auf das Entkommen des fetten Brockens reagierte. Nun ja, immerhin war Spanien ein neutraler Staat, aber die Chancen wären doch verdammt groß gewesen, an Bord der Bark Konterbande zu finden. Die Männer an den Geschützen blickten enttäuscht und auch ein wenig ungläubig auf ihren Kommandanten. In Gedanken hatten sie vermutlich schon ihren Anteil am Prisengeld ausgerechnet. Lennon griff nach der Flüstertüte, pumpte seinen mächtigen Brustkorb auf und brüllte die notwendigen Befehle.

Die Rahsegel wurden geborgen, dann luvte die *Shark* an, die Schoten der Schratsegel wurden entsprechend dicht geholt, und der Bug bohrte sich wieder in die schräg von Steuerbord anlaufenden Wellenzüge. Turner blickte achteraus und stellte fest, dass die Leesegel auf der *Platvis* bereits geborgen waren und sie sich ebenfalls daranmachte, gegen den Wind anzubolzen. Bei Sonnenuntergang standen sie bereits wieder gut vor der Passage. Der Wind wurde schwächer, schließlich wehte nur noch eine schwache Brise. Es wurde heiß und schwül. Turner ließ beidrehen, um auf die Brigg zu warten. Der Schoner rollte unangenehm in der alten Dünung.

„Tom!" Sein Bursche tauchte wie aus dem Nichts neben ihm auf. „Ach, da bist du ja. Bereite eine Kleinigkeit zum Abendessen vor, die Leutnants White und Pullman sowie unser Erster Leutnant und Leutnant Blower von den Seesoldaten werden heute Abend mit mir speisen."

„Aye, Sir! Großes Dinner für große weiße Master, Käptum, Zur, kleiner Niggerboy hat verstanden."

„Kleines Dinner anlässlich einer dienstlichen Besprechung, Tom. Und, Tom, könnte es sein, dass du mich mit deinem albernen Sklavenslang aufziehen willst?"

„Das würde sich Tom nie erlauben, Zur!" Unter Turners scharfem Blick schrumpfte er einen Zoll zusammen und fügte mit einem Augenzwinkern hinzu: „Äh, nun ja, könnte sein, dass sich Tom ab und zu einen kleinen Scherz erlaubt, Käptum, Zur."

William Turner musterte ihn streng, musste dann aber gegen seinen Willen doch etwas grinsen. Trotzdem knurrte er betont barsch: „Wenn hier jemand Scherze macht, dann bin ich das! Verstanden, du verdammter dreckiger Nigger?" Offensichtlich bemühte sich Tom, ihn aufzuheitern, denn als seine Ordonnanz erlebte er aus nächster Nähe, wie William unter dem Verlust von Elizabeth und dem ungewissen Schicksal seines kleinen Sohnes litt.

„Vollständig, Käptum, Zur! Tom wird sich streuen Asche auf schwarzes Kraushaar und halten sein vorlautes Niggermaul, aye, Zur! Also ein kleines Dinner für den Herrn Commander und die Herren Leutnants. Was für einen Wein soll ich vorsehen, Zur?"

„Einen leichten Weißen, Tom. Sieh zu, dass du ihn auf eine trinkbare Temperatur trimmen kannst."

„Aye, Zur, Tom kennt da Tricks von den dummen Niggersklaven."

„Tom!", grollte Turner drohend.

*

In der kleinen Kajüte der *Shark* war es heiß und feucht, obwohl die Heckfenster und das Skylight weit geöffnet waren. Um den Tisch herum saßen Commander William Turner, die Leutnante Tobias White und Harold Pullman von der *Platvis* sowie Leutnant James Dechamp, der Erste der *Shark*, und Benjamin Blower von den Seesoldaten. Auf Geheiß des Kommandanten hatten sie sich ihrer schweren Uniformröcke entledigt, in denen sie der Etikette entsprechend die Kommandantenkabine betreten hatten, und hatten es sich in Hemdsärmeln so bequem wie möglich gemacht. Turners neuer Rock mit den von Goldlitzen eingefassten blauen Revers und Ärmelaufschlägen hing über seiner Stuhllehne und hob sich von den Röcken der Leutnants mit den weißen Revers ab. Der hervorstechende Farbfleck war natürlich der rote Rock des Leutnants der Marineinfanterie. Den Männern klebten die Hemden schweißnass am Körper. Sie sprachen dankbar dem kühlen Weißwein zu, den Turners Bursche und Bootssteurer freigiebig ausschenkte. Mochte der Teufel wissen, wie er es fertig bekam, den Wein auf so eine angenehme Temperatur abzukühlen. Die Offiziere diskutierten den Ablauf der Segel- und Gefechtsmanöver der vergangenen Tage und der heutigen Verfolgungsjagd. Nach dem Auslaufen aus English Harbour war auf beiden Schiffen das übliche Programm durchexerziert worden, um die Besatzungen wieder auf Trab oder – zumindest was die *Platvis* anging – mit dem Schiff und seinem Seeverhalten vertraut zu machen. In den ersten Tagen war die *Shark* ihrem Begleiter bei allen Manövern so haushoch überlegen gewesen, dass es Turner schon fast peinlich war, aber Leutnant White war ein erfahrener Mann. Er verfügte über einen riesigen Erfahrungsschatz und brachte offensichtlich die notwendige Geduld für seine Männer auf, wenn Turner auch einige Male der Meinung gewesen war, dass er die vom Wind zerrissenen Fetzen harscher, ellenlanger Flüche auf der in Luv stehenden *Platvis* gehört habe. Der Erfolg gab ihm jedenfalls Recht, denn schon nach einigen Tagen klappten auf seinem Schiff die Manöver ebenso reibungslos, und auch bei den täglichen Schießübungen wurden die Leistungen von Tag zu Tag besser. Es blieben natürlich Unterschiede bestehen, die einfach darin begründet waren, dass es sich um zwei sehr andersgeartete Schiffstypen handelte. Die *Shark* war ein auf Schnelligkeit gebauter Schoner mit einer neuartigen Bewaffnung aus großkalibrigen Karronaden mit geringer Reichweite, während die *Platvis* eine Galiot mit Briggtakelung war, die mit konventionellen sechspfündigen Langrohrgeschützen bestückt war. Beide Schiffe hatten ihre

Schokoladenseite. So konnte die *Shark* mehr Höhe laufen, war extrem schnell und konnte es auf kurze Entfernung mit ihrer Feuerkraft mit einer kleinen Fregatte aufnehmen. Die *Platvis* hingegen konnte aufgrund ihres geringeren Tiefgangs besser in untiefen Gewässern manövrieren und bot wegen ihrer großen Breite eine sehr stabile Geschützplattform, von der auch aus größerer Entfernung Ziele sicher anvisiert und getroffen werden konnten. Die Sechspfünder konnten aber nur Handelsschiffe und leicht bewaffnete Korsaren beeindrucken.

„Mister White, meine aufrichtige Anerkennung", wandte sich Turner an den älteren Mann, „Sie haben Ihr Schiff wirklich gut in den Griff bekommen und die Mannschaft hervorragend gedrillt. Ich könnte mir allerdings vorstellen, dass Ihre Männer nicht den ganzen Tag nur fröhliche Loblieder auf Sie gesungen haben, Sir."

White blickte Turner mit seinen klaren blauen Augen abschätzend an, dann lächelte er etwas verkniffen und brummte mit einer erstaunlich tiefen Bassstimme: „Da können Sie drauf wetten, Sir. Aber die Jungs sind alles Vollprofis und mussten sich nur mit den Besonderheiten des holländischen Haardloopers vertraut machen. Mister Pullman, Mister Sharps, der Bootsmann und seine Maaten haben ihnen sehr nachdrücklich auf die Sprünge geholfen. Ich habe eigentlich kaum ein Verdienst daran. Die Männer sind allesamt gespannt, was für interessante Aufgaben unter Ihrem Kommando auf sie warten." War da ein kurzes Zögern zu hören gewesen? Grollte der Mann, weil ihm der sehr viel jüngere Turner als kommandierender Offizier vor die Nase gesetzt worden war? Eigentlich müsste er sich im Laufe der Jahre daran gewöhnt haben. Turner nahm sich vor, den Mann bei passender Gelegenheit darauf anzusprechen. Rivalität und Eifersucht zwischen den Kommandanten konnten das gesamte Unternehmen gefährden und das Leben vieler der ihnen anvertrauten Männer kosten – und das eigene auch! Aber White fuhr unbeeindruckt fort: „Das ewige Patrouillieren zwischen den Inseln ist auf die Dauer etwas eintönig. Das gilt selbstverständlich auch für mich, äääh, ich meine, dass auch ich gespannt bin, was uns erwartet." Wieder dieses winzige Zögern. „Heute hat es ja mit dem Aufbringen des Spaniers nicht ganz geklappt."

„Betrachten Sie es als eine gute Übung, wir hätten ohnehin Schwierigkeiten gehabt, unseren Vorgesetzten in diesem Stadium des Unternehmens eine Kaperung zu erklären, schließlich sind die Dons offiziell immer noch neutral. Wir hätten schon Dokumente finden müssen, die einen eindeutigen Beweis enthalten hätten, dass der Spanier Konterbande an Bord hatte. Das alles hätte sich zudem auch noch in spanischen Hoheitsgewässern abgespielt, sozusagen unter den Augen der Obrigkeit. Das hätte für die spanische Regierung der *casus belli* sein können. Ich hätte da leicht einen Brocken abbeißen können, der zu groß gewesen wäre, als dass ich ihn hätte schlucken können." William grinste in sich hinein, denn mit dieser Formulierung hatte er seinen Offizieren geschickt unter die Nase gerieben, dass er allein die Verantwortung trug. „Dazu kommt noch, dass wir zum jetzigen Zeitpunkt eigentlich keine Prise gebrauchen können, da wir nicht einen Mann für eine Prisenbesatzung entbehren können. Vermutlich hätten wir ihn verbrennen müssen." Er blickte in die erstaunten Gesichter seiner Offiziere. Turner leerte sein Glas, hielt es Tom zum Füllen hin und musterte nachdenklich die auf ihn gerichteten Gesichter, aus denen jetzt angespannte Neugierde sprach. Dann räusperte er sich umständlich: „Ahem, nun Gentlemen, es scheint mir an der Zeit zu sein, Ihnen über unsere bevorstehende Mission reinen Wein einzuschenken." Er blickte auf die strohgelbe Flüssigkeit in seinem Glas. „Wir sind so etwas wie Spione oder, wenn Ihnen das Wort besser gefällt, Aufklärer, die eine amphibische Operation unserer Streitkräfte in Georgia vorbereiten sollen. Das Oberkommando in New York hat beschlossen, zunächst Savannah zu erobern, um dann von dort aus die gesamte Kolonie Georgia wieder der Kontrolle der Britischen Krone zu unterstellen.

Die Eroberung der wichtigen Hafenstadt hat unbedingte Priorität vor allem anderen. Wir werden folglich auf dem Anmarsch keine Jagd mehr auf Prisen machen – und seien sie auch noch so fett und verführerisch!" Die Mundwinkel von White und Pullman sanken enttäuscht herab. Dechamp verzog keine Miene. „Aber keine Angst, Gentlemen, bis jetzt hat die *Shark* noch immer den einen oder anderen fetten Brocken vor ihre Kanonen bekommen, früher oder später! Ich stelle mir vor, dass die *Platvis* als neutraler Holländer nach Savannah einlaufen sollte, um sich direkt in der Stadt umsehen zu können. Wie mir mitgeteilt wurde, haben Sie unter Ihrer Besatzung ausreichend viele Männer, die Holländisch oder Deutsch sprechen, um das Schiff gut und sicher in den Hafen manövrieren zu können. Ohne mich in Ihren Dienstbetrieb einmischen zu wollen, Sir, würde ich Ihnen nahelegen, diese reduzierte ‚zivile' Besatzung vielleicht in den nächsten Tagen noch intensiv zu drillen, Mister White. Haben Sie für's Erste noch Fragen, Sir?"

Einen Augenblick lang hatte White das Gesicht verzogen, als ob er in eine saure Zitrone gebissen hätte, dann hatte er sich wieder unter Kontrolle. „Puh, Sir, das ist ein lupenreines Himmelfahrtskommando! Wenn wir auffliegen, dann werden uns die Yankees ohne viele Umstände die Hälse langziehen. Ich habe mich schon gewundert, was diese vielen Kaasköppe in meiner Musterrolle zu suchen haben. Seemännisch sehe ich kein Problem, das sind alles gute Seeleute, na ja, und den Rest werden wir schon hinkriegen. Der Segelmeister, ein sehr guter Mann übrigens, den Sie mir da an Bord geschickt haben, kann wohl ein paar Brocken Holländisch." Über Whites Gesicht zog ein Leuchten, es war, als würde die Sonne aufgehen. „Was meinen Ersten Leutnant angeht, der so englisch ist, wie man das nur sein kann, den werde ich für die Zeit in die Klamotten eines einfachen Vollmatrosen stecken. Harold Pullman ist zweifellos ein guter Mann, aber manchmal etwas hochnäsig. Die Erfahrungen im Mannschaftslogis werden ihn vielleicht etwas weniger borniert machen." Diese Vorstellung schien ihm außerordentlich gut zu gefallen. „Was mich angeht, so kann auch ich – wenn es sein muss – meine geliebte englische Sprache mit einem gutturalen deutschen Akzent verhunzen."

William musste wider Willen grinsen, denn das Englisch des Leutnants wies eindeutige Spuren des nasalen gedehnten Dialekts der südlichen Kolonien auf. „Sehr schön, Mister White, aber übertreiben Sie es nicht. Ihre überzähligen Besatzungsmitglieder und natürlich die Seesoldaten werden wir rechtzeitig übernehmen. Kennen Sie sich in Savannah aus, Sir?"

„Ich bin mehrfach dort gewesen, Sir. Im Sommer ein ziemlich ungesundes Loch, in dem man sich schnell das gelbe Fieber oder ähnlich interessante Krankheiten holen kann. Ich sollte mit der *Platvis* kein Problem haben, notfalls auch ohne Lotsen ein- und auszulaufen. Da Sie eher unsichtbar bleiben möchten, wie ich vermute, würde ich Ihnen empfehlen, sich in einem der vielen Wasserläufe, zum Beispiel dem Wilmington River im Süden, unsichtbar zu machen und von dort aus Ihre Erkundungen zu starten. Ich könnte mir vorstellen, dass genau das auf Ihrem Zettel steht, habe ich recht, Sir?"

Turner schaute den älteren Mann forschend an. Der Kerl war in Ordnung. Er dachte mit und war ein erstklassiger Seemann, der Teufel mochte wissen, warum er es bis jetzt nicht weiter als bis zum kommandierenden Leutnant gebracht hatte. Aber war er auch ihm gegenüber loyal? Er spürte ein Kribbeln im Nacken – die Gefahr kam unausweichlich näher! Neue Aufgaben, die seinen vollen Einsatz erforderten, warteten auf ihn, die Vergangenheit musste ruhen. Die Erinnerung an Elizabeth würde bleiben, aber er musste sich voll auf die bevorstehende Mission konzentrieren, jeder Fehler würde tödliche Folgen haben, für seine Männer, die ihm, seinem Können und seiner Schlitzohrigkeit voll vertrauten – und für ihn selbst. Elizabeth würde ihn beschützen, das war für ihn die Botschaft, die ihm durch seine immer wiederkehrenden nächtlichen Alpträume übermittelt wurde. Er verscheuchte die Gedanken an die quälenden Träume und grinste White verschwörerisch an. „Streng geheim, Sir, aber jeder Laie kann sich ausrechnen, was die Befehlshaber des Landungsunternehmens wissen wollen. Wo kann man große Truppenkontingente landen, ohne dass die Boote lange Wege zurücklegen, durch eine gefährliche Brandung oder die Soldaten gleich nach der Ankunft eine Steilwand erklimmen müssen oder im Sumpf versinken? Der Landeplatz darf nicht von feindlicher Artillerie beherrscht werden! Die Transporter und begleitenden Kriegsschiffe sollten einen sicheren Ankerplatz vorfinden, auf dem sie auch einen Sturm abwettern und nicht vom Land aus beschossen werden können. Besonders angenehm wäre es, wenn die Bevölkerung am Landungsplatz die Truppen mit offenen Armen und nicht mit heißem Blei empfangen würde."

White gluckste verhalten vor sich hin. „Nun, Sir, an Loyalisten mangelt es in Georgia nicht, aber die Kerle sind lau. Nicht ohne Grund, denn die Rebellen sind bei der Wahl ihrer Mittel nicht zimperlich, wenn sie einem Tory die richtige freiheitliche Gesinnung in den Sturkopf prügeln. Die meisten kleinen Farmer müssen Seite an Seite mit ihren wenigen Sklaven auf dem sumpfigen Land im Tiefland an der Küste und an den Ufern der Reisflüsse in dem ungesunden Klima für ihren Lebensunterhalt hart arbeiten und haben weder Zeit noch Kraft für Experimente mit unsicherem Ausgang übrig. Daher warten sie ab, wer am Schluss das bessere Ende für sich hat, auf dessen Seite schlagen sie sich dann. Aber ich denke, wenn man einem Pflanzer deutlich macht, dass in den nächsten Tagen eine starke Flotte vor seinem Strand liegen und ein paar Tausend Rotröcke ausbooten wird, dann wird ihm das schon den gehörigen Respekt vor seinem König einjagen und ihn bereitwillig kooperieren lassen."

„Ihr Wort in Gottes Ohr, Sir! Sonst werden wir ihn auf unsere eigene Art überzeugen müssen, fürchte ich …“

*

Kurz darauf waren sie in einen heftigen tagelangen Sturm aus Westen gelaufen, der sie mehrere hundert Meilen hinaus auf See getrieben hatte. Mühsam hatten sie sich nach dem Ausbessern der Sturmschäden darangemacht, sich wieder ihrem Zielhafen zu nähern. Auch wenn Turner die Zeit unter den Nägeln zu brennen begann, so hatte das unbeständige Wetter doch ihr Vorwärtskommen behindert. Hinderlich war beispielsweise auch, wenn die *Shark* ihren Kurs noch hoch am Wind anliegen konnte, dann musste sie früher oder später ihren Luvvorteil wieder opfern, um zu ihrem Gefährten in Lee zurückzukehren, der mehr als einen Strich weniger Höhe laufen konnte. Eine Landratte mochte sich fragen: Was machen schon etwa fünfzehn, zwanzig Grad mehr Höhe aus? Auf einem langen Schlag nach Luv machten die paar Grad *den* Unterschied! Aber endlich hatten sie die Breite von Savannah erreicht und ihren Landfall gemacht. Die ortskundigen Segelmeister und Leutnant White waren sich über ihren Standort einig gewesen, und so würden sie sich im ungewissen Licht der schmalen Mondsichel und der Sterne mit dem Lot an die Küste herantasten.

Die Enge im Mannschaftsdeck und an Deck der *Shark* war unbeschreiblich, nachdem sie die überzählige Besatzung und die Seesoldaten der *Platvis* übernommen hatten. Die *Platvis* war bald darauf in der Dunkelheit verschwunden, um die Mündung des Savannah Rivers anzusteuern, während die *Shark* weiter südlich in dem Gewirr der Wasserläufe und Sümpfe verschwinden wollte, um sich dort, so gut es ging, unsichtbar zu machen. Unter ständigem Loten und mit kleiner Segelfläche näherten sie sich der dunklen Mauer des Ufers. Immer wieder musste der Kurs geändert werden, weil der Ausguck im Masttopp oder der Lotgast Flachwasser meldeten. Einmal hatten sie eine Grundberührung, kamen aber bald wieder frei, da der Flutstrom das Wasser steigen ließ. Nach Sonnenaufgang hatten sie endlich den Wassaw Sound erreicht und liefen den Bull River hinauf. Als der Wind einschlief, ließ William Turner die langen Riemen ausbringen und das Schiff in einen geschützten, nur sehr schwer einsehbaren Seitenarm pullen. Nachdem sie das Schiff sicher vertäut hatten, tarnten sie es mit Astwerk, wie sie es auf Anraten der Indianer schon früher einmal in der Mosquito Bay auf St. Lucia getan hatten.

Turner bat die Leutnante Dechamp und Blower zu sich, um ihnen zu erläutern, wie er sich den bevorstehenden Einsatz vorstellte. Danach ließ er seine leichte Kavallerie und Tom auf das Achterdeck rufen. Er musterte die seltsame Truppe, die vor ihm Aufstellung genommen hatte. Die vier ehemaligen Waldläufer und Trapper schauten ihn gespannt neugierig an, die beiden Indianer vom Stamme der Shawnees dagegen verzogen keine Miene. Sie standen kerzengerade mit vor der Brust gekreuzten Armen da und blickten ihn aus ihren schwarzen Augen gleichmütig an. Mochte der Henker wissen, was sie dachten. Er wandte sich zuerst an seinen Burschen. „Tom, du wirst dir fünf verlässliche, gute farbige Männer aussuchen und mit ihnen Kontakt zu den Sklaven auf den Plantagen aufnehmen. Findet heraus, wie sie zu ihren Herren stehen und ob diese Torys oder Rebellen sind.“

„Aye, Sir.“ Tom schien zu zögern und fuhr sich über den Kopf. Er blickte Turner forschend an.

„Was gibt es denn noch?“, fuhr ihn dieser ungewohnt barsch an.

„Nun, Sir, wenn wir gute Antworten haben und uns sicher auf den Plantagen bewegen wollen, dann sollten wir vielleicht ein paar Geschenke für die Leute dabei haben, Sir …“ Er zögerte, offensichtlich war es ihm peinlich, fortzufahren. Er räusperte sich und sagte dann entschlossen: „Ahem, sonst könnte es sein, dass einer der Burschen auf dumme Gedanken kommt. Beispielsweise könnte er aus Dankbarkeit auf ein üppiges Geschenk oder vielleicht sogar auf seine Freilassung hoffen, wenn er seinem Herrn die Füchse im Hühnerstall verrät. Hat nicht sogar Judas seinen Herrn für dreißig Silberlinge verraten, Sir?“

Turner verfluchte sich selbst. Es war peinlich, dass er nicht alleine daran gedacht hatte. Aber was konnte er anbieten? Auf keinen Fall Alkohol, auch wenn das ganz sicher der beliebteste Türöffner und Zungenlöser war! Aber wenn sich die schwarzen Sklaven betranken, würde das ganz ohne Zweifel auffallen, und der Plantagenbesitzer bzw. sein Aufseher würden ganz gewiss nachforschen, wie die Sklaven an den Stoff gekommen waren. Aus Angst vor der Peitsche würden mit Sicherheit einige zu plappern anfangen – das konnte Tom und seine Kameraden den Kopf kosten. Kleidungsstücke? Nein, denn was sie an Bord in der Slopkiste des Zahlmeisters lagerten, war von Material, Farbe und Schnitt eindeutig zu maritim. Salzfleisch oder harten Käse? Turner musste grinsen, als er sich vorstellte, was für ein enttäuschtes Gesicht die armen Neger machen würden, wenn sie so ein Fässchen öffneten und ihnen der faulige Gestank der Lauge entgegenschlug. Das war wahrlich kein überzeugendes Argument, um sie von den Vorteilen des Lebens unter der Krone Britanniens zu überzeugen. Er schob den Hut nach vorne in die Stirn und rieb sich den Hinterkopf, das war eine Marotte, die er sich nach einem heftigen Schlag mit einem Sandsack in Puerto Santo, angewöhnt hatte. In Gedanken versunken wippte er auf den Ballen.

„Was hast du gemacht, Tom, als du das Leben als …, äh …, Leibdiener überhattest?“ William Turner bemühte sich stets, Tom und die anderen Schwarzen nicht als ehemalige Sklaven zu titulieren, obwohl das an Bord kein Geheimnis war.

„Ich bin abgehauen, Sir, und habe mich durchgeschlagen, bis ich auf einem britischen Schiff anheuern konnte. Es war die alte *Swan* und …“

„Schon gut! Nicht wieder die alten Geschichten. Warum erzählst du den Schwarzen nicht einfach, dass der Dienst auf einem britischen Schiff oder in der Armee des Königs frei macht? Du … äh, bzw. deine Kameraden sind doch der beste Beweis dafür, dass es stimmt.“

Tom nickte heftig, aber dann schienen ihm doch Bedenken zu kommen. „Das mit den Schiffen ist in Ordnung, Sir, aber die Army … Ich weiß nicht so recht, Sir.“

Turner hörte ein Hüsteln hinter sich. Leutnant Dechamp hielt sich dezent die Hand vor den Mund, aber seine wässerigen blauen Augen waren erschrocken weit aufgerissen, und von seiner langen Pferdenase fiel ein großer Tropfen auf das makellos weiße Deck. Dem Leutnant der Seesoldaten, der neben ihm stand, war vor Erstaunen die Kinnlade herabgefallen. Er sah aus, als hätte ihm gerade das Gespenst von Canterbury persönlich eine knochige Hand auf die Schulter gelegt und ihm einen frivolen Witz ins Ohr geflüstert. Ein Nigger im roten Rock des Königs! Das war undenkbar – ehe würde die Sonne morgen früh im Westen aufgehen.

Turner stierte sie aus zu Schlitzen zusammengekniffenen eisgrauen Augen an, dann schnaubte er zornig los: „Was ist daran so seltsam, Gentlemen? Sie wissen doch genauso gut wie ich, dass bei unseren Truppen in Indien Einheimische dienen, die in eigenen Bataillonen zusammengefasst sind. Sie haben sich als zuverlässige und mutige Kämpfer bewährt.“

Leutnant Benjamin Blower fasste sich und klappte den Mund vernehmlich zu, ehe er gepresst hervorstieß: „Aye, Sir, da gibt es die *Sepoys* bei der Infanterie und die *Sawars* der Kavallerie. Sollen in der Tat recht brauchbare Soldaten sein, diese Inder …“

„Hatten Sie jemals Grund, am Mut und der Tapferkeit unserer farbigen Besatzungsmitglieder zu zweifeln, Mister

Blower?“ Als der junge Leutnant heftig den Kopf schüttelte, fuhr ihn Turner an: „Dann schämen Sie sich, Mann! Ich weiß nicht, was in Ihrem Kopf vorgegangen ist, aber es scheint mir nichts Gutes gewesen zu sein, Sir.“

„Nun, Sir, ich meinte nur ... Nun ja, in Asien wird die *Indian Army* von John Company* bezahlt. Die Einheiten haben zwar britische Offiziere, aber diese unterstehen nicht der Krone ...“

„Schluss jetzt, Sir! Über Feinheiten zu streiten, ist hier nicht der richtige Platz!“, brüllte Wild Bill Turner unbeherrscht und stampfte wütend mit dem Fuß aufs Deck.

Blower wandte sich beleidigt ab und ging zur gegenüberliegenden Reling. Dechamp folgte ihm. Die Scouts blickten indigniert zur Seite und versuchten unbeteiligt auszusehen, die in der Nähe arbeitenden Matrosen hielten verblüfft inne und sahen konsterniert aus, nur die Indianer musterten ihn stoisch, allerdings schien es, als wanderten ihre Mundwinkel ein klein wenig verächtlich nach unten. Turner atmete tief durch und fluchte grimmig in sich hinein. Sein Temperament war mal wieder mit ihm durchgegangen. Er hätte den Offizier nicht vor versammelter Mannschaft herunterputzen dürfen. Später würde er sich bei ihm entschuldigen müssen, zumal er den Mann auch nicht zu dem Spähtrupp eingeteilt hatte, obwohl er durch seine Ausbildung sicher besser als Dechamp geeignet war, taktisch wichtige Stellungen zu erkennen und ihre Wichtigkeit beurteilen. Aber der Mann wäre in seinem roten Uniformrock im flachen Gelände der Marschgebiete und Reisfelder so auffällig gewesen wie ein klumpfüßiger nach Schwefel stinkender Teufel mit Bockshörnern und -schwanz im Refektorium eines Nonnenklosters. Aber ohne Uniform wäre sein Schicksal bei einer Gefangennahme sofort besiegelt gewesen. Die Rebellen hätten ihn ohne langes Federlesen als Spion am nächstbesten Baum aufgeknüpft. Dem ungestüm drängenden Dechamp hatte ein äußerst

* Ostindische Handelsgesellschaft

widerwilliger Turner sein Plazet zur Teilnahme erst erteilt, nachdem dieser ihm ein Schriftstück überreicht hatte, in dem er versicherte, den Stoßtrupp auf eigene Gefahr und im vollen Bewusstsein des damit verbundenen Risikos anzuführen. *Mitzumachen* wäre vermutlich das treffendere Wort gewesen, denn die Waldläufer und Indianer wussten allein, was sie zu tun und zu lassen hatten. Für sie war der Leutnant eher ein verflucht hinderlicher Klotz am Bein, auch wenn James Dechamp sich von ihnen ein ledernes Hemd ausgeliehen hatte, das er über seinen blauen Uniformrock streifen wollte. ‚Er wird in seinem eigenen Saft kochen', hatte William nicht ohne einen kräftigen Schuss Schadenfreude überlegt, ‚aber das schadet ihm gar nichts!' Den Revers von Dechamp hatte er wütend in kleine Schnitzel zerrissen, denn auch ein ganzer Stapel von Haftungsausschlüssen konnte ihn nicht von seiner Verantwortung entbinden.

Er widmete sich wieder Tom. „Bullenpisse in der Brandyflasche! Wenn wir diesen verdammten Krieg gewinnen wollen, dann brauchen wir jeden Mann, der eine Muskete abfeuern kann und dem König treu ergeben ist! Es ist mir völlig egal, ob schwarze oder weiße Finger die Waffen bedienen oder den Eid schwören." Er überlegte kurz. „Und lass dir vom Zahlmeister einen Beutel mit Farthings, Pennies und Shillingen geben. Sage den Leuten, da wo Kupfer und Silber ist, wird auch Gold sein. Verstanden?"

„Aye, aye, Zur!", strahlte Tom. Seine weißen Zähne blitzten unternehmungslustig. Das war ein Auftrag ganz nach seinem Geschmack.

„Nun zu euch", wandte sich Turner an die Waldläufer und Indianer. Er musterte nachdenklich ihre auf einem Kriegsschiff völlig deplatziert wirkende Lederbekleidung, die mit Fransen und Perlen bestickt war. Biberpelzmützen oder abenteuerliche Mützen mit langen Waschbärenschwänzen saßen auf ihren lang herabfallenden Haaren. Die Shawnees waren mit Lederhemden, Lendenschurz, Leggins und kniehohen

Mokassins bekleidet. Ihre Häupter zierten zwei Adlerfedern. Alle Männer waren mit schweren Messern bewaffnet, einige zusätzlich mit einem Tomahawk, aber am meisten beeindruckten Turner immer wieder die Musketen mit den überlangen Läufen, von deren Treffsicherheit über große Entfernungen er sich schon einige Male hatte überzeugen können. Diese Männer waren für den Erfolg des Einsatzes von entscheidender Bedeutung. Auf die Weißen konnte er sich blind verlassen. Aber wie sah es mit den Indianern aus? Wie er von Smith erfahren hatte, siedelten versprengte Gruppen von Shawnees auch in Georgia. Würde das Heimweh der Rothäute über ihre Loyalität die Oberhand gewinnen? Die Regierung in London rechnete fest damit, dass sich im Süden die mit den Briten verbündeten Stämme der Cherokees und der Creeks gegen die verhassten Yanks erheben würden, um sich für die Niederlage von 1776 zu rächen, nach der ihnen von den Amerikanern ein demütigender Friedensvertrag diktiert worden war. Jedenfalls hatte das John Stuart, der britische Superintendent für Indianerangelegenheiten, Lord George Germain, versichert. Wie weit das zutreffend war, würde eine spätere Aufgabe der Indianer und Pfadfinder sein. Aber das war Zukunftsmusik. Umständlich räusperte er sich und begann stockend: „Ahem, nun denn, jetzt hört mir mal gut zu. Ich möchte Folgendes wissen …“

Kapitel 3

Savannah und Umgebung, Dezember 1778

Der Skipper der holländischen Galiot *Platvis*, ein gewisser Tobias Witt – die Fälscher im Dienst von Smith hatten beim Frisieren der Dokumenten gute Arbeit geleistet –, saß auf dem Achterdeck und hing seinen Gedanken nach. Das Schiff lag ruhig vor der Wasserfront von Savannah, fünfzehn Meilen von der offenen See entfernt, auf Reede. Er blickte müde zu den funkelnden Lichtern der Stadt hinüber. Man hatte von hier aus nicht den Eindruck, dass sich die Stadt auf eine Invasion vorbereitete. White konnte zufrieden sein, denn bis jetzt war alles nach Plan verlaufen. Die Einklarierung hatte problemlos geklappt. Zwar hatten die Beamten ein paarmal überrascht aufgeschaut, als er seinen harten deutschen Akzent fast vergessen und einige typische Südstaatenfloskeln benutzt hatte. Er hatte ihnen daraufhin noch einen doppelstöckigen Genever eingegossen und lachend erklärt: „Tscha, da staunt Ihr, Gentlemen. Nun, ick haben sehr spitzige Ohren und hören *always very interested* zu, wenn die *Southern Gentlemen* in Charleston oder Wilmington miteinander spreken. Ick lernen schnell Euren schönen, weichen, singenden Dialekt. *It's much more*, wie sagt man, ah ja, *enjoyable*, als dieses Geknarze in die Nordstaaten. *Oh yeah, man.*" Die Herren hatten den scharfen Schnaps hinuntergekippt und herzlich gelacht. Später, nachdem er wieder allein in seiner Kabine war, hatte sich Leutnant White den Schweiß von der Stirn gewischt, sich noch einen Doppelstöckigen eingegossen und sich dann selbst ernsthaft ermahnt, in Zukunft vorsichtiger zu sein – schließlich hing sein Leben und das seiner Männer davon ab.

Immerhin hatte er schon ein paar wichtige Fakten herausgefunden. So hatte sich der Lotse bitterlich darüber beklagt, dass die Forts um Savannah herum, die alle noch aus dem Siebenjährigen Krieg stammten, durchweg in einem so beklagenswert schlechten Zustand waren, dass sie nicht verteidigt werden konnten. Auch schienen die politischen und militärischen Führer der Rebellen einander nicht grün zu sein. Die Behördenvertreter hatten heftig darüber gezetert, dass der reiche Generalmajor Robert Howe aus North Carolina, also durchaus ein Mann des Südens, hier auf dem südlichen Kriegsschauplatz die Befehlsgewalt nicht nur über seine tausend Soldaten der *Continental Army*, sondern auch über die Milizen aus Georgia und South Carolina beanspruchte.

„Außerdem ist der Kerl ein verdammter Frauenverführer!", hatte einer wütend geschimpft. „Der bumst alles, was nicht bei drei auf den Bäumen ist, dieses Schwein!"*

„Der bildet sich ein, etwas Besseres zu sein, nur weil er in Europa erzogen worden ist, Sir! Aber, ha, unser couragierter, sehr ehrenwerter Gouverneur Houstoun hat ihm das Recht abgesprochen, in Georgia etwas anderes als seine Männer zu führen, und auch die Milizkommandeure haben erfolgreich gegen ihn rebelliert und weigern sich schlicht, unter seinem Oberkommando zu kämpfen."

Der Hafenmeister hatte dann gegrient und sich lachend auf die Schenkel geschlagen. „Erinnert ihr euch noch an das denkwürdige Duell zwischen Howe und unserem ehemaligen Brigadegeneral in der *Continental Army*, Christopher Gadsden, am 30. August dieses Jahres? Das war eine tolle Schau! Gadsden hat Howe dadurch verwirrt, dass er seine Pistole absichtlich in die Luft abgefeuert hat, dadurch war der abgelenkt, und seine Kugel hat nur Gadsdens Ohr gestreift. Anschließend hat unser General den Howe aufgefordert, doch noch einmal zu feuern, was dieser jedoch entschieden ablehnte.

* Eine königstreue Dame aus North Carolina beschreibt ihn folgendermaßen: »He is deemed a horrid animal, a sort of woman-eater that devours everything that comes in his way, and that no woman can resist him …«

Seine Ehre war formell wiederhergestellt, aber Gadsden hat sich nie dafür entschuldigt, dass er Howes Recht zur Übernahme des Kommandos angezweifelt hat, sondern nur dafür, dass er es öffentlich in einer beleidigenden Sprache getan hat. Kein Wunder, schließlich war er der festen Überzeugung, dass eigentlich ihm das Kommando zustehen würde. Genau aus diesem Grund hat er seinen Dienst in der Kontinentalarmee quittiert. Für mich völlig unverständlich sind die beiden inzwischen dicke Freunde, aber politisch bekommt Howe hier keinen Fuß an den Grund und deshalb hat der Kongress vor drei Monaten endlich beschlossen, ihn durch einen alten Haudegen, den Veteran von Saratoga, General Benjamin Lincoln zu ersetzen."

„Kein Wunder!", hatte ein anderer zornig ausgerufen, „schließlich hat Howe den Angriff auf die verfluchten Limies in Florida im Mai in den Sand gesetzt. Er musste sich schimpflich wieder zurückziehen. Und dieser Teufel, dieser loyalistische Hundesohn Thomas Brown mit seinen Strauchdieben, die sich hochtrabend *King's Rangers* nennen, kujoniert unsere Bevölkerung weiter."

„Ja, dieses Schwein, das wir vor zwei Jahren aus dem Land gejagt haben, ist mit seinem kleinen Krieg, der aus schnellen Überfällen und Hinterhalten besteht, verdammt erfolgreich. Man hätte ihn damals gleich am nächstbesten Baum aufhängen sollen! Für den britischen Gouverneur von Florida, Patrick Tonyn, ist er ein wahres Gottesgeschenk, weil er alle aufrechten Republikaner in Furcht und Schrecken versetzt."

„Dabei ist diese Taktik des *hit and run* doch eigentlich unsere Domäne! Was maßt sich dieser Engländer an?", empörte sich der Hafenmeister. White musste innerlich über die pharisäerhafte Entrüstung des Mannes grinsen.

Ein Steuerbeamter hatte vor sich hin gemurmelt: „Na, immerhin wurde der Brown geteert und gefedert, bevor sie ihn aus Augusta vertrieben haben, das wird ihn ziemlich verbittert haben. Was General Howe betrifft, so kann man ihm eigentlich keinen Vorwurf machen, dass die Expedition nach Florida ein Fehlschlag war. Schließlich bestand seine Invasionsarmee Mitte Juli nur noch aus dreihundertfünfzig gesunden Männern. Schnell um sich greifende Krankheiten hatten die anderen kampfunfähig gemacht. Mit diesem heruntergekommenen Häuflein konnte er Generalmajor Augustine Prevost, den britischen Befehlshaber der Truppen in Florida, nun wahrlich nicht erschrecken."

„Pah! Du immer mit deinen Entschuldigungen für den widerlichen Howe. Jetzt haben wir den Salat, denn General Prevost marschiert auf Savannah zu! Oberst Valentine Fuser steht mit Teilen des britischen 60sten Regiments schon bei Sunbury, nur zwanzig Meilen südlich von hier. Wenn unser tapferer Oberst John McIntosh nicht so starrköpfig sein Fort Morris verteidigen würde, stünden die verdammten Limies vermutlich schon vor unserer Haustür! Und Howe würde sich am liebsten nach Norden verdrücken, wie man aus gut unterrichteten Kreisen hört. Aber seine Offiziere haben auf dem Kriegsrat mit großer Mehrheit für eine Verteidigung Savannahs gestimmt."

„Eigentlich schade, dass dieser Sturkopf McIntosh nicht hier ist. Wissen Sie, was er den Engländern geantwortet hat, als die ihn zur Übergabe aufgefordert haben?" Fragend hatte der Hafenmeister den Skipper der *Platvis* angeblickt. Der hatte natürlich verneinend den Kopf schütteln müssen. „Kommt doch und nehmt es! Das hat er ihnen ausrichten lassen. Klasse der Mann, nicht wahr?" Er schlug sich wieder heftig auf die Schenkel.

White hatte energisch genickt und sich dann schnell erkundigt: „Wie es scheint, könnte die Luft hier bald sehr bleihaltig werden. Ich habe mich schon darüber gewundert, dass hier so wenige Schiffe auf Reede liegen, und die sind durch die Bank klein, alt und halb verrottet. Irgendwie habe ich das sichere Gefühl, dass auch ich hier nicht alt werden sollte. Wie lange, meinen Sie, brauche ich, um eine volle Ladung Reis,

Baumwolle und vielleicht auch Tabak zu übernehmen? Ich kaufe alles zu einem vernünftigen Preis auf, wenn es schnell verfügbar ist."

Die Offiziellen blickten sich vielsagend an. Einer hob bedächtig die Schultern und meinte dann: „Das dürfte nur eine Frage des Preises sein. Soweit ich weiß", er grinste schief, denn natürlich wusste er genau über die Bestände in den Lagerhäusern Bescheid, „könnten Sie sofort mit dem Laden beginnen, nachdem Sie Ihren Ballast gelöscht haben. Kontaktieren Sie doch einfach morgen früh einen Agenten Ihrer Wahl, ich kann Ihnen die Firma Jefferson & Co empfehlen, dort wird man Ihnen gewiss lukrative Angebote machen können."

Leutnant Tobias White schob die Gedanken beiseite, erhob sich und machte gemessenen Schrittes eine Runde über das Deck. Die Kanonen waren geladen, aber in Ruhestellung gelascht. Die Männer, an den er vorbeiging, blickten auf, unterbrachen ihre Gespräche oder Handarbeiten und nickten ihm zu, um dann weiter ihr Garn zu spinnen. Es wurde weiter sechs um sechs Stunden Seewache gegangen, unter Segeltuchplanen lagen Handfeuerwaffen bereit – man konnte ja nie wissen. Vielleicht wurde ein paar ängstlichen oder besser gesagt vorsichtigen Yankees der Boden unter den Füßen zu heiß und sie sahen in dem neutralen Handelsschiff eine willkommene Gelegenheit zur Flucht. Wenn dem so war, dann würden sie auch nicht vor dem Versuch zurückschrecken, das Schiff mit Gewalt in ihren Besitz zu bringen. Auf dem Achterdeck traf White auf den Segelmeister Sharps, der wie immer schnell auf und ab trippelte und seine Nase schnüffelnd in die schwache Kühlte hielt.

„Na, Mister Sharps, haben Sie sich heute beim Einlaufen alle Gefahrenstellen eingeprägt? Es könnte gut sein, dass wir hier Hals über Kopf verschwinden müssen."

„Aye, Sir. Ich denke, wir sollten keine Probleme haben, aus diesem Sumpfloch wieder herauszufinden – zumindest wenn wir ausreichend Licht haben. Bei völliger Dunkelheit würde ich für nichts garantieren wollen, Sir."

„Wir haben zunehmenden Mond, Mister Sharps."

„Aber der ist erst so dünn, wie der von der geizigen Frau eines puritanischen Geistlichen verwässerte Messwein, Sir", murrte der Segelmeister und trat unruhig von einem Bein auf das andere.

„Schon recht, Mister Sharps. Ich habe volles Vertrauen zu Ihnen und Ihren Fähigkeiten. Ich gehe morgen an Land. Am Montagmorgen werden die *Southern Gentlemen* hoffentlich in den Büros sein, auch wenn wir in drei Tagen Heiligen Abend feiern …" White zögerte eine Sekunde und Sharp wusste genau, warum. Wenn die Tarnung des Leutnants in der Stadt aufflog, dann war er so gut wie tot, und die Besatzung der *Platvis* konnte ihm nicht helfen, sondern musste sehen, dass sie so schnell wie möglich das Weite suchte.

White musste daran denken, was Commander Turner bei ihrer letzten Besprechung zu ihm gesagt hatte. „Kapitän White, ich kann und will Ihnen und Ihrem Ersten nicht befehlen, nach Savannah einzulaufen. Bitte fassen Sie das, was ich jetzt sage, nicht als Beleidigung auf!" Er räusperte sich unbehaglich. „Ahem, ich würde es keineswegs als Feigheit ansehen, wenn Sie oder Ihr Erster Leutnant diesen Auftrag ablehnen würden, denn er entspricht keineswegs dem, was von einem Offizier des Königs fairerweise verlangt werden kann. Ich würde meinen Bericht dahingehend abfassen, dass ich Ihnen befohlen habe, das Kommando über die *Shark* zu übernehmen, weil ich selbst scharf darauf war, mich beim Landeinsatz mit Ruhm zu bekleckern … na ja, so ähnlich …" Bei diesen Worten hatte Turner schief gegrinst und sich heftig den Hinterkopf gerieben. „Aber im Ernst, Sir, es ist ein verdammtes Himmelfahrtskommando, und ich habe in der kurzen Zeit, in der ich ein selbstständiges Kommando innehabe, schon mehr als genug Männer in den Tod geschickt!" Er hatte gestockt, geistesabwesend aus dem Heckfenster geblickt und schwer geschluckt. Sein Adamsapfel war einige Male auf und nieder gehüpft, die Falten, die neuerdings von der Nase zum Mund verliefen, traten stärker hervor, dann hatte er sich wieder gedankenverloren über den Schädel gestrichen und hatte dann müde hinzugefügt: „Und eine Frau vermutlich auch …“ Ein unterdrückter Schluchzer entrang sich seiner Brust, dann biss er fest die Zähne zusammen. Eine peinliche Pause war entstanden, die von White schließlich energisch beendet worden war. „Wenn Sie mir nicht zutrauen, dass ich den Job zufriedenstellend erledige, Sir, dann sagen Sie mir das hier und jetzt frank und frei ins Gesicht! Ich gebe zu, dass mir der offene Kampf auf den Planken meines Schiffes mehr liegt als dieses dubiose Geheimdienstgemunkel, aber ich bin kein Trottel und denke nicht daran, mir diese einmalige Chance vermasseln zu lassen, meiner armseligen Karriere etwas Gutes zu tun. *Death or glory!* Das gilt auch für meinen Ersten, das kann ich Ihnen versichern! Ich würde es Ihnen sehr übel nehmen, wenn Sie mich ausbooten würden, Mister Turner … Sir! Außerdem scheinen Sie vergessen zu haben, dass die Schiffspapiere auf meinen Namen ausgestellt sind.“ Er machte eine bedeutungsschwere Pause, und Turner hätte wetten mögen, dass er nur mühsam ein hämisches Grinsen unterdrückte, dann fuhr White scheinbar leichthin fort: „Damit müssten Sie, um in meine Haut schlüpfen zu können, schlagartig um knapp fünfundzwanzig Jahre altern … Sir!“ Das war schon fast eine Subordination gewesen. Turner hatte ihn scharf angeblickt, ihm dann die Hand zum Einschlagen hingestreckt und trocken bemerkt: „*Audaces fortuna iuvat*, mein Lieber.“ White hatte ihn verständnislos angeblickt, worauf Turner, weil er sich für seine billige Retourkutsche schämte, schnell erklärend hinzugefügt hatte: „Dem Tapferen hilft das Glück, und Sie brauchen viel Glück, Mister White! Falls Sie Hilfe benötigen, ballern Sie mit allem, was sie haben, um sich, unsere Leute sind in der Nähe und werden Ihnen, falls es möglich ist, zu Hilfe kommen!" Damit waren die Würfel gefallen.

White blickte wieder zum Land hinüber; er hatte einen dicken Kloß im Hals. „Mister Sharps, wenn ich also morgen an Land bin, und Sie bekommen den Eindruck, dass ich in der Tinte sitzen, dann kappen Sie den Anker und bringen das Schiff mit den Männern in Sicherheit. Das ist ein Befehl, Sir! Leutnant Pullman habe ich entsprechend instruiert."

„Aye, Sir!", bestätigte der kleine Segelmeister halbherzig, blickte ihn wie ein kampflustiger Terrier an und dachte bei sich: „Na, das warten wir doch erst mal ab, mein Lieber. Schließlich haben wir für ein Handelsschiff eine ganz ansehnliche Bewaffnung. Damit können wir für die Yankees ein ziemlich beeindruckendes Feuerwerk veranstalten." Aber wenn er ehrlich war, dann wusste er, dass es bei ihrer exponierten Lage keine Alternative zur Flucht gab.

*

Es war dunkel auf der Plantage. Die Feuer vor den Hütten der Sklaven waren weit heruntergebrannt. Die meisten Schwarzen hatten sich nach der harten Arbeit des Tages schon zum Schlafen in die kleinen Hütten zurückgezogen, nur ein paar Männer hockten noch am Feuer und schwatzten. Ein kräftig gebauter Schwarzer erhob sich, streckte sich und ging ein paar Schritte zur Seite, um an einer Buschgruppe sein Wasser abzuschlagen. Aber dazu kam es nicht, denn der Harndrang verging ihm schlagartig, als sich eine große Hand von hinten auf seinen Mund presste und eine andere ihn fest am Hals packte. Er spürte, dass er zur Seite und dann hinter die Büsche gezogen wurde. Dort drückte man ihn zu Boden. Die Augen traten ihm aus den Höhlen, denn die Luft wurde ihm knapp, aber dann hörte er eine sanfte Stimme an seinem

Ohr: „Keine Angst, Bruder, ich tue dir nichts. Versprich mir, nicht zu schreien, dann lasse ich deinen Hals los. Nicke, wenn du mich verstanden hast." Der verängstigte Mann nickte, so gut es ihm möglich war. Sofort ließ der Druck an seinem Hals nach und die Hand gab langsam seinen Mund frei. Er atmete tief durch. „Jesus, hast du mich erschreckt, Mann! Warum machst du so etwas?" Vorsichtig blickte er sich um. Er sah vier dunkle, schattenhafte Gestalten, bei denen es sich ganz offensichtlich auch um Farbige handelte. „Seid ihr abgehauen, Brüder? Sucht ihr ein Versteck für die Nacht, dann kann ich euch helfen, so wahr ich Snowball heiße", krächzte er, denn seine Kehle schmerzte ihn. Er hatte Angst vor diesen schweigsamen, dunkel gekleideten Männern.

„Dein Herr, der dir diesen Namen gegeben hat, ist ein rechter Scherzvogel, nicht wahr?", grollte der große Kerl, der ihn immer noch fest gepackt hielt.

„Nun, manche sagen so, andere sagen so", stotterte er ziemlich unfroh. „Ihr könnt mich auch Jerry oder Jeremias nennen, falls euch das lieber ist. Auf diesen Namen hat mich der Reverend getauft."

„Schön, Jerry, wir wollen nur ein paar Auskünfte von dir. Sollte uns gefallen, was du uns erzählst, dann werden wir dich dafür belohnen. Aber zuerst müssen wir noch ein wenig weiter fort von den Hütten." Jerry wollte protestieren, aber die Männer nahmen ihn in ihre Mitte und zogen ihn mit sich fort. Bald tauchten sie in die völlige Dunkelheit einer kleinen Baumgruppe am Rand eines großen Reisfelds ein.

„Jetzt lasst mich endlich los, Brüder, mir platzt gleich die Blase, wenn ihr versteht, was ich meine!", stöhnte Jerry, er trat von einem Bein auf das andere und presste seine Hände gegen seinen Unterleib. Die Männer gluckten unterdrückt. „Nun mach schon, Nigger!", knurrte der eine mit einem leisen Lachen und gab ihm einen leichten Schlag auf den Rücken.

Nachdem sich Jerry Snowball wieder zu den Männern auf den Boden gehockt hatte, fragte ihn Tom ernst: „Wie stehst du zu deinem Herrn, Jerry?"

„Nun, Bruder, ich bin Vorarbeiter und genieße ein paar Vergünstigungen, deshalb durfte ich auch länger am Feuer sitzen. Mit unserem Herrn, Mister Donnaway, haben wir kaum Kontakt. Er hat im letzten Krieg ein Bein verloren und leidet seitdem auch unter einer schweren Verletzung an der Lunge, so dass er sich fast immer nur im Haus aufhält, wo er von Lady Fay, seiner Frau, und einer schwarzen Zofe gepflegt wird." Jerry legte die Fingerspitzen an die Lippen und schnalzte laut mit der Zunge. „Mrs. Donnaway ist eine Klassefrau, Kumpels, alles, was recht ist. Lange schwarze Haare bis zum Ar… zur Hüfte, funkelnde grüne Katzenaugen und eine Figur, puuh!" Er verdrehte die Augen – das war sogar in der Finsternis zu sehen. Es hätte nicht viel gefehlt, und er hätte sich lüstern die Lippen geleckt. „Wie die Hausmädchen verschämt kichernd durchblicken lassen, ist nicht nur das Bein ihres Ehegatten außer Betrieb, sondern auch sein, äh, Dingelingeding. Arme Frau!" Er machte eine Pause und ließ seine Phantasie spazieren gehen.

„Wie steht der Mann zu den Aufständischen?"

„Mister Donnaway ist königstreu bis auf die Knochen. Jeden Sonntag wird in der Kirche am Ende das Lied für den König angestimmt. Es ist ihm völlig egal, was die Nachbarn davon halten. Nun, die tolerieren vermutlich seinen Spleen, weil er ein Krüppel ist. Auch dem Verwalter, Mister O'Connor, passt die ganze Richtung nicht. Er ist ein aufrührerischer Feuerkopf, ein Ire eben, der schon längst von der Plantage verschwunden wäre, wenn da nicht die schöne Mrs. Donnaway wäre."

„Wenn hier britische Truppen einmarschieren würden, dann wären sie dem Herrn also willkommen?"

„Der würde sofort die britische Flagge hissen und sich mit seinem Gewehr in einer Sänfte an die Front tragen lassen.

Seid ihr englische Spione, Brüder? Wie man hört, sollen die Briten aus Florida nicht mehr weit von Savannah entfernt stehen."

„So etwas Ähnliches, Jerry. Je weniger du weißt, desto besser ist es. Wie gut kennst du dich hier aus?"

„Ich kenne hier jeden auch noch so schmalen Pfad durch die Sümpfe und Reisfelder. Wenn einer der anderen dummen Nigger von der Plantage abhaut, fangen wir treuen Boys ihn wieder ein, damit sich der Herr und Mrs. Donnaway nicht aufregen müssen", berichtete Jerry stolz. „Außerdem ist es besser, wenn wir ihn schnappen, bevor Massa O'Connor es erfährt, denn der würde ihn halbtot peitschen lassen. Oder auch ganz …", schloss Jerry missmutig. Seine Miene hellte sich sofort wieder auf, und er bekam spitze Ohren, als er Münzen klimpern hörte.

„Hier ist eine kleine Anerkennung für deine Mühe, mein Lieber." Tom drückte ihm ein paar Münzen in die Hand. „Kontrolliere sooft du kannst den Busch, an dem wir dich vom Pinkeln abgehalten haben", die Männer lachten unterdrückt, „wenn darin ein kleines, aus Zweigen geflochtenes Kreuz steckt, dann kommst du so schnell es geht her, verstehst du das, du schwarze Seele? Dein Herr wird es dir danken – und die schöne Lady auch. Der rote Ire vielleicht weniger, aber das ist sein Problem." Die Männer lachten wieder gedämpft, ein paar Zweige raschelten, als wäre ein plötzlicher Windstoß hineingefahren, dann herrschte Ruhe. Jerry blickte sich verwundert um, aber die Männer waren wie vom Erdboden verschluckt. „Waldgeister!", dachte er erschaudernd und bekreuzigte sich, aber dann fühlte er die Münzen in seiner Hosentasche und wusste, dass er keinem Spuk zum Opfer gefallen war, denn wer hätte je von Geistern gehört, die in barer Münze zahlten.

*

Savannah beeindruckte Leutnant White immer wieder. Es war eine moderne Stadt, die nach den neuesten Erkenntnissen des Städtebaus angelegt worden war. Alle Straßen kreuzten sich rechtwinklig, auf großen Plätzen spielte sich das öffentliche Leben ab, und die Häuser machten durch die Bank einen soliden, ja beinahe eleganten Eindruck, der auf einen gewissen Wohlstand schließen ließ. White saß zusammen mit dem holländischen Steuermannsmaaten Jan van Willem vor einer Gaststätte und trank Tee. Ein paar Tische weiter sprachen drei Matrosen dem Bier in ihren Krügen zu. Sie unterhielten sich auf Deutsch, achteten aber sorgfältig darauf, den Eindruck zu erwecken, dass sie White und seinen Begleiter nicht kannten. Alles schien wie immer zu sein, aber irgendwie kam Tobias White die Stadt verändert vor. Früher waren die Straßen voller Lärm gewesen, von überallher hatte man die Geräusche der Arbeit gehört, und die Luft war von dem Summen einer allgegenwärtigen geschäftigen Aktivität erfüllt gewesen. Vom Kai klangen die Gesänge der Negersklaven, die mit dem Be- und Entladen der Schiffe beschäftigt waren, herüber, und aus den Tavernen waren laute Sprachfetzen und brüllendes Gelächter zu hören gewesen. Ja, das war es! Zwar drängten sich auch heute die Menschen durch die Gassen, eilten mit irgendwelchen Einkäufen für das Weihnachtsfest beladen zielstrebig nach Hause, aber keiner lachte oder scherzte mit einem Bekannten, der ihm zufällig über den Weg lief. Über der Stadt schien drohend eine unsichtbare dunkle Wolke zu hängen, die auf den Gemütern der Bewohnern lastete und ihnen die Unbekümmertheit und Lebenslust zu nehmen schien, für die die Südstaatler sonst so berühmt – und in den puritanischen Nordenglandstaaten auch berüchtigt – waren. Auffällig viele Uniformen waren im Straßenbild vertreten. Dabei überwogen die Farben der

Georgia- und Carolina-Milizen die der Kontinentalarmee bei Weitem.

White hatte schon die Agentur besucht und sein Interesse an einer schnellen, vollständigen Beladung vorgetragen. Die Messieurs von Jefferson & Co hatten ihn sehr freundlich empfangen und ihm auch einige sehr günstige Angebote gemacht, aber White hatte gepokert und naserümpfend gemeint, dass man ihm angesichts der prekären Lage, in der sich die Stadt offensichtlich befinde, doch wohl etwas mehr entgegenkommen müsse, schließlich könne er problemlos auch nach Charleston weitersegeln. Mister Jefferson hatte daraufhin zunächst ziemlich säuerlich vor sich hin gestarrt, ihm dann aber im Brustton der Überzeugung versichert, dass er nochmals mit den in Frage kommenden Ladungsbeteiligten reden werde. Auch Mister Jefferson war ein harter Brocken. „Es liegen auch noch andere Schiffe wartend auf Reede“, bemerkte er leichthin, der drohende Unterton war allerdings nicht zu überhören, dann aber lächelte er sofort wieder. „Es wird sich alles zur beiderseitigen Zufriedenheit regeln lassen, Herr Kapitän Witt“, hatte er versprochen und die Augen zur Decke verdreht. Schließlich hatte er noch warnend einen letzten Trumpf ausgespielt: „Aber, Sir, bedenken Sie, dass das Weihnachtsfest vor der Tür steht. Da ruhen traditionell die Geschäfte!“ Mit einem feuchten, laschen Händedruck hatte er ihn verabschieden wollen.

„Wenn wir uns einig werden wollen, dann muss selbstverständlich in drei Schichten, und das auch während der Feiertage, gearbeitet werden, Sir! Sonst kann ich gleich den Anker hieven und nach Charleston verholen!“ Darauf hatte sich Mister Jefferson verschluckt, heftig gehustet und ihn völlig fassungslos angeblickt. Nachdem White sein Kontor verlassen hatte, war der Agent in seinen Sessel gefallen und hatte sich mit finsteren Flüchen über die blutsaugerischen Holländer Luft gemacht. „Die sind ja noch schlimmer als die geschäftstüchtigen Yankees aus dem Norden!“

White und van Willem waren anschließend durch die Straßen der Innenstadt gestreift und hatten die Ohren offengehalten. Von Zeit zu Zeit waren sie eingekehrt, um die Unterhaltungen der anderen Gäste zu verfolgen. „Wir sollten versuchen, uns einen Überblick über den Zustand der Befestigungen zu verschaffen“, schlug White jetzt vor und erhob sich sogleich. Der bedächtige Holländer trank gelassen seinen Tee aus, brummte etwas vor sich hin und folgte dem Leutnant mit zehn Schritt Abstand. Einmal blickte er sich kurz um, die Matrosen waren einen Block hinter ihm. Er lächelte zufrieden in sich hinein. Die Befestigungen der Stadt machten keinen unbezwingbaren Eindruck. Offensichtlich hatte man in den Friedenszeiten, die dem Siebenjährigen Krieg gefolgt waren, nichts oder doch nur wenig zur Erhaltung der Bastionen getan. Zwischen den Forts hatte man eine Palisade aus angespitzten Pfählen in den Boden gerammt. White erreichte das südliche Stadttor und wollte es flotten Schritts durchschreiten, aber Soldaten stellten sich ihm in den Weg und hielten ihn auf. Jan de Willem zuckte erschrocken zusammen und trat schnell in den Schatten eines breiten Vordachs zurück. White gestikulierte heftig und deutete nach draußen, aber die Soldaten schüttelten energisch den Kopf. Der Skipper zog umständlich ein Papier aus seiner Brusttasche und reichte es den Wachposten. Die studierten es eingehend und lange, wahrscheinlich waren sie beide nicht besonders geübt im Lesen, aber schließlich falteten sie es wieder zusammen und reichten es White zurück, wobei sie im Gleichtakt die Köpfe schüttelten. Der Leutnant musterte sie mit einem finsteren Blick. Hoffentlich reißt er sich zusammen, dachte Jan und lässt jetzt nicht den Offizier raushängen. Aber auch White schien zu der Überzeugung gelangt zu sein, dass er hier nicht weiterkam, deshalb wandte er sich wortlos um und ging in die Stadt zurück. Sie besuchten noch mehrere Tavernen und aßen in einem Gasthaus zu Mittag. Dabei hörten sie mit gespitzten Ohren die Gespräche mit, die an den Nachbartischen geführt wurden. Nach und nach ergab sich aus den kleinen Steinchen der so gesammelten Informationen ein Mosaik, das ihnen ein recht gutes Bild über den Verteidigungszustand Savannahs vermittelte. General Howe war offensichtlich zu der richtigen Überzeugung gekommen, dass er die Stadt nicht von innerhalb der mangelhaften Befestigungen verteidigen konnte, sondern dass er nur eine Chance hatte, wenn er draußen in einer offenen Feldschlacht seine Defensivstellung klug wählte. Leider konnte sich White noch kein genaues Bild davon machen, wie viele Einwohner Savannah mit der Waffe in der Faust verteidigen würden und wo General Howe sich zur Schlacht stellen wollte. Er schätzte die Stärke der Milizen aus Georgia und South Carolina auf etwa fünfhundert Mann, aber dazu kamen die Regulären Howes, und bei einem Angriff vermutlich auch noch Freiwillige aus der Stadt. Die Bevölkerung war zwar nervös, aber sie machte keinen hektischen, panischen Eindruck. Allem Anschein nach war der größte Teil der Bewohner finster entschlossen, die Stadt zu verteidigen, also waren sie wohl doch zum größten Teil Anhänger der Republikaner. Die optimistischen Prognosen des ehemaligen Gouverneurs Wright, der Lord Germain von einer starken loyalistischen Unterstützerpartei berichtet hatte, waren anscheinend bloßes Wunschdenken gewesen.

Als sie zurück an Bord über ihre Eindrücke sprachen, bestärkten ihn die Beobachtungen der anderen Männer in seiner Meinung. „Wenn wir jetzt noch wüssten, wo sich der General dem Kampf stellen will, dann könnten wir uns dezent auf Französisch verabschieden. Nun, ich werde morgen noch einen letzten Versuch wagen, das herauszufinden. Vielleicht sind die Menschen kurz vor Weihnachten etwas mitteilsamer."

Am Nachmittag des Dienstags, es war der 22. Dezember, drückte sich White mit van Willem wieder in verschiedenen Tavernen herum, sie erfuhren aber nichts Neues. Als sie bei hereinbrechender Dunkelheit schon wieder auf dem Rückweg zum Bootsanleger waren, kehrten sie noch in einer ziemlich obskuren Kaschemme ein. Die langgestreckte Hütte lag etwas außerhalb der Stadt am Ufer des Savannah und war aus Treibholz und Brettern roh zusammengezimmert. Die Ritzen zwischen den Planken hatte man mit Lehm verschmiert, aber drinnen, in der vorderen Schankstube, zog es trotzdem wie Hechtsuppe. Das hatte aber auch sein Gutes, denn die versammelten Männer produzierten mit ihren Maiskolbenpfeifen atemberaubend dichte Qualmwolken. White erinnerte sich, dass dort früher immer ein ziemlich lichtscheues Gesindel verkehrt hatte, und tatsächlich hockten dort ein paar Gesellen zusammen, die nicht den Eindruck machten, als würden sie den örtlichen Friedensrichter als Freund und den Pastor der Gemeinde als Chorleiter haben. Ihre Kleider waren schäbig und abgetragen und die Gesichter von unzähligen Schlägereien gezeichnet. Nach eingehender Betrachtung der Visagen kam White zu dem Schluss, dass gebrochene Nasenbeine, Blumenkohlohren und blutrote Messernarben das menschliche Antlitz keineswegs schöner machen, allerdings hätten die gemeinen Gesichter der meisten Anwesenden auch ohne diese Verzierungen keinen Schönheitspreis gewonnen. Es stank nach hochprozentigem, vermutlich schwarzgebranntem Alkohol, schalem Bier, ungewaschenen Männerkörpern und süßem Virginiatabak. Jan van Willem, der ihn nur zögernd hinein begleitet hatte, schaute sich unbehaglich um, zupfte ihn am Ärmel und raunte ihm zu: „Hier sollten wir besser unseren Anker nicht werfen, Sir, sondern alle Rahen vierkant brassen und unter Leesegeln ablaufen.“ Aber White schüttelte unwillig den Kopf, hörte nicht auf ihn, sondern ließ sich schwer auf einen Stuhl fallen und bestellte lautstark zwei Krüge Bier.

„Die musst du dir schon selbst am Tresen holen!“, belehrte ihn höhnisch ein untersetzter Mann mit einem Stiernacken. Der fette Bauch des Mannes quoll über den Gürtel, und eine dichte Matte aus krausen schwarzen Brusthaaren lugte aus seinem offenen Hemd. Er hatte die Hemdsärmel weit aufgekrempelt und über den Muskelpaketen der Arme spannte sich eng das Trikot. Die kleinen Schweinsäuglein blickten tückisch. „Bei uns werden auch so feine Pinkels wie du nicht bedient, hab' ich nicht Recht, Jungs?“

„Na klar, hast du recht, Big Boy, wie immer“, meinte unfreundlich ein kleiner Kerl mit einem spitzen Rattengesicht und zeigte den einen ihm verbliebenen gelben Schneidezahn im trüben Licht der Lampe. Auf dem Unterarm prangte eine Tätowierung, die einen geflügelten Drachen darstellte. Sie bewies, dass der Mann zur See gefahren sein musste, höchstwahrscheinlich in der Ostasienfahrt. Der Seemann musterte White immer wieder scharf aus seinen sonst unstet umherhuschenden dunklen Kieselsteinaugen.

White stand auf, ging zum Tresen und kam mit drei Bierkrügen in der Hand zurück. Den einen stellte er vor dem Muskelprotz auf den Tisch: „Danke für den Tipp, mein Freund. Bei uns in Holland ist das anders, musst du wissen, also wäre ich hier wahrscheinlich verdurstet, wenn du mir nicht den richtigen Kurs angegeben hättest! Prosit und einen schönen Feierabend!“ Er reichte van Willem den zweiten Krug und hob dann den seinen in die Höhe.

Der andere Mann glotzte ihn verwundert an und packte dann zögernd das Gefäß. Er schien mit sich zu kämpfen, ob er dem Fremden das Bier ins Gesicht schütten oder es trinken sollte. Schließlich entschied er sich für Letzteres, dabei brabbelte er etwas in seinen Bart, was man für einen Willkommensgruß, einen Dank oder aber auch für eine Verwünschung halten konnte.

Nachdem White noch zwei Runden für den Tisch von Big Boy ausgegeben hatte, wurden die Mienen der dort versammelten Spitzbuben heller, sie grinsten den freigiebigen Spender so freundlich an, wie das mit ihren Steckbriefvisagen überhaupt möglich war, und ihr Anführer machte eine einladende Geste. White zog seinen Stuhl an ihren Tisch heran. Es begann das übliche Fragespiel nach dem Woher und dem Wohin. Der Skipper gab bereitwillig Auskunft, aber dann runzelte er missmutig die Stirn und schnaubte verdrießlich: „Wenn das stimmt, was ich so gehört habe, dann werden die Limies bald dieses Städtchen besetzen, und ich sitze mit meinem Schiff in der Falle. Ich glaube, ich sollte mich besser nach See hin bewegen, solange ich das noch ungehindert tun kann."

Die Männer begannen hitzig zu diskutieren. „Das wird alles nicht so heiß gegessen, wie es gekocht wird!", rief einer und breitete die Arme aus. Ein anderer schnarrte wütend: „Recht hat der Käpt'n! Der Howe hat alles in allem keine neunhundert Mann unter seinem Kommando, und die Milizen haben durchweg keinerlei Erfahrung auf dem Schlachtfeld. Das Einzige, worauf die bis jetzt geschossen haben, waren Rehe und Hasen, aber die englischen Rotröcke schießen zurück, verdammt, oder spießen die grünen Jungs mit ihren dreimal verdammten langen Bajonetten auf." Niemand bemerkte, dass sich der rattengesichtige schmierige Typ verdrückt hatte, selbst dem scharfäugigen Holländer war das entgangen. Der bullige Kerl, der so etwas wie der Anführer zu sein schien, hieb mit der Faust auf den Tisch und sagte rau: „Howe vertraut darauf, dass er die Stellung nur ein paar Tage halten muss, bis General Lincoln mit den Truppen, die er in Charleston zusammenzieht, eintrifft und die Stadt entsetzt. Aber wer's glaubt wird selig! Pah!"

„Also", meinte schließlich White scheinbar bedrückt, „ihr glaubt nicht daran, dass dieser General Howe die Stadt halten kann?"

Ehe er eine Antwort bekam, flog die Tür zur Straße auf, und ein Leutnant der Kontinentalarmee mit blankem Degen und sechs Soldaten drangen in die Schankstube ein. Der Verräter deutete auf White und trompetete laut: „Das da ist der englische Spion. Ich kenne ihn von früher, als ich noch zur

See gefahren bin. Er ist englischer Offizier und ein verdammter Leuteschinder, Leutnant!“

*

„Einer nach dem anderen, meine Herren! Es ist ja schön, dass Sie anscheinend alle so viele Informationen gesammelt haben, aber wir müssen da System hineinbringen. Wie es aussieht, hat der Segelmeister der *Platvis* die dringendsten Neuigkeiten. Mir schwant nichts Gutes. Berichten Sie, Mister Sharps.“

Sharps, der ungeduldig von einem Fuß auf den anderen trat, antwortete wie aus der Pistole geschossen: „Ich habe zwei schlechte und eine gute Nachricht. Die erste schlechte ist: Die Yanks haben Kapitän White einkassiert. Steuermannsmaat Jan van Willem konnte in dem Durcheinander, das durch die versuchte Festnahme aller Anwesenden entstanden ist, mit Glück gerade noch zusammen mit ein paar Halunken durch die Hintertür entkommen und zurück auf das Schiff flüchten. Bedauerlicherweise habe ich keine Möglichkeit gesehen, dem Kapitän zu Hilfe zu kommen, daher haben wir befehlsgemäß sofort das Ankertau gekappt und haben uns in der Dunkelheit davongestohlen. Bei den Rebellen muss ein fürchterliches Durcheinander geherrscht haben, so dass man uns recht spät verfolgt hat. Erst als wir zeitweise auf einer Sandbank festsaßen, näherten sich uns aus der tiefschwarzen Nacht zwei Galeeren mit in der Mittschiffslinie montierten Geschützen und ein großer Prahm, der mit Bewaffneten vollgestopft war. Es gelang Leutnant Pullman mit seinen Männern, den Prahm mit einer Breitseite zu versenken. Der größte Teil der Männer dürfte dem Geschrei nach, das wir gehört haben, im Wasser hektisch um ihr Leben gekämpft haben. Daraufhin haben die Galeeren ihre Kanonen im Bug ziemlich ungezielt abgeschossen, und wenn es nicht so finster gewesen wäre, hätte man sagen können, dass sie ins Blaue gefeuert haben, äh …“ Er schluckte heftig, dann fuhr er fort: „Die zweite schlechte Nachricht ist, dass eine Kugel Leutnant Harold Pullman tödlich getroffen hat.“ Sharps verlor für einen Augenblick seine aggressive Spannkraft und schien in sich zusammenzufallen. „Mister Pullman war ein guter Seemann und vorzüglicher Artillerist, ich mochte ihn …“ Er seufzte, dann riss er sich wieder zusammen. „Auch zwei weitere Seeleute wurden ernsthaft verletzt. Zu unserem Glück haben die Kanonenboote dann versucht, die Ertrinkenden zu bergen. Anschließend sind sie geflüchtet. Vorsicht schien ihnen der bessere Teil der Tapferkeit zu sein, obwohl wir sie, manövrierunfähig, wie wir waren, eigentlich zum Scheibenschießen eingeladen haben. Glücklicherweise sind wir dann mit Hilfe der Riemen wieder frei gekommen. Später haben wir mit dem an den Grund gefierten Anker auf die Dämmerung gewartet, dann ist es mir gelungen, die *Platvis* ohne weitere Havarien in die Mündung des Savannah Sounds zu navigieren.“ Er machte eine kurze Pause, als erwartete er für diese brillante seemännische Leistung tosende Beifallskundgebungen, aber Turner nickte nur kurz, also fuhr er fort: „Wie Jan van Willem mir berichtete, verfügt General Howe ungefähr über acht- bis neunhundert Reguläre und Milizionäre. Dazu kommen an die vier Dutzend Kanonen und zwei Dutzend Mörser und Haubitzen. Und die Milizen sollen so grün wie Gras sein, Sir!“

Eigentlich stellten diese Mitteilungen eine gute Nachricht dar, aber William Turner blickte betroffen vor sich hin. Seine schlimmsten Befürchtungen in Hinsicht auf Tobias White waren wahr geworden, und er hatte einen guten Offizier verloren. Alle Blicke waren gespannt auf ihn gerichtet. In der kleinen Achterkajüte der *Shark* drängten sich Segelmeister Sharps, Leutnant Dechamp, Leutnant Blower, der Scout Mark Snake Taylor und Tom. „Waren das nun schon die schlechte und die gute Nachricht in einem zusammengefasst, Mister Sharps?“, erkundigte er sich bitter.

„Nein, Sir, die richtig gute kommt jetzt. Vor der Mündung des Savannah River sichteten wir eine Fregatte, es war die HMS *Buzzard* unter Kapitän Sheridan.“ Er hielt inne und räusperte sich umständlich.

Turner fuhr ihn an: „Nun erzählen Sie schon, Mann, lassen Sie sich nicht jedes Wort mit der Kneifzange aus der Nase ziehen!“

„Ahem, aye, Sir. Die *Buzzard* gehört zur Vorhut der Flotte, welche die Invasionsarmee von Oberstleutnant Campbell transportiert. Schon während wir noch mit dem Kommandanten der *Buzzard* sprachen, kamen weitere Segel in Sicht. Die Schiffe gehen bei der Insel Tybee vor Anker. Wegen des schlechten Wetters während der Überfahrt von New York ist die Flotte zerstreut worden und deshalb noch nicht vollständig. Allerdings wird Campbell begierig auf unsere Erkenntnisse warten, würde ich wetten.“

Turner stieß heftig die Luft aus. Sharps hatte natürlich recht, aber was war mit Leutnant White? Sosehr ihm die Zeit unter den Nägeln brannte, um etwas zu dessen Rettung zu unternehmen, zuerst musste er sich anhören, was seine anderen Späher zu berichten hatten, um einen Bericht an Oberstleutnant Campbell anfertigen zu können. Er nickte Leutnant Dechamp zu. „Bitte, Sie sind an der Reihe, Sir.“

„Danke, Sir. Wir haben festgestellt, dass der beste Landeplatz unterhalb von Giradeaus Plantage liegt. In der Tat ist das der erste geeignete Uferabschnitt überhaupt, der für eine Anlandung großer Infanteriemassen geeignet ist und außerdem über vernünftige Straßenverbindungen verfügt. Die Entfernung zur Stadt beträgt zwei Meilen Luftlinie.“

„Na, das sollte doch für die Stoppelhopser keine Hürde sein, würde ich meinen.“

„Richtig, Sir, aber das Problem ist ein anderes. Das Ufer und die sich daran anschließenden Reisfelder werden von einem etwa vierzig Fuß hohen Hügel beherrscht, der gut sechshundert Yards vom Fluss entfernt aufragt. Zur Wasserseite hin fällt diese Klippe, Brewton's Bluff genannt, steil ab. Wenn sich die Rebellen darauf in ausreichender Zahl mit ein paar Kanonen verschanzen, können sie ein verdammtes Blutbad unter unseren Truppen anrichten, Sir."

‚Verdammt!', fluchte William Turner in sich hinein, ‚warum kann nicht einmal etwas ohne Komplikationen abgehen?' Nun, vielleicht gab es auch noch ausschließlich positive Neuigkeiten. Er nickte Mark Snake Taylor aufmunternd zu.

„Wir haben uns unter die Milizen gemischt, Sir. Nachdem wir ein farbiges Garn über unsere Heldentaten im Norden gesponnen hatten, waren sie ganz arglos und haben sich uns gegenüber wie menschenfressende, wilde Krieger gebärdet. Wenn es nach den Reden dieser Großmäuler aus dem Süden geht, dann kann Oberst Campbell schon mal sein Testament machen. Aber wie Mister Sharps schon richtig ausgeführt hat, haben sie so gut wie keine Kampferfahrung. Ich wette einen abgekauten Biberzahn gegen meinen Anteil am Prisengeld einer voll beladenen spanischen Schatz-Galeone, dass sie so schnell wie Erdhörnchen von der Bildfläche verschwunden sind, sobald die Luft bleihaltig wird. Falls die Landung glückt, dürften aber auch unsere Soldaten bei ihrem Vormarsch Schwierigkeiten haben, denn das Terrain ist schwierig, weil die Reisfelder und Sümpfe nur Truppenbewegungen auf den bekannten Straßen und den höher gelegenen trockenen Plateaus zulassen." Er zögerte, wiegte den Kopf nachdenklich hin und her und schaute Turner unschlüssig an.

„Was ist los, Snake? Raus mit der Sprache!"

„Nun, Sir, vielleicht sollten wir unseren feindlichen Brüdern stecken, dass Oberst Campbell nur einen Scheinangriff auf Giradeaus Plantage plant und in Wirklichkeit direkt vor Savannah landen will. Schließlich ist ein Spion entkommen, und Howe kann sich an seinen fünf Fingern ausrechnen, dass

Campbell durch den Agenten erfahren wird, wie schwach er ist."

Tom mischte sich ein: „Also, was die Wege durch die Sümpfe angeht, so haben wir einen Ortskundigen aufgetrieben, den ich für verlässlich halte, Sir. Er könnte uns von großem Nutzen sein. Besonders, weil Brokenwing und Thunderingwater bei ihren roten Brüdern vom Stamme der Yamacraw abgeblitzt sind. Diese vorsichtigen Herren wollen sich aus dem Streit der Weißen ganz raushalten."

Turner legte die Stirn in Falten und rieb sich intensiv den Hinterkopf. „Gentlemen, das war gute Arbeit. Ich bin stolz auf Sie." Er trommelte nervös mit den Fingern auf der Tischplatte, dann schlug er sich mit der flachen Hand klatschend auf den Schenkel. „Ich werde jetzt einen Bericht für Oberstleutnant Campbell verfassen. Mister Dechamp, sobald ich damit fertig bin, werden Sie sich mit der *Platvis* auf den Weg zur Flotte machen."

„Aye, aye, Sir! Und was haben Sie vor, wenn ich fragen darf?", erkundigte sich der Erste Leutnant lauernd, obwohl er die Antwort eigentlich schon wusste.

„Ach, Mister Dechamp, ich glaube, ich sollte mir Savannah mal aus der Nähe ansehen. Es muss ein schönes Städtchen sein, die Schilderungen haben mich verdammt neugierig gemacht, das verstehen Sie doch gewiss, Sir."

Dechamp lächelte etwas gequält. Ihm war klar, was Turner vorhatte. Er wollte White mit einem Handstreichunternehmen befreien. Eigentlich wäre genau das wieder eine typische Aufgabe für seinen Ersten Leutnant gewesen, aber Dechamp kannte seinen Kommandanten inzwischen gut genug, um zu wissen, dass der bei dieser gefährlichen Mission lieber selbst dabei sein wollte. Daran mochte zum einen sein schlechtes Gewissen Schuld haben, White in diese Lage gebracht zu haben, aber zum anderen kam ganz gewiss dazu, dass Turner der felsenfesten Überzeugung war, der bessere Mann für ein derart heikles Unternehmen zu sein. Dechamp war selbstkritisch genug, um sich einzugestehen, dass der Commander damit Recht hatte.

Kapitel 4

Savannah, Weihnachten 1778

Die Tür zum Arbeitszimmer von General Howe wurde schwungvoll aufgerissen, ein Sergeant der Georgia-Miliz marschierte herein, salutierte salopp und meldete lässig: „Der Gefangene, Sir!"

Der General erhob sich hinter seinem Schreibtisch, blickte den Mann gereizt an, erwiderte dann den Gruß formal einwandfrei und schnarrte: „Herein mit dem Kerl!"

Der Sergeant trat zur Seite, machte eine schwungvolle Armbewegung, worauf zwei Milizionäre Leutnant White in das Zimmer stießen. Whites Hände waren hinten auf dem Rücken gefesselt und er sah aus, als wäre er in eine schwere Kneipenschlägerei geraten. Sein Gesicht war rot verfärbt, ein Auge völlig zugeschwollen, die Braue aufgeplatzt, unter der Nase und auf den aufgesprungenen Lippen waren Spuren von verkrustetem Blut sichtbar. Ein Schneidezahn schien zu fehlen. Der General schüttelte missbilligend den Kopf, musterte ihn dann aber mit kalten Augen. „Sie heißen?"

White gab sich nicht die Mühe, seine Rolle als holländischer Skipper weiter zu spielen, dafür sprachen die Tatsachen zu sehr gegen ihn. Die Ratte hatte ihn eindeutig identifiziert, und wie er den Gesprächen seiner Wächter entnommen hatte, war die *Platvis* glücklich entkommen. Schon das unverzügliche Verschwinden des Schiffes noch in derselben Nacht gleich nach seiner Festnahme kam einem Schuldeingeständnis gleich. „Leutnant Tobias White, Royal Navy, Sir. Kommandant Seiner Britannischen Majestät Kriegsslup *Platvis*." Seine Stimme klang undeutlich, weil ihm der Kiefer schmerzte und eine Lippe dick verschorft war. Außerdem lispelte er. „Ich möchte mich in aller Form gegen die erniedrigenden Schikanen und Misshandlungen durch Ihre Männer verwahren. Als Kriegsgefangener und Offizier erwarte ich eine faire, ehrenvolle Behandlung."

„Schon recht, Mister White! Aber Sie kennen doch die Spielregeln. Wie Sie selbst richtig gesagt haben, stünde Ihnen eine solche Behandlung als Kriegsgefangener zu, aber ich sehe nur einen dreckigen Spion in ziviler Kleidung vor mir. Einen Leutnant der Royal Navy habe ich mir immer anders vorgestellt, insbesondere dann, wenn er auch noch Kommandant eines Schiff des Königs ist." Die Ironie war mit Händen zu fassen. White fand das keineswegs lustig, denn er wusste selbst nur zu gut, dass er tief in der Tinte saß. Als er in der gestrigen Nacht, zusammengeschlagen, mit schmerzenden Knochen, durstig und hungrig, auf seinem fauligen Strohsack in der Zelle lag, hatte er seine Situation leidenschaftslos analysiert und war zu dem Ergebnis gekommen, dass seine einzige Chance darin lag, Zeit herauszuschinden, um Turner die Möglichkeit zu geben, ihn mit einem seiner waghalsigen Handstreichunternehmen herauszuhauen. Aber was hatte er dem General im Tausch gegen Lebenszeit anzubieten?

„Was sollten Sie herausfinden, White?"

„Nun, Sir, das Übliche. Wo kann man ohne starken Beschuss mit Booten in unmittelbarer Nähe der Stadt an Land gehen?" White gedachte, sein Gegenüber auf eine falsche Fährte zu locken, denn er konnte sich nicht vorstellen, dass Campbell so verrückt sein würde, etwas Derartiges zu versuchen. Er musterte sein Gegenüber aus verschwollenen Augen. Der Generalmajor war das, was man wohl einen schönen Mann nannte. Große, dunkle Augen unter elegant geschwungenen Augenbrauen, eine wohlgeformte gerade Nase und ein kleiner Mund mit vollen Lippen verliehen ihm ein angenehmes Aussehen. Der Mund verzog sich jetzt spöttisch. Er warf seinem Adjutanten einen viel sagenden Blick zu.

„Wieso sollte Prevost uns von Booten aus angreifen, Mister? Können Sie mir das erklären?"

White zögerte. Hatte Howe keine Ahnung, dass eine Invasionsflotte unterwegs war? Wollte der Mann ihn auf die Probe stellen? Er senkte verstockt den Kopf und schwieg. Ein heftiger Stoß in den Rücken ließ ihn taumeln, beinahe wäre er zu Boden gestürzt. Bevor ihn ein weiterer Schlag traf, stieß er schnell hervor: „Da habe ich mich wohl verplappert, Sir. Nun ist es auch schon egal, wenn ich Ihnen verrate, dass General Prevost einen Überraschungsangriff vom Fluss her plant, während er den Hauptstoß natürlich über Land führen will. Er will Sie sozusagen zwischen zwei Feuer nehmen …" White blickte niedergeschlagen auf die abgetretenen Dielen des Fußbodens.

General Howe sah ihn beinahe mitleidig an. „Wissen Sie, in gewisser Weise tun Sie mir leid, White. Es war nämlich alles vergebens. Sie werden hängen für nichts und wieder nichts! Wie ich gerade erfahren habe, zieht sich Ihr General Prevost nach Florida zurück. Nachdem ich die Besatzung von Fort Morris verstärkt habe, fühlt er sich wohl nicht imstande, es zu erobern. Aber genau das müsste er, um den Rücken für einen Angriff auf Savannah frei zu bekommen. Es ist ein Jammer, nicht wahr, White?"

Der Leutnant gab sich alle Mühe, zunächst entsetzt und dann niedergeschlagen dreinzuschauen. Allem Anschein nach war Howe noch nicht über die sich nähernde Invasionsflotte informiert. Das mochte günstig für ihn sein. Ein Generalmajor Howe, der sich keiner unmittelbaren Bedrohung ausgesetzt sah, würde mit ihm vermutlich keinen kurzen Prozess machen, sondern ein ordentliches Kriegsgericht einberufen. White hoffte, dass die dafür benötigten Offiziere es vorziehen würden, in Ruhe das Weihnachtsfest zu feiern, bevor sie über einen Todgeweihten zu Gericht saßen.

„Das Leben kann verdammt unfair sein, White. Aber Sie wissen natürlich, dass mir gar nichts anders übrig bleibt, als

Sie aufknüpfen zu lassen." Howe räusperte sich. „Ahem, aber natürlich erst nach einem ordentlichen Verfahren, an dem viele Vertreter der Presse teilnehmen werden. Dafür werde ich nach dem Fest sorgen. Alle Welt soll erfahren, zu welch hinterhältigen Mitteln das stolze Britannien greifen muss, wenn es unserer gerechten Sache schaden will, aber das wird ..."

Jemand pochte heftig gegen die Tür. Ohne auf eine Antwort zu warten, flog sie weit auf, ein Major, offensichtlich der Ordonnanzoffizier des Generals, stürmte herein und rief mit sich überschlagender Stimme aufgeregt: „Sir! Sir! Eine englische Flotte hat vor der Insel Tybee geankert und ständig kommen noch weitere Schiffe hinzu."

General Howe erstarrte mitten im Satz, den er mit ausdrucksvollen Gesten unterstrichen hatte. Seine Augen fixierten Leutnant White, so wie es eine Schlange mit einem Kaninchen macht. „Das also war des Pudels Kern!" Die Offiziere und die Milizionäre tauschten verständnislose Blicke aus, was hatte Howe mit dieser Bemerkung gemeint? Ein besonders einfältiger, aber leider auch besonders kräftiger Soldat, wie White aus leidvoller Erfahrung wusste, blickte sich mit halboffenem Mund suchend nach einem Hund um. Was für ein Pudel? Der General drehte abrupt auf dem Absatz um, trat ans Fenster, faltete die Hände auf dem Rücken und starrte auf den Platz hinaus. „Jetzt haben wir eine völlig neue Lage. Daher also dieser Hinweis auf die Bootslandung ..." Er hatte zu sich selbst gesprochen. Verwirrt schüttelte er den Kopf, dann fiel sein Blick auf den Gefangenen. „Bringen Sie ihn zurück in die Zelle, Sergeant!" Er wirkte eher müde als erschrocken oder wütend.

„Zu Befehl, Sir!"

„Und keine Prügel mehr. Sorgen Sie dafür, dass der Leutnant anständig behandelt wird."

Der Sergeant blickte missmutig, nahm dann aber Haltung an und knurrte unwillig: „Jawohl, General, anständig!"

Die Soldaten zogen White zur Tür, die der Sergeant mit einem lauten Knall zuwarf. Er stieß geräuschvoll die Luft durch die Nase aus und zischte dann höhnisch White ins Ohr: „Wir bringen dich jetzt in deinen Palast, mein Täubchen. Dort werden wir dir eine hübsche, kleine Abreibung verpassen – aber anständig! Dieser geschniegelte Laffe und Weiberheld von einem Generalmajor der Kontinentalarmee hat uns Georgia-Milizionären gar nichts zu befehlen. So weit kommt es noch!"

Die nächsten Stunden und Tage wurden für Leutnant White ein nicht enden wollendes Martyrium. Der sadistische Sergeant Tom Pain und sein besonderer Spezi, der bärenstarke, aber strohdumme Sam Adam, fielen allein oder in Gesellschaft von ein paar weiteren betrunkenen Grobianen der Georgia-Miliz in unregelmäßigen Zeitabständen über ihn her und misshandelten ihn schwer. Er wurde mit Fäusten geschlagen, mit Stiefeln getreten, angespuckt und während der ganzen Tortur auf das schmählichste beschimpft. Es war ein unheiliges Weihnachtsfest, das der Leutnant durchleben musste. Seine Peiniger schlugen ihm sämtliche Vorderzähne aus, mit ihren Stiefeltritten brachen oder quetschten sie ihm mehrere Rippen, so dass er nur noch unter großen Schmerzen atmen konnte. Den Bruch des linken Unterschenkels verursachte Sam Adam allerdings eher unbeabsichtigt, als er den wehrlosen, gefesselten Gefangenen mit einem wuchtigen Tritt von den Füßen fegte. White schrie laut vor Schmerzen auf und fiel dann in eine gnädige Ohnmacht. Als er wieder erwachte, wusste er nicht, wie lange er bewusstlos auf dem fauligen Strohsack in der feuchten Katakombe gelegen hatte. Entsetzt spürte er, dass kleine Füßchen geschäftig über ihn hinweg eilten, aufgeregte Piep- und Pfeiftöne ließen Panik in ihm aufsteigen. Ratten! Die Nagetiere hielten ihn wohl schon für tot und begannen, sich um die besten Plätze für das Festmahl zu streiten. White begann unartikuliert zu brüllen, nach dem ersten Aufschrei entrang sich ihm aber nur noch ein erbärmliches Krächzen. Er wollte mit den Beinen nach den Tieren treten, aber der heftige Schmerz, der ihn sofort durchzuckte, vereitelte sein Vorhaben. Vor Entsetzen entleerte sich seine Blase. Die Ratten pfiffen verärgert und zogen sich in die Dunkelheit zurück – fürs Erste. Das blutende, geschundene, stinkende Lumpenbündel, das einmal ein stolzer Offizier des britischen Königs gewesen war, begann hemmungslos zu schluchzen. „Verdammt sollst du sein, Commander Turner! Deine vollmundigen Versprechen sind weniger wert als die Treueschwüre einer Hafenhure!“ Leutnant White war ein harter Mann, dafür hatten fast vierzig Jahre auf See in rauer, ungehobelter Gesellschaft gesorgt. Sein Verhältnis zum Schöpfer konnte man eher als ein rein dienstliches bezeichnen, denn seit er Kommandant war, musste er bei der sonntäglichen Musterung neben den Kriegsartikeln auch einen kurzen Abschnitt aus der Bibel verlesen und die Besatzung einen Choral singen lassen. Aber jetzt, in diesem stinkenden, feuchten Rattenloch, körperlich und psychisch am Ende, faltete er plötzlich die gefesselten Hände und begann ein abgehacktes Gebet zu murmeln: „HERR, du weißt, dass ich ein verfluchter Sünder bin, der sich nie viel aus den Pfaffen und ihren Litaneien gemacht hat, aber wenn es stimmt, dass du dein Angesicht auch über dem geringsten unter deinen Knechten leuchten lässt und dich seiner erbarmst, dann flehe ich dich aus tiefster Not an, mach diesem Elend hier ein Ende! Schick mir einen rettenden Engel oder zitiere mich vor deinen Richterstuhl! Ja, HERR, selbst der Tod ist mir willkommen, er ist besser als dieses unwürdige Martyrium!“ Er spürte, dass ihm die Tränen über die verschwollenen Wangen liefen. „HERR, ich kann nicht mehr, St. Nikolaus ist mein Zeuge!“ Durch den Lüftungsschacht seiner Zelle hörte er plötzlich schwach den Klang von Kirchenglocken, die in einer anderen Welt zum Weihnachtsgottesdienst riefen. Er fühlte eine große Ruhe und Zuversicht in sich aufsteigen. Sein Gebet war erhört worden. Erschöpft und entkräftet versank er in einen unruhigen Dämmerzustand voller peinigender Phantasien.

*

Vor Tybee Island, 23. Dezember 1778

Das Boot der *Platvis* legte an der Bordwand des Flaggschiffs an. Leutnant Dechamp kletterte flink die Stufen zur Eingangspforte hinauf. Dort wurde er vom WO des Linienschiffes und von dem Flaggleutnant des Admirals empfangen. Als sich seine Augen an die Dämmerung im Zwischendeck gewöhnt hatten, fiel ihm vor Überraschung der Unterkiefer herunter. Auch sein Gegenüber, der Fünfte Leutnant der HMS *Hephaistos*, starrte ihn ungläubig an.

„*Stud* Dechamp! Ich fasse es nicht!"

„*Buck* Rullingston! Wie kommst du denn hierher? Ich wähnte dich bereits in England. Hast du deinen schmollenden Herrn und Meister, Admiral *Black Dick* Howe, nicht nach Hause begleitet?"

„Ach nein, ich habe mich entschieden, hier zu bleiben. Ich muss da sein, wo die Musik spielt. Schließlich will ich, wenn ich heimkomme, über und über mit Ruhm bedeckt in die Ehrenhalle des Schlosses meiner Ahnen einziehen. Die Herzen der stolzesten Frauen sollen beim Anblick des edlen Kriegshelden dahinschmelzen. Was blieb mir folglich anderes übrig, als mich als Fünfter Leutnant auf diesem stolzen Schiff anheuern zu lassen? Aber ganz im Vertrauen, so ganz nach meinem Geschmack ist der öde Dienst auf so einem Dickschiff nicht."

„Schön, dich zu sehen, Buck, aber wir reden später weiter. Jetzt muss ich erst mal zum Admiral und dann zu Oberstleutnant Campbell." Er warf einen schnellen Blick auf den ungeduldig von einem Fuß auf den anderen tretenden Flaggleutnant und zwinkerte Rullingston verschwörerisch zu. „Mir ist da gerade eine tolle Idee gekommen.“

Oberstleutnant Archibald Campbell ließ den Bericht sinken, den er aufmerksam studiert hatte. „Das ist alles sehr interessant und hilfreich, was Commander Turner mir hier mitteilt. Der Geheimdienst scheint ausnahmsweise einmal gute Arbeit geleistet zu haben – aber was die wirklich wert ist, wird sich erst herausstellen, wenn die Truppen an Land gehen, Herr Leutnant.“ Campbell musterte den pferdegesichtigen, verschlafen wirkenden Leutnant unter halb geschlossenen Lidern hervor. Es war kaum vorstellbar, dass dieser ungelenke, schlaksige Kerl noch vor nicht allzu langer Zeit durch die Sümpfe in Feindesland gekrochen sein sollte, um als Spion den Gegner auszukundschaften.

„Sir, Sie können davon ausgehen, dass wir unser Bestes getan haben. Die Aufklärer sind erstklassige Scouts aus dem Norden, dazu kommen zwei Shawnees, die ihnen den Stuhl unter dem Gesäß stehlen könnten, ohne dass Sie es merken würden, und Farbige, die die Stimmung unter den Sklaven erkunden sollten. Commander Turner ist genau jetzt unterwegs, um herauszufinden, wo General Howe seine Truppen massieren wird, um Ihren Angriff abzuwehren.“ Und um Leutnant White zu befreien, fügte er in Gedanken hinzu. „Er wird dafür sorgen, dass Howe dahingehend informiert wird, dass Sie eine Landung in unmittelbarer Nähe der Stadt beabsichtigen. Er wird das Gerücht gezielt lancieren, dass Sie befürchten, auf einem langen Anmarsch über die schmalen Wege durch die Reisfelder und Sümpfe in eine Falle zu geraten. Jeder sieht doch, dass Sie dort die Stärke Ihrer in der Linientaktik bestens gedrillten Regimenter nicht richtig zur Entfaltung bringen können. Im Gegenteil, die auf den schmalen Pfaden zusammengedrängten Einheiten würden gute Schießscheiben abgeben.

Aber in Wahrheit ist das Ufer unterhalb von Girardeaus Plantage der ideale Ort für die Invasion. Es muss freilich unbedingt verhindert werden, dass Breton's Hill vom Gegner befestigt und von starken Kräften mit Artillerieunterstützung verteidigt wird.

Vertrauen Sie auf Commander Turner, Sir. Er ist ein sehr einfallsreicher Mann und hat schon einige verzwickte Einsätze hinter sich. Auf der Admiralität ist man sehr zufrieden mit ihm, wie mir mein Vater, der Earl of Sundhurst, erst kürzlich wieder geschrieben hat. Wir segeln unter der Flagge der Admiralität, Sir, daher hat der Commander weitgehend freie Hand, denn auch Ihr Admiral kann ihm keine Befehle geben.“ Bei der Nennung des Namens Sundhurst und dem Hinweis auf die Admiralität hatte Oberstleutnant Campbell die Ohren gespitzt. Campbell litt darunter, dass man ihn bei der Beförderung übergangen hatte. Er hatte eigentlich einen viel zu niedrigen Dienstrang im Verhältnis zur Wichtigkeit seines Einsatzes – das wurmte! Da konnte es nicht schaden, einflussreiche Bekannte zu haben.

„Ja, da haben Sie vollkommen recht, Mister Dechamp. Was den möglichen Landeplatz angeht, so haben wir uns, mein Stab und ich, diesen Ort auch schon als Landeplatz ausgesucht. Wie mir der Admiral eröffnet hat, wird es schon schwierig genug werden, den Fluss bis dorthin mit unseren großen Schiffen hinaufzukommen. Bei der augenblicklichen Windrichtung kann das Tage dauern. Aber zuerst müssen wir abwarten, bis alle Schiffe hier Anker geworfen haben.

Wissen Sie, mein lieber Leutnant, ich habe, unter uns gesagt, ein kleines Problem. Das Unternehmen ist ja eigentlich so geplant, dass ich meine Kräfte mit denen von General Augustine Prevost vereinigen soll. Es ist klar, wer in diesem Fall die Befehlsgewalt hätte! Nun bin ich keineswegs eitel, aber ich werde hier nicht untätig herumhocken und auf den General warten, wenn ich die günstige Gelegenheit habe, Savannah auch ohne ihn zu erobern. Glücklicherweise enthalten meine

Befehle von General Clinton auch keine verpflichtende Anweisung in dieser Beziehung." Der Oberstleutnant erhob sich und reichte Dechamp jovial lächelnd die Hand. „Richten Sie bitte Commander Turner meinen verbindlichsten Dank aus, und ich warte gespannt auf seinen nächsten Bericht."

Dechamp zögerte einen Augenblick, fragte dann aber direkt: „Kann ich auf Ihre wohlwollende Unterstützung rechnen, wenn ich den Admiral um die Freigabe eines seiner Offiziere ersuche, Sir?"

Campbell blickte ihn erstaunt an. „Warum denn das? Hat es Ärger mit einem der Leutnants gegeben?"

„Nein, keineswegs, Sir, aber es wäre vielleicht hilfreich, wenn Sie den Admiral dezent darauf hinweisen könnten, dass die Navy bei der Eroberung von Savannah nicht nur als Fuhrunternehmen tätig war, sondern auch einen aktiven operativen Beitrag geleistet hat. So etwas macht sich gut im Bericht an die hohen Herren in London." Er räusperte sich. „Ahem, ich bin gerade eben einem alten Bekannten begegnet, der darauf brennt, unter Commander Turner zu dienen. Zufällig ist auf einem unserer Schiffe die Stelle des Ersten Leutnants frei geworden, Sir. Wir hatten Tote zu beklagen, Sir."

„Das ist sehr bedauerlich, aber, nun ja … Und der Mann will lieber auf einer dieser kleinen Nussschalen dienen als auf dem Flaggschiff? Das hört man selten, Sir!"

„Es kommt darauf an, was man will, Sir. Möchte man in seinem Beruf Erfahrungen sammeln und auf der Karriereleiter durch Leistung vorankommen, dann sind die Nussschalen, wie Sie sie nennen, nicht die schlechteste Wahl, würde ich meinen", meinte Dechamp schmunzelnd. „Schließlich fahre auch ich genau aus diesem Grund auf einem Schoner und nicht auf einem Linienschiff der Ersten Klasse mit hundert Kanonen. Übrigens, bitte korrigieren Sie mich, falls ich Sie falsch verstanden habe, Sir, Sie kommandieren doch auch lieber eine kleine Einheit selbst, als ein Rad im Getriebe einer großen Armee zu sein, nicht wahr? Ich werde nicht vergessen, das in meinem nächsten Brief an meinen Vater zu erwähnen, Sir." Dechamp kannte keine Skrupel, wenn es darum ging, seine Verbindungen, über die er als Angehöriger des englischen Uradels verfügte, für seine Zwecke – und die seiner Freunde – auszunutzen.

„Nun, äh, das ist zwar eine interne Angelegenheit der Marine, Sir, aber ich werde den Admiral beim Dinner darauf ansprechen."

„Verbindlichsten Dank, Sir! Und noch einen schönen Tag."

Sein alter Freund aus den Jahren in Eton, Edward Augustus Rullingston, genannt der Rammler, erwartete ihn bereits neugierig im Vorraum. „Nun mal raus mit der Sprache, *Stud*, was hast du dir in deinem schlauen Köpfchen für mich ausgedacht? Ich bin ganz Ohr!"

„Ist es dir immer noch ernst damit, dass du auf einen Schlickrutscher willst und unter diesem unbequemen Dickkopf Commander Turner dienen möchtest?"

„Oh, *Commander* Turner, da darf man gratulieren! Nach den deprimierenden Erfahrungen als Fünfter Leutnant auf diesem Dickschiff bin ich finster entschlossen, bei der ersten sich mir bietenden Gelegenheit umzusteigen, und wenn es auf ein Floß mit zwei Drehbassen unter dem Kommando eines trunksüchtigen, schwachsinnigen, greisen Leutnants wäre."

„Dem Manne kann geholfen werden", sagte Dechamp grienend, den die überschwängliche Begeisterung Rullingstons amüsierte. Seinem Freund musste der langweilige Dienst an Deck der *Hephaistos* schwer aufs Gemüt geschlagen haben. Zwar hatte er auch vorher auf einem Flaggschiff gedient, aber da war er Flaggleutnant von Admiral William Howe gewesen; als solcher war er vom Routinedienst des Schiffes befreit gewesen, und das Schiff hatte die meiste Zeit im Hafen von New York gelegen.* Die vielfältigen Abwechslungen, die diese Stadt bot, hatten ihn gewiss reichlich entschädigt. „Auf der

* Siehe Paul Quincy, »Harte Männer – Schwere See«

Platvis ist die Stelle des Ersten Leutnants vakant geworden. Der arme Hund ist bei einem nächtlichen Schusswechsel auf dem Savannah-River gefallen. Wir sollten gleich mit deinem Kapitän sprechen … natürlich nur wenn du willst!"

„Los, komm schon, worauf wartest du noch!", rief Rullingston und eilte schon zum Niedergang.

*

Savannah, in der Nacht des 25. Dezember 1778

Das Fort, das dreihundert Yards von den Häusern der Stadt entfernt an der Nordostecke des Plateaus lag, duckte sich unter den dunklen Regenwolken, die schnell über den Himmel jagten. Die schmale Sichel des zunehmenden Mondes war kaum einmal zu sehen. Durch ihre erhöhte Lage beherrschte die Bastion den Fluss im Norden und die Reisfelder im Osten. Auf den Wällen war es finster, auch aus der Kaserne fiel kaum ein Lichtstrahl in den Hof. Nur weiter hinten in den Häusern und Straßen der Stadt brannten Lichter. Dort wurde das Weihnachtsfest gefeiert. Noch fühlten sich die Einwohner sicher. Die Gefahr durch die britische Armee aus Florida schien gebannt zu sein und die Invasionsflotte lag untätig in der Mündung des Savannah vor Anker, wie aus den regelmäßigen Berichten der Späher hervorging.

Die beiden Milizionäre aus Carolina, die langsam im spärlich beleuchteten menschenleeren Hof am Wall der Bastion herunterschlenderten, unterhielten sich halblaut. „Lass uns eine Pause einlegen, Jo, und einen kleinen Schluck nehmen."

„Ja, du hast Recht, David. Wir haben uns einen guten Schluck verdient, mein Alter. Die Kameraden aus Georgia haben uns den Wachdienst aufs Auge gedrückt, weil sie in Ruhe mit ihren Familien feiern wollen, und unsere Kumpels schlagen sich den Magen mit Truthahnbraten voll und schütten sich große Krüge mit Punsch in den Hals, während wir hier in der kalten, feuchten Nacht frieren müssen." Er schüttelte sich. In der Tat war es empfindlich kühl, nur wenige Grade über dem Gefrierpunkt, und immer wieder fegte ein Regenschauer über das Land. Wahrlich kein Wetter, um Weihnachten im Freien zu verleben. Dankbar nahm er seinem Kameraden die Flasche ab, die dieser ihm gönnerhaft reichte, nachdem er sich selbst bedient hatte. Hastig nahm Jo einen langen Zug, dann hustete er heftig. David klopfte ihm kräftig auf den Rücken.

„Du bist wohl nichts Gutes gewohnt, mein Freund. Das ist bester selbstgebrannter Whiskey. Damit haben wir schon mehr dreckige Rothäute umgebracht als mit unseren Gewehren, ha, ha, ha!"

„Bei Gott, das ist ja ein fürchterliches Gesöff! Aber es macht warm", stellte Jo zufrieden fest. Er setzte die Flasche nochmals an den Mund und nahm einen großen Schluck, dann reichte er sie zurück und wischte sich den Mund ab. Auch David bediente sich ein zweites Mal. Gerade als er den Korken in den Flaschenhals trieb, fiel drinnen in einer Kasematte etwas laut klappernd auf den gepflasterten Boden. Im stockfinsteren Inneren des Festungswalls sollte sich eigentlich niemand aufhalten, nur oben auf dem Wehrgang standen noch zwei oder drei Wachposten, jedenfalls war das so vorgesehen. Schnell ließ er die Flasche in seinem weiten Mantel verschwinden und zischte: „Wer ist denn da unterwegs? Den schauen wir uns doch mal an." Sie nahmen die Musketen von den Schultern, überprüften die Pulverladungen der Zündpfannen, dann brachten sie die Waffen in Hüfthöhe in Anschlag und näherten sich vorsichtig einer offenstehenden Tür. „Die sollte eigentlich verschlossen sein, verdammt", flüsterte David. Jo antwortete nicht, sondern sprang ohne zu überlegen in den dunklen Gang hinein, der hochprozentige Schnaps hatte seinen Mut beflügelt. Sein Kamerad folgte ihm zögernd. David spürte, wie ihm das Herz bis in den Hals hinauf pochte, aber er hörte auch, dass Jo bei jedem Schritt aufgeregt schnaufte. Nachdem sie sich sein paar Yards vorangetastet hatten, öffnete sich vor ihnen ein großer Raum, der für die Lagerung von Nachschubgütern gedacht war. Wieder zuckten sie erschrocken zusammen, als sie plötzlich nicht weit vor sich ein klägliches Mautzen hörten. David stieß einen erleichterten Seufzer aus, brachte den Hahn wieder in Ruhestellung und rammte den Kolben der Muskete schwer auf den Boden. „Es ist nur eine verdammte streunende Katze!"

„Mistvieh!", stimmte ihm Jo zu, der das Gefühl hatte, dass eine Zentnerlast von seiner Brust genommen wurde. Dann war da ein Luftzug, ein sanftes Atmen, vielleicht ein fast unhörbares Gleiten von Füßen ... dann nichts mehr, jedenfalls nichts mehr, was die beiden Milizionäre hätten hören können. Der Tomahawk von Brokenwing und das Messer von Thunderingwater hatten ihre tödliche Arbeit fast lautlos verrichtet.

Zurück im Hof stieß Brokenwing den klagenden Ruf eines Kauzes aus. Commander Turner schnippte mit den Fingern. „So, Männer, den Rücken haben wir frei. Auf geht's!" Er eilte, gefolgt von Beaver Smith und Nat Moose, den Gang hinunter, der zu den Zellen der Festung führte. Snake Taylor, Fred Blackwood, Tom und der athletische Schwarze Joshua Poupée blieben vor der geschlossenen Tür der Wachstube stehen. Eine Lunte zischte und wurde angeblasen, bis sie hell glühte, dann hielt man sie an mit Terpentin getränkte Lappen, die aus fest zusammengeschnürten Bündeln herausragten. Es stank, und die Lappen fingen Feuer. Snake Taylor wartete ab, bis die Lappen richtig schön brannten, dann flüsterte er: „Jetzt!" Tom riss die Tür zum Wachraum auf. Taylor warf das erste qualmende Bündel hinein, hielt seine Rechte nach hinten, die nächste Stinkbombe wurde ihm in die Hand gedrückt, und auch sie landete auf dem Boden des Raums. Tom warf die Tür zu, massive Planken wurden quer davor gelegt und mit dicken Balken und Keilen an der gegenüberliegenden Wand abgestützt. ‚Die gute Erkundung und Vorbereitung zahlen sich aus!', dachte Tom bewundernd, ‚der Käptum ist doch immer für eine überraschende Idee gut!' Der Wall bestand in diesem Bereich aus massivem Mauerwerk, über dem man meterdick das Erdreich aufgeschüttet hatte. Die Lüftung der Räume erfolgte hauptsächlich über die Türen und Gänge. Einige wenige Luftröhren führten in den Hof hinaus. Die Lüftungsröhre der Wachstube war allerdings verstopft worden, so dass die Luft drinnen schnell knapp wurde, als die beiden stinkenden Qualmbündel ihre Wirkung voll entfalteten.

Turner war mit zwei Begleitern inzwischen schon auf das schwache Licht zugeeilt, unter dem der Wachposten saß, der Whites Zelle bewachte. Der Mann sprang auf, als er die schnellen Schritte hörte. Er packte seine Waffe und brüllte: „Wer da! Parole!" Etwas flog durch die Luft. Der Wachposten machte unter dem Anprall des schweren Messers einen Schritt nach hinten, ließ die Muskete fallen, packte den Messergriff, der aus seiner Brust ragte, und versuchte ihn herauszuziehen. Ungläubig starrte er die Männer an, die in den Lichtschein der Öllampe traten. Ein Commander der Royal Navy in voller Uniform war das Letzte, was er in diesem Dasein sah.

Turner beugte sich herab und nahm ihm den Schlüssel ab. Beaver Smith zog mit ungerührter Miene sein Messer aus der Brust des Toten und wischte es an dessen Uniformrock ab. Turner schloss hastig die Zelle auf. Ein leises Wimmern schlug ihm entgegen. „Nein, nicht schon wieder schlagen! Nein, bitte nicht!" Leutnant White lag zusammengekrümmt auf einem Strohsack. In der Zelle stank es nach menschlichem Kot, Urin, Erbrochenem und Blut. Beaver Smith durchtrennte vorsichtig die Fesseln des Gefangenen, dann richtete er den völlig erschöpften Mann zusammen mit Nat Moose auf. Der Gemarterte stöhnte schmerzgepeinigt auf. Turner meinte beruhigend, auch wenn er innerlich vor Wut kochte: „Schön, Sie zu sehen, Mister White. Alles ist gut. Leider konnte ich nicht früher kommen, Sir." White versuchte ihn anzublicken, aber seine Augen waren völlig zugeschwollen. Er bemühte sich, etwas zu sagen, brachte aber keinen Ton heraus. Turner gab den Männern ein Zeichen. Der starke Nat Moose wollte sich den laut aufstöhnenden Leutnant über die Schultern werfen, aber die Jammerlaute des Mannes ließen ihn innehalten. Zusammen mit Beaver Smith legten sie ihn auf seine stinkende Decke, hoben ihn vorsichtig in die Höhe und machten sich eilig auf den Rückweg. Als sie die Wachstube erreichten, hörten sie drinnen keuchendes Husten und gedämpfte Rufe, Fäuste hämmerten heftig gegen die Tür. Niemand kümmerte sich darum. Ohne von den Wachen oben auf dem Wall bemerkt zu werden, eilten sie am Rande des Hofs zum Ende der Befestigung. Turner erschauderte, als er mitten auf dem Hof im schwachen Lichtschein ein offensichtlich erst kürzlich errichtetes Balkengestell entdeckte. Es war ein Galgen. Nach wenigen Minuten waren die Männer mit ihrer Last in der tiefen Dunkelheit verschwunden. Sie rutschten mehr, als dass sie gingen den Abhang vor dem Fort zu den überschwemmten Reisfeldern hinunter und eilten über schmale Pfade zum schwarz dahinströmenden Fluss hinunter. Die Indianer und Waldläufer bewegten sich trotz der Dunkelheit mit so schlafwandlerischer Sicherheit in diesem Gelände, als wäre es der Hafenkai von Antigua im hellen Sonnenlicht. Turner wäre mehr als einmal gestürzt, wenn ihn nicht jedes Mal gerade noch rechtzeitig eine helfende Hand gepackt hätte.

Endlich erreichten sie das dichte Weidengebüsch, in dem sie ihre von den Indianern organisierten Kanus versteckt hatten. Vorsichtig wurde White hineingelegt und mit einem Fell zugedeckt. Turner setzte sich hinter ihn und nahm seinen Kopf in die Hände. Die Boote glitten auf den Strom hinaus, und mit kräftigen Schlägen hielten die Männer auf die andere Uferseite zu, wo sie sich bei Hutschinson's Island im Schutz der Bäume auf den Weg flussabwärts zum Versteck der *Shark* machten. Als eine trübe Sonne über dem Savannah Sound aufging, gelang es White seine Augen so weit zu öffnen, dass er Turner erkennen konnte. Mühsam keuchte er: „Eigentlich habe ich mir den Heiligen Nikolaus immer etwas anders vorgestellt.“ Er hustete heftig und presste dabei die Hände gegen seine Rippen. Tränen des Schmerzes liefen ihm aus den Augen. Mühsam stieß er dann noch heraus: „Es stimmt schon, der Alte ist der Schutzheilige der Seefahrer, aber ich habe nicht geahnt, dass er die Uniform eines Commanders der Royal Navy trägt …“

Turner war den Tränen nah, als er bei zunehmender Helligkeit das Ausmaß der Verletzungen des Leutnants erkennen konnte. Es waren Tränen ohnmächtiger Wut. Nur mühsam die Fassung wahrend, räusperte er sich umständlich: „Ahem …, nun ja, Mister Taylor, gerne hätte ich Sie früher aus Ihrer misslichen Lage befreit. Aber wie Sie wissen, ist Sankt Nikolaus über die Weihnachtsfeiertage ein viel beschäftigter Mann und bedauerlicherweise waren meine Rentiere am Ende ihrer Kräfte …“

Kapitel 5

Savannah, 28. Dezember 1778

„Das ist unverantwortlich, Herr General! Ich wette mit Ihnen, dass die verdammten Briten genau da ihre Truppen an Land setzen werden! Dort und nirgendwo anders!“ Colonel Samuel Elbert von der Kontinentalarmee, der die aus Regulären und Milizen zusammengewürfelten Einheiten aus Georgia kommandierte, deutete energisch mit dem Zeigefinger auf das Ufer des Savannah unterhalb von Brewton's Hill. Der Oberst stützte sich schwer mit beiden Händen auf der Karte ab, stieß seinen kugelförmigen Kopf nach vorne und fixierte gereizt sein Gegenüber. „Sir, ich flehe Sie an, unterstellen Sie mir zusätzlich zu den zweihundert Mann meiner Georgiabrigade die Dritten Rangers aus South Carolina und vier Vierpfünder vom Vierten South Carolina Artillery Regiment. Mit den fünfhundert Männern werde ich mich oben auf der Klippe verschanzen und ich garantiere Ihnen, ich drehe die Limies so durch den Wolf, dass sie in keinen Wurstdarm mehr passen! Die Briten sind seit zwei Tagen stromaufwärts unterwegs, spätestens morgen früh werden sie unterhalb von Giradeaus Plantage stehen! Wir haben nicht mehr viel Zeit, Sir!“

Generalmajor Howe hatte die Arme vor der Brust verschränkt und blickte den Oberst überlegen lächelnd an. „Sir, ich habe verlässliche Informationen, dass die Landung unterhalb Brewton's Hill nur eine Finte ist. Wenn ich so starke Kräfte, wie die von Ihnen verlangten, dort postiere, kann ich den Hauptangriff nicht abwehren.“

Colonel Elbert blickte ihn düster an. Er richtete sich kerzengerade auf, dann sagte er leise, aber jedes Wort sorgfältig betonend: „Wie Sie meinen, Sir! Ich hoffe nur, dass Ihre Informationen richtig sind, aber sagen Sie später nicht, ich hätte Sie nicht gewarnt!"

„Ich bin Ihnen für Ihren Rat sehr dankbar, Herr Oberst, aber ich kann unmöglich von meinen achthundertfünfzig Männern fünfhundert so weit von Savannah entfernt postieren, dass sie im Ernstfall nicht mehr rechtzeitig eingreifen können, falls die Briten direkt vor den Toren der Stadt landen. Aber um sie zu beruhigen, werde ich Hauptmann John Carraway Smith mit den fünfzig Mann der South Carolina Continentals auf der Klippe postieren."

Colonel Elbert murmelte etwas von einem Tropfen auf den heißen Stein, klemmte sich seinen Hut unter den Arm, salutierte und marschierte mit schnellen Schritten aus dem Zimmer. Der Adjutant konnte gerade noch rechtzeitig die Tür vor ihm aufreißen, sonst wäre der wütende Oberst vermutlich wie ein gereizter Eber durch sie hindurch gestürmt. Ein verunsicherter Generalmajor blickte ihm nachdenklich hinterher.

*

Savannah River, in der Nacht des 28. Dezember 1778

Der Beaujolais aus dem Dörfchen Moulin-à-Vent war ein Gedicht. William Turner war sich ziemlich sicher gewesen, dass es sich um einen Burgunder handelte, bis ihn Oberstleutnant Campbell über die Herkunft des Weines aufgeklärt hatte. „Ich konnte mir in New York ein paar Flaschen für besondere Gelegenheiten sichern, bevor wir abgelegt haben", hatte er Turner lächelnd erklärt. Der schnupperte genießerisch an seinem Glas, saugte den hinreißenden Rosenduft begierig in sich hinein, nahm einen kleinen Schluck und genoss das delikate Himbeeraroma. „Ganz ausgezeichnet, Herr Oberst", lobte er seinen Gastgeber. „Und Sie halten den heutigen Tag für eine solche Gelegenheit, Sir."

„O ja, durchaus, Commander. Dank Ihrer Aufklärungsergebnisse! Die Aktion muss doch sehr gefährlich gewesen sein!" Turner machte bescheiden eine abwehrende Handbewegung. „Nun, die Rebellen schwärmten zwar wütend herum und waren aufgebracht wie gereizte Hornissen, nachdem wir Leutnant White aus ihren barbarischen Klauen gerissen hatten. Gelegentlich haben sie sich sogar gegenseitig unter Feuer genommen." Turner lächelte schief. „Ein paar ihrer Beobachtungsposten mussten meine Männer, äh …, aus dem Verkehr ziehen. Übrigens war White, der arme Kerl, in einem bedauernswerten Zustand, seine primitiven Wärter haben ihn schwer misshandelt. Aber Dank der Behandlung durch den Flottenarzt und dessen Helfer geht es ihm jetzt schon wieder etwas besser."

In Oberst Campbells Augen zeigte sich ein zorniges Funkeln. „Ich kenne das, denn ich war zwei lange Jahre in den Händen der aufständischen Yankees und wurde auf eine Weise behandelt, die der menschlichen Natur Hohn sprach, man kann es nicht anders denn als beispiellose Barbarei bezeichnen. Und *ich* war kein Spion, sondern ein regulärer Kriegsgefangener. Übrigens haben auch einige andere Kameraden diese Erfahrungen gemacht, so auch der brillante Major John André, den Sie ja kennengelernt haben.* Diese Erlebnisse haben unsere Sympathie für unsere Cousins nicht gerade befördert. Nein, wirklich nicht, Sir. Aber zurück zu den vor uns liegenden Aufgaben. Wenn Ihre Informationen stimmen – und daran zweifle ich keine Sekunde –, dann werden wir morgen Abend in Savannah im besten Haus am Platze dinieren." Er blickte auf die Landkarte, die er vor sich ausgebrei-

* Siehe Paul Quincy, »Tosendes Meer – Eiskalte Gegner«

tet hatte. Sorgfältig hatte er zusammen mit seinem Stabschef nach Turners Anweisungen die Stellungen der Amerikaner eingetragen. General Howe beabsichtigte seine Hauptmacht anderthalb Meilen vor den Toren Savannahs schräg auf beiden Seiten der Straße, die zum südöstlichen Tor in der Palisade führte, aufzustellen. Die beiden neu ausgehobenen Gräben waren mit ihren äußeren Enden leicht V-förmig nach vorne gezogen, was bedeutete, dass die angreifende britische Infanterie von allen dahinter aufgestellten Verteidigern aus einem günstigen Winkel unter Feuer genommen werden konnte. In der Mitte, hinter einem kleinen Wall, waren zwei Vierpfünder postiert, jeweils eine vierpfündige Feldschlange stand ganz außen am Ende jeder Linie. Die linke Flanke Howes reichte bis zum Rand des Plateaus, an dessen Fuß sich nicht begehbare Reisfelder befanden. Die andere lehnte sich bei Tatnels Haus an den Rand eines dichten Waldes an. Hundert Yards vor den Stellungen bildete ein kleiner, sumpfiger Bach ein Hindernis, das den Vormarsch der Engländer verlangsamen – und sie folglich länger dem Feuer der Verteidiger aussetzen würde. Howes Joker waren die einhundert Männer der Georgia-Miliz unter dem Kommando von Oberst George Walton. Sie sicherten die Kasernen, aber gleichzeitig deckten sie auch Howes rechte Flanke, falls die Briten versuchen sollten, ihn auf der durch den Wald führenden Straße zu umgehen und seitlich zu attackieren. Sie konnten den angreifenden Briten aber auch selbst überraschend überflügeln.

„General Howe hat seine Stellung klug gewählt, wenn wir unvorbereitet auf dem Schlachtfeld erschienen wären, hätten wir gewiss einen hohen Blutzoll zahlen müssen. Auch die neu ausgehobenen Gräben vor seiner Linie sind ein kluger Schachzug, denn meine Männer müssen hineinspringen und auf der anderen Seite wieder herausklettern, bevor sie die Gegner in den Nahkampf verwickeln könnten. Sein Kardinalfehler ist aber, dass er Brewton's Hill nicht mit allen Mitteln verteidigt. Die kleine Truppe, die er oben auf der Klippe über dem Landeplatz stationiert hat, sollte uns nicht lange aufhalten, Commander. Nachdem wir die geworfen haben, geht es im Geschwindmarsch zum Gut des ehemaligen Gouverneurs Wright. Die Männer werden sich freuen, sich mal wieder richtig die Beine vertreten zu können. Es wird von Ihren ortskundigen Führern abhängen, ob wir wirklich einen leichten Triumph erringen werden, Sir. Ach ja, was den Wein angeht, Mister Turner, der Wein aus der Gamaytraube ist nicht so lange lagerfähig wie andere Sorten. Er muss weg!" Er lachte gut gelaunt und hob sein Glas. „Auf den Sieg, Commander!"

*

Vor Savannah, den 29. Dezember 1778

Beim ersten Licht der Morgendämmerung gegen sechs Uhr setzten die ersten Boote mit den Soldaten der leichten Infanterie von den Transportern ab. Die beiden Kompanien des 71st Regiments wurden von den Hauptleuten Sir James Baird und Charles Cameron angeführt. In den Booten herrschte wie immer in den letzten Minuten vor einem Angriff angespanntes Schweigen. Jeder Soldat war mit seinen eigenen Gedanken beschäftigt. Die Fäuste umklammerten fest die Musketen. Aber bei den kampferprobten Highlandern herrschte keine Nervosität. Vorne im Bug suchten scharfe Augen nach möglichen Hindernissen, die die Landung erschweren konnten. Plötzlich kam Unruhe auf. Die Boote von Bairds Kompanie liefen weit vor dem Ufer mit vollem Schwung auf eine Sandbank auf. Hauptmann Cameron blickte mit gerunzelter Stirn kurz hinüber, ließ sich von dem Missgeschick seines Kameraden aber nicht beirren. Energisch deutete er nach vorne, dann würde er eben seinen Auftrag ohne die Unterstützung von Baird ausführen. Die aus dem Takt geratenen Ruderer wurden zur Ordnung gerufen, und nach kurzer Zeit liefen die Boote auf den Uferstreifen auf. Die Männer sprangen über die Seite und wateten ans Land. Oberstleutnant Campbell wartete ab, bis sein Boot hoch auf das Ufer geschoben worden war, dann kletterte er trockenen Fußes vom Bug an Land. Die Highlander sammelten und formierten sich routiniert. Campbell teilte sie persönlich ein. „Fünf Verrückte vortreten, die eine perverse Vorliebe für Himmelfahrtskommandos haben!" Wie nicht anders zu erwarten, traten sofort schweigend weit über ein Dutzend Männer vor. Die meisten blickten ihren Kommandeur gelassen, ja gleichmütig an, einige grinsten allerdings breit über das ganze Gesicht, als ob sie lange keinen so guten Witz gehört hätten. Campbell blickte Hauptmann Cameron an, der ohne zu zögern fünf Männer auswählte. „Ihr spielt die Lockenten und verleitet die Rebellen zu feuern, damit wir wissen, wo sie sich verschanzt haben. Verstanden!" Die Männer nickten, blickten zu dem in sechshundert Yards entfernt aufragenden Hügel hinüber und machten sich auf den Weg. Campbell zählte die zurückbleibenden „Verrückten" durch. Er deutete auf sie. „Ihr folgt euren Kameraden als Plänkler! Euch kann nichts passieren, weil ihr dreizehn seid – und das ist ganz gewiss eine Glückszahl!" Die Männer grinsten, dabei bleckten sie wölfisch die Zähne, ein paar lachten rau und murmelten danach etwas in ihrem unverständlichen schottischen Dialekt, dann machten sie sich mit fünfzig Yards Abstand zu ihren Kumpels auf den Weg. „Die restlichen hundert Männer treten in Schlachtordnung an und dann zeigen wir den Rebellen, was es heißt, gegen die besten Soldaten des Königs Krieg zu führen!"

Vierzig Fuß über ihnen hatten die fünfzig Männer der regulären Kontinentalarmee aus South Carolina ein paar Schuppen und Nebengebäude des großen Anwesens besetzt. Sie hatten Bretter aus den Wänden herausgebrochen, um ihre Musketenläufe hindurchschieben zu können. Mit gemischten

Gefühlen sahen sie aus ihrer überhöhten Position, wie sich die Vorhut der Highlander unter Ausnutzung jeder Deckung heranarbeitete. Ihr Hauptmann, John Carraway Smith, fluchte verbissen in sich hinein, als er die vielen Boote sah, die sich dem Ufer näherten. „Ein Scheinangriff! Pah, dass ich nicht lache! Das ist ein großes Landungsunternehmen! Da geht eine ganze Armee an Land, verdammt, und ich soll die mit meinen paar mickerigen Hanseln aufhalten! Dreimal kurz gelacht, Herr General! Vielen Dank für diesen ehrenvollen Auftrag!“ Er wandte sich an seine Männer: „Lasst sie herankommen, Jungs. Nur ruhig Blut! Feuer frei, erst auf mein Kommando. Danach werden wir weiter sehen ...“

Die Schützenkette der Schotten war fast bis auf fünfzig Fuß herangekommen. Die Strahlen der tiefstehenden Sonne ließen ihre langen blanken Bajonette gefährlich blitzen. Die Männer in der vorderen Reihe hatten die Musketen gefällt, so dass die scharfen Seitenwaffen drohend nach vorne ragten. Hauptmann Cameron führte vor der Front mit gezogenem Degen seine Männer an.

„Feuer frei!“, brüllte Hauptmann Smith. Die Salve knatterte, Kugeln umsummten die Angreifer, drei Rotröcke brachen tot zusammen und auch Hauptmann Cameron blieb abrupt stehen, als ob er gegen eine Mauer gelaufen wäre, knickte in der Hüfte ein und brach zusammen. Aber die heranrollende Welle der Briten stockte nicht, geschweige denn, dass sie zum Stehen kam. Ohne das Feuer zu erwidern stürmten die Soldaten vorwärts.

„Rückzug! Nehmt die Beine in die Hand, Männer!“, befahl Hauptmann Smith und ging mit gutem Beispiel voran.

Als die Schotten mit blanken Waffen in die Gebäude eindrangen, waren diese verwaist, die Verteidiger hatten sich durch die Hintertüren und Fenster auf Französisch empfohlen. Sie hatten zwar keine Verluste erlitten, aber der für die sichere Landung der britischen Truppen und ihres Nachschubs so ungemein wichtige Hügel war innerhalb von nur drei Minuten verloren gegangen.

Oberstleutnant Campbell stand vor dem Leichnam von Hauptmann Cameron. Der mutige Mann war soeben seinen schweren Verwundungen erlegen. Campbell zog seinen Hut, er verneigte sich schweigend, dann sagte er laut, für alle in der Nähe befindlichen Soldaten deutlich hörbar: „Er war ein Offizier mit ehrenvollen Verdiensten und ein Beispiel für persönliche Tapferkeit." Er seufzte, dann drückte er sich energisch den Hut wieder auf den Kopf. Eine letzte Ehrenbezeugung. Sein Adjutant eilte auf ihn zu. Es waren Entscheidungen zu treffen. Der Adjutant erfasste mit einem Blick die Situation, verbot sich aber jede sentimentale Gemütsbewegung. Zynisch dachte er: ‚Soldatenlos! Was hilft es: *The show must go on!*'

Immer mehr Boote landeten unten am Flussufer an und spuckten ihre menschliche Ladung an Land. In langen Kolonnen marschierten die Soldaten auf dem schnurgeraden Weg durch die Reisfelder.

Oberstleutnant Campbell folgte seinem Adjutanten ins Haupthaus des Gutes. Mit unverhohlenem Misstrauen deutete der Adjutant auf eine kleine Gruppe von Männern, die in den Sesseln der Eingangshalle Platz genommen hatte. Zwei waren offensichtlich Seeoffiziere, einer weiterer trug die hirschlederne Kleidung eines Waldläufers. Am meisten Aufmerksamkeit erregte aber der vierte Mann, der seiner Kleidung nach ein einfacher Seemann war, aber das war es nicht, was den schwarzen Butler so indigniert blicken ließ, sondern die milchkaffeebraune Hautfarbe des Mannes! Ein Farbiger saß gelassen wie selbstverständlich in einem Sessel in der Empfangshalle eines Großgrundbesitzers Georgias. Was für ein Skandal! Neben dem Mischling hockte ein schwarzer Sklave auf dem Teppich und fühlte sich äußerst unwohl.

Als Campbell sich den Männern näherte, erhoben sie sich. Commander William Turner sah erschöpft aus. Das war kein

Wunder, denn er hatte sich die ganze Nacht in den Reisfeldern und sumpfigen Wäldern in der Umgebung von Savannah aufgehalten.

„Herr Oberstleutnant, darf ich Ihnen Leutnant Rullingston vorstellen, der neueste Zugang meiner kleinen Truppe. Er birst fast vor Energie und Tatendrang!“ Turner deutete auf den Pfadfinder. „Mark Taylor und seine Kameraden werden Ihre Männer sicher vor die Stellungen von General Howe führen und mein Leibbursche und Bootssteurer Thomas Brown wird wie besprochen mit Hilfe dieses ortskundigen Schwarzen die Einheiten Ihrer Leichten Infanterie ungesehen durch die Sümpfe in die rechte Flanke des Gegners bringen, Sir. Der Mann wird übrigens Quamino Dolly genannt.“ William deutete auf den am Boden kauernden Schwarzen. „Wie mir mein Bursche erklärt hat, bedeutet der westafrikanische Name, dass der Mann an einem Sonnabend geboren wurde, warum man dieses merkwürdige Dolly an seinen Namen anhängen musste, wird wohl für immer ein Geheimnis dieser überaus witzigen Südstaatler bleiben.“

Oberst Campbell nickte den Männern freundlich zu. Taylor und Tom salutierten extra zackig, während man dem Sklaven ansah, dass er am liebsten unsichtbar gewesen wäre. Er rollte furchterregend mit den Augen, dabei pendelte er unablässig mit dem Kopf hin und her. Leutnant Rullingston grüßte lässig und meinte: „Wir hatten schon einmal das Vergnügen, Sir, anlässlich eines Dinners beim Admiral. Campbell nickte, konnte sich aber nicht mehr an den Mann erinnern, der vermutlich sehr weit unten an der Tafel gesessen hatte. „Ach, Sie sind der Leutnant, der unbedingt zu Commander Turners kleiner Flotte stoßen wollte. Ihr Kamerad Leutnant Dechamp hat mir von Ihnen erzählt, nun dann viel Glück auf Ihrem neuen Schiff – gefährlicher wird es wohl allemal werden als auf dem Schlachtschiff des Admirals.“ Dann wandte er sich an seinen Adjutanten. „Weisen Sie bitte die Führer ein,

Mister Thumpbottom. Die Leichte Infanterie sammelt sich schon. Baird soll sofort mit den Scouts abmarschieren!"

Turner ergriff nochmals das Wort: „Sir, ich würde vorschlagen, dass Sie einen Ihrer Offiziere zusammen mit Leutnant Rullingston als Beobachter auf einen hohen Baum schicken, von dem aus man feststellen kann, wann Ihre leichte Infanterie die Kasernen angreift. Das könnte der richtige Zeitpunkt sein, um auch Howe auf breiter Front zu attackieren. Ich möchte mich nicht in Ihre Verantwortlichkeiten einmischen, aber …"

Oberstleutnant Campbell musterte ihn scharf. „Für einen Seemann entwickeln Sie erstaunlich viel taktisches Gespür, Sir. Aber ohne Spaß, Ihr Vorschlag ist richtig." Er winkte einen Fähnrich heran. „Holen Sie Major Skelly her, sofort!"

*

Donnaway Plantage, 29. Dezember, vormittags

Der stämmige Mann mit dem flammendroten krausen Haarschopf presste seinen Hut vor die Brust. Seine kräftigen gebräunten Finger hatten sich in die Krempe verkrallt. Gequält stöhnte er: „Fay, Sie müssen sich jetzt entscheiden! Die verfluchten Rotröcke werden in Kürze hier sein. Sie wissen, dass ich Sie liebe! Kommen Sie mit mir in die Stadt. Dort sind Sie sicher, General Howe wird mit seinen Truppen die Briten so lange aufhalten, bis die Verstärkung aus Carolina da ist."

„Mister O'Connor, was erlauben Sie sich. Ich bin eine verheiratete Frau. Sie wissen ganz genau, dass ich meinen Mann nicht verlassen kann. Ich will davon nichts wissen!"

„Vergessen Sie Ihren Mann, meine herzallerliebste Fay! Dieser Krüppel kann Sie nicht vor der Soldateska beschützen. Die Highlander sind unberechenbar, roh und wild. Das sind Barbaren, Fay! Sie kennen kein Erbarmen mit …" Ein Geräusch ließ ihn herumfahren. Roger Donnaway wurde in seinem Rollstuhl von Jerry Snowball hereingefahren. Der kranke Mann hatte seine alte Uniform angelegt, die um seine abgezehrte Gestalt schlotterte. Sein Gesicht war eine Maske ohne jede Gefühlsbewegung. Zwei schwere Reiterpistolen lagen auf seinem Schoss. Langsam nahm er eine in die Hand, betrachtete sie nachdenklich, als hätte er die Waffe noch nie gesehen. Pat O'Connor wusste es besser, er kannte die Meisterschaft, mit der Donnaway mit diesen Pistolen umzugehen verstand. Langsam ging er rückwärts durch die offene Tür hinaus auf die Terrasse. Die Frau des Farmers machte Anstalten, ihm zu folgen. „Bleib stehen, Fay!", befahl Donnaway schneidend, seine Worte wurden von einem zischenden Pfeifton begleitet, was seiner Lungenverwundung geschuldet war. Er richtete die Waffe auf den Iren, der unter seiner tief gebräunten Gesichtshaut blass geworden war. Mit der linken Hand gab er Jerry ein Zeichen, ihn vorwärts zu schieben. „Mister O'Connor, ich habe alles gehört, was Sie zu meiner Frau gesagt haben, Sie dreckiger Hundesohn." Seine Stimme klang leidenschaftslos, vielleicht verstärkte gerade das die Wirkung seiner Worte. „Ich gebe Ihnen zwanzig Schritt Vorsprung, dann eröffne ich das Feuer. Es bleibt Ihnen überlassen, wie schnell Sie laufen, um zu Ihren aufrührerischen, ehrvergessenen Kumpanen zu kommen. Haben Sie mich verstanden, Sir? Zwanzig Schritt … nicht einen mehr!"

Panik ergriff den Verwalter. Er drehte sich um, sprang die Stufen auf den Vorplatz hinunter und rannte, ohne sich umzusehen im Zick-Zack über den Hof. Donnaways Lippen bewegten sich, er zählte unhörbar die Schritte mit. Als er bei achtzehn angelangt war, hob er die Pistole, blickte kurz zur Britischen Flagge hinüber, die sich an ihrem Mast im schwachen Wind kaum bewegte, spannte den Hahn, dann sagte er laut: „Dreiundzwanzig!" Er krümmte den Finger am Abzug, der Hahn schlug einen Funken, das Zündpulver auf der Pfanne flammte auf, eine lange Feuerzunge leckte aus der Mündung, stechend riechender Pulverqualm breitete sich aus, der laut Knall des Schusses ließ seine Frau zusammenzucken. Sie glaubte ihren Augen nicht trauen zu können, die Kugel traf den Iren in den Oberkörper, sie ließ ihn nach vorne stürzen, beinahe hätte er sich durch den eigenen Schwung wie ein getroffener Hase überschlagen. Fay schrie entsetzt auf. Sie lief mit gerafften Röcken über den Hof zu dem am Boden liegenden Mann hinüber, fiel neben ihm auf die Knie, drehte ihn um und nahm seinen Kopf in ihre Hände. „Pat, mein Liebster, mein Geliebter!“ Der vom Tod gezeichnete Mann lächelte sie an. „Du sagst es spät aber nicht zu spät, jetzt sterbe ich frohen Herzens … Schade, es hätte so schön werden können …“ Seine Augen brachen.

Roger Donnaway nahm die zweite Pistole in die Hand, richtete sie auf die kniende Frau, überlegte es sich dann aber anders. Leise sagte er: „Der Kerl hat nicht wie ein Ehrenmann gelebt und er ist nicht wie ein Ehrenmann gestorben.“ Er schnaubte abschätzig. „Er ist geflüchtet wie eine Kreuzung zwischen einem irischen Windhund und einem gehetzten Rammler.“ Er grinste bitter. „Irgendwie entspricht der Vergleich genau seinem Charakter.“ Er wandte sich an Jerry: „Er soll bei den Gräbern der toten Sklaven beerdigt werden. Dann haben die von ihm malträtierten Seelen noch eine letzte Genugtuung, nicht wahr, Snowball?“

„Gewiss, Zur!“

*

Vor Savannah, 29. Dezember, mittags

Es war ein schöner hoher Baum am Rande des Waldes. Man hatte von dort das Gelände im Südosten im Auge, auf dem die britischen Truppen Stellung bezogen, um die Amerikaner anzugreifen, konnte aber auch über die anderen Baumwipfel hinweg nach Nordosten schauen, wo die Kasernen lagen. Von der leichten Infanterie im dichten Unterholz der Sümpfe war nichts zu sehen.

„Der Oberst macht das wirklich sehr gescheit“, meinte Major Skelly bewundernd zu Rullingston. Er hat den größten Teil seiner Truppen hinter einer langgestreckten Bodenwelle Aufstellung nehmen lassen. Die Rebellen sehen nur einen kleinen Teil seiner Streitmacht und der bedroht ihre linke Flanke. Howe wird annehmen, dass dort der Hauptstoß erfolgen wird.

„Von Erdkämpfen verstehe ich leider nicht allzu viel“, gab Rullingston bereitwillig zu, aber dafür seid ja auch ihr Stoppelhopser zuständig.“

„Nun mal nicht so abwertend, junger Mann“, erwiderte der Major. „Die Marine kann zwar überall da, wo Wasser genug vorhanden ist, Landbefestigungen beschießen und vielleicht auch zerstören, aber das Land dauerhaft in Besitz nehmen, das kann sie nicht!“

„Touché!“ Aber der junge Leutnant gab sich nicht so schnell geschlagen. „Aber ohne uns würdet ihr keinen Nachschub, keinen Ersatz für die Verwundeten oder Gefallenen bekommen. Die Einheimischen würden euch in den Forts aushungern und abwarten, bis ihr alle an Altersschwäche verendet seid – oder schon früher an allen nur denkbaren Krankheiten! Und ganz wichtig, das bitte ich nicht zu vergessen, der Handel, der das Geld für euch aufbringt, würde ohne unse-

ren Schutz zusammenbrechen. Was sagen Sie dazu?", krähte Rullingston überschwänglich, er wollte noch einen draufsetzen, als er einhielt, weil Major Skelly plötzlich den Arm hob, dann sein Fernglas ans Auge setzte und angestrengt in die Richtung der Kasernen starrte. Auch ohne Fernrohr meinte Rullingston Qualmwölkchen über den Bäumen zu erkennen und das Peitschen von Schüssen in der Ferne zu hören. „Geben Sie das Zeichen, Mann!", fauchte ihn der Major erregt an. Rullingston kletterte geschickt – gelernt ist gelernt – noch ein wenig höher bis in die Krone des Baumes. Dort nahm er seinen Hut ab und schwenkte ihn wild weit durch die Luft. Er hörte erst damit auf, als er sah, dass die britische Artillerie das Feuer eröffnete.

Die leichten Einheiten von Hauptmann Bairns waren für die Rebellen völlig überraschend aus dem Unterholz des Sumpfgebiets hervorgebrochen und hatten die verblüfften Milizionäre aus Georgia stürmisch angegriffen. Ihr Kommandeur, Colonel George Walton, hatte gestern noch General Howe angefleht, den Pfad durch den Sumpf abzusichern, aber er war auf taube Ohren gestoßen. Howe und sein Stab waren der Meinung gewesen, dass die Briten den versteckten Pfad nie im Leben finden würden, das stellte sich jetzt als verhängnisvoller Irrtum heraus. Als sie die grimmig heranstürmenden Briten sahen, warfen seine Männer ihre Waffen weg und gaben Fersengeld. Walton selbst, ein Mitunterzeichner der Unabhängigkeitserklärung, wurde von einer Kugel in die Hüfte getroffen, stürzte vom Pferd und wurde von den Briten gefangen genommen.

Am Hauptschauplatz flogen die ersten Kugeln der britischen Artillerie den Amerikanern um die Ohren. Sie begannen unruhig zu werden. Das Feuer der Geschütze forderte die ersten Opfer. Dann tauchten die roten Röcke der Engländer und die blauen der Deutschen auf dem Hügel vor ihnen auf. Die menschliche Woge wälzte sich den Abhang hinab und rollte unaufhaltsam auf sie zu. Auch Howe war inzwischen klar geworden, dass seine rechte Flanke überflügelt worden war, dass er infolgedessen zwischen Hammer und Amboss geraten war. Er zog die einzig richtige Konsequenz: Er befahl den sofortigen Rückzug. Nur wenige der gegen den König rebellierenden Amerikaner machten sich die Mühe, einen Schuss abzufeuern, dagegen warfen viele sofort ihre Waffen fort, da diese sie bei ihrem verzweifelten Versuch zu entkommen nur behindert hätten. Von einem geordneten Rückzug zu sprechen wäre ein Euphemismus, es war eine kopflose panische Flucht. Die Welle der Flüchtlinge drängte sich durch die engen Tore, brandete in die verstopften Straßen Savannahs, die Verfolger, allen voran die Highlander, saßen ihnen im Nacken, überholten sie und machten alles nieder, was sich nicht sofort ergab. Nur einem mit dem Mut der Verzweiflung vorgetragenen Gegenangriff der South Carolina Brigade unter Colonel Isaac Huger war es zu verdanken, dass viele Rebellen die Stadt verlassen und sich noch in Sicherheit bringen konnten, bevor diese endgültig abgeriegelt wurde. Der größte Teil der männlichen Einwohner, die eine Waffe in die Hand genommen hatten, legten diese angesichts des völligen Zusammenbruchs der Streitkräfte Howes sofort nieder und ergaben sich. Wer dabei nicht schnell genug war, konnte bei den Schotten auf keine Gnade hoffen.* Zahlreiche Yankees wollten sich retten, indem sie den Yamacraw Creek schwimmend durchquerten. Vielen gelang dies auch, aber es wurde nie ermittelt, wie viele Männer dabei ertranken.

Generalmajor Howe sammelte auf der anderen Seite des Flusses die Überreste seiner Streitmacht. Sie war stark zusammengeschmolzen. Ihm waren nur noch 342 von ursprünglich 854 Männern geblieben. Besonders Oberst Elberts Georgia-Brigade hatte einen hohen Blutzoll zahlen müssen, und viele seiner Männer waren in Gefangenschaft geraten. Nur dreißig Soldaten waren von zweihundert übrig geblieben. Die

---

* Nach Ende des Kriegs wurde in der Verfassung von Georgia verankert, dass sich Schotten in diesem Staat nur niederlassen durften, wenn sie nachweisen konnten, auf Seiten der Amerikaner gekämpft zu haben.

Briten hatten nur geringe Verluste: sieben Tote und siebzehn Verwundete. Der amerikanische Oberst „Light Horse Harry“ Lee fasste den Ausgang dieser Schlacht sehr treffend in einem Satz zusammen: „Wohl nie wurde ein so vollständiger Sieg, der so wichtige Auswirkungen hatte, mit so wenig eigenen Verlusten errungen!“

Generalmajor Howe wurde später vor ein Kriegsgericht gestellt, aber nicht verurteilt. Die öffentliche Meinung sprach ihn allerdings nicht frei, sie hätte angesichts seiner zahlenmäßigen Unterlegenheit zwar Verständnis für eine Niederlage gehabt, sie verzieh ihm aber nicht, dass er keinen ordentlichen Kampf abgeliefert hatte. Howe entschuldigte sich damit, dass die Einheiten der Milizen ihn nur widerwillig und mangelhaft unterstützt hätten. Einer an einer Schlüsselposition postierter Scout hätte sogar seinen Beobachtungsplatz verlassen, um sich „familiären Angelegenheiten“ zu widmen. Auch daher seien seine Aufklärungsberichte völlig unzureichend gewesen.

Was er nicht sagte, aber was *wir* wissen, ist, dass die Aktivitäten der listigen und tapferen Besatzung der *Shark* nicht unwesentlich zu seiner Niederlage beigetragen haben. Auch in Generalleutnant Campbells Bericht werden ihre Taten und Leiden nicht erwähnt. Dabei war sich Campbell durchaus bewusst, wer ihm den leichten Sieg erst ermöglicht hatte, aber das steht natürlich in keinem offiziellen Geschichtsbuch. Wie heißt es doch so richtig bei Seneca: „Undankbar ist, wer bestreitet, eine Wohltat empfangen zu haben, am undankbarsten von allen ist, wer sie vergisst.“

Kapitel 6

Vor South Carolina, Januar 1779

Die Bootsmannspfeifen zwitscherten, als Commander Turner durch die Eingangspforte auf das Deck der *Platvis* trat. Der Bootsmann mit seinen Maaten und die Decksjungen bildeten ein Spalier, an dessen Ende ihn der Kommandant des Schiffes, Leutnant Tobias White, mit seinem Ersten Leutnant, Mister Rullingston, und dem Segelmeister Sharps erwartete. Wie immer wenn er jetzt White begegnete, bekam Turner ein flaues Gefühl in der Magengegend. Das Gesicht des alten Leutnants hatte sich seit seinen Misshandlungen durch die brutalen Gefangenenwärter der Georgia-Miliz verändert – und das nicht zum Vorteil. Die Nase war gebrochen und schief, es fehlten ihm sämtliche Schneidezähne und auf Stirn und Wangen waren rote Narben zu sehen. William Turner ließ sich nichts anmerken, er begrüßte den Leutnant freundschaftlich und folgte ihm in die Kabine. Wieder fiel ihm auf, dass White beim Gehen das linke Bein etwas nachzog. Turner hatte den medizinischen Befund gelesen. Das Bein des hilflosen Gefangenen war gebrochen worden und nicht optimal wieder zusammengewachsen, weil der Bruch erst viel zu spät fachmännisch versorgt werden konnte. Der Flottenarzt hatte das Bein zwar sofort sorgfältig fixiert und geschient, aber das Hinken war White als Andenken an Savannah geblieben. Von den schmerzenden Narben auf der Seele nicht zu reden. Sobald das Gespräch auf die rebellischen Bewohner der Südstaaten kam, begannen die Augen des Leutnants wild zu funkeln, er knirschte heftig mit den verbliebenen Zähnen und schob kampflustig das Kinn nach vorne, er ähnelte dann einer beißwütigen Bulldogge. Turner wollte sich lieber nicht ausmalen, was dieser gedemütigte Mann mit Gefangenen anstellen würde, wenn man ihn nicht unter Kontrolle hatte. In der gemütlichen Staatskabine des ehemaligen holländischen Schnellseglers bot ihm White einen großen Rum an, obwohl es noch vor der Mittagsstunde war. Turner wollte schon ablehnen, aber besann sich dann eines Besseren. Während er seinen Rum mit viel Limonensaft und Wasser verdünnte, stürzte White ihn pur hinunter. Anschließend seufzte er zufrieden und meinte lächelnd: „Ich weiß, die Sonne steht noch über der Großrahnock, aber das Zeug ist das einzige Mittel, was mir die verdammten Schmerzen etwas vom Leibe hält, Sir." Turner war beunruhigt. Ein von Schmerzen gequälter und von Hass besessener, vom Alkohol abhängiger Kommandant war etwas, was er bei dem vor ihnen liegenden Einsatz überhaupt nicht gebrauchen konnte. Aber was sollte er tun? Was konnte er tun? Er konnte nur hoffen, dass White sich selbst unter Kontrolle behielt. Der unerfahrene Erste Leutnant, dieser Bruder Leichtfuß, würde ihm keine große Hilfe sein. Hoffentlich erkannte Rullingston die Gefahr, blieb selber nüchtern, lernte schnell seine Profession und seine Persönlichkeit wuchs mit der Verantwortung. Mister Sharps konnte ihm, was die Navigation und die Seemannschaft anging, mit seinem riesigen Erfahrungsschatz dabei hilfreich zur Seite stehen. White schien seine misstrauischen Gedanken gelesen zu haben. Er verzog seinen Mund zu einem schiefen Lächeln, was sein entstelltes Gesicht ein klein wenig verschönerte. „Keine Angst, Sir, ich betrinke mich nicht! Allerdings brauche ich bei allen runden Glasenschlägen ein Gläschen." Turner nickte vage, rechnete aber im Kopf überschläglich aus, dass White, wenn das soeben geleerte Glas sein Standard war, dann über den ganzen Tag verteilt knapp zwei Pint puren Rum zu sich nahm, das war doppelt so viel, wie ein Mannschaftsmitglied zugeteilt bekam. Nun, das mochte bei der kräftigen Konstitution

Whites und seiner guten Ernährung als Kommandant noch zu akzeptieren sein. Turner hatte während seiner Dienstzeit als Leutnant auf den unterschiedlichsten Schiffen Offiziere und auch Kommandanten kennengelernt, die dieses Quantum hohnlächelnd Tag für Tag übertroffen und ihren Dienst dabei ohne Beanstandung getan hatten. Wenn White trank, um seine Schmerzen zu unterdrücken, bestand aber die Gefahr, dass er mit der Zeit die Dosis ständig erhöhen musste, um die erwünschte Wirkung zu erzielen. Er überlegte, ob er dem Schiffsarzt empfehlen sollte, dem Kommandanten an Stelle des Alkohols zwei bis drei Mal am Tag ein paar Tropfen Laudanumtinktur zu verabreichen. Aber das hieße den Teufel mit dem Beelzebub austreiben. Das in Wein gelöste und mit Zimt, Nelken und Safran schmackhaft gemachte Opium hatte seinerseits bekanntlich ein hohes Suchtpotenzial. Außerdem konnte er White nicht befehlen, den Alkohol wegzulassen – und vor allem, er konnte nicht kontrollieren, was der alte Leutnant auf seinem Schiff konsumierte. Turner sah ein, dass er so schnell keine Lösung für sein Problem finden würde. Er blickte White scharf in die Augen, aber die blickten immerhin so scharf und kühl wie früher auch.

„Mister White, wir sollen für General Prevost und seine Südarmee das Terrain für einen Angriff auf die Stadt Beaufort sondieren. Dieser Hafen befindet sich am nördlichen Ende der Insel Port Royal. Seine Lage etwa auf der Mitte zwischen Savannah und Charleston prädestiniert ihn, als Absprungbrett für einen Angriff auf Charleston zu dienen. Unter uns gesagt, hat das amphibische Unternehmen noch einen zweiten Zweck: Es soll die Rebellen von der Attacke Generalleutnant Campbells auf Augusta ablenken. Den Gefallen wollen wir ihm doch gerne tun, nicht wahr?“ Bevor White antworten konnte, ließ sie ein Ruf des Ausgucks aufspringen.

„An Deck! Segel zwei Strich achterlicher als Backbord querab in Sicht!“

Die beiden Männer eilten nach oben. Die *Shark* dümpelte etwa eine Kabellänge entfernt beigedreht in der schwach bewegten See. Die lange Dünung wiegte die beiden Schiffe im Gleichtakt. Von dem gemeldeten Schiff war hier unten an Deck noch nichts zu sehen.

„An Deck! Eine Brigg, mit Steuerbordhalsen!"

White blickte zu seinem Kommandantenwimpel im Topp empor, dann auf den Kompass. Die schwache Kühlte wehte nach wie vor aus südöstlichen Richtungen. „Der will sich vom Land freisegeln!" White rieb sich die Hände. „Das muss ein Yankee sein! Den schnappen wir uns, Sir, nicht wahr?"

Turner blickte ebenfalls auf den Kompass und die kleinen Kräuselwellen, die auf dem Atem des Ozeans, den mehreren hundert Yards langen Dünungswellen, hinweg hutschten. Nachdenklich schob er seinen Hut nach vorne in die Stirn und massierte sich wortlos, aber ausgiebig den Hinterkopf. Auch bei den Matrosen der *Platvis* hatte sich diese Marotte des Commanders bereits herumgesprochen. Der Rudergänger, der untätig hinter dem großen Rad stand, stieß den Quartermastersmaat an und murmelte: „Der Alte sinniert! Der wird sich was einfallen lassen, wie wir bei dem schwachen Wind den Jonathan zu fassen kriegen, darauf würde ich wetten!" Bill Smutter grinste breit. „Ich nehme dich beim Wort, Charly, deine Grogration gegen meine! Was soll er denn anderes machen, als jeden Fetzten Segeltuch zu setzen und sich auf ihn zu stürzen?"

Charly, der alte Muschelrücken, blickte ihn spöttisch an und streckte ihm eine Hand entgegen. „Top, die Wette gilt! Du wirst dich wundern, denn wenn die Brigg umdreht und mit Vollzeug zu einer Batterie an der Küste zurückläuft, sind wir zweiter Sieger, mein Freund!"

White trat ungeduldig von einem Fuß auf den anderen, Rullingston, sein Erster Leutnant, war nicht weniger vom Jagdfieber gepackt und fummelte an seinem Degengriff herum.

„Mister White, lassen Sie Ihr Schiff gefechtsklar machen. Die Geschütze werden aber nur mit Pulverkartuschen geladen. Dann lassen Sie bitte Handfeuerwaffen an die Besatzung ausgeben, auch die werden nicht scharf geladen.“ Er blickte Leutnant White aus seinen kalten nordseegrauen Augen lauernd an, aber dessen Gesicht war ein einziges Fragezeichen. Turner grinste, aber es wirkte nicht freundlich. „Wir werden eine kleine Seeschlacht inszenieren, Mister White, mit viel Lärm. Es wäre sehr hilfreich, wenn Sie Ihr Rigg etwas in Unordnung versetzen könnten, ich weiß, das ist für einen britischen Seeoffizier fast ein obszönes Verlangen, aber ich hoffe, dass unser Freund neugierig wird, wenn er das Geballer hört, und nachschauen kommt, ob er einem Kollegen helfen und Beute machen kann. Sofern er sich annähert, wäre es hilfreich, wenn unsere Schiffe einen etwas flügellahmen Eindruck machen würden. *Capito, Commandante?*“ Er kniff verschwörerisch ein Auge zu. „Die Gier nach Gold ist zwar die verlässlichste Charaktereigenschaft unserer abtrünnigen Cousins, aber man muss den Wolf mit einem appetitlichen Köder anlocken!“

Über Whites hässlichem Gesicht ging die Sonne des Verstehens auf. Ein dumpfes gluckerndes Lachen kollerte aus seinem zahnlosen Mund. „Aye, aye, Sir! Ich werde eine vorzügliche lahme Ente aus meinem stolzen Schwan machen, darauf können Sie sich verlassen, Sir!“

„Ich verlasse mich immer vollständig auf Sie, mein Bester … aber übertreiben Sie nicht! Ihr Schiff muss im Handumdrehen wieder voll manövrierfähig sein, sobald … na ja, Sie wissen schon! Ich setzte jetzt zurück auf die *Shark* über, an die Arbeit.“ Er eilte an der Ehrenwache vorbei zur Relingspforte und kletterte schnell hinunter in das wartende Boot.

Ein zerknirschter Bill Smutter sah ihm seufzend hinterher. „Da kannst du dir ja heute einen schönen Brausebrand ansaufen, Charly! Ein Feuerwerk mitten auf See, ich fasse es nicht! Dieser Commander Turner hat aber auch die seltsamsten Ideen …"

„Tscha, Billyboy, das unterscheidet ihn eben von uns. Wir werden immer kleine Lichter bleiben, während unser Wild Bill irgendwann bestimmt Admiral werden wird."

*

Auf dem Achterdeck der Brigg *Dove* aus London* drängte sich eine Gruppe Gentlemen. Die Herren versuchten sich durch ihre Teleskope ein Bild von dem Geschehen zu machen, was da drüben in einer guten Seemeile Abstand ablief. Allem Anschein nach hatte ein amerikanischer Freibeuter ein holländisches Handelsschiff angegriffen. Erstaunlich war nur, dass sich der Frachter so energisch zur Wehr setzte. Nun waren die Niederlande offiziell zwar keine Kriegsgegner der Vereinigten Staaten, aber die Skipper der Freibeuter nahmen es mit der Beachtung der Neutralität nicht so genau, wenn sie sich einen guten Fang versprachen. Außerdem konnte es gut sein, dass der Kaaskopp Ladung für die Briten beförderte. Auch bei den Niederländern ging der Profit häufig genug vor der Moral. Dichter Pulverqualm hüllte die beiden Schiffe ein. Aber von Zeit zu Zeit konnte man einen kurzen Blick auf die Kontrahenten erhaschen. Sie hatten ihre Segel aufgegeit oder ließen sie kraftlos killen, ein Gaffelbaum des amerikanischen Schoners hing schlaff herab, eine Rah ragte in einem unnatürlichen Winkel in den Himmel. Auf dem Holländer sah es ganz ähnlich aus.

„Gentlemen, ich denke, wir sollten unserem neuen Verbündeten helfen. Ein Zeichen des guten Willens, nicht wahr? Mister Parker, lassen Sie die Yankeeflagge setzen! Anschließend lassen sie bitte die Geschütze fertig machen! Die Bug-

* Siehe auch Paul Quincy, »Tosendes Meer – Eiskalte Gegner«

geschütze sollen eine Salve abgeben!“ Der Skipper der *Dove*, schob zufrieden mit einem lauten Knacken sein Teleskop zusammen, halblaut fügte er hinzu: „Der Freibeuter wird vermutlich nur noch eine schwache Besatzung haben, wahrscheinlich hat er schon zu viele Männer als Prisenbesatzung abstellen müssen. Deshalb will er seinen Gegner sturmreif schießen, bevor er ihn entert. Aber, ha! Diesmal wird er seine Beute mit uns teilen müssen! Hoffentlich beschädigt er das Schiff nicht zu stark! Wie sagt man doch richtig: Beim Geld hört die Freundschaft auf.“ Ein Gentleman hinter ihm, der mit einem dicken, grün und braun gemusterten Reisecape und einer flauschigen Mütze aus Biberpelz bekleidet war, zog indigniert die Augenbrauen in die Höhe, dann räusperte er sich und näselte affektiert: „Ahem … wird uns das nicht ungehörig lange aufhalten, Herr Kapitän? Wie Sie wissen, muss ich schleunigst nach London, Sir!“

Kapitän Edward Bingoe blickte ihn unter seinen dicken buschigen Augenbrauen hervor verächtlich an. Er hatte keine hohe Meinung von seinem adligen Passagier, der ihn dazu gedrängt – ja erpresst – hatte, die Rückreise in den stürmischen Wintermonaten über den gefährlichen Nordatlantik anzutreten. Ihm kam es ganz gelegen, dass er jetzt eine Ausrede hatte, den Aufenthalt in einem sicheren Hafen zu verlängern. „Unser Eingreifen zu Gunsten des Amerikaners können Sie doch politisch gut ausschlachten, Sir, oder irre ich mich da?“ Die Ironie war nicht zu überhören. Sein Gegenüber schien davon nicht ganz überzeugt zu sein. Von oben herab dozierte er schulmeisterlich, man meinte den erhobenen Zeigefinger zu sehen: „Als Abgesandter der City von London vertrete ich keine Partei, Mister Bingoe, sondern die höheren Interessen des Landes!“ Vorne auf der Back krachten die Buggeschütze. Ganz gewiss würden ihre Kugeln keinen Schaden anrichten, aber sie zeigten an, dass die *Dove* aktiv in den Kampf eingegriffen hatte.

Der Erste Maat der *Dove*, Mister Parker, trat zu ihnen heran. „Die weißrote Speckflagge ist gesetzt, die Kanonen sind geladen und ausgerannt, Sir. Aber, wenn ich mir eine Bemerkung erlauben darf, Sir, irgendetwas kommt mir da drüben seltsam vor. Die beschießen sich nun schon eine gute Stunde und es scheint immer noch keine Entscheidung gefallen zu sein. Da, Sir, hören Sie doch! Das Donnern der Abschüsse! Das sind doch keine Vier- und Sechspfünder ... Das hört sich mindesten nach Zwölfpfündern an, wenn es nicht gar Achtzehnpfünder sind, Sir! Die müssten den Kaaskopp schon lange aus dem Wasser gepustet haben, würde ich meinen." Er schien unter dem strafenden Blick seines Skippers um mehrere Zoll zu schrumpfen. Kapitän Bingoe hatte seine Daumen in die kleinen Taschen seiner burgunderroten Weste gehakt, die er unter seinem blauen Überrock trug. Die goldenen Knöpfe der Weste standen in Gefahr, abzuplatzen, so eng spannte sich die Weste über den feisten Bauch des Skippers. Seine kurzen Beine steckten in auf Hochglanz gewienerten schwarzen Reitstiefel mit braunen Stulpen. Es fehlten nur noch die silbernen Sporen und ein bedauernswertes Pferd. „Mister Parker, überlassen Sie das Denken mal getrost mir, verstanden? Wollen Sie mir etwa weismachen, dass man auf einem Schoner so schwere Stücke einsetzen kann, ohne dass der Rückstoß das halbe Schiff auseinanderreißt, Sir?" Energisch rückte er den Zylinder mit der protzigen silbernen Schnalle auf der Perücke zurecht.

„Aye, Sir!" Parker blickte trotzig vor sich hin, dann zuckte er zusammen, denn urplötzlich hatte der Gefechtslärm auf den beiden Schiffen vor ihnen aufgehört. Er schaute hinüber, was er sah, ließ ihm das Blut in den Adern erstarren. „Ach, du mein lieber Gott!", stieß er hervor. Auf dem Schoner und auch der Galiot stieg die rote britische Kriegsflagge an der Gaffel empor, Segel fielen von Rahen herab, fassten den Wind, Spieren, die vorher den Eindruck erweckt hatten, dass sie beschädigt wären, richteten sich wieder aus und erfüllten ihre Funktion. Die Angreifer teilten sich, ganz augenscheinlich wollten sie die *Dove* in die Zange nehmen.

Kapitän Bingoe stand versteinert mit offenem Mund da, er schien nicht in der Lage zu sein, sich zu rühren oder auch nur ein vernünftiges Kommando zu geben. Die beiden Kriegsschiffe hatten sie beinahe erreicht. Parker rüttelte ihn an der Schulter. „Sir, Sir! Wir müssen die Flagge streichen, sofort! Sonst drehen die uns durch den Fleischwolf, Sir!"

Bingoe schien aus seiner Erstarrung zu erwachen. „Nehmen Sie den Rebellenfetzen weg und setzen sie die britische Flagge, Sir, aber etwas flott, wenn ich bitten dürfte. Bootsmann! Klar zum Beidrehen!"

Kurze Zeit später lagen die drei Schiffe gestoppt dicht beieinander im warmen Nordstrom der vor der Küste verlief. Vom Schoner brüllte ein Mann in einer blauen Uniform durch eine Flüstertüte herüber: „Halten Sie sich bereit, mein Enterkommando an Bord zu nehmen! Schließen Sie Ihre Geschützpforten! Ich will keine Waffen an Deck sehen! Sollten Sie sich meinen Befehlen widersetzen, werde ich ohne zu zögern das Feuer eröffnen!"

Kapitän Bingoe hatte seine alte Überheblichkeit zurückgewonnen und brüllte zurück: „Unterstehen Sie sich, Sir! Wir sind ein englisches Schiff aus London! Ich werde mich bei der Admiralität über Sie beschweren, ja, das werde ich!"

„Warten wir es ab, Sir", erscholl es als gleichmütige Antwort über das Wasser zurück. Das Boot der *Shark*, in dem sich neben den Seeleuten auch ein Dutzend Rotröcke drängte, hatte schon den halben Weg zurückgelegt. Plötzlich bemerkte Bingoe, dass sich sein Gast unauffällig auf den Niedergang zuschob, anscheinend war ihm eingefallen, dass er unter Deck noch etwas zu erledigen hatte. Auch den Skipper durchzuckte es siedend heiß. Er musste unbedingt das Logbuch mit den richtigen Eintragungen und andere belastende Dokumente vernichten. Das gefälschte Tagebuch konnte er dann gleich mit an Deck nehmen. Vor dem Niedergang stießen die beiden Herren zusammen, versuchten sich aneinander vorbeizudrängeln, beschimpften sich und verloren so kostbare Zeit auf dem Weg in die Achterkabine, die sie sich schon während der ganzen Reise gezwungenermaßen hatten teilen müssen.

Auf dem Achterdeck der *Shark* beobachtete Turner den Wettlauf der beiden Männer. Er fluchte leise in sich hinein. Ein schneller Blick zeigte ihm, dass das Boot angelegt hatte, Leutnant Dechamp zog sich hoch an Deck, die Seeleute und die Marineinfanteristen folgten ihm. Turner packte das Sprachrohr und röhrte: „Dechamp! In die Achterkajüte! Dokumente sichern! *Pronto!*“ Dechamp setzte sich mit dem für ihn typischen schaukelnden Trab in Bewegung. Turner ballte aufgeregt die Fäuste. Wenn die belastenden Dokumente vernichtet wurden, konnte er in ziemliche Schwierigkeiten kommen. Dechamp verschwand im Niedergang. Im Spiegel der *Dove* wurde ein Fenster geöffnet. Das Heck mit seinen reichen geschnitzten und vergoldeten Verzierungen schien zum Greifen nahe zu sein, aber es hätte sich genauso gut auf der anderen Seite des Ozeans befinden können – es war für Turner unerreichbar. Er saugte scharf die Luft ein. Ein Leinensack flog aus dem Fenster, beschrieb eine saubere Kurve und platschte auf das grüne Wasser. Mit einem zischenden Geräusch stieß Turner die angestaute Luft aus. „Bullenpisse im Champagnerglas!“, zischte er wütend. Ein lautes Aufklatschen ließ ihn zusammenzucken und herumwirbeln. Auf dem Deck lagen Toms blaues Jackett, seine Weste, sein Hemd, sein Hut und seine Schuhe. William Turner sprang mit einem langen Satz an die Verschanzung. Ein dunkler Schatten glitt unter Wasser auf das Heck der *Dove* zu, ein schwarzer Krauskopf tauchte kurz zum Atemholen auf, der Leinenbeutel schimmerte nicht weit vor ihm bräunlich in dem grünlichtrüben Wasser. Der Sack ging schnell auf Tiefe, eine Kette weißer Luftblasen stieg auf. Turners Finger krallten sich in das Holz der Reling. Mehr Luftbläschen stiegen auf, platzten an der Oberfläche. Er hielt den Atem an. Was war, wenn der Segeltuchsack mit Bleikugeln beschwert worden war und Tom sich bei dem Versuch, einen festen Griff zu finden, in der Verschnürung verfangen hatte? Turners Knöchel wurden weiß, sein Rücken verkrümmte sich vor ungeduldiger Anspannung. Da! Aus dem Heckfenster schaute ein Kopf heraus, Dechamp winkte ihm triumphierend zu. Anscheinend war wenigstens er fündig geworden, aber was war mit Thomas Brown? So lange konnte doch kein Mensch die Luft unter Wasser anhalten! Mit einem lauten Aufschrei durchbrach Tom die Wasseroberfläche, atmete mehrfach schnell tief durch, schüttelte heftig den Kopf, um den Druck von den Trommelfellen zu bekommen, und hielt dann jubelnd den ominösen Leinensack in die Höhe. Er drehte sich auf den Rücken und schwamm gemächlich an der Bordwand der *Dove* entlang zum Boot.

*

„Das werden Sie nicht wagen, Sir! Das würde nicht einmal der hier zuständige Admiral wagen, den Sie vor einer so weitreichenden Entscheidung doch gewiss konsultieren müssten! Sie wollen mir drohen, Sir? Sie meinen, *Sie* können mich einschüchtern, Sir? Sie können mich nicht einfach aufhängen wie einen beliebigen Schurken – oder Hochverräter, wie Sie sich auszudrücken beliebten! Ich bin ein Peer von Irland und darf nur von meinesgleichen verurteilt werden." Lord Swifthount blickte Turner so arrogant von oben herab an, wie man das nur bewerkstelligen konnte, wenn man an Händen und Füßen Ketten hatte.

„Peer hin und Peer her, ääh, Lord Swifthount. Selbst wenn ich Ihren Hochverrat nicht berücksichtige, kann ich Sie wegen eines Akts der Piraterie hängen lassen. Diesen Auftrag hat man mir von *höchster* Stelle ausdrücklich erteilt, Sir!" Turner lächelte böse. „Sie haben meine Flagge gesehen, Sir? Es ist die rote Flagge der Admiralität und nicht die des örtlichen Befehlshabers."

„Was soll das, Sir! Piraterie, das ich nicht lache! Wir wollten dem Holländer zu Hilfe kommen, der von einem Yankee beschossen wurde!"

„Ach ja, Sir, unter der Flagge der sogenannten Vereinigten Staaten, den abtrünnigen Kolonien Seiner Majestät Unseres Allergnädigsten Königs George III.? Sie haben Schiffe des Königs, die eine Enterübung unter realistischen Bedingungen abgehalten haben, unter einer falschen Flagge beschossen – also angegriffen –, um Beute zu machen. Das pflegt man Piraterie zu nennen, Sir. Und dafür wird man am Halse aufgehängt, bis man tot ist ... äääh, Sir. Tscha, so sind nun mal die Regeln, tut mir leid für Sie, Lord Swifthount. Tragisch, wirklich tragisch. Da hatten Sie so eine wichtige Mission, wie der Inhalt des geretteten Leinensacks beweist, und dann scheitern Sie an der Geldgeilheit eines kleinen raffgierigen Skippers."

Lord Swifthount war blass geworden. Er rasselte unruhig mit den Ketten. „Hören Sie, Kapitän Turner, ich verfüge in London über großen Einfluss und zusammen mit meinen Freunden über fast unbegrenzte Geldmittel. Was ist Ihr sehnlichster Wunsch? Ich kann ihn Ihnen erfüllen, Sir! Das Kommando als Kapitän zur See auf einer schneidigen Fregatte der Vierten Klasse? Kein Problem! Eine Erhebung in den Adelsstand? Vielleicht als Baronet? *Sir William!* Wie klingt das in Ihren Ohren? Das wäre leicht zu arrangieren. Ein Landsitz und ein gut gepolstertes Konto bei einer Bank der City? Das wäre das geringste Problem von allen, Sir! Nennen Sie Ihren Wunsch, ich werde ihn erfüllen, bei meiner Ehre!"

William Turner lächelte spöttisch. Was sollte er von der Ehre eines Edelmannes halten, der seinen König an die aufrührerischen Schurken verraten wollte. „Nun, Sir, was Sie da so freundlich aufgezählt haben, das kann ich mir alles von meinem Taschengeld kaufen, aber wenn Sie darauf bestehen, dann werde ich Ihnen meinen Herzenswunsch verraten. Ich möchte, dass Sie mir freundlicherweise den Aufenthaltsort von Lord Cecil Dunbar nennen!“

Der Lord zuckte zurück, als ob er in einen Korb mit einem ganzen Knäuel aggressiver giftiger Nattern geschaut hätte. „Woher kennen Sie den Namen? Ich habe ihn nicht erwähnt und selbst in den Papieren taucht er auf den ausdrücklichen Wunsch von Lord Dunbar nicht auf.“

„Ich möchte es mal so ausrücken, Sir. Wir haben einige gemeinsame Bekannte.“ Turner blickte versonnen aus dem Heckfenster. „Ja, das kann ich mit gutem Gewissen behaupten. Der gute Cecil und ich haben schon seit längerer Zeit eine Verabredung, aber bis jetzt ist bedauerlicherweise immer etwas dazwischengekommen. Sie wissen doch, wie das Leben so spielt, immer wenn ich schon fast an die Tür geklopft habe, hat Cecil überraschend ein paar Stunden vorher verreisen müssen. Wirklich ein Jammer, aber ich bin sicher, dass Sie mir helfen werden, ihm endlich die Hand schütteln zu dürfen, nicht wahr Sir?“

Lord Swifthount blickte Turner kühl an. Fast konnte man meinen, sein Gehirn hinter der hohen Stirn arbeiten zu sehen. Kleine Zahnräder fassten ineinander, bewegten Gestänge, trieben Transmissionsriemen an, setzten schließlich die Zunge in Gang. „Was bieten Sie mir als Gegenleistung an?“ Er schreckte zurück, denn Turner sprang auf, beugte sich mit zorngerötetem Gesicht über den Tisch, auf seiner Stirn pochte heftig eine blaue Ader. Der Commander sah aus, als ob ihn nur äußerste Selbstbeherrschung davon zurückhielt, sein Gegenüber mit nackten Händen auf der Stelle zu erdrosseln. „Sie verkennen Ihre Situation, Sir! Mein Bursche hat unter Lebensgefahr die Dokumente aus der See geborgen, die Ihre hochverräterischen Aktivitäten beweisen. Glücklicherweise waren sie sehr sorgfältig in geteertes Tuch wasserdicht eingenäht. Die Ladungspapiere beweisen, dass das Schiff Konterbande für La Rochelle an Bord hatte! Es liegt ganz allein in Ihrem wohlverstandenen Eigeninteresse, mich freundlich zu stimmen, um Ihre Situation graduell zu verbessern. Mein Segelmeister ist mit einem Kollegen dabei, das Logbuch und die Karten der *Dove* zu sichten. Die beiden sind sehr fähige Männer. Sie werden über kurz oder lang herausfinden, wo sich das Schiff überall aufgehalten hat, und dann werden wir auch den Aufenthaltsort von Dunbar kennen. In Ihren Unterlagen mögen sein Name und seine Anschrift fehlen, aber die Datumsangaben sind vorhanden. Muss ich Sie wirklich an Ihre Schulzeit erinnern, Sir? Wenn A = B ist und B = C, dann muss A auch gleich C sein. Erinnern Sie sich, Sir? Wenn das Schiff zu einer bestimmten Zeit an einem bestimmten Ort war und Sie zur selben Zeit verräterische Kabalen gesponnen haben, dann muss sich Ihr Gesprächspartner auch an diesem Ort befunden haben. Sie könnten allerdings das Verfahren abkürzen und mir außerdem Informationen geben, die sich auf das Umfeld von Dunbar beziehen."

Turner machte eine bedeutungsvolle Pause. „Wenn mich Ihre Auskunftsfreudigkeit in eine richtig gute Laune versetzt, könnte ich mir vorstellen, dass ich Sie nicht gleich aufhänge, sondern … nun ja, vielleicht nach Antigua schicke." Er ließ seine Worte einsinken. „Nebenbei gesagt, auf Antigua kann man mit viel Geld fast alles kaufen, Sir, vielleicht sogar den Schlüssel des Gefängnisses … Entscheiden Sie sich rasch, Sir, ich mache Ihnen dieses Angebot kein zweites Mal!" Bei sich dachte Turner: ‚Hoffentlich lässt Smith den widerlichen Kerl in English Harbour um die Ecke bringen, bevor der untertauchen kann. Auf der Flucht erschossen oder etwas Ähnliches. Der Lord wird mir nie verzeihen, dass ich ihn in Ketten habe legen lassen und ihn in eigenem Saft gar gekocht habe. Sollte der Mann je wieder lebendig nach Amerika oder sogar England kommen, wird er seine Freunde in der City auf mich hetzen. Dann Gnade mir Gott. Wie ich die feigen Kerle auf Antigua kenne, werden der Gouverneur und der Kronanwalt es nicht wagen, den Lord auf ihrer Insel anzuklagen. Sie werden ihn nach England schicken, damit er dort von „seinesgleichen“ gerichtet werden kann. Ich muss Armstrong einen Brief an Smith mitgeben und zur Sicherheit auch noch einen an Michelle, damit sie ein Auge auf diesen Mistkerl hat und sich mit ihrem Voodoozauber um ihn kümmert.‘ Er hielt bei dem Gedanken verblüfft, ja erschrocken inne, denn wie er zu seinem Erstaunen bemerkte, hatte er es mit dem Zauber völlig ernst gemeint! Er schüttelte sehr zur Verwunderung seines Gefangenen grinsend den Kopf. ‚Mister Turner, nun ist es aber gut!‘, rief er sich selbst zur Ordnung. ‚Sie glauben doch wohl nicht wirklich an diesen heidnischen Hokuspokus, Sir? Natürlich nicht! Aber wer weiß … die kluge Michelle wird wissen, was zu tun ist.‘

Lord Swifthount beobachtete sein Gegenüber nachdenklich, dann nickte er langsam vor sich hin. Er wusste, dass Turners Vorschlag seine einzige Chance war. Falls es ihm gelang, durch Bestechung auf Antigua dem Galgen zu entgehen, konnte er auf einer der vielen kleinen Inseln der Karibik untertauchen und später, nach einem Sieg der Rebellen, an den er fest glaubte, in die Vereinigten Staaten von Amerika flüchten.

*

Die *Dove* brasste ihre Rahen an und setzte die Schoten und Halsen durch, um sich mit den Gefangenen auf den Weg nach Antigua zu machen. Der sommersprossige Midshipman Horner hatte nominell das Kommando, aber der erfahrene Steuermannsmaat Carl Carter würde dafür sorgen, dass die Brigantine auch sicher ihren Bestimmungsort erreichte. Ein großer Teil der Besatzung hatte sich „freiwillig“ für den Dienst in der Royal Navy entschieden, nachdem ihnen Dechamp klar gemacht hatte, dass man sie als Piraten und

Landesverräter behandeln würde – schließlich waren sie Engländer, Schotten, Waliser oder Iren. Was das bedeutete, musste er den gestandenen Seeleuten nicht lang und breit erklären. Einige hatten heftig geschluckt, sich an den Hals gefasst und sich dann schnell nach vorne gedrängt, um sich in die Musterrolle eintragen zu lassen. Sie waren auf die *Shark* und die *Platvis* verteilt worden. Beide Kommandanten wussten, dass blutige Gefechte bevorstanden. Dunbar würde wie ein in die Enge getriebenes wildes Tier um sich schlagen und beißen, da konnte man gar nicht genug Raubtierbändiger – oder sollte man besser Kanonenfutter sagen – an Bord haben.

„Mister Dechamp, wir werden unsere Pläne ändern müssen. Dank der freundlichen Mitarbeit unserer Gefangenen kennen wir jetzt den Aufenthaltsort des lange gesuchten Verräters – und diesmal werden wir ihn uns schnappen, so wahr ich Wild Bill Turner heiße!“ Der Commander ballte die Faust und ein wildes, ja, man konnte es nicht anders nennen, ein fanatisches Feuer glühte in seinen sonst so kühlen eisgrauen Augen.

„Mit Verlaub, Sir, wenn ich mir eine Bemerkung erlauben dürfte …“ Dechamp druckste herum, trat von einem Bein auf das andere und stieß dann hervor: „Ich bitte zu bedenken, Sir, wir haben den klaren Befehl bekommen, für General Prevost das Terrain bei Beaufort zu sondieren! Wir können doch nicht einfach diesen Befehl ignorieren und die Armee im Stich lassen!“

Turner fixierte ihn mit kaltem Blick, an seiner Schläfe schwoll eine Ader und pochte heftig. Was fiel diesem adligen Schnösel ein! Er war auf den Planken dieses Kriegsschiffs der Kommandant, der *Master next God*! Wenn er befahl, dass alle Männer auf den Händen und nur im Hemd auf dem Deckel der Verschanzung zu balancieren hatten, dann würde das geschehen, und wenn er anordnete, dass Dunbar gejagt wurde, dann war sein Wille Befehl! Er schnaubte wütend: „Sir, Ihre Insubordination will ich nicht gehört haben! Die Ausschaltung dieses Staatsfeindes Dunbar hat absolute Priorität, verstanden, Mann!“

Dechamp war kein Feigling, der sich schnell einschüchtern ließ, wenn er annahm, im Recht zu sein. Zudem meinte er es gut und wollte Turner ein Kriegsgerichtsverfahren ersparen. Ruhig blickte er Turner an und meinte dann leise, so dass die umstehenden Männer auf dem Achterdeck ihn nicht hören konnten: „Sir, sind Sie sicher, dass es Ihnen wirklich um den Hochverräter, der Dunbar ohne jeden Zweifel ist, geht – oder ist Ihr Motiv nicht in erster Linie die Suche nach Ihrem Sohn und die Rache für den Tod Ihrer lieben Elizabeth?“

Es hätte nicht viel gefehlt und Turner hätte die Beherrschung verloren und den jungen Leutnant ins Gesicht geschlagen. Er spürte die Wut wie eine heiße rote Welle in sich aufsteigen. Das Gesicht Dechamps, die Gestalten der Männer an Deck, die Takelage, alles verschwamm vor seinen Augen. Plötzlich stand Elizabeth vor ihm, schön wie immer, ihr kastanienbraunes Haar leuchtete, und sie funkelte ihn mit ihren leicht schräg gestellten grünen Katzenaugen zornig an. Verächtlich verzog sie den Mund, schien etwas sagen zu wollen, aber dann presste sie die Lippen zusammen, ballte eine Hand vor der Brust, und mit dem Zeigefinger der anderen deutete sie auf den Horizont, hinter dem das Versteck Dunbars lag. „Es ist ja gut, mein Liebling, ich weiß, was ich zu tun habe“, stieß Turner hervor. Kokett lächelte ihn Elizabeth an; sie hauchte einen Kuss auf ihre Handfläche und pustete ihn mit gespitzten Lippen in seine Richtung. Der Spuk verblasste. Vor ihm stand nicht die süße Elizabeth, sondern der pferdegesichtige, aufmüpfige Leutnant Dechamp mit dem ewigen Tropfen an seiner Nase und glotzte ihn blöde an. Turner explodierte: „Sir, Sie werden tun, was ich befehle! Haben Sie das verstanden, Sir? Geht das in Ihren inzüchtigen Aristokratenschädel? Geben Sie mir keinen Anlass, an Ihrem persönlichen Mut zu zweifeln, Sir! Natürlich wird es eine blutige Attacke werden, aber falls Ihnen das zu gefährlich …!“ Er verstummte, als er Dechamps Gesicht sah. Dessen Hand war zum Griff seines Hängers gezuckt und hatte sich um den Griff des Degens gelegt. Aus seiner Miene war jedes Anzeichen von Trägheit und Müdigkeit verschwunden, seine Augen sprühten Feuer, und er glich einer gespannten Stahlfeder. So hatte ihn Turner zwar schon des Öfteren gesehen, aber das war immer in Gefechten gewesen, wenn der Leutnant mit der blanken Waffe zwischen den Feinden gewütet hatte. Offensichtlich beherrschte sich Dechamp nur mühsam, langsam löste er die Hand vom Degengriff und steckte beide Handflächen hinter seinen Gürtel, aber er blieb stocksteif stehen, und seine Augen blieben weit aufgerissen. Zwischen seinen langen gelben Zähnen stieß er leise, aber deutlich akzentuiert hervor: „Ihre Befehle, *Sir*!" Turner wandte sich noch immer vor Wut schäumend um und ging zum Niedergang. Kurz bevor er ihn erreichte, drehte er sich um und rief Dechamp über die Schulter hinweg zu: „Leutnant Rullingston soll an Bord kommen! Ich erwarte ihn in einer halben Stunde … äh, *Mister* Dechamp!"

Commander William Turner warf die Holztür mit den Lüftungseinsätzen hinter sich ins Schloss, zog das Schiebeluk oben zu und polterte dröhnend die schmale Treppe zu seiner Staatskabine hinunter. An Deck sah ihm ein bleicher Leutnant Dechamp aufgebracht und gleichzeitig tief verletzt hinterher. Undeutlich grummelnd erwiderte Turner den Gruß des Seesoldaten vor seiner Kabinentür, stürmte in seine privaten Rückzugsräume, schleuderte den Hut auf die Heckbank, trat an den Weinschrank und entnahm ihm eine volle Kristallkaraffe, die Tom mit dem Rum aus Turners Destillerie auf Antigua gefüllt hatte. Er griff nach einem Wasserglas, füllte es randvoll und leerte es mit durstigen Zügen. Der aromatische Alkohol floss wie glühende Lava durch seine Kehle, strömte die Speiseröhre hinab und explodierte in seinem leeren Magen. Turner hielt die Karaffe in der Hand des linken Arms, der schlaff herunterhing, den rechten Arm legte er an das Schott und drückte seine schweißnasse Stirn dagegen. Aus dem Glas in seiner Hand fielen die letzten Tropfen des duftenden hellbraunen Rums auf das makellos weiße Deck, wo sie dunkle Flecken hinterließen. Seine überreizten Nerven beruhigten sich. Was hatte er da an Deck für eine Erscheinung gesehen? Langsam kam er wieder zur Besinnung. Was für eine Vorstellung hatte er an Deck abgeliefert! Was hatte er da jetzt wieder angestellt? Was hatte er sich dabei gedacht, als er Dechamp so vor den Kopf gestoßen, ja auf das Schwerste beleidigt hatte? Das war völlig unentschuldbar gewesen! Der Mann hatte getan, was seine Pflicht als Erster Leutnant gewesen war: Er hatte ihn darauf hingewiesen, dass er drauf und dran war, einen Befehl zu verweigern. Dass er als Kapitän der Meinung war, die Bekämpfung von Dunbar hätte Vorrang, stand auf einem anderen Blatt! Er – und nur er allein – würde dafür die Verantwortung tragen. Ja, ja, verwünschter Mister Dechamp, es geht mir dabei auch um meine vermaledeite persönliche Rache! Das will ich gar nicht leugnen. Und ich kann nicht verhehlen, dass es mir auch um das Schicksal meines kleinen Sohnes geht, und das werde ich auch vor jedem Kriegsgericht aussagen, verdammt noch mal! Wir sind Offiziere des Königs, aber wir sind auch nur Menschen mit Gefühlen. Der Alkohol stieg ihm zu Kopf, seine Gedanken irrten ab. Niemand findet etwas dabei, wenn wir die Feinde unseres Königs hassen und sie barbarisch massakrieren, obwohl wir die armen Schweine überhaupt nicht kennen, nichts von ihnen wissen. Wir haben keine Ahnung, was sie empfinden, was für Sorgen sie haben. Wahrscheinlich kämpfen auch sie nur, weil sie zu Hause Familien haben, die sie ernähren müssen, und *ihr* König und *seine* tüchtigen Offiziere trichtern ihnen ein, dass sie uns meucheln müssen, um ihre Angehörigen zu beschützen und mit dem Blutgeld durchzubringen. Turner stieg der Magensaft auf, er musste würgen. Entschlossen füllte er das Glas wieder und nahm einen kleinen Schluck. Er taumelte zu dem winzigen Schreibtisch hinüber, dort ließ er sich auf den Stuhl fallen, umfasste das Glas fest mit beiden Händen und drückte es vor die Brust. Ja, dachte er, warum nur hassen wir die Franzosen und sie uns? Als er noch mit seinem Vater in mondlosen Nächten über den Kanal nach Frankreich gesegelt war, um Fischzüge der besonderen Art durchzuführen, hatte er eine ganze Reihe Franzosen kennengelernt. Es waren kernige Kerle aus der Normandie oder der Bretagne gewesen, erstklassige Seeleute allesamt. Man hatte sich bestens verstanden. Nun ja, sie rochen zu meist ein wenig streng nach Knoblauch, aber sonst ... Man hatte so manches Glas Calvados oder so manchen Becher Cidre zusammen getrunken, und an den Weinen und den Brandys, die sie geschmuggelt hatten, war ohnehin nichts zu bemängeln gewesen. Aber *per ordre de Mufti* sollen wir nun auf einmal alle Franzmänner hassen, pah! Wie heißt es doch so richtig in der Bibel: Liebet euren Nächsten! Dass ich nicht lache, dachte er zynisch. Hass war angesagt! Aber er wollte seinen Sohn lieben, ihm von seiner schönen Mutter erzählen und dafür sorgen, dass er ein Mann wurde, auf den Elizabeth stolz gewesen wäre. Sein Gesicht verdüsterte sich. Wie er nur zu gut wusste, hatte Elizabeth stets eine Schwäche für Offiziere gehabt, also hätte sie gewollt, dass ihr Sohn auch einer werden sollte. Er nahm einen großen Schluck. Vielleicht kommt er nach mir und ist daher ein wenig einfältig. Das wäre zwar prinzipiell kein Hindernis, um es bis zum General zu bringen, aber geradezu eine ideale Voraussetzung, um Bischof zu werden. Er nahm einen weiteren Schluck. Mühsam konzentrierte er sich wieder auf das eigentliche Problem. Er hatte mit seinem ungerechtfertigten Temperamentsausbruch die Ehre Dechamps als Aristokrat und Offizier verletzt. Das war unverzeihlich gewesen. Sein Kopf fiel müde nach vorne, das Kinn ruhte in der weißen Halsbinde. Er musste die leidige Angelegenheit in Ordnung bringen, ja, gleich nach seinem Gespräch mit Rullingston würde er das in Angriff nehmen.

Er schreckte hoch. Der Leutnant konnte jeden Augenblick hier erscheinen.

Vor der Tür rammte der Wachposten den Kolben seiner Muskete auf die Gräting und röhrte: „Leutnant Rullingston zum Commander, Zur!"

„Soll reinkommen!" Turner stand auf, zog sein Halstuch zurecht, dann ging er Rullingston entgegen, hinter dem sich Tom mit einem Tablett in den Händen durch die Tür drückte. Der junge Mann sah ihn prüfend an und sog schnuppernd die Luft ein.

„Mein lieber Rullingston, nehmen Sie bitte Platz. Was darf ich Ihnen anbieten? Tee, Kaffee oder ein Glas Sherry?"

„Danke, Sir. Ein Kaffee wäre nicht schlecht."

„Tom. Wenn du dich bitte darum kümmern würdest!"

„Aye, aye, Käptum, Zur!"

Während Tom den heißen Kaffee eingoss und eine Schale mit Gebäck auf den Tisch stellte, das aus den Vorräten Lord Swifthounts stammte, ging Turner nochmals zu seinem kleinen Schreibtisch und entnahm einem Schubfach ein Beutelchen. Er ließ sich schwer auf den Stuhl gegenüber von Rullingston fallen, bediente sich hungrig an den Keksen, nahm gierig einen Schluck des aromatischen schwarzen Gebräus und hätte ihn beinahe wieder ausgespien, weil das Getränk unerwartet heiß war. Er rollte mit den Augen, was dem immer noch misstrauisch blickenden Rullingston ein kleines schadenfrohes Lächeln entlockte. Er nutzte die günstige Gelegenheit. „Darf ich Sie etwas fragen, Sir?"

„Nur zu, Mister Rullingston, fragen Sie, fragen Sie …"

„Was haben Sie mit dem ollen *Stud* angestellt, der sieht so verbiestert aus, wie ich es bei ihm nur selten erlebt habe. Wenn Sie ihm jetzt eine Kompanie Seesoldaten unterstellen, dann holt er Ihnen General Washington direkt aus seinem Hauptquartier auf Ihr Achterdeck. Allerdings werden danach Berge von Leichen seinen Weg säumen."

Turner blickte ihn säuerlich an und zögerte mit der Antwort, brummte dann aber ungnädig: „Mister Dechamp wird bald reichlich Gelegenheit bekommen, seine sprichwörtliche Tapferkeit unter Beweis zu stellen." Er hüstelte und räusperte sich. „Ahem ... äääh, im Übrigen sind auch Kommandanten keine unfehlbaren Götter, sondern haben manchmal, äh, kleine, äh, nun ja, menschliche Schwächen. Aber das, ääh, muss ein Geheimnis zwischen uns bleiben, mein lieber junger Freund." Rullingston mochte gerade mal drei Jahre jünger als Turner sein, aber der fühlte sich momentan uralt.

„Gewiss, Sir." Rullingston musterte ihn gedankenvoll, dann nickte er nachdrücklich. „Ich verstehe, Sir. In den letzten Wochen auf diesen kleinen Schiffen habe ich schon gelernt, dass auf dem Kommandanten ständig die Verantwortung für sein Schiff und die vielen Dutzend Männer lastet, die vollständig von ihm abhängig sind. Das muss einen höllischen Druck erzeugen. Dazu unklare Befehle von oben und dann noch die leidigen Streitigkeiten mit anderen Befehlshabern. Puh, ich weiß nicht, ob ich das haben muss!"

„Danke, Sir, dass Sie mir so nett Mut machen!", meinte Turner sarkastisch. „Nun, Sie werden lernen, mit diesem Druck umzugehen, Mister Rullingston – jedenfalls so einigermaßen. Aber nun zur Sache, Sir. Ich beabsichtige von meinen ursprünglichen Befehlen abzuweichen und den Verräter Dunbar in seinem Versteck auszuräuchern. Wir kennen jetzt seinen Aufenthaltsort."

„Hervorragend, Sir! Das ist genau nach meinem Geschmack!" Er schlug sich begeistert mit der rechten Faust auf die flache linke Hand. „Hat sich der kleine *Stud* etwa darüber aufgeregt, dass Sie Ihre Befehle etwas großherzig auslegen, Sir?"

„Er hat mir pflichtgemäß seine Bedenken vorgetragen." Turner verzog freudlos den Mund. „Übrigens würde ich an Ihrer Stelle nicht so jubeln, mein lieber Rullingston, denn für Sie habe ich ein echtes Himmelfahrtskommando in petto. Wie Sie vielleicht wissen, habe ich gute Gründe zu der Vermutung, dass sich mein Sohn in der Gewalt von Dunbar befindet." Er blickte den jungen Mann scharf an und stopfte sich den nächsten Keks in den Mund. Er spürte, dass sein Kopf wieder klarer wurde. Rullingston beugte sich gespannt vor. „Bevor wir Dunbars Festung stürmen können, muss mein Sohn in Sicherheit gebracht werden. Er ist für den Verräter ein Druckmittel, das er gewissenlos einsetzen wird."

„Und ich soll das Baby da herausholen, Sir?", fragte Rullingston ungläubig und deutete auf mehrere Skizzen, die auf dem Tisch lagen. Die Zeichnungen waren nach den Anweisungen der Gefangenen erstellt worden und zeigten die Befestigungen und den Grundriss der Gebäude. Der Adamsapfel des jungen Mannes hüpfte erregt auf und ab. „Wie soll das gehen?"

„Sie werden Dunbar eine Botschaft von seinem alten Freund Hernandez überbringen, Sir, und sich hiermit ausweisen." Turner schüttelte einen protzigen Ring aus dem kleinen Lederbeutel und reichte ihn dem Leutnant. „Diese Mission erfordert ein gewisses selbstbewusstes Auftreten. Ich kann nicht gehen, denn mich kennt er persönlich. Dechamp wage ich nicht zu schicken, denn auch dessen, äh, markantes Aussehen dürfte dem Feind inzwischen hinlänglich bekannt sein, und was Ihren Kapitän White angeht …" Er machte eine vielsagende Pause, Rullingston nickte verstehend. „Ich gebe Ihnen einen gefälschten Brief von Hernandez mit. Sie werden von den beiden Indianern und zwei meiner besten Scouts begleitet. Die werden dafür sorgen, dass Sie mit dem Kind und der Amme sicher an Land untertauchen und heil zurück an Bord kommen können, aber die schwierigste Aufgabe haben Sie! Sie müssen das Kind finden und die Amme dazu bringen, mit Ihnen zu flüchten. Haben Sie das verstanden, Sir?"

„Vollständig, Sir!" Rullingston kniff schelmisch ein Auge zu. „Ich bleibe dabei, dass diese Aufgabe wie maßgeschneidert für mich ist." Er lachte jungenhaft. „Wunderbar! Wenn ich das in meinem Club erzähle, glaubt mir die Geschichte kein Mensch!"

Turner spürte eine schwere Müdigkeit in sich aufsteigen. Er hatte keine Kraft mehr, den Enthusiasmus des Jungen zu bremsen. „Nehmen Sie die Skizzen und besprechen Sie die Einzelheiten mit Ihrem Freund Dechamp und dem Segelmeister. Ich hoffe sehr, dass wir uns gesund wiedersehen. Viel Glück, Mister Rullingston!"

„Nicht ohne Ihren Sohn, Sir!" Der Leutnant sprang auf, stieß sich den Kopf an einem Decksbalken, schob davon unbeeindruckt die Skizzen zusammen, klemmte sie sich unter den Arm und stürmte voller Elan aus dem Raum. Ein kühler Lufthauch wehte durch die Kabine.

Turner sah ihm gedankenschwer nach, eine eisige Faust umkrampfte seinen Magen. Irgendwie hatte er das Gefühl, dass ihn eben der Atem eines Gespenstes gestreift hatte. „Ich sollte wirklich ein paar Stunden schlafen", murmelte er, „meine Nerven spielen mir einen Streich nach dem anderen."

Tom kam aus der winzigen Pantry. Der hochgewachsene, hellhäutige Karibe sah ihn vorwurfsvoll an. Er hielt ihm einen Becher entgegen. „Käptum, Sör, hier trinken Sie das."

„Was ist das, Tom", erkundigte sich William misstrauisch.

„Medizin, Sör, gute afrikanische Medizin, wie Michelle sie nicht besser herstellen könnte."

„Und wogegen soll die gut sein, du Quacksalber?"

„Sie verhindert, dass Sie noch mehr gute Männer auf diesem schönen Schiff tödlich beleidigen oder leichtfertig verheizen."

Nachdenklich schaute William Turner den ihm gereichten Becher an. Ihm kam noch nicht einmal der Gedanke, Tom für seine freche Bemerkung zusammenzustauchen. Mit zitternden Fingern nahm er das Trinkgefäß, setzte es an die Lippen und leerte es entschlossen bis zur Neige.

Tom nahm ihm den Becher ab, führte seinen schwankenden Kapitän in den kleinen Schlafraum, entkleidete ihn und hievte ihn in die Schwingkoje. „Du musst schlafen, William Turner! Wir werden dich, deinen Mut, deine listigen Ideen und deine guten Beziehungen zu den mächtigen Geistern des Nordens und Südens bald gut gebrauchen können, mein Kapitän. Aber dann musst du wieder topfit sein. Michelle, ach ja, die süße, niedliche Michelle“, Tom seufzte tief auf, „sie würde es mir nie verzeihen, wenn ich ihr beichten müsste, dass ich nicht gut genug auf dich aufgepasst habe. Ihr Fluch würde mich töten – also ich tue das nur meinetwegen, Käptum, nur damit du Bescheid weißt! Wer so mit seinen Freunden umgeht wie du, hat eigentlich den Tod verdient. Der arme Leutnant Dechamp!

Kapitel 7

Dunbars Biberburg, Januar 1779

„Was ich dich schon längst fragen wollte, hast du dein Bad gut überstanden, Tom?“, erkundigte sich Turner bei seinem Burschen, der ihm einen großen Becher heißen, süßen Kaffee mit einem Schuss Brandy auf das kühle, morgenfeuchte Achterdeck gebracht hatte.

„Sehr gut, Sir, das Wasser des Golfstroms ist auch im Januar warm genug für einen kleinen Tauchgang. Aber viel mehr Bleikugeln hätten in dem Sack nicht sein dürfen, o no, Zur. Er ging verdammt schnell auf Tiefe, Zur.“

„Na, gut. Ich werde ausnahmsweise darauf verzichten, dich wegen unerlaubten Entfernens von der Gefechtsstation und Verlassens des Schiffes zu bestrafen, du eigensinniger, dickköpfiger Nigger!“

„Das ist sehr freundlich von Ihnen, Zur. Ich weiß das wirklich zu schätzen.“ Tom wusste, dass William sich Sorgen um ihn gemacht hatte und dass das seine Art war, ihn das wissen zu lassen.

William Turner umfasste den Becher mit beiden Händen und hob ihn an die Lippen. Der alkoholgeschwängerte Dunst des starken Gebräus stieg ihm in die Nase. Er nahm einen kleinen Schluck und fühlte wie das heiße Getränk belebend durch seine Kehle rann und ihn von innen heraus erwärmte. Er nickte Tom dankbar zu. Er hatte ihn nicht gefragt, was für Ingredienzien in dem Hexengebräu gewesen waren, mit dem er ihn vorgestern aus dem Verkehr gezogen hatte. Wenn er an seinen fürchterlichen Ausbruch dachte, bekam er ein flaues Gefühl im Magen. Es war völlig unakzeptabel gewesen, sich so gehen zu lassen, und noch dazu vor aller Augen. Er wusste, dass ihn Dechamp gefordert hätte, wenn ihm das die Bestimmungen der Admiralität nicht strikt untersagt hätten. Kein Offizier durfte sich mit seinem Kommandanten duellieren, weil man verhindern wollte, dass er sich so durch die Hintertür ins Kommando „hineinschoss". Durch die fieberhaften Vorbereitungen auf den bevorstehenden Angriff hatte Turner noch keine Gelegenheit gefunden, sich in aller Ruhe mit seinem Ersten Leutnant zusammenzusetzen und sich bei ihm in aller Form zu entschuldigen. Sie verkehrten nur streng dienstlich und in eisigem Ton miteinander.

Sie hatten in der Morgendämmerung bei der Insel Botany Bay ihren Landfall gemacht, die gefährlichen Untiefen über der vorgelagerten Deveaux Bank durch ständiges Loten und scharfen Ausguck gemieden und waren dann mit dem Flutstrom und einer recht unbeständigen Brise in den North Edisto River eingelaufen. Den äußerst günstig gelegenen Schlupfwinkel der Freibeuter auf dem Privateer Creek, der hinter dem Privateer Point versteckt lag, ließen sie an Steuerbord liegen. Der Ausguck konnte allerdings auch kein Anzeichen dafür entdecken, dass sich einer dieser Seewölfe in diesem Seitenarm aufhielt. Die Navigation gestaltete sich schwierig, denn überall lauerten Sandbänke, und Landmarken für die Schifffahrt waren nur sehr vereinzelt aufgestellt. Turner hoffte trotzdem, dass er seinen Widersacher an dessen Zufluchtsort überraschen könnte. Wie Lord Swifthount nicht ohne eine gewisse Gehässigkeit berichtet hatte, war das Anwesen, auf das sich Lord Cecil, das letzte Mitglied der verräterischen Dunbarsippe zurückgezogen hatte, schwer befestigt und wurde von seinen eigenen Leuten sowie von South-Carolina-Milizionären verteidigt. Aber William wäre nicht Wild Bill Turner, wenn ihn das davon abgehalten hätte, alles zu versuchen, seinen Intimfeind anzugreifen und zu vernichten. Schließlich ging es um seinen Sohn! Sir Crystel Swifthount war sich zwar nicht sicher gewesen, ob es auf dem Anwesen ein privilegiertes weißes Baby gegeben hatte, aber er meinte sich erinnern zu können, dass Dunbar einige Male böse lächelnd ein Faustpfand erwähnt hatte, das er gegen seinen hartnäckigsten Widersacher in der Hand hätte. Er schien dabei eine geradezu perverse Freude empfunden zu haben. Als er daran zurückdachte, stieß Turner den Kopf heftig vor und schüttelte ihn dann wütend. In diesem Augenblick ähnelte er wirklich einem wilden, gereizten Stier. Er riss sich zusammen und konzentrierte sich wieder auf die vor ihm liegende Aufgabe. Weit vor den beiden Kriegsschiffen bildeten zwei Schiffskutter die Vorhut. Die erfahrenen Männer in den Booten loteten ständig, erkundeten die beste Fahrrinne, und legten, wenn nötig, kleine Markierungsbojen für die Mutterschiffe aus. Das niedrige, dichte Gestrüpp auf dem sumpfigen Land, das von unzähligen kleinen Wasserläufen durchzogen wurde, begleitete schweigend ihren Weg. Sie hatten inzwischen gut sieben Seemeilen auf dem Fluss zurückgelegt und White Point erreicht, dort wo der Fluss einen Bogen nach Nordosten beschrieb. Die Boote mochten eine knappe Meile vor ihnen stehen und waren schon beinahe an der Stelle angelangt, bei der der Point Creek in den Wadmalaw River mündete. Dort sollten sie warten, denn von diesem Punkt aus waren es nur noch etwa fünf bis sechs Kabellängen bis zur Einmündung des Toogoodoo Creek. In dem Dreieck, das aus den beiden Flüssen und dem Festland gebildet wurde, befanden sich inmitten der unwegsamen, sumpfigen Marsch mehrere kleine Eilande sowie eine große, bogenförmige Insel, die allesamt vom festen Land durch enge, aber tiefe Seitenarme der beiden Flüsse getrennt waren. An der Nordwestspitze der Hauptinsel hatte sich Dunbar verschanzt. Seine Biberburg war nur über das Wasser und eine Brücke an der Nordspitze der Hauptinsel erreichbar. Turner beobachtete durch sein Teleskop, wie die Kutter auf der Bank vor der Mündung des Tom Point Creek Anker warfen. Seine innere Anspannung stieg. Frech hatte er alles auf eine Karte gesetzt, weil er der festen Überzeugung war, dass nur das Überraschungsmoment den Erfolg bringen konnte – oder den Untergang in einem unrühmlichen Desaster. Turner atmete tief durch; er konnte sich jetzt keine trüben Gedanken leisten, sondern musste selbstsicher Zuversicht ausstrahlen. Wenn alles nach Plan verlief, dann musste jetzt jeden Augenblick am Nordufer der Mündung ein Kanu ablegen, in dem die beiden Shawnees Brokenwing, Thunderingwater, die Trapper Snake Taylor, Beaver Smith, Leutnant Edward Augustus Rullingston ... und Turners namenloser Sohn mit seiner Amme saßen. (Turner weigerte sich an den Jungen als Louis Washington zu denken, denn auf diese Namen hatte Hernandez ihn taufen lassen.) Rullingston, der allseits beliebte, sorglose Scherzvogel, mit seinem unbezähmbaren Drang nach heldenhaften Taten, sollte Turners Joker in dieser Runde des Spiels auf Leben und Tod sein, denn erst wenn er seinen Sohn in Sicherheit wusste, konnte er das befestigte Haus Dunbars ohne Risiko beschießen. Daher hatte er den Leutnant, der ehrgeizig auf diesen gefährlichen Einsatz brannte, mit Hernandez' protzigem Ring und zwei Schreiben schon gestern am frühen Morgen an Land gesetzt.

Es hatte keiner großen Überredungskünste bedurft, um den Sekretär Lord Swifthounts zu überzeugen, dass es in seinem Interesse lag, wenn er in dem unverwechselbaren bürokratischen Kauderwelsch hoher Behörden umständlich ausführte, dass in der Nähe von (oder eventuell auch direkt in) Charleston eine amphibische Aktion der britischen Streitkräfte geplant sei. Turner hatte nach einer Beratung mit seinen Offizieren Tatsachen und Lügen geschickt gemischt. Kurz gesagt, es war ein Schreiben entstanden, das es in seiner Nutzlosigkeit mit jedem offiziellen Brief aufnehmen konnte. Da der Sekretär es in seiner besten Kanzleischrift ausgefertigt und mit schwungvollen, wenn auch unleserlichen Unterschriften und mit fast echten Siegeln versehen hatte, würde es seine Wirkung tun. Jedenfalls hoffte Turner das. Das zweite war ein sehr allgemein gehaltenes Schreiben von Hernandez – für einen Fall wie diesen extra angefertigt in der Fälscherwerkstatt von Mister Smith. Es sollte jeden Zweifel an der Glaubwürdigkeit des Boten zerstreuen.

Wieder blickte der Commander ungeduldig zum Ufer hinüber, aber dort rührte sich nichts. Leise fluchte er vor sich hin. Sie mussten weiter! Er konnte den Angriff jetzt nicht abblasen, dafür war es zu spät. Falls Dunbar Ausguckposten auf den vorgelagerten Inselchen postiert hatte, und davon konnte man bei diesem vorsichtigen Fuchs ausgehen, dann hatten diese die mit der Flut den Fluss hinauflaufenden Schiffe bereits entdeckt und würden bereits das Haupthaus alarmieren. Warum hatten die Posten noch keine Alarmschüsse abgegeben, überlegte William stirnrunzelnd? Da, endlich! Vom Ufer stieß ein Kanu ab und trieb in den Strom hinaus. Aber Turner konnte keinen Insassen erkennen. Ein kalter Schauer lief ihm den Rücken hinunter, während dunkle Vorahnungen in ihm aufstiegen. Die Kutter hievten die Anker, und einer hielt auf das Kanu zu. Quartermaster Jack Shultz, der ehemalige Pirat, erhob sich von der Achterducht, als sie längsseits waren, beugte sich vor und blickte in das Rindenkanu. Er zuckte zurück, als hätte er in die Fratze des Teufels selbst geschaut, dann befestigte er die Vorleine des kleinen Bootes am Heck und trieb seine Männer an, so schnell wie möglich zur *Shark* zu pullen. Die Männer legten sich mit all ihrer Kraft in die Riemen, und das Boot schien über das Wasser zu schießen. Schwungvoll legten die beiden Boote an. Turner konnte vom Achterdeck aus in das Kanu hineinblicken, und Quartermaster Shultz sah mit fest zusammengepressten Kiefern zu ihm auf; neben ihm übergab sich Midshipman Starke krampfartig. Was Turner dort unten im Kanu erblickte, ließ ihm das Blut in den Adern stocken. Am Boden lag ein blutiger, halbnackter Körper, der mit getrocknetem schwarzem Blut bedeckt war. Man konnte zwar nicht sofort erkennen, wer der Unglückliche war, aber Turner wusste es sofort. Es war Leutnant

Rullingston. Lord Cecil Dunbar hatte ihn skalpieren und ihm die Nase abschneiden lassen. Das Glück hatte den ehemals stets zu Witzen aufgelegten, unbekümmerten Bruder Leichtfuß verlassen. William Turner war die Botschaft klar: Dunbar schätzte es nicht, wenn jemand die Nase in Angelegenheiten steckte, die ihn nach Meinung des Lords nichts angingen. Von den beiden Indianern und den weißen Trappern war nicht das geringste Anzeichen zu entdecken. Turner schwante nichts Gutes!

Auf dem Achterdeck der *Shark* herrschte Totenstille. Turner räusperte sich rau, dann brüllte er sich seine Trauer, Wut und Enttäuschung von der Seele: „Holt den Leutnant an Deck, Männer! Er wird später eine angemessene Trauerfeier bekommen! Aber jetzt werden wir diese höllischen Hurensöhne ausräuchern und ihnen zeigen, wie wir mit Verbrechern umzugehen pflegen, die es wagen, so infam ihre Hand an einen Offizier des Königs zu legen. Ihr erbärmliches Gewinsel um Gnade wird man bis Philadelphia und *Boston* hören, und das von heut bis in alle Ewigkeit! Wollt ihr dabei helfen, Männer der *Shark*?"

Ein vielstimmiges wütendes Geheul, das auch einem abgefeimten, völlig gewissenlosen Halsabschneider das Blut in den Adern hätte gefrieren lassen, war die Antwort. Die Männer konnten sich lebhaft vorstellen, was mit ihren Kameraden, den Waldläufern und den beiden stolzen Indianern geschehen war. Turner blickte sich auf dem Achterdeck um. Sein sonst so unerschütterlicher Erster Leutnant Dechamp starrte blicklos mit versteinerter Miene geradeaus, wie immer hing ein kleiner Tropfen an seiner Pferdenase, aber die Knöchel der linken Hand traten weiß hervor, so fest umklammerte er den Griff seines Degens. Was mochte in diesem Manne vorgehen, der zusehen musste, wie sein alter Schulfreund Edward *Buck* Rullingston grausig verstümmelt in einer Persenning unter Deck getragen wurde. Turner wusste, dass der Mann ihm die Schuld an dem Tod seines Freundes geben würde – und das sicher nicht ganz zu Unrecht. Wieder spürte Turner sein schlechtes Gewissen, denn noch immer stand eine unsichtbare Wand zwischen ihm und Dechamp. Selbst der alte Segelmeister Paul Lennon, der schon alles Sehenswerte auf dieser Welt gesehen hatte und auch genug von dem, worauf er gerne verzichtet hätte, hatte ihn in den letzten Tagen kühl gemustert und seine scharfen Adleraugen zu Schlitzen zusammengepresst. Jetzt glimmte in ihnen allerdings ein mörderisches Feuer. Turner vermutete, dass der Alte den charmanten Burschen, der Rullingston zweifellos gewesen war, heimlich in sein Herz geschlossen hatte. Wenn diese Männer hier und jetzt den sehr ehrenwerten Sir Cecil Dunbar zwischen ihre Finger bekommen hätten, dann wäre der schneller gestorben, als er es verdient hätte.

Wind und Strom trieben sie unaufhaltsam auf die Flussgabelung zu. Es war klar, dass man sie auf Dunbars Festung erwartete, aber an Umkehr war nicht zu denken. Sie hätten ankern, auf die Ebbe warten und dann umdrehen können, aber das kam für Turner nicht in Frage. Er hob das Teleskop ans Auge und musterte scharf die Landspitze. „Verflucht will ich sein, wenn das da vorne keine Geschützstellung ist! Ziegenpisse im Champagnerglas!“ Im selben Moment erklang vorn auf der Back auch schon ein Warnruf und ein Matrose deutete aufgeregt auf das niedrige Buschwerk, in dem sich plötzlich Lücken auftaten. Büsche wurden zur Seite gerissen und schwarze Rohre ausgerannt, die lange Feuerzungen sowie dicke Qualmwolken ausspien. Geschützkugeln flogen mit dumpfem Dröhnen über das Deck der *Shark*. Dieses Geräusch und die Druckwellen ließen die Männer an Deck eine ungewollte Verbeugung machen. Hohe Wassersäulen stiegen neben der Bordwand auf. „Buggeschütze! Feuer frei!“, kommandierte Turner. Gleich darauf bellten die beiden Sechspfünder giftig auf. Die Kugeln schlugen in mit Sand gefüllte Schanzkörbe und geflochtene Faschinen ein, aber die feindlichen Kanonen verstummten nicht. Im Gegenteil, schon die Kugeln der nächsten unregelmäßigen Salve schlugen im Rumpf ein oder richteten Schäden in der Takelage und an den Segeln an. Die Mündung des Toogoodoo Creek näherte sich schnell. Turner ballte die Fäuste: Diese Batterie hatte der hinterlistige Lord Swifthount mit keinem Sterbenswörtchen erwähnt. Es waren zwar nur leichte Vierpfünder, aber sie reichten aus, um der *Shark* auf Kernschussweite erhebliche Beschädigungen zuzufügen.

„Mister Lennon, lassen Sie bitte ab sofort an beiden Seiten ständig loten! Der Heckanker soll klar zum Fallen gemacht werden! Wir wollen in das Nebenfahrwasser einlaufen und dann querab von der Batterie ankern!"

„Aye, aye, Sir!", bestätigte der alte Weißkopfadler ungerührt. Das Jaulen der Geschosse um ihn herum schien ihn nicht zu tangieren.

Turner machte zwei Schritte nach vorne: „Leutnant Dechamp! Leutnant Blower! Lassen Sie Ihre Landungskommandos antreten. Sobald wir geankert haben, gehen Sie an der Backbordseite in die Boote. Sie werden nördlich der Batterie landen und sie anschließend ausschalten. Handeln Sie der Situation entsprechend, ääh, benutzen Sie Ihren gesunden Menschenverstand, Gentlemen! Ich erwar…" Ein heftiges Krachen ließ seine Worte untergehen. Die Vormaststenge kam mit der Marssegelrah herunter, die Gaffel des Schonersegels klappte polternd nach unten. Die Spieren verfingen sich im Enternetz, das unter dem Gewicht nachgab. Der Ausguck, der oben im Topp gesessen hatte, flog in einem weiten Bogen durch die Luft und klatschte ins braune Wasser. Er tauchte nicht wieder auf. Verwundete ächzten und jammerten. Der Lotgast in den Rüsten des Vormasts auf der Steuerbordseite schrie erschrocken auf, ließ die Lotleine los, ruderte wild mit den Armen und stürzte schließlich ins Wasser. Turner stieß scharf den Atem aus. Der Mann musste alleine sehen, wie er klar kam! Ein schneller Blick achteraus zeigte ihm, dass die Gig noch nachgeschleppt wurde, aber die Pinasse und die Kutter waren bereits längsseits geholt worden. Ein neuer Mann stieg mit einem Lot hinaus auf die Plattform.

„Achtung am Ruder! Zwei Strich nach Backbord!“, befahl Lennon ruhig. Er beobachtete, wie der Bugspriet nach Backbord schwang, über das Land hinwegwanderte und in den Wasserlauf des Toogoodoo hineinzeigte. „Komm auf! Stütz mit! Recht so!“

Von vorn erklangen Axtschläge und Sägegeräusche. Der Zimmermann und der Segelmacher waren mit ihren Gehilfen dabei, das Chaos, so gut das unter diesen Umständen ging, zu beseitigen. Glücklicherweise waren die Yankees keine gut ausgebildeten Artilleristen. Sie schossen langsam und ungenau. Aber aus dieser Entfernung konnte man eigentlich gar nicht daneben schießen, und so spürte Turner immer wieder die Erschütterungen, wenn sich die Eisenkugeln in den Rumpf bohrten. Das Leiden seines Schiffes verursachte ihm körperliche Schmerzen. Noch immer waren die Karronaden zum Schweigen verdammt. Noch eine Kabellänge! Mit einem Ohr hörte er, was die Lotgäste aussangen. „Fünf Faden an der Marke an Steuerbord!“ und „Sechs Faden, drei Fuß an Backbord!“ Wieder ein rascher Blick nach achtern. Der Badegast hatte die Gig erreicht, zog sich mit den Beinen strampelnd in das Boot, streckte den Kopf wieder über das Dollbord und spie zwei Gallonen modriges Flusswasser aus, bevor er keuchend auf den Bodenbrettern zusammenbrach. Offensichtlich war der Kerl Nichtschwimmer, hatte aber die Nerven behalten.

„Klar zum Ankern!“, röhrte der Segelmeister. Ein baumlanger Matrose hob die Axt, um den Lasching durchzuschlagen, der den kleinen Reserveanker auf dem Vorschiff am Platz hielt. Lennon warf einen schnellen Blick zum Land hinüber, dann riss er seinen erhobenen Arm nach unten. Kugeln fetzten fauchend durch das Großsegel. Die Axt sauste herab, der Anker fiel laut klatschend in den Fluss, und dicke Wassertropfen ließen die angetretenen Seesoldaten zusammenzucken. Die Ankerleine zerriss die Bändsel, mit der sie an der Bordwand bis nach achtern gelascht worden war, dann polterte die sorgfältig in Buchten aufgeschossene Lose über Bord.

„Langsam abstoppen!", befahl Lennon. Zwei alte Matrosen bändigten mit einem starken Taustopper die dicke Trosse mit Gefühl und Routine.

Turner riss seinen Degen aus der Scheide, ließ ihn über seinem Kopf kreisen wie ein attackierender Husar und brüllte: „Die Karronaden! Feuer frei!" Endlich konnte die *Shark* zurückbeißen und ihre scharfen Raubfischzähne zeigen. Midshipman Armstrong schlug dem ersten Geschützführer auf die Schulter und rief über das Deck: „Feuer frei, wenn Ziel aufgefasst! Heizt den Schurken ordentlich ein, Jungs!" Das Dröhnen der Abschüsse war ohrenbetäubend. Der wabernde Pulverqualm legte sich bei dem achterlichen Wind schwer auf das Deck und erschwerte Turner die Beobachtung der Einschläge. Allerdings brauchte er auf diese Entfernung kein Fernglas mehr. Die schweren Achtzehnpfünder-Kugeln schlugen drüben in die hastig aufgeschütteten Sandwälle und hölzernen Befestigungen ein und verursachten schwere Zerstörungen. Wild Bill Turner grinste bösartig, als er Schmerzensschreie hörte, die über den Wasserstreifen getragen wurden. Plötzlich rollte auch achteraus draußen auf dem Fluss Kanonendonner über das Wasser. Turner wirbelte herum. Die *Platvis* glitt an der Mündung vorbei und bestrich die andere Seite der Feldbefestigung im Vorbeifahren mit ihren Kanonen, dann ankerte auch sie. Erleichtert atmete der Commander auf.

„Der Anker hält, Sir!", meldete Lennon stoisch. „Die Boote haben abgelegt. Ich möchte jetzt nicht in der Haut der Rebellen da drüben stecken, Sir, die Männer sind sehr verbittert über den schändlichen Tod von Leutnant Rullingston. Er mag ein wenig leichtsinnig und unreif gewesen sein, aber alle mochten ihn aufrichtig …" Er stockte kurz. „Äääh, selbst ich." Er wandte sich schnell um und ging zum Kompass hinüber, um eine Peilung zu nehmen.

Die Boote wurden vom Flutstrom nach Norden versetzt. Kleine Wasserfontänen stiegen spritzend um sie herum auf. Die eine oder andere Kugel traf auch ihr Ziel, aber die Riemen bewegten sich makellos im Takt, als ob die Boote routinemäßig auf dem Solent vor Portsmouth unterwegs wären und nicht unter Beschuss dabei waren, kampfeslustige, nach Blut lüsterne Marineinfanteristen und Seeleute in Feindesland am Ufer auszuspucken. Nach zweihundert Yards liefen die Boote auf den morastigen Grund auf. Die Männer sprangen aus den Booten. Die Insel war hier nur knapp vierzig Yards breit. Leutnant Blower ließ seine Männer in zwei Linien antreten, die Bajonette aufpflanzen und gab den Befehl zum Vorrücken. Leutnant Dechamp sicherte mit seinen Seeleuten die Flanken. Das Gelände war unübersichtlich, denn überall wucherten niedrige Büsche und kleine Bauminseln. Der Boden federte unter ihren Füßen, und an den Ufern ging er in sumpfigen Matsch über. Die beiden Waldläufer Nat Moose und Fred Blackwood huschten an beiden Seiten der Insel mit jeweils zwei schwarzen Kariben den Seeleuten voraus, um aufzuklären. Schnell stießen sie auf die Milizionäre, die auf sie geschossen hatten, als sie noch hilflos wie die Schießscheiben in den Booten gesessen hatten. Nat Moose kniete hinter einem verkrüppelten Baum nieder, hob seine überlange Muskete, presste den Kolben fest an die Schulter und visierte einen Kopf unter einem schmutziggrauen Hut an, der im Blättergewirr eines Gebüschs kaum sichtbar die langsam im Gleichschritt herannahenden Seesoldaten beobachtete. Er zog den Abzug durch. Der Schuss löste sich, der Mann warf die Arme hoch und fiel nach hinten über. Zwei Kameraden erhoben sich unvorsichtigerweise halb und beugten sich erschrocken über ihn: Sie wurden von den Kugeln der Neger niedergestreckt. Unaufhaltsam bewegte sich die Schützenkette im Gleichschritt auf die Batterie zu, obwohl einige der Rotröcke von feindlichen Kugeln getroffen zu Boden stürzten.

„Mister Armstrong! Lassen Sie jetzt mit Traubengeschossen laden, Sir!“ Die schweren Geschosse der *Shark* hatten die schnell aufgeworfenen Befestigungen weitgehend dem Erdboden gleichgemacht und einen Teil der Kanonen ausgeschaltet. Die ersten Soldaten flohen aus den Stellungen. Aber wo wollten, wo konnten sie hin? Die Boote der *Platvis* hatten ihre Landungsabteilung am Ostende der Insel am Ufer abgesetzt. Die Rebellen waren zwischen Hammer und Amboss geraten. Der einzige Ausweg war der Weg in die morastige Marsch – aber auf dem trügerischen Boden musste man sich gut, sehr gut auskennen, um lebendig auf der anderen Seite anzukommen. Panik erfasste die unerfahrenen Milizionäre, als sich die rote Mauer der Seesoldaten mit den blitzenden Bajonetten unaufhaltsam und unbeirrbar auf sie zubewegte. Die Musketen waren schnell abgefeuert, und zum Nachladen fehlte den Männern die Zeit – vielleicht auch der Mut. Ehe sie es sich versahen, kamen die Marines über sie. Die gefürchteten langen Bajonette kannten keine Gnade, und die Seeleute mit ihren schweren Entermessern ebenso wenig. Dann fielen ihnen auch noch die Männer der *Platvis* in den Rücken. Die Wahlstatt war schnell mit stöhnenden, jammernden Verwundeten und stillen Gefallenen übersät. Das entsetzliche Massaker dauerte nur wenige Minuten. Wer von den Rebellen überlebte, flüchtete in die unwegsame, sumpfige Marsch, aber auch dort wurden noch viele von den Kugeln der Scharfschützen niedergeworfen. Zahlreiche andere versanken in den Schlicklöchern und ersoffen elend. Wie viele unbeschadet die Hauptinsel erreichten, konnten auch die scharf beobachtenden Waldläufer nicht hinreichend genau schätzen – aber sie waren der Meinung, dass es nicht viel mehr als eine Handvoll gewesen sein konnte. Derweil hatten die beiden Offiziere Mühe, ihre rasenden Berserker davon abzuhalten, alle Gefangenen und Verwundeten zu massakrieren. Allerdings gelang ihnen das nur sehr unvollkommen. Die Männer hatten sich in blutrünstige Monster verwandelt, und selbst die sonst so disziplinierten Seesoldaten waren in einen wahren Blutrausch gefallen. Nur ein paar Schwerverwundete, die man für tot gehalten hatte, überlebten – mehr oder weniger lange, denn ihnen konnte auch der Schiffsarzt der *Shark* letztlich nur das Sterben mit Laudanum erleichtern.

Aus Dunbars Biberburg waren ein paar Äste herausgerissen worden, aber Turner wusste nur zu gut, dass der Mann noch lange nicht besiegt war. Vor allem brachte ihn die Sorge um seinen Sohn fast um den Verstand, aber es würde keinen Sinn machen, wenn er jetzt wie der buchstäbliche wilde Bulle auf die Festung losstürmte. Dunbar war ein vorsichtiger, mit allen Wassern gewaschener Taktiker, daher musste Turner als Erstes versuchen, ihm sämtliche Fluchtwege abzuschneiden, bevor er sich daranmachen konnte, den Fuchs auszuräuchern.

*

Dichter Pulverqualm hüllte die *Shark* ein, obwohl die Batterien schwiegen. Es war windstill, und so mussten die Karronaden des Schoners immer mal wieder für längere Zeit schweigen, weil die Geschützführer kein Ziel mehr ausmachen konnten. Im Licht der tief stehenden Abendsonne, deren Strahlen nur mühsam die wabernden Schwaden durchbrachen, stand Commander William Turner auf seinem Achterdeck und versuchte, die stinkende Wolke mit seinen Augen zu durchbohren. Sein Gesicht war wie das aller Männer an Deck von den Pulverrückständen geschwärzt, wenn er sich über die trockenen Lippen leckte, hatte er den bitteren Geschmack von Salpeter auf der Zunge. Sie hatten die *Shark* mit den letzten Ausläufern des Flutstroms weiter flussaufwärts verholt, aber in die richtige Schussposition hatten sie das Schiff mit Hilfe der langen Riemen gebracht, ihr Klüverbaum zeigte flussabwärts gegen den schwächer werdenden Flutstrom. Dann hatten sie damit begonnen, die Palisaden des kleinen Forts zu beschießen. Den schweren Achtzehnpfündern hatten die Holzpfähle wenig entgegenzusetzen gehabt, und so klafften schon nach kurzer Zeit mehrere Breschen in der Befestigung. Aber auch die gegnerischen leichten Feldschlangen hatten dem Rumpf der *Shark* weitere Beschädigungen zugefügt. Der Zimmermann war mehrmals mit einem bekümmerten Gesicht auf Deck erschienen und hatte zahlreiche ernsthafte Leckagen gemeldet. Die Pumpen mussten besetzt werden. Aber das Feuergefecht ging weiter. Turner hatte die Geschützbedienungen zwar vergattert, zuerst die Geschütze der Feinde auszuschalten sowie die Nebengebäude zu zerstören und nicht auf das Haupthaus zu zielen, aber das war natürlich keine Garantie, dass kein Abpraller oder eine schlecht gezielte Kugel dort einschlug. Daran konnten auch die angedrohten schweren Strafen nichts ändern. Er konnte nur hoffen, dass Dunbar sein Faustpfand für eventuelle Verhandlungen an einem sicheren Ort untergebracht hatte. Nach einem mehrstündigen Feuerduell waren die Stücke im Fort endlich zum Schweigen gebracht worden. Nun war aber auch der Stückmeistersmaat Orval Mullen beim Kommandanten vorstellig geworden und hatte mit Sorgenfalten auf der Stirn gemeldet, dass der Vorrat an Kugeln stark geschrumpft war.

Nach der Feuereinstellung waren viele Kanoniere erschöpft neben ihren Stücken auf das Deck gesunken, einige drängten sich an den Frischwasserfässern, um sich mit ein paar Kellen puren Wassers zu erfrischen. Turner hatte jetzt eine Mannschaft, die zu hundert Prozent aus Schwarzen bestand, denn die Gesichter aller Männer waren gleich dunkel gefärbt, die weißen Augäpfel hatten sich durch die ätzenden Dämpfe gerötet. Die Unterhaltungen wurden unnatürlich laut geführt, weil die meisten Kanoniere halb taub waren, und das, obwohl sich viele schützend ein Tuch über die Ohren gebunden hatten.

An Land war heftiges Musketenfeuer zu hören. Dort säuberten die Landungsabteilungen der *Shark* und der *Platvis* die Umgebung der kleinen Festung und zogen einen Belagerungsring um die Gebäude. Lord Cecil Dunbar saß endlich in der Falle. Turner hätte allen Grund gehabt, zu jubilieren, aber die Sorge um seinen Sohn vergällte ihm den Erfolg. Düster dachte er: ‚Außerdem soll man den Pelz des Bären nicht verteilen, bevor man ihn geschossen hat. Bisher hat mich Dunbar immer wieder mit einem überraschenden Taschenspielertrick überlistet. Schlau und gerissen ist der Kerl, das muss man ihm lassen. Er ist so schwer zu fassen wie ein glitschiger Aal, verdammt!'

„Sir, die *Platvis* läuft mit der einsetzenden Flut in den Fluss ein!", meldete Paul Lennon. Seine langen weißen Locken waren schwarz gesprenkelt. Offensichtlich hatte er sich vor kurzer Zeit das Gesicht mit ein oder zwei Händen Wasser aus der Trinkwassertonne gereinigt, oder besser gesagt, er hatte es versucht. Auf den Wangen war ein Muster aus schwarzen Streifen zurückgeblieben, das der Kriegsbemalung eines Indianers nicht unähnlich sah.

„Danke, Mister Lennon, damit dürfte dann der Sack endgültig zu sein."

Der Segelmeister blickte Turner skeptisch an. „Aber wir könnten auch in einer üblen Falle sitzen, Sir."

Turner bedachte den Einwand, er konnte ihn nicht einfach zur Seite wischen. Aber wer sollte sie hier vermuten und in dem Nebenfluss blockieren? Kanonendonner an Land ließ ihn herumfahren. Inzwischen war der Pulverqualm durchsichtiger geworden und er suchte mit dem Teleskop nach der Batterie. Erstaunt pfiff er durch die Zähne. Die Männer an Land benutzen wirklich ihren Kopf. Sie hatten zwei unbeschädigte Feldschlangen von der Spitze der Südostinsel mit großer Mühe, Strömen von Schweiß und vielen Flüchen über die Insel gezogen und so in Stellung gebracht, dass auch sie die äußeren Befestigungen des Forts unter Feuer nehmen konnten.

Die *Platvis* glitt vorbei. Auf dem Achterdeck zog Leutnant White seinen Hut und winkte Turner zu. Der erwiderte den Gruß, er konnte deutlich erkennen, dass White breit grinste. Er schien völlig in seinem Element zu sein. Auf der Galiot-Brigg wurden die Segel geborgen und die langen Riemen ausgebracht, um das Schiff in den schmalen Nebenarm im Norden des Forts zu bugsieren. Wütendes Musketenfeuer empfing es dort, aber als die Sechspfünder, beste französische Bronzekanonen, des ehemaligen Holländers aufbrüllten, verstummte das Geknatter der Musketen bald. Durch die Breschen konnte Turner Männer über den Hof eilen sehen. „Die Karronaden mit Kartätschen laden! Feuer frei!", rief Turner über das Deck. Wieder hüllte ihn der dichte, ätzende Qualm ein. Er hustete und spie übel schmeckenden Schleim über Bord. Dunbars Biberburg lag jetzt von drei Seiten unter Feuer. Die Sonne näherte sich dem Horizont. „Heute Nacht, Dunbar! Noch heute komme ich dich besuchen und hole mir deinen Skalp, so wahr ich Wild Bill Turner heiße!"

Die Sonne ging unter. „Feuer einstellen! Das Schiff bleibt gefechtsklar. Der Koch soll kaltes Fleisch, Käse und Brot herausgeben. Und …" Er machte eine kurze Pause, „eine doppelte Ration Rum – auch wenn der Zahlmeister jammert!" Er setzte sich auf seinen Korbstuhl an Deck und brütete über seinen Angriffsplan nach. Er schreckte hoch, als ihm Tom eine Platte mit Schinken und Käse servierte; das Brot lag geschnitten in einem Korb daneben, aus dem auch eine Flasche Wein herausragte. „Danke, Tom. Was meinst du, werden wir heute Nacht diesen Halunken erwischen und meinen Sohn befreien?" Turner dankte seinem Schöpfer, dass sein Bursche und Bootssteurer so treu zu ihm hielt, denn er spürte durchaus, dass ihn viele seiner Männer seit dem unseligen Streit mit Dechamp scheel von der Seite anblickten.

„Ganz gewiss, Zur. Die Flussgeister sind auf unserer Seite, aber vielleicht sollten Sie ihnen ein kleines Opfer bringen, Käptum, Zur."

Turner blickte ihn misstrauisch an, nickte dann aber versonnen. Er selbst war zwar nicht abergläubisch – wie er meinte –, aber etwas Hokuspokus konnte sicher nicht schaden. Tom wusste am besten, was bei den Männern ankam. Er erhob sich steif, nahm die Flasche mit dem leichten Moselwein, trat an die Reling und goss unter gemurmelten Beschwörungsformeln einen gehörigen Schluck in die schwarzen Fluten. Anschließend setzte er die Flasche an die Lippen, ließ sich den Mund volllaufen und spie dann den Wein als Wolke in Richtung des Forts wieder aus. Tom hatte ihm erzählt, dass die Voodoo-Priester das so während ihrer Messen praktizierten – allerdings mit Rum. Die Seeleute, die Zeuge dieser Zeremonie wurden, stießen sich an. Zum Schluss nahm Turner noch einen kräftigen Schluck und warf dann die Flasche in einem Bogen in den Fluss. Er musste damit einen großen Raubfisch erschreckt haben, der unter der Wasseroberfläche auf Beute gelauert hatte, denn der sprang daraufhin ein Yard aus dem Wasser und fiel laut klatschend auf die glatten Fluten, bevor er auf Tiefe ging. Die Zuschauer waren beeindruckt. „Das ist er, unser alter Billy Boy, bei Gott!", flüsterte einer der Matrosen. Ein anderer, der sich erst den Mund abwischen musste, knurrte: „Es mag ja heidnisches Zeug sein, was er da treibt, aber ja", fuhr er fort, als ihn die anderen grimmig ansahen, „ja, ich weiß, es funktioniert." Quartermaster O'Hara fletschte seine wenigen ihm verbliebenen gelben Zähne und sagte sehr ernst: „Du dummer junger Lümmel, das ist kein Blendwerk wie auf dem Jahrmarkt! Der Käpt'n hat die Gabe, mit den Wassergeistern verkehren zu können. Zum Glück! Ja, das ist unser Glück! Hätten wir sonst in den vergangenen Jahren all die gefährlichen Situationen überstehen können? Und – vergesst das nur nicht – hätten wir sonst so viele Reichtümer anhäufen können? Jungs, wenn wir wieder in *merry old England* sind und der Krieg vorbei ist, können wir alle die Seefahrt an den Nagel hängen und es uns mit unserem Prisengeld gut gehen lassen." Die anderen nickten langsam und stimmten ihm zögernd zu: „Schon recht, Alter, schon recht."

Die Stunden verrannen. Regelmäßig erklang der Schlag der Glocke. Es war jetzt drei Glasen auf der Abendwache, und es wurde unangenehm feucht und kalt. Die Männer kauerten zusammengedrängt an ihren Geschützen und versuchten etwas zu schlafen. Aber da hatten sie die Rechnung ohne ihren Kommandanten gemacht. Plötzlich begann auf dem Vorschiff ein Dudelsack zu quietschen und einige unmelodiöse Töne von sich zu geben, ehe der Pfeifer sich eingespielt hatte und eine traurige Ballade anstimmte. Der Dudelsackpfeifer setzte sich in Bewegung und umrundete gemessenen Schritts das Deck. Einer der Kanoniere stöhnte: „Herr im Himmel, die Ballade kenne ich, die hat mindestens einhundert Strophen und handelt von den grauenhaften Strafen, die auf einen sündigen Highlander warten, wenn er die Tochter des verfeindeten Clanchefs verführt."

Steuermannsmaat Quincy, der zwar zuverlässig seine Arbeit tat, aber sich bisher nicht durch besondere intellektuelle Leistungen oder überbordende Phantasie ausgezeichnet hatte, knurrte: „Ein gutes Dutzend Sünder aus unserer Mitte dürfte inzwischen schon vor ihrem Schöpfer stehen und zähneklappernd auf das Strafmaß warten! Und heute Nacht werden es noch einige mehr werden, denkt an meine Worte, Jungs."

„Hören Sie auf zu unken, Quincy!", wies ihn Midshipman Starke zurecht. „Der Käpt'n will dem Schweinehund Dunbar mit dieser Melodie eine Botschaft schicken, Männer."

Die Matrosen blickten ihn interessiert an. „Was für eine verdammte Botschaft sollte das wohl sein, Mister Starke?", erkundigte sich Joseph Blanc, der aufgeweckte schwarze Karibe interessiert.

„Dass ihn der Teufel holen wird!"

*

Lord Cecil Dunbar hielt sich die Ohren zu. Die schrillen, durchdringenden Töne des Dudelsacks ließen sich dadurch zwar etwas dämpfen, aber sie verstummten nicht. „Dieser Turner ist verrückt, völlig verrückt!“, stieß er hervor. Er ließ die Hände sinken und griff nach einem schön geschliffenen Kristallglas, das neben seinem Sessel auf einem geschnitzten Tischchen stand. Es war leer. Er machte eine auffordernde Handbewegung in Richtung eines Dieners, der in einer reich bestickten Livree neben der Anrichte wartete, dabei wiederholte er: „Verrückt, der Kerl ist verrückt!“ Der Diener kam mit einer Karaffe herüber und füllte das Glas mit einer hellbraunen, stark duftenden Flüssigkeit auf. Er verbeugte sich und bestätigte mit unbewegter Miene tonlos: „Sehr wohl, Milord! Verrückt, völlig verrückt!“, dann zog er sich wieder zurück.

Der Lord blickte ihn aus zusammengekniffenen Augen an, dann setzte er das Glas an den Mund und nahm einen Schluck. Er schüttelte sich und murmelte verbittert: „Brrr ... Dieses Zeug verkaufen diese Hinterwäldler als Whisky! Was kann man von solchen Wilden schon erwarten.“ Er seufzte. „Es ist lange her, dass ich wirklich guten Brandy getrunken habe. Nun, hoffen wir, dass sich das bald ändern wird, nicht wahr? Was meinen Sie, mein lieber Major Livingston, wann wird dieser Irre angreifen?“, erkundigte sich Dunbar bei einem großgewachsenen Herrn, der den Waffenrock der Carolina-Miliz trug.

„Diese Wilden, wie Sie sie zu bezeichnen geruhten, Milord, haben heute schwer für Sie geblutet. Nahezu die gesamte Abteilung, die wir mit den Feldschlangen auf die Insel detachiert hatten, ist von den Rotröcken massakriert worden, und auch das Bombardement bis zum Einbruch der Dunkelheit hat viele Opfer auf den Wällen gefordert. Dem Himmel sei

Dank, dass er das Haupthaus nicht beschossen hat, warum auch immer. Mir ist es völlig schleierhaft, wie der Mann es fertig bringt, uns mit so schweren Stücken zu beschießen. Das sind doch mindestens Achtzehnpfünder, und wenn alles mit rechten Dingen zugehen würde, dann müsste sein kleines, leichtes Schiffchen schon nach der dritten Salve durch den Rückstoß auseinander gefallen sein, einfach unglaublich. Hätte ich das vorher gewusst, dann hätte ich mich mit meinen Männern ins Hinterland zurückgezogen und Ihnen dasselbe empfohlen. Wie dem auch sei, wenn dieser Turner wüsste, wie schwach wir sind, dann würde er schon längst hier in der Tür stehen ..."

Dunbar lächelte diabolisch. „Schon möglich, Major, aber er weiß es nicht! Aber was er genau weiß, ist, dass ich noch einen Trumpf im Ärmel habe." Er runzelte verärgert die Stirn. „Wissen Sie, was mich am meisten verwundert?" Er wartete keine Antwort ab, sondern fuhr schnell fort, „dass ihn meine Warnung scheinbar so wenig beeindruckt hat. Der kleine Leutnant sah doch nun wirklich abstoßend genug aus. Ich muss zugeben, da haben Ihre Bauernlümmel mal gute Arbeit geleistet. Ich hätte gewettet, dass ihn das von einem sofortigen Angriff abhalten würde. Das hätte uns die Zeit verschafft, die wir brauchen, bis die Verstärkung da ist. Aber Sie haben meine Frage nicht beantwortet, Livingston, wann greift er an?"

Der große Mann zuckte mit den Schultern. Er legte den Kopf schief, lauschte der alles durchdringenden Melodie, erschauderte und meinte heiser: „Wenn die Musik aufhört, Sir!" Sein Gesicht war maskenhaft starr, als er zur Anrichte hinüberging, wo er mit einer herrischen Handbewegung den Diener zur Seite scheuchte und sich ein Glas eingoss. Nachdem er einen langen Zug daraus genommen hatte, füllte er es wieder auf, dann suchte er sich gemächlich eine Zigarre in einer Holzkiste aus, biss das Ende der dunklen Tabakrolle ab und spuckte die Krümel ins Feuer; dann nahm er einen langen Holzspan, hielt ihn in die Flammen des Kamins und entzündete die Zigarre. Dichte graue Rauchwolken stiegen zur Decke. Versonnen starrt er ihnen nach. „Dieser Turner ist ein einfallsreicher Mann. Auf die Idee mit der Dudelsackmusik, die unsere Männer verunsichern und vom Schlafen abhalten soll, muss man erst mal kommen, Milord."

„Es ist erstaunlich, dass der Pfeifer das so lange durchhält. Der Mann muss Lungen wie Blasebälge haben!", stöhnte Dunbar, der seine gewohnte Contenance verloren hatte.

Livingston lächelte spöttisch. „Das sind mindestens zwei oder drei verschiedene Musikanten, Milord. Sie wechseln sich regelmäßig ab und können so das ‚Spielchen' bis in die Früh durchhalten. Daher vermute ich auch, dass der entscheidende Angriff in der Morgendämmerung stattfinden wird, das Mondlicht dürfte ihnen nicht ausreichen. Die Limies können nur eine sehr ungenaue Beschreibung des Hauses von dem Waldläufer bekommen haben, der den Leutnant begleitet hat und uns leider entkommen ist. War übrigens ein tapferer Mann, dieser Leutnant. Und dazu ein sehr guter Fechter, er hat meinen Leutnant Clyde und drei weitere Männer abgestochen, bevor wir ihn ausschalten konnten. Ich fand es nicht angemessen, dass Sie ihn nach seinem heldenhaften Tod so haben zurichten lassen, äh ..., Milord."

„Wenn es nach mir gegangen wäre, dann hätte ich ihm auch lieber bei lebendigem Leib die Haut abziehen lassen, um jedes Fitzelchen Information aus ihm herauszuquetschen, aber Ihre Laienspieler wussten sich keinen anderen Rat, um ihn zu überwältigen, als ihn mit einem halben Dutzend Klingen zu durchbohren. Verdammte Amateure!" Dunbar stierte finster vor sich hin. Er hatte den triumphierenden Gesichtsausdruck Leutnants Rullingstons deutlich vor Augen. Der junge Mann war lieber kämpfend in den raschen Tod gegangen, als dasselbe Schicksal wie Kapitän White zu erleiden. Dunbar trank sein Glas aus und hielt es dem Diener wieder zum Nachfüllen hin, dabei schnaubte er wütend: „Wie dieser Hinterwäldler und sein Kumpan in ihrer lächerlichen ledernen Kluft entkommen konnten, ist mir immer noch völlig schleierhaft, Sir. Wie konnte das passieren?"

„Wir haben versucht, ihre Spur mit unseren Hunden aufzunehmen, die darauf abgerichtet sind, entflohene Sklaven aufzustöbern, aber wir konnten den Hunden keine Duftprobe anbieten, kein Kleidungsstück, keinen Lappen, nichts. Also haben wir dann auf gut Glück die Ufer abgesucht, aber ohne Erfolg, wie Sie ja wissen. Wenn Sie mich fragen, Milord, dann haben sie es irgendwie geschafft, sich in die Marsch zu flüchten, und dort werden sie wahrscheinlich elendig ersoffen sein." Der Major klang nicht sehr überzeugt ... und er wusste es.

„Ihr Wort in Gottes Ohr, Livingston!" Dunbar überlegte, dabei trommelte er mit den Fingern der linken Hand nervös auf der Lehne des schweren Ledersessels, in der rechten hielt er das Glas mit dem Whiskey und ließ den Inhalt langsam kreisen. „Im Morgengrauen also, hmmm ..., weil sie sich im Mondlicht an Land nur ungenügend orientieren können, hm, ja, das hat was für sich." Er schwieg und grübelte eine Weile vor sich hin. „Immerhin haben wir Vollmond, mein Bester. Wie wäre es mit einem überraschenden Ausbruch ein oder zwei Stunden früher, Major, damit rechnet Turner ganz gewiss nicht, oder?"

„Das würde ich nicht als sicher ansehen, Milord. Unsere äußere Verteidigungslinie, die Palisade, weist mehrere breite Breschen auf. Wie schon erwähnt, ist es mir ohnehin völlig schleierhaft, wie Turner auf so einem kleinen Schiff derart schwere Stücke einsetzen kann, ohne dass sein Schoner auseinanderfällt. Wie dem auch sein, er weiß, dass Sie sich nicht mehr ganz sicher fühlen werden. Meine Männer haben mir gemeldet, dass die Straße hinter der Brücke mit Baumstämmen blockiert worden ist. Die Barrikade wird von Seesoldaten bewacht. Kutschen können wir also nicht benutzen, ein Infanterieangriff hat keine Erfolgsaussichten, denn im Nahkampf sind uns die Briten mit ihren verfluchten Bajonetten weit überlegen. Bleibt nur ein Ausbruch zu Pferde mit einer kleinen Anzahl ausgesuchter Männer und leichtem Gepäck." Der Major lächelte zynisch in sich hinein, weil er wusste, dass sich Dunbar niemals freiwillig von gewissen geheimnisvollen Kisten trennen würde, die er in einem besonders gesicherten Raum aufbewahrte. „Ich würde das allerdings nicht empfehlen – oder doch erst, wenn es gar keine andere Lösung mehr gibt."

„Warum haben diese Amerikaner nur so eine Angst vor den Bajonetten, Major? Die gehören doch in Europa zur Ausrüstung eines jeden Infanteristen."

„Unsere Leute kennen traditionell nur ihre Jagdmesser, und die lassen sich nicht an den Musketen befestigen. Außerdem haben sie den Nahkampf mit dem Bajonett nie trainiert, Milord. Aber bei der *Continental Army* von General Washington sollen sie jetzt so einen verdammten Preußen haben, der den Männern das einbläut, so hört man jedenfalls, und das ..."

Alle Männer im Zimmer zuckten zusammen, als draußen ein heftiger Donnerschlag ertönte – das Haus erbebte unter der Druckwelle der Explosion. Der Diener wurde bleich und ließ ein silbernes Tablett fallen, auf dem er Dunbar gerade eine Schale mit Nüssen servieren wollte. Scheppernd sprang das Tablett über die Dielen, die Kristallschale zerbarst klirrend und die Nüsse hüpften in alle Richtungen davon. Draußen knatterte heftiges Musketenfeuer. Das Spiel des Dudelsacks war verstummt.

„Kretin!", fauchte Dunbar, dessen Gesichtsfarbe sich schlagartig von Kalkweiß in Purpurrot änderte. Seine Hände zitterten, und von seiner üblichen aristokratischen Überheblichkeit war nicht mehr viel übrig. Er blickte Major Livingston nach, der aus der Tür eilte. Der Diener kauerte wie ein geprügelter Hund auf dem Boden und sammelte die Scherben und die Nüsse auf. Er wagte nicht, seinen Herrn anzuschauen. Gerade war er damit fertig, als sich die Tür öffnete und Livingston wieder eintrat. Das Feuer der Musketen war fast verstummt und das aufreizende Jaulen des Dudelsacks drang wieder durch alle Ritzen des Hauses. Der Major sah bekümmert aus. „Dieser Himmelhund Turner scheint Ihre Gedanken zu lesen, Sir!" Er stockte, dann sagte er mit rauer Stimme: „Die Briten haben die Brücke gesprengt, Milord! Wir sitzen in der Falle!"

Dunbar hatte sich wieder gefasst und wirkte äußerlich erstaunlich ruhig. Er herrschte den zerknirschten Diener an: „Eine Zigarre, Albert!" In gespielter Gemütsruhe zündete er die Zigarre an, lehnte sich in den Sessel zurück und blies konzentriert blaue Ringe aus Tabaksrauch in die Luft. Gedankenverloren blickte er ihnen nach. „Nun, ich habe da noch immer ein Faustpfand in der Hand, Livingston." Er lächelte gemein. „Und man hat auch schon gehört, dass der Jäger, ehe er sich's richtig versah, selbst in der Falle saß. Aber dieses Gequake, was die verdammten Schotten uns als Musik verkaufen wollen, kann einem wirklich den letzten Nerv rauben. Halbzivilisierte Wilde sind und bleiben sie obendrein – diese Schotten und Papisten!"

Kapitel 8

Toogoodoo River, Anfang Februar 1779

Es war kühl und nachtfeucht, aber noch immer saß Turner in seinen Bootsmantel gehüllt achtern auf seinem Korbstuhl. Trotz der enervierenden Dudelsackmusik war er wohl ein wenig eingenickt, aber plötzlich ließ ihn eine Explosion auf dem Wasserlauf, in dem die *Platvis* lag, hochschrecken, die schrille Musik brach jäh ab. Er sprang alarmiert auf. War es den Yankees etwa gelungen, eine Miene an den Rumpf der Galiot treiben zu lassen und zur Explosion zu bringen? Er setzte sein Glas ans Auge. Im fahlen Licht des im Süden hoch am Himmel stehenden Mondes musterte er die *Platvis*, auf deren Deck herrschte zwar Bewegung, aber nichts deutete darauf hin, dass dort etwas Außergewöhnliches geschehen war. Er schwenkte das Teleskop weiter den engen Flussarm hinauf … da! Dort wo die Brücke gewesen war, lag eine dicke Rauchwolke über dem Wasser und ein paar rötliche Flammenzungen leckten an den Überresten der hölzernen Brückenpfeiler. Er schob das Glas mit einem lauten, metallischen Klacken zusammen und biss sich wütend auf die Lippen. Er hatte absichtlich die Brücke nicht sprengen lassen, denn eine starke Abteilung der Marineinfanterie sollte über sie vorgehen, während der Rest der *Hummer** unter der Führung von Leutnant Blower sowie Dechamps Seeleute aus verschiedenen Richtungen auf das Gelände vordringen und möglichst schnell das Hauptgebäude erobern sollten. Falls Dunbar drüben die Verteidigung organisierte und jetzt die letzte sichere Landverbindung zerstört hatte, dann musste er sich ziemlich sicher fühlen, denn

* Wegen der roten Uniformröcke geläufiger Spitzname für die Seesoldaten

Turner hatte eigentlich damit gerechnet, dass der Lord einen Ausbruchsversuch machen würde, um mit seinen Männern weiter ins Landesinnere zu fliehen, wo er vor den Schiffsgeschützen sicher war. Außerdem durfte ihm nicht unbekannt sein, dass sich die Kampfeslust der Seeleute umgekehrt proportional zur Entfernung von ihrem Schiff verhielt. Zudem hassten sie Fußmärsche und Kämpfe im Busch. Er zog seine „geliehene" Taschenuhr mit dem auf der Innenseite eingravierten Namen des von den Piraten ermordeten ursprünglichen Eigentümers* heraus und las sie im diffusen Licht ab. Gleich musste die Schiffsglocke zwei Mal glasen. Also musste er sich noch drei Stunden gedulden, denn der Angriff sollte zum Beginn der Morgenwache erfolgen. Dann blieben ihnen ungefähr drei Stunden Zeit bis zum Sonnenaufgang, um die Biberburg auszuräuchern. Der tief stehende Mond im Westen sollte ihnen dann noch Licht genug spenden, damit sie ihre blutige Arbeit vollenden konnten. Er machte dem Dudelsackpfeifer ein Zeichen, weiterzumachen. Nach ein paar Misstönen erklang wieder eine elegische, traurige Melodie über die öde Salzmarsch und der Mann setzte seinen *slowmarch* um das Deck fort. Leise vor sich hin grandelnd, ließ Turner sich wieder in den Korbstuhl fallen. Düstere Gedanken machten sich in seinem Kopf breit, überlagerten sich, verdrängten einander, wurden nicht zu Ende gedacht. Was hatte Dunbar vor? Wie ging es seinem kleinen Sohn? Warum hatte Dunbar die Brücke sprengen lassen? Jetzt konnte er nur noch durch den Sumpf entfliehen. Ein äußerst gefährlicher Weg! Aber sicher hatte er ein paar ortskundige Männer in seiner Truppe, die sich in dem Gelände auskannten und ihn mit einigen engen Vertrauten sicher hindurchgeleiten würden. Sie mussten das Haupthaus sofort umzingeln. Keiner Maus durfte es gelingen, daraus zu entkommen! Es hielt ihn nicht mehr auf seinem bequemen Korbstuhl. Sollte er den Angriffszeitpunkt vorverlegen? Er sprang auf und begann, mit gesenktem Kopf

* Siehe Paul Quincy, »Schwarze Flagge – Rote Segel«

und hinter dem Rücken verschränkten Armen auf dem Deck auf und ab zu wandern. Der Dudelsackpfeifer ging ihm bei seinen Runden respektvoll aus dem Weg. Zwei Schläge der Schiffsglocke zeigten an, dass schon wieder eine halbe Stunde vergangen war. Da erklang vorne ein Ruf: „Wer da? Parole!"

„In den Staub mit allen Feinden Englands!"

Turner blieb wie angewurzelt stehen. Die Parole stimmte, aber wer kam jetzt an Bord? Schickte ihm Dechamp eine wichtige Nachricht? Er blickte über die Seite und sah, dass ein Kanu längsseits schor. Er rieb sich die Augen, weil er der Meinung war, Gespenster zu sehen, denn in dem Boot saßen die zwei Indianer und die beiden Scouts, die er schon abgeschrieben hatte. Zu seiner großen Überraschung und Freude machten alle vier einen wohlbehaltenen Eindruck. Snake Taylor und Beaver Smith kletterten leichtfüßig an Deck, wo sie von ihren breit grinsenden Kameraden freudig begrüßt wurden, aber sie wehrten die freundschaftlichen Klapse auf den Rücken schnell ab und deuteten in das Kanu. Er beugte sich weit nach vorne und sah, dass eine schlanke Gestalt in einem dunklen, langen Cape geschickt mit ein wenig Nachhilfe aus dem Boot an Deck gezogen und geschoben wurde. Er meinte ein gezischtes: „Hände weg von meinem Podex, Sie Wüstling!", zu hören. „Ahem …!", brummte Turner halblaut verwundert vor sich hin. Er konnte nicht genau erkennen, was sich da noch mitten in dem Boot befand. Es sah aus wie ein unförmiger großer, dunkler Sack. Aber dieser Sack hatte Arme und Beine. Ein Matrose war mit einem starken Tampen in das Boot geklettert und steckte dort einen doppelten Palstek, dessen eines sehr üppig bemessenes Auge er dem schwergewichtigen Passagier über den Kopf streifte und ihn dann die Arme hindurchstecken ließ; in das andere Auge zwängte er den mächtigen Achtersteven, dann gab er seinen Kumpels an Deck ein Zeichen. Die Männer oben zogen ächzend mit aller Kraft, zwei Mann im Kanu, das zu kentern drohte, drückten stöhnend von unten nach. Es musste sich wahrlich um eine gewichtige Last handeln. Als sie an Deck stand, konnte Turner erstaunt feststellen, dass es sich um eine kleine, dicke Negerin handelte, die dem Seemann, der sie von der Schlinge des Palsteks befreien wollte, energisch auf die Hände schlug, als er sich an ihrem ausladenden Hinterteil zu schaffen machte. „Fass mich nicht mit deinen schmierigen Pfoten an, Süßer!", zischte sie und rollte gefährlich mit den Augen. „Wo ist mein kleiner Liebling, ihr Schurken! Her damit!" Turner traute seinen Augen nicht. Unten im Boot hielt Brokenwing ein kleines Bündel im Arm und wiegte es mit einer Sanftheit, die er diesem scheinbar so gefühllosen Shawnee nie und nimmer zugetraut hätte. Falls er sich nicht sehr irrte, dann lächelte die Rothaut sogar zärtlich und strich dem zufrieden vor sich hin glucksenden Baby sanft über das Gesicht. Aber wie schon gesagt, wahrscheinlich hatten William seine überreizten Sinne einen Streich gespielt. Brokenwing reichte das Bündel nach oben, wo es von Taylor in Empfang genommen wurde, aber die resolute Negerin entriss es ihm sofort und funkelte ihn drohend an. Das Bündel begann zu schreien – es waren die schönsten Töne, die Turner je in seinem Leben gehört hatte. Er rannte, ohne auf seine Würde als Kommandant Rücksicht zu nehmen, über das Deck zur Eingangspforte und nahm der widerstrebenden Frau das Baby aus den Armen. Sie wollte protestieren und es ihm wieder wegnehmen, aber die umstehenden Männer hinderten sie daran. Mark Taylor flüsterte ihr etwas ins Ohr, worauf ihr Gesicht zu strahlen begann. William blickte in das kleine Gesichtchen und wiegte das Kind in seinen Armen. Er schnupperte erstaunt in die Decken, denn er meinte, abgestandenes Bier zu riechen, aber das konnte natürlich nicht sein, daher räusperte er sich, gab das schreiende Bündel der Amme zurück, legte ihr eine Hand auf die Schulter und sagte rau: „Tu deine Pflicht, Frau!" Er drehte sich um, und wie nicht anders zu erwarten, stand Tom hinter ihm. „Tom, sorge dafür, dass es dieser Frau und meinem Sohn an nichts fehlt." Als er sich umdrehte, um nach achtern zu gehen, blickte er unvermutet in zwei große schwarze Augen, die ihn unter der Kapuze des Capes hervor ängstlich ansahen. Lange, dunkle Locken umrahmten ein hübsch geschnittenes rosiges Gesichtchen. Er gab vor, die junge Frau nicht bemerkt zu haben, und ging, ohne mit der Wimper zu zucken, weiter. Nein, er ging nicht, er schwebte wie auf Wolken nach achtern.

*

„Wie bist du dem Halunken Dunbar heil entkommen, Taylor? Ich muss gestehen, dass ich dich und die drei anderen Scouts schon in den ewigen Jagdgründen wähnte, wie es unsere indianischen Freunde ausdrücken würden“, erkundigte sich Turner. Snake Taylor grinste breit und nippte an dem Rum, den ihm Tom auf Geheiß des Kommandanten gereicht hatte. „Nun, um ehrlich zu sein, Sir, das war ein knappes Ding, es stand buchstäblich auf des Messers Schneide. Zunächst ging alles wunderbar glatt. Die beiden Indianer hatten wir in der Marsch zurückgelassen, um ein Boot oder Kanu zu organisieren. Die Wachen an der Brücke und am Haupttor hat Leutnant Rullingston im Handumdrehen mit seinem resoluten Auftreten eingeschüchtert, so dass sie uns passieren ließen. Nur ich und der Leutnant sind dann in das Haupthaus gegangen, Beaver ist auf dem Vorplatz zurückgeblieben, um sich umzusehen.“ Er schloss kurz die Augen, wie um sich die schon verblassenden Bilder der Vergangenheit wieder besser vorstellen zu können. „Nun, Sir, also sind ich und der Leutnant rein und wurden von einem Diener in einer affigen Uniform in ein Vorzimmer geführt, nachdem der Leutnant gewichtig mit dem Umschlag in der Luft herumgewedelt hatte.“ Er grinste wieder und nahm einen kleinen Schluck. „Wir wussten ja, wo sich das Arbeitszimmer befinden musste. Die

Angaben über den Grundriss des Hauses, die uns dieser komische Lord Swifthount auf der *Dove* gegeben hat, stimmten erstaunlicherweise genau, aber was die Stärke der versammelten bewaffneten Männer und Milizionäre angeht, so hatte er erheblich übertrieben – selbst wenn man berücksichtigt, dass er kein Militär war. Ich habe natürlich die Augen und Ohren aufgesperrt, um etwas über den Aufenthaltsort Ihres Sohnes herauszufinden. Wir mussten geraume Zeit warten, und da habe ich mich etwas umgesehen. Ich bin dann auf eine niedliche kleine Zofe gestoßen, die mich zuerst wütend ankeifte, was ich als Fremder in diesem Teil des Hauses zu suchen hätte. Sie fauchte mich an wie eine Wildkatze: ‚Verschwinde hier, du stinkender Waschbär, hier hat kein Schwanzträger etwas zu suchen!' Ich habe sie betörend angelächelt und meinen ganzen unwiderstehlichen Charme spielen lassen. ‚Was hast du nur gegen mein kleines Waschbärenschwänzchen, du schönste Sumpfblüte des Südens. Die dunklen Tautropfens des Zorns haben dich nur noch hübscher gemacht!' Mit diesen Worten umgarnte ich sie." Taylor gluckste belustigt in sich hinein. „Das hat sie besänftigt, Sir. Sie bekam allerliebste rote Apfelbäckchen und hat züchtig und verlegen die Augen niedergeschlagen. Wirklich ganz reizend, Sir!"

Turner musste sich zusammenreißen, um den Mann nicht grob anzufahren, doch endlich zum Kern seiner Geschichte zu kommen, aber er zwang sich zur Ruhe. Taylor war ein pfiffiger Kerl, er hatte gewiss einen Grund, ihm das so ausführlich zu erzählen.

„Dann habe ich ihr erklärt, dass ich ein dringendes Bedürfnis verspüren würde und mich als Fremder im Haus verirrt hätte, schließlich wäre ich als Mann des Waldes nicht an so große Paläste gewöhnt. ‚Lieber im dichtesten Urwald der Appalachen als in diesem Biberbau mit seinen Treppen und Türen', das habe ich ihr honigsüß ins Öhrchen geflüstert. Sie hat mich dann durch eine Hintertür zu dem besagten Ort auf dem Hof geführt, und ich bat sie, auf mich zu warten, weil ich sonst auf dem Rückweg mit dem Schwänzchen ganz gewiss im Bett der Hausherrin landen würde und nicht mit meiner Botschaft im Arbeitszimmer des Lords. Sie kicherte verschämt und wartete tatsächlich auf mich. Auf dem Rückweg hörte ich plötzlich auf einem Flur gedämpftes Babygeschrei. Ich fragte meine schöne Begleiterin ganz erschrocken, ob sie denn verheiratet wäre und das ihr Kindchen sei. Sie lachte wieder ganz entzückend, und ich konnte mir nicht verkneifen, ihr über den knackigen, runden Popo zu streicheln." Taylor strich sich gedankenvoll über die Wange. „Da hat sie mir eine Maulschelle verpasst, die nicht von schlechten Eltern war, sogar meine Pelzmütze samt Waschbärenschwanz ist dabei verrutscht. Aber dann kam sie ganz dicht an mich heran, blickte mir mit ihren wunderschönen, großen, dunklen Augen tief in die meinen und flüsterte mir zu, dass sie mir jetzt ein ganz, ganz großes Geheimnis verraten würde, wenn ich schwörte, es niemandem zu verraten. Ich hob die Schwurhand, hatte aber hinter dem Rücken Mittel- und Ringfinger der linken Hand gekreuzt, das konnte sie natürlich nicht sehen. ‚Das ist das Söhnchen des Lords, aber das arme kleine Würmchen hat keine Mutter! Wahrscheinlich hat es die Lady nicht mit diesem ekelhaften Kerl ausgehalten und ist nach der Geburt ohne ihr Kind geflohen oder, was wahrscheinlicher ist, der Unhold hat sie verstoßen! Jedenfalls erzählt man sich das in der Gesindestube.' Sie klang zutiefst empört und zitterte vor Abscheu. Da habe ich sie tröstend in den Arm genommen und, ääàh, nun ja, Sie wissen schon, Sir …"

„Ja, Mark Taylor, ich kann mich dunkel daran erinnern, was man in solchen Situationen als Mann macht", erwiderte William Turner melancholisch. Er sah plötzlich seine Elizabeth mit ihrem spöttischen Lächeln und dem gespitzten Kussmund vor sich. Er seufzte.

Der Scout fuhr schnell mit seinem Bericht fort. „Ich habe mir die Lage des Zimmers genau gemerkt und kam gerade rechtzeitig zurück in das Vorzimmer. Wir wurden dann zu

Lord Dunbar geführt, der uns misstrauisch musterte und fragte, woher wir kämen, was wir wollten und wer wir wären. In dem Zimmer befanden sich noch ein Sekretär, ein Leutnant der Miliz, und vor der Tür lümmelte ein Dutzend Milizionäre herum. Unser Leutnant marschierte schneidig auf den Scheißkerl, äääh, Lord zu, Verzeihung, Sir, und stellte sich zackig vor, dann griff er in die Tasche und präsentierte ihm einen pompösen Ring. Dunbar erschrak ganz offensichtlich, als er das Geschmeide sah, und fuhr Rullingston an: ‚Wo haben Sie den Ring her, Sir?‘ Der ließ sich nicht ins Bockshorn jagen und erwiderte kühl: ‚Von einem gemeinsamen Freund, Milord.‘ Das schien Dunbar zu beruhigen. Er nahm Rullingston den Umschlag ab, wog ihn bedächtig in der Hand, griff nach einem Dolch – ich hatte schon die Hand am Messer – und schnitt den Umschlag auf. Dabei erkundigte er sich ganz nebenbei, wie viele Hurrikane es denn diesmal auf den Inseln gegeben habe. Leutnant Rullingston runzelte die Stirn, überlegte scharf und meinte dann schließlich lässig: ‚Vier oder fünf dürften es gewesen sein, Milord, aber vielleicht waren es auch ein paar kleine Stürmchen mehr, aber was soll's, nicht wahr?‘ Dunbar legte daraufhin die Briefe auf seinen Schreibtisch, zielte mit dem Dolch auf Rullingston und bemerkte höhnisch: ‚Das war verkehrt, Mister Spion! Es hätten einhundertzweiundzwanzig sein müssen!‘ Dann brüllte er: ‚Alarm! Packt die beiden Kerle, Männer! Wachen, auf sie!‘ Der Milizleutnant zog blank und wollte sich auf Rullingston stürzen, aber der war gewandter, ließ ihn ins Leere laufen und stach ihn nieder. Dann wollte er Dunbar ans Leder, strauchelte aber, weil ihm der verfluchte Sekretär einen Stuhl vor die Beine warf. Der Leutnant stand zwar flink wie eine Katze wieder sicher auf den Beinen, aber Dunbar hatte sich unter dem massiven Schreibtisch versteckt. Ich drückte mich an die Wand, und als die Wachen hineinstürzten, griff ich sie von hinten an. Die Kerle behinderten sich glücklicherweise gegenseitig. Zwei konnte ich ausschalten, der Leutnant hat auch noch mindestens drei oder vier abgestochen, bevor sie ihm den Degen mit ihren schweren Säbeln abbrachen und ihn anschließend erledigten." Er räusperte sich, man sah ihm den Schmerz an, den er bei dieser Erinnerung empfand. „Ahem, der junge Mann ist tapfer, mit wehender Flagge untergegangen, Sir. Er hat sich mit dem abgebrochenen Degen mit einem wahren Panthersatz auf den nächstbesten Gegner gestürzt und ihm den Stahl bis zum Heft in die Brust gerammt. Dann haben sie ihn fertig gemacht, es war ein einziges Gemetzel. Ich konnte ihm unter diesen Umständen leider nicht helfen, sondern habe mich schnellstens aus der Tür verdrückt, bin den Gang zum Hinterausgang hinuntergeeilt, den mir das Mädchen gezeigt hatte, und konnte mich durch die Ställe und Scheunen davonschleichen." Er blies die Backen auf und ließ die Luft wieder langsam entweichen. Turner konnte sich vorstellen, wie schwierig das gewesen sein musste. Er war sich sicher, dass ihn die Häscher schon nach weniger als fünf Minuten eingefangen hätten. Trotz seiner großen Erfahrung und ungewöhnlichen Fähigkeiten musste Taylor eine Riesenportion Glück gehabt haben. Der Waldläufer fuhr lässig im Plauderton fort: „Beaver stieß bald darauf zu mir, und zusammen haben wir uns mit den Indianern im Moor versteckt. Diese Rothäute haben Tricks drauf, Sir, von den Jungs kann selbst ich noch lernen. Ich dachte immer, mir könne auf diesem Gebiet niemand mehr etwas vormachen, aber wie die beiden die Hunde im wahrsten Sinne des Wortes an der Nase herumgeführt haben, war bewundernswert. Sie haben die Bluthunde immer wieder zu den Hütten der Sklaven gelenkt, und die Hundeführer fanden das auch in Ordnung, denn schließlich sind diese Bestien auf den Geruch der Schwarzen abgerichtet." Er schwieg. Auch Turner ließ das Gehörte auf sich wirken. Einerseits war er wütend auf sich, weil er zu keiner Zeit damit gerechnet hatte, dass Hernandez und Dunbar sich eines Kennworts bedienen würden, dabei war das eine so simple Sicherheitsmaßnahme, dass man sie sogar benutzen konnte, wenn der Überbringer der Botschaft ein Analphabet war. Nur er, der große, ach so schlaue Commander Turner, der immer alles so genau austüftelte und vorausberechnete, war nicht auf diese naheliegende Idee gekommen. Andererseits war es ihm, bei aller Trauer, ein Trost, dass Leutnant Rullingston schnell im Kampf gefallen und nicht zu Tode gemartert worden war. Zugegeben, das war ein verdammt schwacher Trost. „Wie seid ihr dann später in das Haus gekommen und habt das Baby, die Amme und diese, äääh, junge Frau befreit, Snake?"

„Nun, wir haben Kontakt mit den Sklaven aufgenommen. Nachdem wir ihnen erzählt haben, dass hier eine große Armee des Königs aufmarschieren und ihren bösen Herrn bestrafen würde, waren sie recht aufgeschlossen. Und als wir ihnen die Freiheit versprochen haben ..." Taylor hielt verlegen inne und sah William fragend an. „Ich hoffe, dass wir dazu befugt waren, Sir?"

„Das war völlig in Ordnung, Taylor, weiter ...!"

„Also, die Clanchefs der Sklaven waren dann bereit, uns bei der Sprengung der Brücke zu helfen. Wir brauchten etwas, was die Wachen ablenkt – und es hat dann ja auch geklappt!" Taylor freute sich diebisch und rieb sich noch nachträglich die Hände. Die Schwarzen haben den ganzen Tag über Lampenöl und Lumpen geklaut und konnten sogar mehrere Kartuschen mit Pulver aus den inzwischen von Ihnen zusammengeschossenen Geschützstellungen beiseiteschaffen. Die Disziplin bei den Milizionären ist recht lax, Sir", erläuterte er, als er Turners ungläubiges Gesicht sah.

„Das scheint mir auch so!", brummte William.

„Natürlich waren das Feuergefecht auf der Südinsel und die Beschießung der Palisaden sehr hilfreich. Aber Sie sollten auch die Geschicklichkeit und den Erfindungsreichtum dieser Burschen beim Klau..., äh, Organisieren nicht unterschätzen. Da sind viele äußerst pfiffige Kerlchen darunter, die sich in der Gegenwart ihres Herrn oder des Aufsehers sehr erfolgreich dumm stellen, es aber faustdick hinter den Ohren haben!“

„Mark Taylor, ich kommandiere seit fast drei Jahren dieses Schiff! Unter meiner Besatzung befinden sich zahlreiche dunkelhäutige Seeleute der unterschiedlichsten Farbabstufung, und ich hatte noch nie Veranlassung, mich über ihre Begriffsstutzigkeit zu beschweren! Eher habe ich mich über die Beschränktheit einiger weißer Volltrottel wundern dürfen“, brummte William gereizt. Ihm war klar, dass Stehlen und die Arbeit auf Sparflamme für die Sklaven wichtige Teile ihrer Überlebensstrategie waren. „Nun erzähl schon weiter, Mann!“

„Oh, ich vergaß! Unsere Kameraden habe ich gar nicht mehr zu den Negern gezählt, Sir“, gestand Taylor ehrlich erstaunt und war über diese Tatsache selbst verwundert. „Weiter? Wo war ich stehen geblieben? O ja, mir gelang es, Kontakt mit Constance, äh, Miss Kremer, aufzunehmen und sie zu überreden, mir einen Schlüssel zu der besagten Hintertür zu besorgen. Außerdem habe ich sie dazu gebracht, die Amme rechtzeitig von der Befreiung zu unterrichten und alles für die Flucht vorzubereiten. Es muss ein schweres Stück Arbeit gewesen sein, Sir. Erst als ihr Constance mit einem bösen Juju,* was auch immer das sein mag, gedroht hat, hat die Frau mitgemacht.“ Taylor stöhnte genervt auf. „Sie glauben gar nicht, was uns dieses fette Weib für Umstände gemacht hat!“ Der Scout verzog bei der Erinnerung schmerzlich das Gesicht, aber dann machte sich wieder ein breites Grinsen darauf breit. „Wenn Ihr Sohn später einmal ein Freund des Bieres werden sollte, dann hat diese alte Hexe Schuld! Das kleine Bündel hatte eine richtige Bierfahne, als wir die beiden aus dem Haus geholt haben. Die Amme hat den kleinen Schreihals damit ruhiggestellt, das wiederum war nun allerdings sehr klug vorausschauend. Constance hatte den Wachen in ihrer unmittelbaren Umgebung rechtzeitig einen

* Schicksal, Fetisch, westafrikanischer Zauberkult, aber nicht mit Voodoo zu verwechseln.

Krug mit heißem Punsch serviert, in dem sich ein Schlafmittel der schwarzen Hexe befand, was uns eine Menge Arbeit erspart und diesen Yankees das Leben gerettet hat. Beaver und ich sind dann in dem allgemeinen Durcheinander zum Haus, sind nach etwas Messerarbeit hinein und haben die Frauen herausgeholt. Anschließend sind wir mit ihnen ein Stück durch die Marsch zum wartenden Kanu geschlichen, und den Rest kennen Sie ja." Er erzählte das alles so ruhig und leidenschaftslos, als wäre es ein gemütlicher Sonntagnachmittagsbummel an der Strandpromenade von Falmouth gewesen. Turner konnte sich sehr gut vorstellen, wie oft das Unternehmen auf des Messers Schneide gestanden hatte – und das durfte man durchaus wörtlich nehmen. Turner ließ die Luft zischend durch die zusammengepressten Zähne entweichen.

„Gab es keine Probleme mit unseren Männern im Belagerungsring?"

„Na ja, die waren drauf und dran, uns zu durchlöchern, aber da ist Thunderingwater einfach vorne im Kanu aufgestanden – und ihn haben sie an seinem typischen Federschmuck erkannt." Taylor zuckte gleichmütig mit den Schultern.

William Turner schwieg eine Weile. Er hätte den Mann am liebsten umarmt. Er und seine Kameraden hatten sich freiwillig in überaus gefährliche Situationen begeben, um seinen kleinen Sohn in Sicherheit zu bringen. Niemand – am wenigsten aber er – hätte ihnen einen Vorwurf machen können, wenn sie sofort nach dem Tod von Leutnant Rullingston ins Hinterland verschwunden wären und dort gut versteckt die Ankunft der *Shark* abgewartet hätten. Er streckte dem Trapper die Hand hin, die dieser zögernd ergriff. Mit belegter Stimme sagte William Turner leise: „Mark Taylor, das werde ich dir und deinen Freunden nie vergessen. Du hast etwas bei mir gut!"

„Dann darf Constance an Bord bleiben, Sir?"

Turner verschluckte sich beinahe, damit hatte er nicht gerechnet. Taylor hatte ihn kalt erwischt, denn darüber hatte er noch gar nicht nachgedacht. Aber eigentlich war der Wunsch des Mannes eine Selbstverständlichkeit, denn Turner konnte die junge Frau nach ihrem Einsatz bei der Befreiung unmöglich wieder an Land bringen lassen. Also lächelte er gütig wie ein großzügiger Erbonkel und nickte gnädig. „Damit wir uns richtig verstehen, Taylor, die Frau wird während der Reise unter den scharfen Augen und Ohren von unserem schottischen Schiffsarzt, Ian MacKinnon, ihren Aufenthalt nehmen und außerdem der Amme bei der Versorgung des Babys helfen, verstanden, mein Junge?"

Falls Mark Taylor enttäuscht war, verbarg er das meisterhaft. „Selbstverständlich, Sir, Constance ist eine anständige Frau." Er zögerte einen Augenblick, dann platzte er heraus: „Ich möchte sie so schnell wie möglich heiraten." Turner zuckte mit den Achseln; schnell verscheuchte er die aufsteigenden trüben Gedanken an seine eigene verpatzte Hochzeit. Alles war schiefgelaufen, weil er nicht so schnell wie möglich geheiratet hatte, schoss es ihm durch den Kopf. „Können Sie uns trauen, Sir? Sie sind doch auf diesem Schiff der *Master next God*!"

„Schon wahr, Taylor, zwar ist die Heirat bei uns Anglikanern kein Sakrament wie bei den Papisten, aber die Eheschließung stellt eine wichtige rituelle Handlung dar, aus diesem Grund kann sie nur von einem Priester rechtsgültig vollzogen werden, tut mir leid. Übrigens, hast du das Mädchen denn schon gefragt, ob sie dich heiraten will? Nur weil du einmal mit ihr geknutscht hast, kannst du nicht voraussetzen, dass sie auch deine Squaw werden will, du liederlicher Lederstrumpf!"

Mark Snake Taylor schaute ihn erstaunt an, dann druckste er verlegen herum: „Nööö, das nicht, aber ich bin doch eigentlich ein ganz passabler Bursche und habe dank des vielen Prisengeldes auch einiges auf der hohen Kante. Wie man landläufig sagt, bin ich doch gewissermaßen so etwas wie eine gute Partie, Sir. Wenn man bedenkt, dass es Mädchen gibt, die erst einen Frosch küssen müssen, um ihren Prinzen zu bekommen, dann hat es Constance doch viel bequemer."

„Das Ärgerliche für die Mädchen ist nur, dass der Frosch auch nach dem Kuss regelmäßig ein Frosch bleibt und ein hinterwäldlerischer Trapper, nun ja, ein Trapper ... Aber nun wollen wir uns wieder der Arbeit des Tages widmen." William wurde schlagartig ernst und seine Augen blickten so kalt wie Eisstücke, dass es selbst den unerschrockenen Scout fröstelte. „Es gilt, diese Erde von einem gefährlichen, tollwütigen Schädling zu befreien." Seine Stimme war schneidend: „Lord Cecil Dunbar, Sie haben lange genug Unheil auf dieser schönen Welt angerichtet!"

*

Der Angriff erfolgte zur vorgesehenen Zeit ohne Feuervorbereitung durch die Schiffsartillerie. Überall gingen die Marineinfanteristen und Seeleute im Schutz der langen schwarzen Schatten, die der tief stehende Mond verursachte, vor. Nicht ein Schuss wurde von den Angreifern abgefeuert. Das war allerdings auch nicht möglich, denn Turner hatte den Befehl gegeben, alle Feuerwaffen nicht zu laden und die Feuersteine zu entnehmen. „Jeder, der einen Schuss abgibt, muss ein Feind sein, den ihr bedenkenlos niedermachen könnt, Männer!", hatte seine Begründung für diese Maßnahme gelautet. Alle Angreifer, mit Ausnahme der Seesoldaten, trugen an beiden Oberarmen weiße Bänder, damit es in der Dunkelheit zu keinen Verwechslungen kam. Die Marines waren durch ihre weißen Kreuzgurte und Koppel ausreichend gekennzeichnet. Es war gar nicht so einfach gewesen, genug weiße Bänder aufzutreiben. Der größte Teil von Turners Tisch- und Bettwäsche war dafür draufgegangen. Mit unbewegtem Gesicht hatte er zugeschaut, wie Tom zusammen mit ein paar Helfern die feinen Laken und Tischtücher mit Elisabeths Monogramm zerschnitt. Es war Tom deutlich anzusehen, dass ihm diese Arbeit verhasst war, aber William war sich sicher, Elizabeth hätte keine Sekunde gezögert, selbst die Schere in die Hand zu nehmen, wenn sie gewusst hätte, was der Zweck der Aktion war.

Aus dem Haupthaus, den Gesindeunterkünften, Ställen und Scheunen schlug den Angreifern heftiges Feuer entgegen, nur die Hütten der Sklaven duckten sich ängstlich und stumm in die Nacht. Bald lagen viele Tote und Verwundete auf dem weiten Hof zwischen den Gebäuden, denn geübte Scharfschützen waren die Amerikaner, schließlich ernährte sich ein großer Teil von ihnen durch die Jagd. Die Dudelsäcke spielten jetzt schnelle, aufrüttelnde Märsche. Sobald es den Briten gelungen war, in die Gebäude einzudringen, war der Widerstand in den Stallungen und Speichern bald gebrochen. Dort, wo Leutnant White mit seinen Männern angriff, war die Gegenwehr allerdings besonders heftig und zäh, denn die Yankees hatten schnell mitbekommen, dass diese Angreifer offensichtlich die Order hatten, keine Gefangenen zu machen. Der Leutnant ging dabei mit schlechtem Beispiel voran. Nachdem die Nebengebäude erobert waren, strömten auch die Sklaven aus ihren Hütten. Sie stimmten Freudengesänge an und tanzten ausgelassen zu den Klängen der für sie fremdartigen Musik herum. Nachdem einige von ihnen von Kugeln getroffen worden waren, die aus dem Haupthaus abgefeuert wurden, massakrierten die wütenden Schwarzen alle Gefangenen und Verwundeten, derer sie habhaft werden konnten. Sicher brach dabei auch der Hass auf ihre früheren Herren, die sie jahrelang gedemütigt und gequält hatten, durch. Die Offiziere waren zu sehr damit beschäftigt, den Angriff auf Dunbars letzte Bastion zu koordinieren, um sie an ihrem verwerflichen Tun zu hindern, und die meisten einfachen Seeleute schauten einfach zur Seite. Mitleid mit den Besiegten ist selten eine Stärke der Sieger. *Vae victis!*

Nachdem zwei Eingänge in die Biberburg gesprengt worden waren und sich die Briten bereit machten, in das Haus einzudringen, war der Kampf erstaunlich rasch zu Ende. Aus einer der Schießscharten wurde eine weiße Fahne herausgestreckt und geschwenkt. Turner befahl die Feuereinstellung, und kurz darauf trat ein großgewachsener Offizier der Carolina-Milizen aus der Haupttür und marschierte in die Mitte des Vorplatzes. Ein Mann mit einer weißen Fahne folgte ihm auf dem Fuß. Turner wartete im Schatten einer Ruine und rief ihn schließlich heran. Der Offizier kam auf ihn zu, salutierte und stellte sich vor. Turner achtete darauf, dass die Männer zwischen ihm und dem Haus standen. Er traute Dunbar zu, dass er einem Scharfschützen viel Geld bot, damit dieser ihn unter Missachtung der weißen Fahne abschoss. Zwischen diesen beiden Männern ging es schon lange nicht mehr um Landes- und Hochverrat, Piraterie oder Befehle der Admiralität. Es war ein ganz persönlicher Kampf auf Leben und Tod. Für beide gab es auf dieser Erde nicht genug Luft zum Atmen.

„Ich bin Major Livingston von der Carolina-Miliz. Sollten Sie der Befehlshaber der Truppen hier sein, dann möchte ich mit Ihnen über die Bedingungen für die Übergabe des Hauses sprechen, Sir."

„Commander William Turner von Seiner Britannischen Majestät Kriegsschoner *Shark*, Sir. Damit wir uns gleich richtig verstehen, Major, Sie haben keine Bedingungen zu stellen. Wir dagegen verlangen als Erstes von Ihnen die unverzügliche Auslieferung des Hochverräters Lord Cecil Dunbar an mich als den bevollmächtigten Vertreter der Krone!"

Livingston verzog keine Miene. „Ich würde Ihrem Wunsch gerne nachkommen, das können Sie mir glauben, aber leider ist dieser … äh, Lord nicht mehr auffindbar, Commander." Livingston stockte, fuhr dann aber in seinem langgezogenen

Südstaatendialekt fort: „Ich würde meinen, dass er sich mit zwei oder drei Ortskundigen und leichtem Gepäck durch die Marsch davongemacht hat." Turner hätte wetten können, dass der Major bei der Erwähnung des leichten Gepäcks boshaft gelächelt hatte. „An dieser Seite ist ihr Belagerungsring am dünnsten und das Licht des Vollmonds reicht aus, um einen sicheren Weg durch den Sumpf zu finden, wenn man sich auskennt. Aber das ist nur eine Vermutung, denn niemand hat ihn verschwinden sehen, Sir."

Turner knirschte mit den Zähnen. Er ballte die Fäuste; rote Nebel tanzten vor seinen Augen, und nur mühsam zügelte er seine Wut. Mit gepresster Stimme zischte er: „Sie werden uns Ihre Bluthunde mit den Hundeführern zur Verfügung stellen, Sir, und das sofort! Danach werden Ihre Männer einzeln aus dem Haupteingang kommen, ihre Waffen, auch die Jagdmesser, Säbel usw. meinen Leuten übergeben, dann werden die Angehörigen der Miliz rechts und Dunbars Kerle links geordnet mitten auf dem Hof antreten!"

„Sie garantieren mir, dass Sie uns vor den wild gewordenen Sklaven schützen, Sir?"

Erstaunt blickte ihn Turner an, dann schaute er in die Richtung, in die Livingstons Hand wies. Er sah, dass sich dort schwarze Weiber, Männer und sogar halbwüchsige Burschen über am Boden liegende Männer beugten, ihre Kleidung durchsuchten, sie teilweise entkleideten und ihnen die Stiefel auszogen. Er meinte auch gelegentlich ein Messer aufblitzen zu sehen. „Sergeant Bull, unterbinden Sie sofort diese Leichenfledderei dort drüben! Notfalls mit Gewalt, verstanden!"

Bull salutierte zackig. „Aye, Sir, den *Blackies* Manieren beibringen!" Er drehte sich um, rief ein halbes Dutzend Namen und marschierte mit ihnen zu den Hütten hinüber. Beim Anblick der heranrückenden Rotröcke spritzten die Schwarzen auseinander, verschwanden in den Hütten oder tauchten in der Dunkelheit unter.

Turner wandte sich wieder dem Major zu. „Zufrieden, Sir?"

Major Livingston seufzte, löste seinen Degen aus dem Wehrgehänge und übergab ihn mit beiden Händen William Turner, der ihn mit einem kurzen Kopfnicken entgegennahm.

Kurze Zeit später hatten sich die überlebenden Verteidiger des Forts auf dem Hof versammelt. Es waren erstaunlich wenig. In der Tat hatte Lord Swifthount wohl gewaltig übertrieben, als er die Anzahl der Bewaffneten in Dunbars Residenz angegeben hatte. Man durfte allerdings auch nicht vergessen, dass das gestrige Gefecht auf der vorgelagerten Insel und die Beschießung der kleinen Festung durch die Schiffsgeschütze viele Yankees das Leben gekostet hatte. Aber auch der Blutzoll, den die Briten zu zahlen hatten, war hoch. Drei Dutzend Tote blieben auf der Wahlstatt zurück, dazu kamen weit über achtzig Verwundete. Unter den Schwerverletzten befand sich auch Leutnant Tobias White, dem sein persönlicher Rachefeldzug zum Verhängnis geworden war. Er hatte gerade einem am Boden liegenden verwundeten Milizionär den Rest geben wollen, als der Mann plötzlich eine Pistole aus seinem Mantel zog und White von unten in den Leib schoss. Seine Männer hatten ihren stöhnenden und stark blutenden Kommandanten sofort an Bord geschafft, wo er vom Schiffsarzt versorgt wurde, soweit dessen Möglichkeiten dies zuließen. Es war zweifelhaft, ob er überleben würde.

*

Major Livingston teilte nach einer Besprechung mit Turner seine Männer dazu ein, die Opfer der Schlacht am Toogoodoo zu beerdigen. Unter der Leitung von Leutnant Blower wurde das Haus durchsucht. Was man an Lebensmitteln auf den Schiffen gebrauchen konnte, würde man an Bord schaffen, der Rest wurde zwischen den Sklaven und den Gefangenen aufgeteilt. Turner dachte nicht daran, die Milizionäre an

Bord seiner Schiffe zu nehmen, sie sollten unter der Führung von Livingston unter Zurücklassung ihrer Waffen im Laufe des Vormittags abmarschieren. Nach den üblichen Regeln des Krieges hätte er Dunbars Leute, die gegen ihn ihre Waffen erhoben hatten, als Heckenschützen liquidieren lassen können. Erst als Major Livingston ihm versicherte, er würde diese Männer in seine Miliz eingliedern, sah er davon ab.

Commander Turner beabsichtigte, mit der einsetzenden Ebbe am späten Nachmittag auszulaufen, denn die Verfolgung von Dunbar mit Hilfe der Spürhunde hatte, wie er im Stillen bereits befürchtet hatte, leider kein Ergebnis gebracht. Im Haus hatten sie einen Geheimgang entdeckt, der bis zu einer unscheinbaren Hütte am Rande der Salzmarsch führte; von dort aus waren die Hunde und die Indianer mühsam einer Spur gefolgt, die schließlich am Ufer des Wadmalaw endete. Brokenwing hatte erklärt, dass dort ein Boot in einem Versteck gelegen habe, Thunderingwater hatte stumm genickt. Das war es dann! Turner schäumte, aber er würde keinen Narren aus sich machen und seinem Intimfeind in diesem unwegsamen riesigen Gelände blind hinterherhecheln. Immerhin hatten sie Dunbars Schatzkammer gefunden und gewaltsam geöffnet. Der verbrecherische Lord hatte dort aufgehäuft, was er gestohlen, geraubt, erpresst oder durch illegale Geschäfte zusammengerafft hatte. Leutnant Blower hatte große Mengen an gemünztem Gold und Silber gefunden, dazu Barren aus Edelmetall und eine ganze große Kiste, angefüllt mit wertvollen Schmuckstücken, Leuchtern und Gefäßen aus massivem Gold, die zudem mit Edelsteinen besetzt waren – alles Dinge, die vermutlich aus der Beute der Piraten stammten, die Dunbar um ihre Beute betrogen hatte* – und ein dickes Bündel Schuldverschreibungen der Regierung der Vereinigten Staaten von Amerika. Turners erster Impuls war gewesen, die Wertpapiere zu vernichten. „Wertlose Papierfetzen!“, hatte er gemurmelt, dann aber kurz

* Siehe Paul Quincy, »Entermesser blank«

überlegt und sie wieder in die Truhe geworfen. Leider hatten sie keine Papiere gefunden, die für Smith und die Regierung in London interessant sein konnten, allerdings hatten sie im Kamin von Dunbars Arbeitszimmer einen großen Aschenhaufen entdeckt, der noch warm gewesen war …

Inzwischen stand die Sonne hoch am Himmel. Die Toten waren begraben. Auf dem Hof wurden Feuer für das Mittagessen entzündet. Nachdem die Yankees abmarschiert waren, machte sich in einem gehörigen zeitlichen Abstand auch ein Teil der ehemaligen Sklaven reichlich mit Proviant und Waffen versehen auf den Weg, um irgendwo in diesem großen, weiten Land das Glück zu finden. Turner hatte ihnen ein gesiegeltes Zertifikat ausgestellt, indem er ihnen bestätigte, dass sie Freie waren. Zu seiner Überraschung blieb aber der größte Teil der Schwarzen auf dem Gelände zurück; ihnen fehlten der Mut und die Initiative, sich in einer fremden Umgebung selbstständig durchs Leben zu schlagen. Sie würden sich ihrer Freiheit nur kurze Zeit erfreuen können, vermutete Turner, denn es würde gewiss nicht lange dauern, bis sich Dunbars Nachbarn ihrer bemächtigen würden und seines Landes obendrein. Sein Haus und die Wirtschaftsgebäude würden sie allerdings nicht in Beschlag nehmen können, denn das alles würde in die Luft fliegen, wenn die *Shark* den Anker lichtete.

Zumindest halbwegs zufrieden mit dem Ergebnis der vergangen Nacht blickte Turner aus dem Heckfenster. Er war überglücklich, dass er seinen Sohn befreit und an Bord hatte, außerdem befriedigte ihn, dass es ihm gelungen war, Dunbar die Schatzkiste abzujagen, denn ohne sein Gold war die Macht des Verräters erheblich geringer. Als Wermutstropfen blieb jedoch, dass Dunbar wieder entwischt war. Er schnaufte zornig, setzte sich dann aber an den Tisch und verspeiste ein opulentes Mahl aus gebratenem Hühnerbrüstchen, knackigem, leicht gedünstetem grünem, rotem und gelbem Paprika und Lauchgemüse mit würzigen Kräutern, Reis und einer scharfen roten Sauce mit Knoblauch, die ihm der einfallsreiche Tom zubereitet hatte. Nach dem Essen würde ein Teil seiner Besatzung die restlichen Wasserfässer an Bord bringen und ein anderer die Arbeiten am Rigg des Schonermasts beenden. Wenn sie damit fertig waren, sollte die Ebbe einsetzen. Sie würden dann die Gebäude von Dunbars Biberburg – oder besser, das, was von ihnen übrig war – sprengen, den Anker hieven und sich aus dem Staub machen. Es war nur eine Frage der Zeit, bis hier die Freiwilligen der Rebellen in großer Zahl auftauchen und die Decks der Schiffe mit ihren langen, weit reichenden und treffsicheren Rifles aus unangreifbarer Deckung heraus unter Beschuss nehmen würden. Schießen konnten diese Hinterwäldler, das musste Turner neidlos anerkennen; die vielen Toten und Verletzten der letzten Tage legten davon ein beredtes Zeugnis ab. Es gab aber noch einen zweiten Grund, warum er hier schnell weg wollte. Er hatte gesehen, wie der alte Segelmeister besorgt nach Südosten in Richtung der Küste geblickt hatte. Auch William hatte seine Nase prüfend in den Wind gehalten. Die beiden Männer hatten sich dann wissend angeblickt, und Turner hatte lakonisch festgestellt: „Da draußen braut sich ein Sturm zusammen, nicht wahr, Mister Lennon?“

„Aye, Sir.“

„Dann sollten wir hier verschwinden, bevor der Gegenwind auf dem Fluss so stark wird, dass uns der Strom nicht mehr zur Mündung trägt!“

Turner nahm gerade einen letzten Schluck von dem würzigen weißen Verdejo aus Kastilien – ganz gewiss ein Geschenk von Dunbars schurkischem Freund Hernandez. William genoss mit geschlossenen Augen den Wein mit seiner dezenten Säure und einer deutlichen Fruchtnote nach Melone, Grapefruit, dazu ein Hauch von Gewürzen und Kräutern, als ihn ein heftiger Donnerschlag zusammenzucken ließ. Er verschluckte sich, warf wütend die Serviette auf den Tisch, sprang auf und stürmte an dem verblüfften Tom vorbei an Deck. Hatte Dechamp entgegen seinem Befehl schon damit begonnen, die Gebäude zu sprengen? Als er auf dem Achterdeck erschien, deutete Steuermannsmaat Quincy mit allen Anzeichen des Entsetzens nach vorne. Dort, wo der Toogoodoo Creek in den Wadmalaw River mündete, lag ein großes Kriegsschiff im tiefen Wasser der Fahrrinne. Es war eine große Fregatte von etwa 900 Tonnen und 36 Geschützen, von denen die meisten sicher 18-Pfünder waren. Trotz ihres großen Tiefgangs hatte sie es bis hier nach oben geschafft. Gewiss hatte dabei eine Rolle gespielt, dass Springzeit herrschte und zusätzlich der zunehmende auflandige Wind das Wasser in den Flusslauf drückte. Commander Turner brauchte kein Teleskop, um zu erkennen, dass sein Konto bei der Glücksgöttin Fortuna ins Soll gerutscht war. Das Konto würde rote Zahlen ausweisen, und die würden mit Blut geschrieben werden! An der Gaffel der Fregatte knatterte die rot-weiß gestreifte Flagge mit den silbernen Sternen auf blauem Grund in der Gösch im Wind!

Kapitel 9

Toogoodoo Creek, Wadmalaw River, Februar 1779

Sie saßen in der Falle, genau wie der alte Weißkopfadler, Segelmeister Paul Lennon, geunkt hatte. William Turner hatte sich in den Jahren seines Lebens auf See noch nie so hilflos gefühlt wie in diesem Augenblick. Eben noch auf stolzen Rossen, bald schon durch die Brust geschossen … Wie versteinert starrte er zu dem Kriegsschiff mit den eleganten Linien und turmhohen Masten hinüber. Was ihn so überstürzt an Deck getrieben hatte, war ein Warnschuss gewesen. Der amerikanische Kommandant erwartete zweifellos und nicht ganz ohne vernünftigen Grund, dass die Briten angesichts ihrer hoffnungslosen Situation sofort die Flagge streichen würden. Die Fregatte war noch nicht in der von ihrem Kommandanten gewünschten Position. Da drüben wurden Vorbereitungen getroffen, mit Hilfe von Booten einen Warpanker auszubringen. Man ließ sich dabei Zeit. Die Yankees konnten sich das leisten, sie hatten alle Zeit der Welt. Wohin auch sollte ihre Beute verschwinden? Turner blickte angestrengt durch das Fernglas. Was er sah, ließ in ihm eine rote Wolke der Wut aufsteigen. Auf dem Achterdeck stand ein Zivilist und unterhielt sich angeregt mit dem Kommandanten. Er hätte sein gesamtes Vermögen gegen einen rostigen Hosenknopf gesetzt, dass dieser Mann Lord Dunbar war! Der Schuft musste die Fregatte erwartet haben und war ihr mit dem Boot entgegengefahren. Das erklärte viele Ungereimtheiten in seinem Verhalten während der Belagerung, aber das war der Schnee von gestern.

Turner musste etwas unternehmen, bevor die Fregatte in einer optimalen Schussposition war. Das einzige, was ihm blieb, war, den Abstand zum Feind weiter zu vergrößern, der jetzt gut sechs bis sieben Kabellängen betragen mochte. Eine Entfernung, die es Turner völlig unmöglich machte, seine Karronaden einzusetzen! Die Achtzehnpfünder des Gegners dagegen hatten bei einer maximalen Erhöhung eine Reichweite von etwa zehn Kabellängen. Allerdings war dann die Streuung beträchtlich und damit die Zielgenauigkeit entsprechend gering. Er schluckte schwer. Trotzdem musste sein Sohn unbedingt von Bord, denn es würden mehr als genug Kugeln ihr Ziel finden! Auf der geschützt im Nebenarm liegenden *Platvis* war er viel besser aufgehoben. Sein Blick glitt trübe über die an Deck liegenden Segeltuchbündel hinweg; die Zahl der Männer, die ihren schweren Verwundungen erlagen, erhöhte sich stündlich. Es würden noch mehr werden und neue Tote würden in der vor ihnen liegenden Zeit dazukommen. Seine Besatzung schrumpfte beängstigend zusammen.

„Mister Lennon, stecken Sie bitte die Trosse des Bugankers so weit aus, wie es geht, der leichte Heckanker muss entsprechend versetzt werden! Midshipman Starke soll mit den langrohrigen Buggeschützen das Feuer eröffnen. Viel wird er mit den Sechspfündern auf diese Entfernung nicht gegen den Yankee ausrichten können, aber mir ist der Gedanke verhasst, hier als völlig hilflose Zielscheibe herumzuliegen!"

„Aye, aye, Sir!", bestätigte der unerschütterliche alte Muschelrücken den Befehl. Er wollte sich schon umdrehen, um die Kommandos zu seiner Ausführung zu geben, als ihn Turners Stimme noch einmal zurückrief: „Und lassen Sie Mister Dechamp meine besten Empfehlungen ausrichten, falls er es einrichten kann, würde ich ihn gerne in meiner Kabine sprechen."

„Mister Dechamp zu Ihnen! Aye, Sir!" Lennon sah Turner nach, der gebeugt mit hängenden Schultern zum Niedergang schlurfte. Es war ein jammervoller Anblick. Der alte Segelmeister seufzte. „Vielleicht hast du zu oft und zu lange zu viel Glück gehabt, mein Junge. Jetzt gilt es, dafür die Zeche zu zahlen. Dabei hattest du um ein Haar alle deine Ziele erreicht. Das ist verdammt bitter.“

*

William Turner ließ sich schwer auf seinen Stuhl hinter dem Esstisch fallen. Er legte beide Unterarme auf die Tischplatte und sein Kopf sank schwer darauf nieder. Er spürte, wie ihm die Tränen in die Augen stiegen, es waren Tränen der Wut und der Hilflosigkeit. Durch seine Schuld würde er sein Schiff verlieren. Die Fregatte würde es ihm unter den Füßen wegschießen, und es würde nicht schnell gehen, sondern sich unendlich lange hinziehen, aber irgendwann würde die *Shark* nur noch als Brennholz zu verwerten sein. Die *Platvis* würde von den Amerikanern geentert und erobert werden, falls sie sich nicht vorher selbst in die Luft sprengte. Viele seiner Männer würden fallen und verletzt werden, und alle, die das Schlachtfest überlebten, in Gefangenschaft geraten. Er stöhnte laut auf. Es war alles seine Schuld! Er war zu leichtsinnig gewesen, hatte zu sehr auf sein Glück vertraut. Sein Urteilsvermögen war durch den Hass auf Dunbar getrübt worden, und er war so sehr darauf fixiert gewesen, seinen Sohn zu befreien, dass er jede Vorsicht außer Acht gelassen hatte. Er und nur er allein war an diesem Desaster schuld! Er würde die Konsequenzen tragen. Eine Idee durchzuckte ihn. Ja, das war es! Was war ihm gerade eben durch den Kopf geschossen – die *Platvis* sollte sich in die Luft sprengen? Falsch, Turner! Nicht die *Platvis*, nein, die *Shark* musste brennen, weil sie schwer beschädigt sein würde. Er schlug mit der Faust auf die Tischplatte.

Ein Kolben wurde draußen hart auf das Deck gerammt. „Sör, der Erste Leutnant!“, röhrte der Posten vor der Tür.

„Herein!“

Dechamp trat ein. Er blickte Turner so distanziert an wie immer seit Williams unseligem Ausrutscher. William stemmte sich mühsam in die Höhe und blickte ihn mit gesenktem Kopf aus geröteten Augen von unten an. ‚Was für ein bedauernswerter Anblick‘, dachte Dechamp, ‚der Mann scheint mir um Jahre gealtert zu sein. Der sieht nicht aus, als wäre er Mitte zwanzig, sondern mindestens vierzig Jahre alt.‘

„Mister Dechamp, ich bitte Sie, nehmen Sie Platz. Bevor wir über die, äh, besch…, äh, prekäre Situation reden, in der wir uns befinden, muss ich etwas loswerden, was mir schon die ganze Zeit auf der Seele liegt.“ Der Erste setzte sich stocksteif auf den vorderen Rand des zweiten Stuhls auf der anderen Seite des Tischs. Turner ließ sich wieder auf seinen Sitz fallen; er faltete die Hände vor sich auf der Tischplatte, um zu verbergen, dass sie zitterten. „Mister Dechamp, ich habe mich Ihnen gegenüber unentschuldbar verhalten. Meine Äußerungen tun mir von Herzen leid. Selbstverständlich hatte ich nie den geringsten Zweifel an Ihrer Loyalität und Ihrem persönlichen Mut. Ich werde das auch später an Deck vor allen Männern zum Ausdruck bringen. Ich weiß, dass Sie mich gefordert hätten, wenn die Vorschriften Ihnen das nicht streng untersagt hätten. Und ich gebe zu, dass Sie jedes Recht dazu gehabt hätten – ich hätte mich an Ihrer Stelle vermutlich nicht so gut wie Sie beherrschen können und hätte sofort an Deck blank gezogen, ohne die Konsequenzen zu bedenken.“ Er seufzte tief auf. „Wie so oft!“ Er wischte sich über die Augen. „Ich möchte Sie ganz offiziell um Vergebung bitten, Sir. Es würde mich aufrichtig freuen, wenn Sie sich in der Lage sehen würden, meine förmliche Entschuldigung anzunehmen.“

Dechamp blickte ihn durchdringend an, dann räusperte er sich: „Ahem, Sir, ich war in der Tat von Ihrem Verhalten äußerst befremdet, aber da ich Ihr Temperament inzwischen kenne und mir denken konnte, aus welchem Grund Sie so, äääh, nun nennen wir das Kind beim Namen, beleidigend geworden sind, konnte ich Ihnen nicht ernsthaft böse sein! Dumm war nur, dass sich dieser Ausrutscher so *coram publico* ereignet hat!" Er lächelte dünn, stand auf und streckte Turner über den Tisch seine Hand entgegen. Auch William sprang auf, ergriff die Hand und schüttelte sie herzhaft.

„Verdammt, James, das ist sehr großherzig von Ihnen, es spricht für Ihre Charakterstärke, dass Sie vergeben können. Mir fällt ein Stein vom Herzen!" Er ging zum Weinschrank hinüber, entnahm ihm zwei Gläser, die Rumkaraffe und schenkte ihnen ein, dann hob er sein Glas: „Ich danke Ihnen aufrichtig, Sir. Auf unsere Aussöhnung, James! Ich hoffe, dass Sie auch in der Lage sein werden, zu vergessen." Dechamp wiegte nachdenklich den Kopf und murmelte: „Ich fürchte, das wird etwas dauern, aber in Anbetracht der vor uns liegenden Stunden, könnte es gut sein, dass sich das Thema von allein erledigt, Sir …" Die Männer blickten sich ernst an, und beide nahmen einen tiefen Zug. Turner trat mit dem Glas in der Hand an das Heckfenster.

Draußen auf dem Fluss versetzten die Männer den Stromanker weit achteraus, es schien Stillwasser zu herrschen, aber Turner bemerkte davon nichts. Leise begann er zu sprechen: „Ich habe eben die Nachricht erhalten, dass Leutnant White seinen Verletzungen erlegen ist. Er war ein guter Mann, aber vielleicht war der Tod das Beste, was ihm widerfahren konnte. Die Misshandlungen während seiner Gefangenschaft haben ihn seelisch schwer belastet, auch wenn die körperlichen Verletzungen einigermaßen gut verheilt waren! Die Misshandlungen haben seinen Charakter leider sehr verändert." Auch das ist etwas, wofür ich die Verantwortung trage, dachte er. Die Reihe der blauen Gespenster, die mich des Nachts heimsuchen, wird immer länger. „Sie werden die *Platvis* als Kommandant übernehmen, Midshipman Armstrong wird Sie begleiten. Die *Shark* wird evakuiert. Alle Männer werden auf Ihr Schiff und die Boote verteilt." Heftig rollender Donner unterbrach ihn. Zwei, drei hohe schmutzigbraune Wassersäulen stiegen hinter dem Schiff in die Höhe. Oben an Deck zerbrach irgendetwas mit einem heftigen Krachen. Laute Flüche drangen von oben durch das leicht geöffnete Skylight hinab in die Kabine. Turner schien nichts zu hören. Unbeirrt fuhr er fort: „Rüsten Sie bitte die Boote entsprechend mit Wasser, Verpflegung, Waffen und Munition aus. Die *Shark* wird als Brander ausgerüstet", fügte er beiläufig hinzu, ohne eine Miene zu verziehen. Er hörte, dass Dechamp scharf die Luft einsog. „Sie wissen, wie das geht? Alle brennbaren Materialien wie Segel, Persenninge, Tauwerk usw. werden mit Lampenöl, Tran und Teer getränkt, Pulver-, Rum- und Brandyfässer werden an ausgesuchten Stellen deponiert und mit Lunten versehen. Falls Sie Fragen haben, wenden Sie sich an den Stückmeister." Auf dem Vorschiff bellten die beiden Sechspfünder auf. „Heute Nacht wird das Schiff dann mit der einsetzenden Ebbe auf die Fregatte zutreiben. Ich werde persönlich dafür sorgen, dass die *Shark* sie rammt und neben dem Rumpf liegen bleibt. Nachdem ich die Zündschnüre angesteckt habe, werde ich mich mit einem Kanu aus dem Staub machen und darauf warten, dass Sie mit Ihrer kleinen Flotte aus diesem Höllenloch herauskommen und mich aufsammeln. Noch Fragen, James?"

Dechamp sah ihn halb besorgt, halb zornig an. „Sir, mit Verlaub, das ist ein Himmelfahrtskommando, das können Sie doch nicht machen!"

„So, das kann ich nicht, Sir? Wollen wir uns schon wieder streiten? *Ich* habe Sie und unsere Männer in diese missliche Lage hineingeritten, da erscheint es mir nur fair, wenn *ich* das meine dazu beitrage, uns da auch wieder hinauszubringen. Wem sollte ich denn Ihrer Meinung nach befehlen, diese heikle Aufgabe zu übernehmen, Mister Dechamp?"

„Sie könnten fragen, ob es Freiwillige gibt, Sir!"

„Und dann würden Sie sich melden, James, nicht wahr! So haben wir nicht gewettet, mein Lieber. Es gibt gewisse Dinge, die muss man als Kommandant selbst übernehmen. Wenn jemand mein Schiff in die Luft jagt, dann bin ich das, *capito*?"

„Aye, Sir! Aber ..."

„Ich weiß Ihre Fürsorge zu schätzen, James, aber es gibt da nichts mehr zu diskutieren. Noch eins, und das liegt mir wirklich sehr am Herzen. Falls mir etwas zustoßen sollte, dann sorgen Sie dafür, dass mein Sohn sicher nach England zu meiner Familie kommt und eine gute Ausbildung erhält, sobald er alt genug dafür ist. Ach ja, Admiral Richard Howe hat sich bereit erklärt, als sein Pate zu fungieren." Er musste ein ganz klein wenig grinsen, als er Dechamps verblüfftes Gesicht sah. „Es würde mich ganz außerordentlich freuen, ja, es wäre mir eine große Ehre, wenn Sie sich entschließen könnten, sein zweiter Pate zu werden. Er soll auf die Namen Richard James Augustus getauft werden. Eine gute Mischung, wie ich meine. Von Lord Richard den scharfen analytischen Verstand und das Gespür für die richtige Strategie, von Ihnen den Lerneifer und den Kampfesmut, von Rullingston den Witz und ein Quäntchen Übermut. Ich schreibe Ihnen alles auf. Nun aber frisch ans Werk!"

Dechamp verbeugte sich leicht: „Es wird mir eine Ehre sein, Sir, aber die aufgezählten Eigenschaften haben ihm schon seine charmante Mutter und sein tollkühner Vater in die Wiege gelegt. Nun ja, vielleicht ist dem Vater in der letzten Zeit die Leichtigkeit des Seins etwas abhanden gekommen." Er schaute Turner ernst an, dann ergänzte er: „Ich werde dafür sorgen, dass die Familie Rullingston, die ich selbstverständlich sehr gut kenne, es als verpflichtende Ehre anerkennen wird, dass Sie Ihren ersten Sohn nach meinem Freund *Buck*, dem erklärten Liebling von Lady Rullingston, benennen lassen." Das ist ein verdammt schlauer Schachzug von Turner, dachte er bei sich. Wieder schlug eine schwere

Kugel in das Schiff ein, Holz splitterte, der ganze Rumpf erbebte unter dem Volltreffer.

*

Auf dem Achterdeck stand ein düster vor sich hin brütender Commander William Turner, der fröstelnd den dicken Bootsmantel in der frischen Brise fest um sich zog. Oder war es gar nicht der kühle Wind, der ihn erzittern ließ, sondern der Anblick seines entmasteten, halb zerstörten Schiffes und die lange Schlange der Seeleute, die mit ihren Seekisten und dem Bettzeug das Schiff verließen? Viele warfen einen verstohlenen Blick auf ihren Kommandanten, dessen Silhouette sie im Licht des Mondes hinter dem Stumpf des Großmasts neben dem Kompasshaus nur erahnen konnten. Manch einer schüttelte missmutig den Kopf und blickte verbiestert vor sich hin.

Da sie den ganzen Nachmittag unter feindlichem Beschuss lagen, wäre es zu gefährlich gewesen, alle Mann an Deck zu versammeln, um ihnen seine Entscheidung mitzuteilen und zu erklären, daher hatte Turner nur die Offiziere und Unteroffiziere informiert und sie angewiesen, ihre Männer entsprechend zu unterrichten. Dann hatte er den größten Teil der Besatzung mit den Booten an Land setzen lassen, wo sie den Einbruch der Abenddämmerung in relativer Sicherheit abwarten konnten.

Allerdings waren die wenigen Stunden bis zum Sonnenuntergang schrecklich gewesen, sie dehnten sich für William zu einer Ewigkeit aus, in der er alle Qualen der Hölle durchlitt. Es stimmte zwar, dass die Amerikaner hunderte Kugeln und viele Pfund Pulver nutzlos in die Luft ballerten, aber immer wieder trafen Kugeln der Achtzehn- und Zwölfpfünder ihr wehrloses Ziel. Nach und nach wurden die Stengen und Spieren weggeschossen, nur die massiven Untermasten ragten noch aus dem Rumpf. Überall an Deck klafften zackige Löcher wie offene Wunden. Besonders schlimm sah es auf dem Vordeck aus. Commander William Turner musste sich sehr zusammenreißen, um sich nicht zu übergeben. Ihm war hundeelend und sein Herz raste, während er untätig mit ansehen musste, wie sein geliebtes Schiff nach und nach in ein trauriges Wrack verwandelt wurde. Mit mahlenden Kiefern musste er sich damit abfinden, dass die ehemals so stolze *Shark* eine Hulk war und mit Bordmitteln keinesfalls mehr zu reparieren war. Dechamp hatte ihm berichtet, dass die Männer wütend waren, dass Turner sie nicht angreifen ließ. Er hatte zitiert: „Warum lässt er uns nicht einfach diesen Klütenewer entern und diesen dummen Hinterwäldlern Gottesfurcht in ihre verdammten rebellischen Bauernschädel prügeln? Lieber mit fliegenden Fahnen untergehen, als sich hilflos wie flügellahme Enten abschlachten zu lassen!" Ja, das hätten die Männer verlangt und die Fäuste dabei geballt. Turner hatte bitter gelächelt und geantwortet: „Unsere Männer vergessen, dass ganz sicher Dreiviertel dieser Hinterwäldler da drüben, wie sie sie nennen, ihr Handwerk auf britischen Schiffen gelernt haben. Das sind keine Dagos* oder Macaronis, die sich schnell entmutigen lassen, wenn ihnen kräftig auf die Finger geklopft wird, das sind unsere Brüder und Cousins, Sir. Außerdem besteht das Problem darin, die *Shark* unter Beschuss bis an den Gegner zu bringen, ohne dass sie dort als Geisterschiff mit einer toten Besatzung ankommt. Mit jeder Kabellänge, die wir näher herankommen, werden die Geschütze des Feindes treffsicherer und können uns der Länge nach beharken! Muss ich Ihnen das weiter ausmalen?" Dechamp hatte bedrückt den Kopf geschüttelt. Ihm war klar, was für ein Schlachtfest die Kartätschen und Traubengeschosse unter den dicht gedrängt zum Entern bereitstehenden Männern anrichten wür-

* Verballhornung des spanischen Vornamens Diego, herabsetzende Bezeichnung für Spanier und Portugiesen.

den. Er war wieder unter Deck geeilt, um die Vorbereitungen der Evakuierung voranzutreiben.

Aber auch für den Kommandanten der Fregatte *Boston* hatte es eine Überraschung gegeben. Während er sich noch mit seinen Offizieren über die leichten Sechspfünderkugeln lustig machte, die von den Jagdgeschützen der *Shark* trotzig zur Fregatte herübergeschickt wurden, aber zumeist harmlos vor dem Rumpf ins Wasser klatschten oder kraftlos von der Bordwand abprallten, schlugen plötzlich in seinem Achterschiff Kugeln ein. Die großen Fenster der Kommandantenkabine zersplitterten mit lautem Getöse und verwüsteten seine Staatskabine. Durch die kaputten Fenster hörte man die wütenden, sehr unfeinen Flüche von Lord Dunbar, der es sich in der Staatskabine mit dem Brandy des Kapitäns gemütlich gemacht hatte. Was war geschehen? Leutnant Blower hatte an Land die Initiative ergriffen und die Feldschlangen wieder an der Landspitze der Südinsel in Stellung gebracht. Zwar stellten die leichten Geschütze keine ernsthafte Gefahr für die Fregatte dar, aber sie waren so etwas wie lästige Mücken, deren penetrantes Summen störte und deren Stiche unangenehm waren. Die *Boston* konnte sich nicht direkt wehren, da die Feldschlangen im toten Winkel zwischen ihren Breitseitbatterien und den Heckgeschützen standen. Zwei Kutter mit Bewaffneten, welche die Batterie unschädlich machen sollten, wurden von den gut gezielten Salven der Seesoldaten und dem Feuer der Kanonen zurückgeschlagen, ehe sie das Ufer erreichten. Ein Kutter ging bei dieser Aktion mit Mann und Maus verloren, als ihm eine flach von der Wasserfläche abprallende Kugel die Bordwand aufriss. Erst ein Großangriff aller verbliebenen Schiffsboote der *Boston* zwang Blower zum Rückzug. Er zog sich bis zur Engstelle zurück, wo er sich verschanzte und die nachdrängenden Yankees erfolgreich zurückschlug, die wieder in ihre Boote flüchteten und eilig zur Fregatte zurückpullten. Turner war überzeugt, dass der gegnerische Kommandant mit einer Teufelei von seiner Seite während der Nacht rechnete, vielleicht mit einem Angriff mit den Booten oder sogar mit einem verzweifelten Ausbruch der *Shark* nach dem Motto: Ruhm oder Tod! Dunbar hatte den Mann gewiss über Turners hitzigen Charakter aufgeklärt, und bis jetzt hatte er sich immer als guter Menschenkenner erwiesen, der Turners Absichten leider immer rechtzeitig erahnt hatte. Aber ganz bestimmt kam in seinen Vorstellungen nicht vor, dass der Engländer so weit gehen würde, sein geliebtes Schiff zu opfern. Das war Turners Chance. Genau betrachtet, gab es allerdings gar keine Alternative, denn morgen früh würde die *Boston* ein Expeditionskorps an Land setzen, um die Schiffe von den Ufern her und über den Fluss mit ihren Booten anzugreifen. Auch mit dem Eintreffen der Minutemen* der Miliz war spätestens am Vormittag zu rechnen, dann war die Situation unhaltbar! Die Briten würden sich ergeben müssen oder sterben! Folglich lautete die Parole: Heute Nacht oder nie!

Dechamp kam nach achtern. „Es ist alles vorbereitet, Sir. Die Männer sind von Bord. Bedingt durch die schweren Verluste konnte ich sehr viele etwas gedrängt an Bord der *Platvis* und den Rest mit ausreichend Proviant versehen sogar recht bequem auf den Booten unterbringen. Die brennbaren Materialien sind verteilt und auch die Sprengladungen sind bereit.“ Er unterbrach sich kurz und schluckte schwer. „Wenn ich mir noch eine Bemerkung erlauben darf, Sir, die Lunten sind kurz, Sir, sehr kurz, ahem!“ Er sah bedrückt aus.

„Ich habe nicht die Absicht, mit den Gentlemen der *Boston* einen Sherry zu nehmen, James. Was machen die Kerle da hinten noch an Bord?“ Turner hatte ein paar schemenhafte Schatten gesehen, die dabei waren, sich ins Zwischendeck zu verdrücken.

„Ääh, Sir? Ach die.“ Dechamp blickte hinüber und zuckte bedauernd mit den Achseln. Es war nicht klar, was er bedauerte, aber Turner vermutete, dass es die Tatsache war, dass

* Besonders gut geschulte schnelle Eingreifkommandos der amerikanischen Milizen.

sein Kommandant die Kerle entdeckt hatte. „Ich muss leider melden, dass es sich um ein paar aufsässige Charaktere handelt, Sir. Sie gehorchen meinen Befehlen nicht."

Turner grunzte gereizt: „Die Namen der Meuterer, Sir! Sofort!"

Dechamp drehte und wandte sich wie ein Aal. „Thomas Brown, Mark Taylor, Nathaniel Moose, Fred Black …" Er brach ab, als er Turners ungeduldige Handbewegung sah.

„Also mit einem Wort, meine leichte Kavallerie, Sir. Aber auch für die Prätorianer* gilt mein Befehl!"

Dechamp richtete sich auf und schnarrte: „Selbstverständlich, Sir! Aber dann geben Sie ihnen diesen Befehl am besten selbst, Sir." Er drehte sich um und rief: „Brown und die anderen Schufte auf das Achterdeck."

Die Männer kamen nach achtern getrottet und nahmen vor ihrem Kommandanten Aufstellung. Turner musterte sie finster, konnte aber ein Gefühl der Rührung nicht unterdrücken. „Thomas Brown, seit wann ist es in der Royal Navy üblich, einen Befehl seines Kommandanten vorsätzlich zu missachten?"

„Zur, ich habe jeden Befehl von meinem Käptum, Zur, immer getreulich ausgeführt." Tom verdrehte die Augen gen Himmel, denn er wusste, dass er so manchen Befehl ganz erheblich manipuliert hatte, bis er der Meinung gewesen war, dass *seine* Interpretation besser den eigentlichen Intentionen Turners entsprochen hatte. Selbstverständlich war ihm auch klar, dass sein Kapitän das wusste. „Aber wenn der Käptum, Zur, Selbstmord begehen will, dann muss Tom dem Käptum, Zur, nicht mehr gehorchen, und weil ein toter Käptum, Zur, einen schlimmen Niggerboy nicht mehr bestrafen kann, braucht Tom auch keine Angst mehr vor ihm zu haben."

Beifälliges Gemurmel erklang in der Runde. Brokenwing legte die rechte Hand an seine Brust und verkündete feierlich: „Heute Nacht ist eine gute Nacht zum Sterben. Nur die

* Die Prätorianer waren eine Leibwächter-Truppe, die von den römischen Kaisern und Feldherrn aufgestellt wurde.

feigen Weiber der Cheyenne glauben, dass Krieger, die im Dunkeln sterben, nicht den Weg zum großen Manitu finden. Die Seelen der tapferen Krieger der Shawnee werden sich mit den Schwingen der großen Eulen des Waldes von der Erde lösen und geleitet von günstigen Winden in die ewigen Jagdgründe ziehen, wo uns unsere toten Brüder und Squaws vor den Wigwams erwarten werden. Es wird Truthahnbraten, dazu Cranberrysauce mit Ahornhonig im Überfluss geben und frisches Brot mit Haselnussbutter und wilde Erdbeeren. Dorthin werden wir so geschwind fliegen wie das große Kanu des mutigen Häuptlings, den man den ‚Wilden Bullen' nennt, der mit seinen aufgetürmten Wolken an den hohen Masten immer über das große Wasser gestürmt ist, wenn es galt, die elenden feindlichen Hunde zur Strecke zu bringen." Das war die längste Rede, die Turner je an einem Stück von dem schweigsamen Indianer gehört hatte. Thunderingwater grunzte etwas Unverständliches, nickte einmal und stieß knapp aus: „Mein roter Bruder hat wahr gesprochen! Hugh!" Die beiden Indianer hatten ihre Gesichter mit weißen, roten und schwarzen Streifen bemalt und ihren Kopfschmuck aus Adlerfedern angelegt. Als Nächster holte Snake Taylor Luft zu einer längeren Erklärung, aber Turner schnitt ihm das Wort mit einer kurzen Handbewegung ab. „Schluss jetzt, ihr aufrührerisches Pack!" Er räusperte sich umständlich. „Ahem, in der Tat ist es mir jetzt nicht möglich, euch in Eisen legen zu lassen, außerdem hat die Ebbe eingesetzt und ich, äh, wir haben alle Hände voll zu tun. Aber Strafe muss sein. Die drei Wortführer, Tom, Brokenwing und Snake Taylor, werde ich bei mir an Bord behalten, damit ich sie bis zum Kriegsgerichtsverfahren nicht mehr aus den Augen verliere. Die anderen gehen mit Leutnant Dechamp von Bord!"

Mürrisch trollten sich die anderen Männer, ihre Körperhaltung drückte puren Trotz aus. Als sie ein paar Schritte gemacht hatten, ließ sie die Stimme des Kommandanten kurz innehalten. „Danke, Männer! Aber der Erste Leutnant braucht euch mit euren besonderen Fähigkeiten heute Nacht sehr dringend. Zu seinem Bootssteurer gewandt fügte er bissig hinzu: „Und du, Tom, unterlass doch in Zukunft dieses alberne Sklavengequatsche!“

*

Die *Shark* war in eine stinkende Wolke aus Gerüchen gehüllt, wie man sie sonst nur aus der Farbenlast des Bootsmanns kannte. Terpentin, Harz, Leinöl, Tran und Teer vermischten sich zu einer maritimen Duftkakophonie. Der Mond neigte sich dem westlichen Horizont zu, das Wasser des Toogoodoo Creek lag im Schatten. Turner hob einen Holzsplitter auf, der bei der Beschießung irgendwo herausgerissen worden war, und warf ihn über die Seite. Zuerst schien sich das Stückchen Holz nicht von der Stelle zu bewegen, doch dann begann es zuerst langsam, schließlich aber immer schneller an der Bordwand nach vorne zu treiben. Die Ebbe hatte eingesetzt. Jetzt galt es, schnell zu handeln. Zwar hatte der Wind während der Nacht etwas nachgelassen, aber draußen auf dem Strom würde vermutlich noch eine kräftige Brise wehen, denn die Wolken zogen weiterhin rasch über den Himmel. Er ging zum Ruder hinüber und stellte sich hinter das Rad. Er streichelte die Kronenspeiche, wie es Brauch war, dann befahl er knapp: „Kappt die Ankertrossen vorn und achtern, Jungs! Es geht los, ihr habt es so gewollt – old Nick wartet nicht gern!“ Seine kleine Besatzung grinste und eilte zu den Ankertrossen, die kurz darauf ins Wasser klatschten. Das Schiff nahm langsam Fahrt auf, ließ sich aber bei dem achterlichen Strom naturgemäß nur schlecht steuern. Zwar hatten sie zwischen dem Bugspriet und dem Stumpf des Schonermasts zwei Stagsegel und am Großuntermast ein dreieckiges Segel angeschlagen, aber die sorgten kaum für Vortrieb. Sie sollten in erster Linie Turner das Steuern erleichtern, wenn sie den Lauf des Wadmalaw River erreicht hatten. Die *Boston* hatte sich in der Abenddämmerung stromabwärts vor der Einmündung des *Point Creek* mit der Strömung des ablaufenden Wassers quer in den Strom gelegt, um vor überraschenden Bootsangriffen der Briten besser geschützt zu sein, denn der große Fluss wurde vom Mondlicht gut illuminiert. Ihr Klüverbaum zeigte nach Osten. Sicher beobachteten dort an Deck jetzt viele scharfe Augen die Mündung des Toogoodoo, dessen Lauf im Dunkeln lag. Die Geschützbesatzungen würden fröstelnd neben ihren Kanonen hocken und versuchen, nicht einzuschlafen, aber dafür würden ganz gewiss schon die Bootsmannsmaate mit ihren Tauenden sorgen.

Turner blickte routinemäßig auf den Kompass, obwohl der hier völlig nutzlos war. Er steuerte fast exakt nach Süden, aber wichtig war nur, dass er das Schiff nicht auf Grund setzte, denn dann war alles umsonst gewesen. Er hielt sich dicht am linken Ufer, weil dort tiefes Wasser war. Er hörte, dass hinter ihm jemand die Schot des Segels auffierte. Der Nordwestwind fiel hinein und beschleunigte das Schiff ein wenig, das Ruder sprach sofort besser an. Tom hatte wieder einmal mehr mitgedacht. Turner grunzte etwas, was man als einen Dank auslegen mochte. Auch am Bug zogen jetzt die beiden Vorsegel. Die *Shark* schoss aus der Mündung des schmalen Nebenflusses wie ein Korken aus einer Champagnerflasche. Turner schätzte die Distanz bis zu der Fregatte auf knapp fünf Kabellängen. Er überschlug im Kopf, dass sie bei vier Knoten Fahrt über Grund noch sieben Minuten und dreißig Sekunden bis zur Kollision benötigten. „Die Lunten zünden!“, brüllte er. Er hielt auf das Heck der *Boston* zu, als würde er beabsichtigen, hinter ihr durchzubrechen. Es war eine Ironie des Schicksals, dass es mit einer seetüchtigen *Shark* vermutlich tatsächlich möglich gewesen wäre, die amerikanische Fregatte zu umfahren, denn zwischen der Mündung des Point Creek und dem Kriegsschiff lag eine langgestreckte Sandbank – es war dieselbe, auf der seine Boote geankert hatten, als sie auf Leutnant Rullingston und seine Männer gewartet hatten –, die es der *Boston* unmöglich machte, die gesamte Breite des Flusses effektiv zu sperren. Vermutlich war ihr Kommandant davon überzeugt, dass auch ein in die Enge getriebener Wild Bill Turner nicht so verrückt sein konnte, sein Schiff des Nachts ohne Lotsen bei mitlaufendem Ebbstrom durch ein unbetonntes Nadelöhr von 130 Yards Breite zu jagen. Turner grinste diabolisch. Der Mann würde gleich die größte Überraschung seiner Karriere erleben, wenn er feststellen musste, wozu ein bis aufs Blut gereizter wilder Bulle fähig war. Es mochte gut sein, dass es seine letzte werden würde. Der Wind trieb aufgeregte Rufe von der Fregatte herüber, und gleich darauf zuckten aus den schweren Stücken lange Feuerlanzen. Die Luft war erfüllt vom Kreischen und Brummen der Eisenkugeln, die aber alle zu hoch lagen und wirkungslos über den Rumpf der *Shark* hinwegsausten – in der nicht mehr vorhandenen Takelage konnten sie keinen Schaden mehr anrichten – so blieb ihnen nur, weit hinter dem verstümmelten Schoner die Fische zu erschrecken. Pulverqualm zog auf sie zu und hüllte sie ein. Turner sah aus dem Zwischendeck die ersten Flammen durch die Einschusslöcher schlagen. Die Yankees hatten mit ihren Kugeln selbst dafür gesorgt, dass die Brandherde genügend Luftzufuhr hatten. Der Abstand zur *Boston* verringerte sich schnell. Auf dem Achterdeck liefen hektisch gestikulierende Gestalten herum, eine hatte ein Sprachrohr in der Hand und brüllte damit Befehle in die Kuhl. Der Rumpf des großen Kriegsschiffs wuchs an Backbord voraus in die Höhe, die Geschütze wurden erneut ausgerannt und feuerten, jetzt erst recht ohne einen Treffer zu erzielen, denn nun stimmte bei den meisten Kanonen weder die Höhen- noch die Seitenrichtung.

„Hart Backbord!“, brüllte Turner und wirbelte das Ruder herum. Folgsam drehte die *Shark*, ihr Bug zeigte jetzt auf den Vormast der Fregatte. Überall schlugen helle Flammen aus den Einschusslöchern, Niedergängen und Luken. Rußwolken trieben über das Deck. „Wahrschau! Gleich kracht's, Jungs!" Turner hielt die Luft an und klammerte sich fest. Der Bugspriet bohrte sich in Höhe der Püttingplattform in die Wanten, und der Vorsteven des Schoners schob sich knirschend und laut splitternd in die Beplankung des Gegners. Das Schiff wurde innerhalb von Sekunden auf Null abgebremst, gleichzeitig wurde Turner von der Faust eines Riesen nach vorne gegen das Ruderrad gedrückt. Er stöhnte heftig auf, und pfeifend entwich die Luft seinen Lungen. Der Schonermast sprang tief unten im Schiff aus der Mastspur und neigte sich nach vorne, aber wen kümmerte das jetzt noch? Die an der Steuerbordseite gestauten, mit Harz und Teer durchtränkten Segel, Hängematten und sonstigen brennbaren Stoffe fingen Feuer, und gierige Feuerzungen leckten an der Bordwand der Fregatte empor. Der Strom drückte den Brander so fest gegen sein Opfer, als ob er mit Dutzenden von Trossen daran festgemacht wäre. Männer mit geschwärzten Gesichtern, in denen nur die Augen und Zähne weiß leuchteten, kamen auf Turner zugeeilt, der sich die schmerzenden Rippen massierte und leise stöhnte. Sie zogen ihn mit sich, und zusammen stiegen sie in das an Steuerbord bereit liegende Kanu. Brokenwing, Taylor und Tom wie immer behände und leichtfüßig, während sich Turner umständlich von den Püttings hineinfallen lassen wollte. Tom, dem das aus nahe liegenden Gründen zu lange dauerte und der zudem eine Beschädigung der dünnen Außenhaut aus Birkenrinde vermeiden wollte, packte ihn an der Hüfte, hob ihn ohne viel Federlesens zu machen wie ein kleines Kind ins Boot und setzte ihn dort ab. Sofort löste Taylor, der im Bug hockte, die Bugleine, drückte sie von der Bordwand ab, und die drei Matrosen begannen mit aller Kraft zu paddeln. Nach einigem Herumtasten fand auch ihr Kapitän ein Stechpaddel, und mit einiger Mühe gelang es ihm, sich in den Takt einzufügen. Das leichte Boot schoss über das Wasser. Eine Laune des Stroms hatte das nachgeschleppte Kanu so an die Bordwand klappen lassen, dass der Bug zum Westufer zeigte, und so kam es, dass sie das Heck der *Boston* passieren mussten, das hoch über ihren Köpfen aufragte. Oben herrschte ein wahrhaft biblisches Tohuwabohu. Füße trampelten über das Deck, sich überschlagende Stimmen riefen nach Wasserpützen, laute Kommandos und Flüche wurden in die Nacht hinaus gebrüllt. Um ein Haar wäre das Kanu durch einen Stromstrudel und Williams Ungeschicklichkeit mit dem massiven Ruderblatt unklar gekommen und möglicherweise gekentert. Es war nur dem Können und der Übersicht des Indianers und des Trappers zu verdanken, dass sie grade noch freikamen. Turner hätte das nasse, grünbewachsene Holz berühren können. Er schwitzte, obwohl er seinen Hut verloren hatte, und Tom blickte verblüfft auf das alte, ihm wohlbekannte rote Kopftuch, welches im Mondlicht allerdings schwarz aussah: auf Turners Schädel. Kaum war die Kollisionsgefahr gebannt, stieß Taylor schon wieder einen Warnruf aus: „Achtung! Boote recht voraus!“ Tatsächlich hatte man auf der *Boston* gestern irgendwann die Schiffsboote ausgesetzt, die beiden großen mit Kanonen im Bug bestückt, um sie am Morgen für den geplanten Großangriff zur Hand zu haben. Die langen Vorleinen der Barkasse und der Pinasse hatte man auf dem Achterdeck belegt.

„Entern und Leinen kappen!“, befahl Turner knapp. Das Kanu schor längsseits. Die Männer sprangen an Bord der großen Barkasse, und Tom und Brokenwing hoben das Kanu hinein. Taylor war schon weiter auf die Pinasse geklettert, bei der längsseits noch der zweite Kutter festgemacht war. Er warf Tom einen Tampen zu, den dieser achtern belegte, dann durchschnitt Snake Taylor die Vorleine. Schnell trieben sie von der Fregatte fort. Dort beachtete man sie nicht, denn die Amerikaner hatten augenscheinlich alle Hände voll damit zu tun, den sich schnell ausbreitenden Brandherden Herr zu werden. Aber sie hatten bereits verloren. An den Wanten und Pardunen züngelten Flammen in die Höhe, wanderten schnell bis zu den Marsen hinauf, verharrten dort scheinbar unschlüssig, sprangen dann auf die sauber und fest an den Rahen aufgetuchten großen Arbeitssegel über und suchten sich – stolz das Soldatenloch verschmähend – ihren Weg weiter in der Höhe. Es war ein gespenstisches Bild, das keiner der Männer je in seinem ganzen Leben vergessen würde, und wenn es hundert Jahre währte. Die Leinen des Riggs schienen von innen heraus zu leuchten. Auf der ihnen abgewandten Seite erklangen mehrere heftige Explosionen. Das waren vermutlich die Karronaden der *Shark* gewesen, deren Läufe William fast bis zum Rand mit Pulver hatte vollstopfen und dann mit einem dicken Lehmpfropfen hatte verschließen lassen. Der Lehm war mittels der Rammer richtig festgestoßen worden. Langsam abbrennende Lunten sollten die Kanonen zur Explosion bringen, aber durch das Feuer hatten sich die Rohre erhitzt, und diese waren jetzt vorzeitig explodiert. Die große Fregatte erzitterte unter den Detonationen, dadurch fielen die glühenden Perlen des verbrannten Tauwerks hinunter auf das Deck und lösten unter den Seeleuten eine Panik aus. Sie wussten, dass die Stengen und Rahen ihrer Stützen beraubt jede Sekunde folgen konnten. Niemand hatte sich bisher um die Boote gekümmert. Erst jetzt drängten sich ein paar Männer achtern an der Reling zusammen, zogen an den schlaff herunterhängenden Festmachern und deuteten dann in ihre Richtung. Ein paar Musketenschüsse wurden recht ungezielt in ihre Richtung abgegeben. Mehrere vor Angst durchgedrehte Seeleute sprangen in die Kommandantengig, die unter der Relingspforte festgemacht worden war. Es kam zu einem Handgemenge zwischen Offizieren und aufsässigen Matrosen. Die Offiziere zogen ihre Seitenwaffen blank, trotzdem ließen sich immer mehr Männer in das Boot hinab. Ein Offizier stürzte kopfüber in die Gig, die völlig überladen ablegte. Schüsse fielen an Deck, die Seeleute im Boot gerieten in Panik und versuchten, sich wegzuducken, hinter einem Kameraden Schutz zu finden, oder sie drängten auf eine Seite und versuchten, den Offizier über Bord zu werfen. Das Boot kenterte und entledigte sich lässig seiner fluchenden, schreienden Last, so wie ein Pferd mit einem saloppen Wedeln seines Schweifs lästige Fliegen verscheucht. Danach trieb es kieloben schnell stromabwärts, und ein paar Seeleute klammerten sich verzweifelt daran fest. Polternd stürzten die brennenden Bramstengen und -rahen von oben in die durchgedrehte Menge; die Marsstengen mit ihren Spieren folgten, als eine weitere Explosion den Rumpf der *Boston* erschütterte. Die Boote mit Turner und seinen Männern waren zwischenzeitlich eine gute Seemeile weit bis auf die Höhe von White Point abgetrieben, und Commander Turner ließ den Anker werfen. Mit schmalen Lippen blickte er zurück zur brennenden Fregatte. Da! Auf der anderen Seite des Fahrwassers tauchte ein Schatten im Licht des jetzt schon sehr tief stehenden Mondes auf. Unwillkürlich musste Turner grinsen, denn das Bild, das sich ihm bot, erinnerte an eine Entenmutter, die von ihren Küken verfolgt wird. Genauso näherte sich ihnen die *Platvis* mit der Bootsflottille im Kielwasser. Kein Schuss fiel auf der *Boston* in diese Richtung. Turner fiel ein Stein vom Herzen. Auch Dechamp sparte sein Pulver, glitt stumm vorbei und ließ seine Flotte bei den eroberten Booten ankern und Turner an Bord der Galiot bringen, wo er ihn herzlich begrüßte: „Wenn ich ehrlich sein soll, dann hätte ich wirklich nicht gedacht, Sie noch mal wieder zu sehen, Sir. Und noch dazu offensichtlich in einem Stück und ohne einen Kratzer!“ Dabei strahlte er über das ganze Gesicht.

„Ich verrate Ihnen jetzt ein Geheimnis. Das Glück ist mit den Dummen, James.“ Er legte verschwörerisch den Finger auf die Lippen. „Aber nicht verraten! Und noch eins, übrigens hätte ich selbst darauf auch keine Wette abgeschlossen. Keinen rostigen Penny hätte ich darauf gesetzt! Aber ernsthaft! Wie geht es meinem Söhnchen, ist alles …?“ Weiter kam er nicht, denn stromaufwärts stieg eine gleißende gelbrote Feuersäule in den Himmel. Erschrocken riss Turner den Arm schützend vor die Augen. Gleich darauf rollte der Donner einer gewaltigen Explosion über das Wasser. Als er wieder etwas erkennen konnte, sah er, dass nur noch der Bugspriet und der Klüverbaum der Fregatte fast senkrecht in den Himmel ragten, ihr Rumpf war verschwunden – und mit ihr die *Shark*. Turner schluckte, er fühlte sich, als ob er einen alten Saufkumpel, einen engen, vertrauten Freund und einen lieben Angehörigen zugleich verloren hätte. „Es war doch nur ein blödes, kleines Schiff", murmelte er mit zusammengekniffenen Augen und fuhr sich mit der Hand über den Hinterkopf. Dechamp, der die geflüsterten Worte verstanden hatte, wusste, dass nicht eine verdammte Silbe davon stimmte!

Kapitel 10

North Edisto River, Privateer Hole, Februar 1779

Sophie, die Amme, und Constance spielten mit Richard James Augustus Turner-Parker, der entzückt krähte, als sie ihn am Bauch kitzelten. Die Kapitänskabine der *Platvis* strahlte mit ihren Delfter Kacheln an den Wänden und den schweren Möbelstücken aus tropischen Hölzern holländische Gemütlichkeit aus. William sah zufrieden zu, er hatte sich seit langem nicht mehr so ruhig und zufrieden gefühlt. Er hatte sein Versprechen gehalten, das er Elizabeth *post mortem* gegeben hatte. Es war ihm gelungen, ihrer beider Sohn aus den Klauen des Verräters Dunbar zu befreien. Aber der Preis war hoch gewesen, sehr hoch! Wieder sah er die langen Reihen der Segeltuchsäcke vor sich, in denen sich die Leiber der Gefallenen abgezeichnet hatten. Bei dieser Vorstellung senkten sich wieder dunkle Wolken auf sein Gemüt. Zumal er wusste, was ihn in Antigua erwartete: das Kriegsgericht! Jeder Kommandant musste sich vor dieser gefürchteten Institution verantworten, wenn er sein Schiff verloren hatte. Sicher würde dann zusätzlich noch zur Sprache kommen, dass er einen Befehl nicht befolgt hatte. Wenn die Kapitäne des Gerichts zu dem Schluss kamen, dass er aus persönlichen Gründen diesen Befehl ignoriert und aus eben diesen Gründen auch seine beiden Schiffe fahrlässig in Gefahr gebracht, eins verloren und einen großen Teil seiner Männer geopfert hatte, dann konnte es durchaus sein, dass sie ihn zum Tode verurteilten. Er zuckte stoisch mit den Achseln. Mochten sie! Er hatte tun müssen, was ihm sein Gewissen befahl. Die Geister der getöteten Männer würden ihn ohnehin nie wieder verlassen, sie tauchten plötzlich aus den Schatten der Kajüte auf, standen vorwurfsvoll hüstelnd hinter ihm, krochen zu ihm in die Koje oder schauten ihn aus gebrochenen Augen anklagend an, sobald er in eine dunkle Ecke des Decks blickte. Die Gefahr war groß, die Gespenster durch reichliche Alkoholopfer am Abend zu vertreiben, leider war dieses Verfahren nicht hundertprozentig zuverlässig, sondern konnte die Auswirkung der nächtlichen Heimsuchungen sogar noch steigern. Er hatte genug Geschichten von Kapitänen gehört, die den Weg aus dem Schattenreich ihrer nächtlichen Alpträume zurück in das reale Leben irgendwann nicht mehr gefunden hatten. Einige vegetierten bis zu ihrem Lebensende in einer Irrenanstalt dahin, andere hatten sich die Kugel gegeben. Bei wieder anderen hatte nur ein im Takt der Schiffsbewegungen hin und her schwingendes Heckfenster davon gezeugt, welchen Notausgang der unglückliche Mann gewählt hatte. Selbstmitleid wollte ihn übermannen. Er riss sich zusammen. Das beste Gegenmittel dagegen war Arbeit, und daran mangelte es ihm nicht. Er hatte wahrlich noch genug Probleme zu lösen. Die Boote der *Platvis*, *Shark* und *Boston* hatten bei der Evakuierung der *Shark* und beim Ausbruch aus dem Toogoodoo Creek gute Dienste geleistet, aber auch mit den großen Barkassen und Pinassen konnte er jetzt im Winter unmöglich die Heimreise nach Antigua antreten. Vielleicht konnte er die Überfahrt zu den Bahamas mit ihnen wagen? Aber das war eine Strecke von über vierhundertundzwanzig Seemeilen, davon rund siebzig Meilen über offenes Wasser, für den Fall, dass er Freeport auf Grand Bahama Island ansteuerte. Zuerst musste er den Kurs dicht unter Land absetzen oder sogar in dem Gewirr der Wasserstraßen des Marschlandes navigieren, um dem kräftigen Nordstrom auszuweichen, aber dort lauerten mit Sicherheit jede Menge amerikanische Freibeuter, und schon ein Treffer einer vier- oder sechspfündigen Kugel würde ausreichen, um die verletzlichen Boote sinken zu lassen. Auch auf von den Amerikanern wiederhergestellte und aktivierte Küstenbatterien aus dem Siebenjährigen Krieg konnten sie unverhofft stoßen. Später würde er während der Überfahrt den starken, von der Seite nach Norden setzenden Strom aus der Floridastraße in Kauf nehmen müssen. Zwar konnte man den, wenn der Wind es zuließ, durch das Steuern einer Abtrift überlisten, aber falls ein plötzlicher Sturm aufkam, dann hatten die Boote ein Problem – und er auch. Allerdings vermerkten Lennons Aufzeichnungen, dass für dieses Seegebiet im Februar maximal vier Windstärken normal waren, die noch dazu ganz nach Belieben aus einem der vier Quadranten wehen konnten. Aber ein Ausreißer in der Stärke nach oben würde ausreichen, um ein Desaster zu verursachen. Es war zum Auswachsen! Nach New York im Norden abzulaufen verbot sich in dieser Jahreszeit von selbst, denn nördlich von Kap Hatteras hatten kleine offene Boote im Winter nichts zu suchen. Es würde ihm wohl nichts anderes übrig bleiben, als Savannah anzusteuern. Aber gerade das hatte er eigentlich vermeiden wollen, um einen Streit mit General Prevost wegen des ignorierten Befehls aus dem Weg zu gehen. Er überlegte und rieb sich ausdauernd den Hinterkopf. „Ahem …“, räusperte er sich nachdenklich. Falls es ihm gelang, ein Yankeeschiff von einiger Größe aufzubringen, dann war sein Problem elegant gelöst. Er würde mit Lennon nochmals intensiv die Karten studieren müssen. Der alte Handelsschiffskapitän würde ihm sagen können, über welche Häfen die Amerikaner zu dieser Jahreszeit ihren Handel bevorzugt abwickelten. Eine schmucke Brigg oder gar wieder so ein schneller Schoner wie seine alte *Shark* würde ihm gut in den Kram passen. Er schluckte, als er an das Ende seines ersten selbstständigen Kommandos dachte. Geschichten aus seiner Kindheit über die Bräuche der wilden Nordmänner mit ihren Langbooten fielen ihm wieder ein. Düster erinnerte er sich. Es war fast ein Begräbnis nach Art der Wikinger gewesen. Nur dass hier nicht der tote Häuptling auf seinem Schiff, sondern das verkrüppelte, todwunde Schiff selbst verbrannt worden war. Und ein Hund war auch in den Flammen geopfert worden, überlegte er grimmig, nämlich Dunbar. Er schreckte aus seinen Gedanken auf, denn er hörte laute Befehle an Deck. Lennon ließ den Anker hieven. Füße klatschten beim Laufen um das Spill auf das Deck. Er erhob sich stöhnend, seine alten Wunden schmerzten, bedingt durch die feuchte Witterung und die körperlichen Anstrengungen der letzten Tage. Die Frauen blickten ihn erschrocken an, aber er achtete nicht darauf. Er warf sich den Bootsmantel um, verschmähte aber seinen ihm noch verbliebenen besten Hut, den Tom für ihn als Ersatz für den verloren gegangenen bereitgelegt hatte, begnügte sich mit dem roten Kopftuch und ging hinaus.

Während der restlichen Nachtstunden hatten sie geankert, dann waren sie in der Morgendämmerung mit der abnehmenden Ebbe noch ein paar Meilen weiter flussabwärts gesegelt, aber als der Strom kenterte und sie die starke Flut auf den Kopf bekamen, ließ Turner wieder ankern. Jetzt ließ die Tide offensichtlich allmählich wieder nach und der Wind wehte günstig aus West. Diesen Umstand wollten sie ausnutzen, um bis in das Mündungsgebiet zu gelangen. Auf dem Deck begrüßte ihn der alte Segelmeister. „Wir sollten uns sputen, hier wegzukommen, Sir! Ich würde meinen, dass der Wind rückdrehen wird, und dann bekommen wir ihn auf den Kopf.“ Turner hob witternd die Nase und blickte nach oben zu den Wolken. „Ja, Mister Lennon, ich denke, dass Sie Recht haben dürften.“

Bald passierten sie die Mündung des Westbank Creek. Von dort waren es noch knapp fünf Seemeilen bis hinaus ins freie Wasser der See. Allerdings drehte der Wind tatsächlich langsam erst auf Südwest und dann auf Süd. Die *Platvis* musste ihre Rahsegel bergen, aber der mitlaufende Strom und die Schratsegel, die bei einem Kurs von SEzE den Wind gerade noch halten konnten, sorgten dafür, dass sie sich der Mündung des Flusses näherten. Auch die Boote mit ihrer Lugger-, Gaffel- oder Sprittakelung konnten ohne Schwierigkeiten mithalten. Es war aber nicht daran zu denken, bei dem herrschenden Starkwind mit der kleinen Flottille auf die offene See hinauszulaufen. In unmittelbarer Nähe der Mündung gab es mehrere geschützte Ankerplätze. Turner überlegte. Die Reede auf dem South Creek bot sich an, sie war recht geräumig, aber man musste eine Barre überqueren, um sie zu erreichen. Wie viel Wasser jetzt über der Bank stand, würden die Boote erst erkunden müssen, außerdem würden sie bei weiter rückdrehenden Winden dort gefangen liegen. Dann in den Horse Creek? Der war nach Süden völlig offen, außerdem lag die Ortschaft Rockville weniger als eine Seemeile entfernt. Blieb das Privateer Hole übrig. Die Ansteuerung war nicht ganz einfach, aber dafür würden sie dort auch bei starkem Sturm sicher wie in Abrahams Schoß liegen. Sobald der Sturm abflaute und auf SE drehte, konnten sie sich auf den Weg die Küste entlang nach Südwesten machen.

„An Deck! Ankerndes Schiff im Seitenarm an Backbord voraus!"

Turner und Lennon blickten sich an, dann griffen sie zu ihren Fernrohren und schauten angespannt hindurch. Über die sturmgepeitschten, niedrigen Bäume waren Masten eines Seeschiffs zu erkennen, das im Privateer Hole ankerte. „Eine Brigg, würde ich sagen, Mister Lennon", stellte Turner kurz darauf fest.

„Aye, Sir, oder eine Brigantine."

„An Deck! Zwei Masten, eine Brigantine!", erklang es von oben.

Turner brummte unverständlich vor sich hin, dann bellte er entschlossen: „Mister Lennon, den Herrn wollen wir uns mal ansehen. Mister Starke, Geschütze doppelt laden und ausrennen! Leutnant Blower, Entermannschaft in Bereitschaft! Ihre Rotröcke sollen sich hinter den Finknetzen unsichtbar machen! Signalgast, die holländische Flagge setzen und kurz eine rote Flagge zeigen, damit Leutnant Dechamp Bescheid weiß!" Das Schiff war selbstverständlich die ganze Zeit über in Gefechtsbereitschaft gewesen. Dechamp hatte das Kommando über die Bootsflottille von einer Barkasse, zwei Pinassen, vier Kuttern und zwei Jollen, die mit bis an die Zähne bewaffneten Seeleuten besetzt waren. Die Barkasse und eine Pinasse waren mit Kanonen im Bug ausgerüstet, die andere Pinasse und die Kutter verfügten über mehrere Drehbassen.

Lennon zog ein besorgtes Gesicht, aber bestätigte Turners Befehl mit einem missmutigen „Aye, Sir!“ Schon wieder so ein verdammt enges Loch, das schnell zur Mausefalle werden konnte …

Der Wind legte weiter zu. Der Strom lief gegen den Sturm. Die See wurde steil und hoch, schmutziggraue Schaumfetzen flogen von den Wellenkämmen, Gischtwolken hüllten die *Platvis* ein. Die Boote stampften schwer in den aufgewühlten Wogen, gelegentlich nahmen sie Wasser über. Die Männer waren ständig am Lenzen. Es wäre ein Wunder, wenn es ihnen gelang, das Pulver trocken zu halten, überlegte Turner. Aber vermutlich würden sie es nicht brauchen, denn wenn da drinnen ein Frachter lag, dann würden ihn die Geschütze und die Übermacht an Kämpfern auf der Flotte unter Führung der *Platvis* mehr als ausreichend einschüchtern. Innerlich jubilierte er. Sein Problem schien sich fast ganz von allein zu erledigen. Lennon hielt gut nördlich von der Einfahrt in das Privateer Hole auf die Ostseite des Flusses zu. „Klar zum Setzen der Marssegel!“, röhrte er durch seine Flüstertüte. „Die Rahen hart anbrassen!“ Mit scharfen Augen beobachtete er die Vorbereitungen an Deck. Turner blickte scheinbar unbeteiligt zu den Booten hinüber, aber wer genau hinblickte, sah, dass er abwechselnd die Hände zu Fäusten ballte, um dann wieder die Finger zu strecken. Die Einfahrt kam schnell näher. Sie mussten mit hoher Geschwindigkeit in das Loch hineinbrausen, weil sie sonst der Strom daran vorbeischieben würde. „Die Zeiser los!“ Um möglichst wenig Windwiderstand zu bieten, hatte Lennon die Segel vorher fest aufgetucht an die Rahen binden lassen. Die Marssegel fielen in ihre Geitaue und Gordinge. Die Toppgasten drängten sich auf den Fußpferden zum Mast, um die Rah schnell zu verlassen. „Lass fallen Marssegel!“ Das Segeltuch fiel von der Rah herunter, blähte sich auf, fiel wieder zusammen, knallte und schlug, die Rahen und Masten erzitterten unter den wütenden Schlägen. Die letzten Toppgasten oben mussten sich festklammern, um nicht von der Rah geschüttelt zu werden. Die Rahen wurden hart angebrasst, die Schoten und Halsen eingestellt. Mit einem dumpfen Knall blähten sich die beiden großen Segel auf, fassten den Wind, ließen das Schiff einen Satz nach vorne machen und krängten es nach Lee. Das braune Wasser schäumte durch die Speigatten. Die Landspitzen schossen heran. Der Klüverbaum zeigte deutlich auf das Land nördlich der Einfahrt. Turner schluckte. Sie würden mit voller Fahrt das Ufer hinaufbrettern und dort oben schön hoch und trocken abwarten können, bis sie von den Yankeemilizen eingesammelt wurden, malte er sich düster aus und presste die Zähne schmerzhaft aufeinander. Die Einfahrt erschien ihm in der Natur viel enger zu sein, als sie ihm in der Seekarte vorgekommen war. Ein tückischer Strudel kreiste schäumend unheilverkündend an der Mündung. Lennon stand mit auf dem Rücken gefalteten Händen wie das Denkmal des ewigen Seemanns neben dem Rudergänger. Ruhig befahl er dem Quartermaster: „Einen Strich anluven!“ Er beobachtete die Wanderung des Klüverbaums und nickte dann zufrieden. „Recht so, wie sie geht!“

„Recht so, Sir!“

Sie segelten jetzt hart an der Windkante, das Luvliek begann unruhig zu killen, und das Schiff richtete sich ein wenig auf. Die Landzungen schossen an beiden Seiten vorbei, und eine nicht allzu breite, aber langgestreckte, sich weit ins Binnenland erstreckende Bucht öffnete sich vor ihnen. Der Wind schralte hinter der Einfahrt. Turner schluckte hart, und Lennon musste jetzt schnell handeln, sonst würden die Segel den Wind verlieren, und das Schiff würde nach Lee abtreiben und stranden.

„Klar zum Bergen der Stagsegel bis auf den Besan! Klar zum Aufgeien des Großmarssegels! Weg mit den Plünnen!" Lennons mächtiges Organ übertönte mühelos den Sturm. Kuhlgäste warfen die Falle der Stagsegel los, andere holten die Geien und Gordings durch. Das Schiff schoss in das aufgewühlte Wasser der versteckten Reede. „In den Wind drehen! Zimmermann! Klar zum Ankern!" Der Bug drehte in den Wind; mit einem lauten Knall schlug das Vormarssegel back und bremste die Fahrt schnell ab. Der Fockmast erbebte unter dem plötzlichen Schlag, die Vorstage waren straff gespannt und vibrierten summend wie Geigensaiten. Das luvseitige Ufer näherte sich gefährlich. Lennon blickte zur Seite, und die schiefen, vom Wind gebeugten Bäume an Land wanderten nicht länger achteraus, sondern kamen zum Stehen und begannen wieder nach vorne zu wandern. „Lass fallen Anker! Das Vormarssegel bergen!" Das Wasser spritzte hoch auf, als der Anker fiel, und die Trosse polterte durch die Klüse. „Klar zum Ausbringen des Heckankers!" Das Schiff trieb rückwärts und verdeckte die Sicht auf die Einfahrt. Die Boote kamen an der Steuerbordseite längsseits und wurden festgemacht. „Bootsmann! Klar zum Streichen der Bramstengen!"

„Aye, Mister Lennon!"

„Verdammt! Kuhschiet im Himmelbett!" Turner eilte an die Steuerbordreling und rief Dechamp zu: „Die Männer sollen in den Booten bleiben! Die Masten legen! Verstanden?" Der Erste Leutnant hob bestätigend die Hand.

Lennon drehte sich verwundert um. Er konnte sich nicht vorstellen, was der Kommandant an seinem Manöver auszusetzen hatte. Es war doch alles bestens gelaufen. Zwar hatten sie ursprünglich vorgehabt, weiter in die Bucht hineinzulaufen, aber das war bei diesen Windverhältnissen nicht möglich gewesen, und Lennon war sicher, dass der Kommandant das auch wusste. Aber Turner blickte ihn so seltsam mit einem schiefen Grinsen an. Was war los? Der Commander fragte ihn in einem harmlosen Plauderton „Kommt Ihnen unser Freund dort drüben nicht bekannt vor, Sir?"

Lennon war verblüfft. Er hatte während des schwierigen Manövers tatsächlich das andere Schiff völlig vergessen. Verdammt, sie hatten vorgehabt, gleich bei dem Burschen längsseits zu gehen! Kreidete ihm der Skipper das an? Nein, Turner war ein viel zu guter Seemann, um nicht erkannt zu haben, dass das Manöver von Lennon unter diesen Umständen das einzig mögliche gewesen war. Jetzt musterte er scharf die Brigg, die gut fünf Kabellängen von ihnen entfernt tiefer im Inneren der Bucht ankerte. „Oh, du heiliger Bimbam! Ist das nicht unsere alte Bekannte, die *Medusa,** die wir schon einmal beinahe erwischt hätten und die uns dann bei Puerto Santo wieder durch die Lappen gegangen ist? Und Sie waren kurzzeitig als Gefangener auf dem Schiff. Aber immerhin konnten Sie sich damals nach dem Auslaufen von Bord retten."

„Beinahe erwischt ist gut, Mister Lennon, wenn uns damals nicht diese verfluchte französische Fregatte den Weg verlegt hätte, dann …! Und was meine Flucht angeht, so war das wirklich eine Verkettung sehr glücklicher Umstände. Wenn ich nicht so viel Dusel gehabt hätte, dann hätten mir diese miesen Schurken gewiss den Hals lang gezogen! Der Bootsmann war mächtig scharf auf meinen Skalp, Sir! Dabei habe nicht ich ihn gebissen, sondern irgend so ein hergelaufener Straßenköter." Während er sich über das Kopftuch strich, erinnerte er sich. Wie hatten sie damals in der kurzen gemeinsam verbrachten Liebesnacht gelacht, als ihm Janine – eng an ihn gekuschelt – die Episode bildhaft geschildert hatte, an die er sich wegen seiner Bewusstlosigkeit nicht erinnern konnte.

---

* Siehe Paul Quincy, »Entermesser Blank«

„Aye, Sir, aber wie heißt es doch so richtig: *If is the word, that changes everything,** Sir. Aber jetzt wird uns das Schiffchen geradezu auf dem Silbertablett serviert." Lennon ging nonchalant darüber hinweg, dass sie mit der kleinen *Shark* damals die sehr viel größere französische Fregatte *La Danseuse* mit zweiunddreißig Kanonen dank ihrer neuartigen großkalibrigen Karronaden niedergekämpft und versenkt hatten – und das, obwohl sich England und Frankreich offiziell noch nicht im Krieg miteinander befanden.

Turner überlegte, wie viel Lennon und die überlebenden Männer der Stammbesatzung von seinem Bettabenteuer mit der überaus reizenden *Capitana* Janine Bondie von der *Medusa* wussten. Die heiße nächtliche Episode stand ihm wieder lebhaft vor Augen. Das rote Kopftuch, das er mit einem seitlichen Knoten wie ein Pirat trug, leuchtete in den gelegentlichen Sonnenstrahlen, die durch die vom Sturm zerzausten, über den Himmel rollenden Wolken fielen. Er massierte sich den Hinterkopf, denn er erinnerte sich noch gut an den heftigen Schlag, den ihm damals der Bootsmann der *Medusa* mit einem Sandsack versetzt hatte. „Janine, du Süße!", hätte er beinahe geflüstert und sich damit verraten. Nun, alle wussten, dass er sich eine Nacht in der Gewalt der Piratenlady befunden hatte, aber das, was sich in jener Nacht genau abgespielt hatte, war sein Geheimnis geblieben, auch wenn er den zynischen Mister Smith, der grundsätzlich das Schlechteste von allen Menschen dachte, hatte einweihen müssen. Auch die genauen Umstände, unter denen er sich am nächsten Morgen befreit hatte, waren niemandem außer ihm, Smith, Janine und Horace Ferry, dem Steward der *Capitana*, bekannt. Ein Gedanke durchzuckte ihn. Er holte erschrocken Luft. Vielleicht war Janine Bondie längst tot! Das Leben als Kommandantin eines Piratenschiffs war gefährlich. Neben dem üblichen Risiko, beim Entern eines Kauffahrteischiffs getötet oder von einem Kriegsschiff aufgegriffen und gehängt zu

* Frei übersetzt: Wenn der Hund nicht gesch… hätte, dann hätte er den Hasen gefangen.

werden, musste sie einen wilden Haufen Männer im Zaum halten, denen die Enthaltsamkeit des Mönchslebens keineswegs ein Vorbild war, die beschworenen Piratengesetze hin oder her! Vollständig konnte sie sich seiner Meinung nach eigentlich nur auf ihren schwulen Steward Horace verlassen.

Er blickte zur *Medusa* hinüber. Drüben hatte man die Geschützpforten nicht geöffnet. Nur die wenigen Männer der Ankerwache hielten sich an Deck auf und blickten scheinbar nur mäßig interessiert zu ihnen herüber. Am Flaggenstock wehte nicht die Flagge mit den roten und weißen Streifen der Union, sondern die blaue Flagge Georgias mit dem goldenen Wetterhäuschen, aus dessen einem Türchen misstrauisch ein Soldat blickte, vermutlich um nachzuschauen, ob draußen keine Soldaten des Königs auf ihn warteten. Eine heftige Bö ließ die Flagge laut knattern und steif auswehen. Turner lächelte bitter. Es war doch immer dasselbe. Zwei Wölfe tarnten sich mit Schafsfellen, aber im Geheimen tropfte beiden schon der Geifer von den Reißzähnen. Er hoffte, dass die Tarnung der *Platvis* Janine täuschte, dann konnte die Eroberung der *Medusa* vielleicht ohne Blutvergießen erfolgen. Aber zur Zeit war daran nicht zu denken, denn auch hier in der Bucht war der Seegang so hoch und kabbelig, dass die Boote die Strecke bis zum Gegner unter Riemen nicht ausreichend schnell zurücklegen konnten, ohne von den Achtpfündern versenkt zu werden. Vor allem die Barkasse und die Pinassen waren zu hochbordig und schwer, um sich ausreichend sicher nur mit den Riemen bei dem Sturm manövrieren zu lassen. Er musste sich gedulden, aber immerhin konnte er sicher sein, dass ihm die *Medusa* diesmal nicht entwischen würde, denn die Ausfahrt war effektiv blockiert.

*

„*Capitana*, was halten Sie von dem Kaaskopp da drüben?“, erkundigte sich Sven Svenson, der Quartermaster und Sprecher der Besatzung. Der blonde Hüne, der unsterblich verliebt in die schöne Frau war, blickte Janine Bondie nachdenklich an. Ein paar Matrosen, die in der Nähe herumlungerten, spitzten neugierig die Ohren.

„Nun, Mister Svenson, was ist denn Ihre Meinung?“, erkundigte sich die junge Frau, die wie immer einen schlichten blauen Uniformrock, ein weißes Hemd, darüber eine Spitzenhalsbinde mit üppigen Rüschen, weiße Kniehosen und makellos geputzte schwarze Reitstiefel trug. Ihr honigblondes Haar hatte sie unter dem Dreispitz hochgesteckt. An der linken Hüfte baumelte ihr Degen, auf dem Griff ruhte lässig ihre gebräunte kleine, aber kräftige Hand, die sich von den schneeweißen Spitzen der Manschette abhob.

Svenson begann stockend: „Ich weiß nicht so recht, was ich daraus machen soll, denn irgendwie passt das alles nicht so recht zusammen. Das Manöver war wirklich ausgezeichnet. Seemannschaft vom Feinsten. So kann man nur manövrieren, wenn man eine Menge erstklassiger Leute in der Takelage und an Deck hat. Jedenfalls mehr als auf einem normalen holländischen Schlickrutscher mit einem geizigen Skipper, der keinen Cent zu viel für seine Mannschaft ausgibt.“

„Nun, Svenson, vielleicht ist dieser Schiffer von großzügiger Natur.“

Der Schwede runzelte die Stirn. Eher würde ein schottischer Highlander seinen Kilt in einer Gallone zwanzigjährigem Maltwhisky spülen, um die darin hausenden Flöhe und Läuse zum Auswandern zu bewegen, als dass ein holländischer Kaufmann freiwillig einen Deut* zu viel ausgeben wür-

* Geringwertige niederländische »Pfennig«-Münze des 18. Jhs.

de. Grimmig fuhr er fort: „Und dann, schauen Sie nur, die Bramrahen sind mit den Stengen schon beinahe an Deck!“

„Ja, doch, recht ordentlich, davon könntet ihr euch eine Scheibe abschneiden“, flötete Janine honigsüß. „Wahrscheinlich steht der Schiffer schon mit einer großen Kruke mit bestem goldgelbem Oude Genever auf dem Achterdeck, um seinen braven Jungs nach getaner Arbeit einen kräftigen Schluck auszuschenken.“

Svenson verdrehte die Augen zum Himmel. Die Frau konnte einem manchmal wirklich penetrant auf den Geist gehen. Teuren alten Genever! Pah! Eine ganze Kruke! Pah! Dass ich nicht lache, bei den Kaasköppen gibt es bestenfalls einen knapp gefüllten Fingerhut, und das mit dem billigsten Fusel, den der Alte in Schiedam auftreiben konnte. Sven schnaubte aufgebracht: „Sehen sie doch, *Capitana*! Die beiden Kutter dort drüben bringen den Heckanker aus. Die Kerle pullen bei diesem Schietwetter tadellos, auch wenn man bedenkt, dass sie etwas Schutz durch den Rumpf des Schiffes haben. Alles klappt wie am Schnürchen. Ich würde meinen Anteil an der Beute des letzten Jahres verwetten, dass den Jungs während der Ausbildung bei der Royal Navy die Eier poliert wurden, bis sie blank wie Marmorkugeln waren! Äh … Verzeihung, Madame.“ Er hatte sich in Rage geredet.

Die Frau sah ihn belustigt an. „Du bist und bleibst ein Ferkel, Sven Svenson!“ Sie hob wieder ihr Fernglas und schaute angestrengt zu der Galiot hinüber. „Quartermaster, Sie haben vergessen zu erwähnen, dass die schmucke Brigg für ein Handelsschiff mit einem halben Dutzend Sechspfünder in der Breitseite ungewöhnlich schwer bewaffnet ist. Von den vielen Drehbassen auf dem Vor- und Achterdeck und oben in den Marsen ganz zu schweigen. Außerdem sind zwei Kutter für das Schiff zu viel, und ich meine sogar noch flüchtig ein oder zwei weitere Boote gesehen zu haben, eins davon könnte sogar eine Barkasse gewesen sein. Also, kurz gesagt, ich muss zu meinem Leidwesen gestehen, dass Sie vermutlich Recht haben! Das dürfte entweder ein Kollege von uns, also ein ehrenwerter Freibeuter, oder aber ein Hai sein, der sich als harmloser Dorsch tarnt." Sie hatte ihre Stimme unter Kontrolle, obwohl ihr Herz bis zum Bersten pochte. Langsam setzte sie das Glas ab und ließ es kraftlos an der linken Seite herabhängen. Sie schluckte heftig und presste die rechte Hand auf ihr schmerzendes Herz.

„Was haben Sie, *Capitana*, ist Ihnen nicht gut? Sie sind ja ganz bleich. Ich denke, es besteht kein Grund zur Panik, mit unseren Achtpfündern können wir denen im Ernstfall gehörig Feuer unter dem Ar…, äh, Achtersteven machen!" Er lachte dröhnend. „Feuer ist gut, ha, ha, ha!"

Sie blickte ihn vernichtend an und schaute dann wieder durch das Teleskop. Es gab keinen Zweifel, der Mann in der blauen Uniform, der dort drüben auf dem Achterdeck stand, trug keinen Hut, sondern ein rotes Kopftuch. Gerade strich er sich wieder mit der Hand über den Hinterkopf – das war eine Geste, die sie nicht vergessen hatte, aber etwas war anders an dem Mann. Was nur? Trotz des Schrecks musste sie ein wenig lächeln – ja, das war es: Der Bart war ab. William Turner hatte sein Versprechen wahr gemacht! ‚William, mein lieber William, was suchst du denn hier? Wo ist dein schöner Schoner mit der gewaltigen Feuerkraft geblieben? Warum nur musstest du gerade hier einlaufen? Hast du mich verfolgt? Nein, das ist sehr unwahrscheinlich', sagte sie sich nach kurzer Überlegung. Es musste ein Zufall sein. Aber wie sie William kannte, würde der sich die Chance, eine Prise zu machen, nicht entgehen lassen. Sie gab sich keinen Illusionen hin. Zwar war das Breitenseitengewicht der *Medusa* tatsächlich etwas höher als das der *Platvis*, aber sie wusste, wie trickreich Turner zu agieren pflegte und wie gut er seine Männer gedrillt hatte. Gewiss hatte er auch auf diesem kleineren Schiff königliche Marineinfanteristen an Bord. Ihre eigene Besatzung bestand zwar auch zum größten Teil aus guten Seeleuten, aber es waren viele wilde Schlagetots mit großen Fäusten und kleinen Hirnen darunter, die wenig von einem mit taktischen Finessen geführten Gefecht hielten – oder gar etwas davon verstanden. Nicht ein Wort hätten die dummen Kerle in ihren vernagelten Kopf bekommen, wenn sie versucht hätte, ihnen ein paar raffinierte Winkelzüge zu erklären. Die Männer waren geldgierig, brutal und dumm! Verdammt, William Turner, warum muss ich gerade dir in die Hände fallen? Selbst wenn du wolltest, kannst und darfst du mich nicht laufen lassen, falls ich das Schlachten überlebe. Es ist so verdammt unfair! Und umgekehrt sieht es nicht besser aus. Sollten wir die Oberhand behalten, dann werden meine blutrünstigen Schwachköpfe keine Gnade kennen. Sie haben dir nicht vergessen, dass du sie damals vor den französischen Inseln der Karibik bei der Verfolgung das Fürchten gelehrt hast. Sie strich sich kurz über die Augen, fasste sich und richtete sich energisch kerzengerade auf.

„Svenson, wir haben ein ernsthaftes Problem! Die Ausfahrt ist von einem Kriegsschiff effektiv blockiert, das ist eine Tatsache! Ich verwette meine Unschuld darauf, dass es ein englisches ist. Selbst wenn der Wind morgen früh krimpt, müssten wir bei einem Ausbruchsversuch ohne Möglichkeit der Gegenwehr mehrere Breitseiten einstecken, ehe wir längsseits gehen und die Brigg entern könnten. Bis dahin kann unser Rigg schon in Stücke geschossen sein. Wie gut und wie schnell die Briten zu schießen verstehen, wissen wir aus bitterer Erfahrung. Zudem dürften sich dort drüben noch eine Menge Männer unter Deck versteckt aufhalten, und was das bedeutet, muss ich dir nicht erklären, Quartermaster, oder doch?“ Svenson schüttelte nachdrücklich den Kopf. Die Bondie nickte zufrieden und fuhr dann fort: „Wo ist eigentlich unser Steuermann, Mister Brady?“

Svenson zögerte kurz. „Ich fürchte, Madam, der säuft mit den Jungs unter Deck.“ Entschuldigend fügte er – ganz personifiziertes schlechtes Gewissen – hinzu: „Auf See ist der Alkohol nach unseren Gesetzen bekanntlich streng rationiert, wenn auch alle, ganz anders als bei der Navy, einen Anspruch auf dasselbe Quantum haben, aber im Hafen …"

Die *Capitana* zuckte verärgert mit den Schultern. Man mochte darüber streiten, ob dieses Loch hier als Hafen zu bezeichnen war, aber unter den jetzigen Umständen stellte eine betrunkene Besatzung eine zusätzliche Gefahr dar. Brady hätte sie zumindest fragen müssen – oder den Quartermaster als Vertreter der Mannschaft! Sollte etwa Svenson …? „Hast du dem Proviantmeister erlaubt, den Säufern den Schnapsstore aufzuschließen?"

Sven schien um mindestens zwei Zoll zu schrumpfen. „Ahem, ich fürchte … Nun ja, ich dachte in dieser verlassenen, beschissenen Einöde kann man eigentlich …"

„Danke, Mister Svenson, das war wirklich sehr hilfreich. Man ist dankbar für jede Hilfe!", zischte Janine sarkastisch und funkelte ihn aus ihren eiskalten blauen Augen wütend an. „Ich zerbreche mir den Kopf, wie ich uns hier einigermaßen heil wieder herausbekomme, und die Herren Matrosen saufen sich mit dem Steuermann die Hucke voll! Ob Bootsmann Brandy Goff dabei ist, brauche ich gar nicht erst zu fragen. *Nomen est Omen.*" Als sie den verständnislosen Blick des Schweden sah, machte sie eine wegwerfende Handbewegung und fauchte: „Vergiss es!" Als sich die *Platvis* dem Ankerplatz genähert hatte, hatte Janine Bondie zusätzlich zur Ankerwache nur so viele Männer an Deck beordert, wie zur Bedienung der Kanonen unbedingt notwendig waren. Sie war sich ihrer sicheren Luvstellung zu gewiss gewesen. Ihrem Befehl waren die Nüchternen gefolgt, so war ihr entgangen, dass ein Großteil der Besatzung dabei war, im warmen, miefigen Wohndeck ein Zechgelage zu veranstalten. Und das im Angesicht einer akuten Bedrohung! Eine Frau konnte wirklich nicht so dumm denken, wie sich diese Kerle benahmen. Männer eben! Sie begann, auf dem Achterdeck auf und ab zu marschieren. Der Wind heulte in der Takelage, die Wanten und Stage brummten. Lose Tampen schlugen gegen die

Masten, Blöcke klapperten. „Miese Seemannschaft abliefern, aber Saufen wie die Brauereipferde, das können sie – diese, diese Kretins!“ Sie stampfte mit einem Fuß wütend auf das Deck. Svenson wurde noch einen Kopf kleiner, fand aber, dass sie noch hübscher aussah, wenn sie zornig war. Sie legte die Hände hinter dem Rücken ineinander und stierte konzentriert auf die kalfaterten Nähte, ohne sie wahrzunehmen, dann lief sie mit schnellen Schritten immer dieselbe Strecke auf den Planken ab. Keiner der umstehenden Männer wagte, sie zu stören. Tief im Innersten mochte der aufsässige Macho in ihnen geringschätzig denken: ‚Das ist ja auch bloß so ein blödes Weibsbild!‘ Aber sie hatten alle schon oft genug gesehen, wie sie im Kampf mit dem Degen in der Hand furchtlos ihren Mann stand und so manch starkes Mannsbild, das sich für einen ausgezeichneten Schwertkämpfer gehalten hatte, ohne mit der Wimper zu zucken ins Jenseits befördert hatte. Keiner der Seeleute verspürte das Verlangen, vor ihrer Degenspitze stehen zu wollen, weil das *the highway to hell* war. Außerdem wussten sie genau, dass diese Frau einen blitzgescheiten Verstand hatte. Nur ihren brillanten Einfällen hatten sie es zu verdanken, dass sie noch lebten und darüber hinaus auch noch reichlich Beute gemacht hatten. Zwar hielten diese Männer im Allgemeinen nicht viel vom Beten, aber der eine oder andere, dem inzwischen die Aussichtslosigkeit ihrer Situation klar geworden war, faltete jetzt doch die Hände und flehte seinen Schöpfer an, der *Capitana* die richtige Erleuchtung zuteilwerden zu lassen. Andere steckten einen Finger zwischen das Halstuch und den Hals, als würden sie versuchen, einen imaginären Druck zu verringern. Schweißperlen standen ihnen trotz des kühlen Windes auf der Stirn. Böse Vorahnungen gingen ihnen durch den Kopf.

Plötzlich blieb Janine stehen, blickte Svenson scharf an, schaute nochmals zur *Platvis* hinüber, dann winkte sie die anderen Männer heran und begann mit schneidender Stimme zu dozieren: „Männer, wir haben die folgenden Möglichkeiten. Erstens: Wenn morgen der Wind günstig steht, eröffnen wir das Feuer, hauen ein paar Breitseiten raus, setzen die Segel, kappen das Ankertau und entern das Schiff da drüben. Mister Svenson meint, dass es sich um ein britisches Kriegsschiff handelt, und ich bin geneigt, ihm recht zu geben. Der Ausgang des Gefechts ist mehr als unsicher. Aber man wird uns bei einem Scheitern nicht nachsagen können, dass wir nicht mit wehender Flagge untergegangen sind, wie es sich für rechtschaffene Mitglieder unserer ehrenwerten Bruderschaft der See gehört." Sie blickte den Männern ernst ins Gesicht. Die Begeisterung hielt sich in Grenzen. Sie hatten in den letzten Monaten üppige Beute gemacht, und die Männer wollten ihren Reichtum genießen und nicht von Kugeln zerfetzt, von Bajonetten durchbohrt oder am Halse an einer Rah aufgehängt werden.

„Welche andere Möglichkeit haben wir noch?", erkundigte sich ein älterer Zimmermannsmaat, der gegen seinen Willen in die Bruderschaft gepresst worden war, vorsichtig.

„Wir können das Schiff heimlich verlassen und uns durch die sumpfige Marsch davonschleichen."

Einen Augenblick lang herrschte ein verblüfftes, ja, erschrockenes Schweigen, dann brach ein Sturm der Entrüstung los.

„Was wird aus dem Schiff?"

„Das wird gesprengt."

„Was ist mit unserer Beute?"

„Jeder kann mitnehmen, so viel er tragen kann. Aber ihr müsst bedenken, dass ihr auch Verpflegung, Trinkwasser, Waffen, Munition und Decken zu schleppen habt."

„Wir haben doch nicht unsere Haut riskiert, um uns jetzt mit einer mickrigen Handvoll Silber davon zu schleichen!"

„Was wir nicht tragen können, könnten wir an Land auf einem dieser trockenen Hügel zwischen den Eichen vergraben ..."

„Und wohin marschieren wir?"

„Wir suchen uns einen Platz mit Aussicht auf eine Reede, auf der Schiffe die günstige Tide abwarten. Dann organisieren wir uns ein paar Boote, entern ein passendes Schiff und nehmen es in Besitz“, erläuterte Janine Bondie heiter, als wäre das alles ein Spaziergang durch den Kensington Park. „Aber das alles kann selbstverständlich durchaus ein paar Wochen dauern, Männer.“

Die Seeleute blickten sich zweifelnd an, Begeisterung sah anders aus. Ständig nasse Klamotten auf dem Leib, auf hartem, aber dafür feuchtem Erdreich unter freiem Himmel schlafen. Wegen der Gefahr der Entdeckung tagelang, vielleicht wochenlang nur kalte Verpflegung. Ratten, Reptilien, Moskitos und Ungeziefer in rauen Mengen. Blasen an den Füßen, Furunkel am Rücken und … und außerdem, niemand wusste, wann ein Schiff der passenden Größe mit dem richtigen Rigg und ausreichender Bewaffnung auf die Idee kam, dort zu ankern, wo sie lauerten.

„Nee, das ist nichts für mich“, brummte einer, die meisten Anwesenden nickten heftig.

„Also dann die Freiheit oder den Tod!“, stellte die *Capitana* trocken fest, aber auch dieser zündende Schlachtruf traf auf wenig Gegenliebe.

„Verflucht!“, grummelte einer der alten Matrosen und blickte die Bondie bösartig an. „Wer hat uns denn in diese Scheiße hineingeritten?“

„Ja, wer?“, hieb ein anderer in dieselbe Kerbe. „Wer hat uns in dieses verdammte Höllenloch ohne Hintereingang gelotst?“

Svenson bemerkte, ohne die Stimme zu heben: „Mister Sean Brady, der Steuermann, hat der *Capitana* diesen Ankerplatz empfohlen. Er kannte ihn aus früheren Tagen. Er beschrieb ihn als absolut sicher, aber auch damals schon dürfte er keinen Notausgang gehabt haben, Jungs.“

„Stimmt das, *Capitana*?“

Janine hob die Schultern. „Das ist richtig, aber als euer Skipper trage ich selbstverständlich letztlich immer die volle Verantwortung. Allerdings hat mir Brady tatsächlich die Reede von *Privateer Hole* mit Engelszungen empfohlen."

Die Stimmung war gereizt. Ein Funke würde genügen, und die aufgebrachten Männer würden meutern. Als ob er seinen Namen gehört hätte, flog die Klappe zum Niedergang auf und Steuermann Sean Brady trat hinaus auf das Deck. Der Ire war stämmig, er hatte ein rosiges, pausbäckiges Gesicht, sein linkes Auge schielte nach außen, die Nase wies eine violette Färbung auf, und das feuerrote krause Haar quoll wirr unter dem Rand seines Hutes hervor. Ein maliziöses Grinsen schien fest in seine Züge eingemeißelt zu sein. Er marschierte übertrieben aufrecht und mit durchgedrücktem Rücken auf die Versammlung zu, über der eine schwarze Wolke zu hängen schien.

„Was ist denn hier los? Jemand verstorben, hä, hä, hä?"

Brady war ein schleimiger Bursche. Zwar war er immerhin ein recht brauchbarer, wenn auch höchstens mittelmäßiger Navigator, aber menschlich war er ein ausgewachsenes Schwein. Er untergrub, wann immer es ihm möglich war, die Autorität der Kommandantin, indem er Lügengeschichten über sie verbreitete. Dabei soff er mit den Matrosen und beteiligte sich an ihren wilden Späßen. Darum hatten sie ihn zum Steuermann gewählt. Janine wusste auch sehr genau, warum er versuchte, sie bei der Mannschaft in Misskredit zu bringen. Der Kerl hatte ihr mehrfach Avancen gemacht, war aber abgeblitzt. Dieser stinkende, ungehobelte Klotz war nun wahrlich das letzte, was sie sich in ihr Bett holen würde. Noch dazu einen Iren! Nein, ihr Bedarf an den Söhnen der grünen Insel war gedeckt. Ein für alle Mal! Allerdings hatte Sean Brady die Abfuhr übel aufgenommen, obwohl sie ihn höflich, unter Hinweis auf die Piratengesetze, in die Schranken verwiesen hatte. Vermutlich hielt er sich für einen ganz tollen Burschen und sah sich selbst als ein wahres Gottesgeschenk an die weibliche Hälfte der Menschheit. Er hatte danach anzügliche Bemerkungen im Zwischendeck ausgestreut, in denen es um frühere heimliche sexuelle Beziehungen zwischen der *Capitana* und Steuermann Lopez, seinem Vorgänger, ging. Ach ja, der arme Lopez, das war ein vollendeter Gentleman gewesen, ein echter spanischer *Caballero* eben, dachte Janine traurig. Erst bei seinem Tod hatte sie erfahren, dass er der letzte Conde de Romero y Barra gewesen war. Mit ihm hatte die *Medusa* einen ausgezeichneten Navigator und Kanonier verloren und sie einen verlässlichen Freund. Wie wäre der schwermütige *Caballero* wohl als Liebhaber gewesen, spann Janine melancholisch den Faden weiter. Was nur hatte diesen Aristokraten dazu getrieben, auf einem Piratenschiff anzumustern? Es war nun keinesfalls so, dass Mord, Totschlag, Brandschatzung, grausame Verstümmelungen, Raub, Diebstahl und Betrug für die spanische Oberschicht Fremdworte waren, aber für gewöhnlich verübten ihre Mitglieder derartige Schandtaten mit Erlaubnis ihres Königs unter dem schützenden Mäntelchen politischer Notwendigkeiten und mit dem Segen der alleinseligmachenden katholischen Kirche. Janine Bondie seufzte. Wovor war Lopez geflüchtet? Spielschulden? Ein tödliches Duell mit einem Gegner aus einer einflussreichen Familie? Hatte eine unglückliche Liaison seine Ehre befleckt? Jeder hier an Bord hatte seine Geschichte. Auch ihr hatte man nicht an der Wiege gesungen, dass sie mal ein Piratenschiff kommandieren würde, aber daran war auch ein verfluchter Ire schuld. Wieder so eine verkorkste Liebesgeschichte. Unbewusst zuckte sie abschätzig mit den Achseln. Das wohlerzogene Töchterchen aus gutem Hause und der feurige Tunichtgut ohne Gewissen. Ach, wie romantisch! ‚*Merde!*', fluchte sie leise sehr undamenhaft, aber immerhin auf Französisch. Der Quartermaster zuckte zusammen, vermutlich fühlte er sich angesprochen.

Lopez war ohne jeden Zweifel in sie verliebt gewesen. Das galt aber auch für Sven Svenson. Diese Konstellation hatte es ihr leicht gemacht, ihr Verhältnis zu den beiden wichtigsten Männern an Bord in einem unverbindlichen Gleichgewicht zu halten und, nun ja, sie auch gelegentlich gegeneinander auszuspielen. Aber mit diesem hinterlistigen irischen Suffkopf Brady waren so subtile Manöver nicht möglich. Das Schwein hatte nicht einmal davor zurückgeschreckt, ihr ein Verhältnis mit Horace anzudichten. Wenn ihm jemand mit dem Hinweis auf die bekannte Homosexualität des Stewards widersprochen hatte, hatte Brady wissend ein Auge zusammengekniffen und anzüglich mit einem dreckigen Grinsen gemeint: „Auch du, mein Freund, solltest wissen, dass es bei Männern und Frauen gewisse Körperteile gibt, die sich sehr, sehr ähnlich sehen und in jeder Beziehung gleich genutzt werden können. Und wie war das mit diesem schmierigen Dago Lopez? Warum, glaubt ihr, hat er sich so oft in der Achterkabine herumgedrückt, selbst oder gerade dann, wenn die *Capitana* oben an Deck war? Was meint ihr wohl, wie die Dons mit ihrem Trieb klarkommen, wo bei ihnen die Jungfernschaft einer Braut doch so überaus wichtig ist?“ Er legte eine kurze Pause ein, um die Spannung zu steigern. „Nun ja, wie die *Camposinos* das Problem lösen, wissen wir alle!“ Er meckerte wie eine Ziege und seine Kumpels schlugen sich brüllend auf die Schenkel. Brady wischte sich die Lachtränen aus den Augen und zwinkerte den anderen Männer vertraulich zu. „Wie man hört, behilft man sich in den besseren Kreisen damit, dass man das Hintertürchen benutzt!“

Das waren ungeheure Anschuldigungen gewesen, zumal Sex an Bord unter Androhung des Todes verboten war – nach den beschworenen Piratengesetzen, wohlgemerkt! Als Horace ihr traurig und völlig geknickt von den Gerüchten erzählt hatte, war ihr die Galle ins Blut geschossen. Er hatte alle Mühe gehabt, sie davon abzubringen, Brady sofort zum Duell zu fordern. Aber dann hatte sie auf den klugen Rat des erfahrenen Mannes gehört, der ihr deutlich gemacht hatte, dass übereiltes Handeln von den Männern als Schuldeingeständnis ausgelegt werden könnte und dass es daher ratsam war, eine günstigere Gelegenheit abzuwarten und die Rache dann kalt zu genießen. Außerdem waren alle Streitigkeiten nach dem Gesetz der Piraten ausschließlich an Land auszutragen. Aber sie hatte ihm die Gemeinheiten und die Demütigungen nie vergessen. Jetzt schien sich ihr endlich eine günstige Gelegenheit zu bieten, Brady zurechtzustutzen.

Der alte Matrose fuhr den blöd grinsenden, schielenden Steuermann barsch an: „Also dir haben wir es zu verdanken, dass wir hier in dieser Falle sitzen, Brady!"

„Wie? Was? Das ist doch ein völlig sicherer Ankerplatz, Jungs. Was bedrückt euch denn überhaupt?"

„Hat dich der Fusel blind gemacht, Brady? Da drüben ankert ein englisches Kriegsschiff, auch wenn es jetzt noch vorgibt, ein friedlicher Cloggie* zu sein. Der sitzt wie ein Korken vor dem Flaschenhals und wir in der Falle! Man sagt, dass du der *Capitana* den Ankerplatz als gut und sicher empfohlen hast, stimmt das?"

Brady schielte vor Schreck noch stärker und Speichelbläschen flogen von seinen Lippen, als er halbbenebelt vom Schnaps hasserfüllt hervorstieß: „Wie kommst du denn darauf, mein alter Kumpel? Ich habe diese dusslige Schnalle, die sich anmaßt, unter mir den Kapitän zu spielen, immer gewarnt, hier vor Anker zu gehen!" Er merkte in seiner Gehässigkeit nicht, dass er sich mit dieser widersprüchlichen Aussage unglaubwürdig machte.

Janine bewegte sich katzengleich auf ihn zu. Sie streifte den Waffengurt ab, warf den Rock zur Seite und schleuderte den Hut auf das Deck. Langsam, fast genüsslich zog sie ihren Degen. „Ich fürchte, mein lieber Brady, dass es an der Zeit ist, dir Manieren beizubringen. Mich hat noch niemand ungestraft eine Lügnerin genannt. In Anbetracht der Lage, in der wir uns befinden, können wir dieses Deck ausnahmsweise zu festem Land erklären und die Sache gleich hier austragen.

---

* Cloggs – Holzschuhe, Cloggie – Holländer

Zieh deinen Säbel!“ Sie deutete mit der Spitze ihrer Waffe auf sein schweres Entermesser.

Brady wurde blass. Er erkannte schlagartig, dass er einen schweren Fehler gemacht hatte. Hilfesuchend sah er sich um, aber keiner seiner Kameraden machte Anstalten, ihn zu unterstützen. Im Gegenteil, neugierig bildeten sie abwartend einen Kreis, und die meisten verschränkten ihre Arme passiv vor der Brust. Mit einem gotteslästerlichen Fluch riss er die Waffe aus der Scheide und drang mit einem lauten Schrei auf die Frau ein, die ihn wie eine gespannte Stahlfeder erwartete. Mit einer geschickten Körperbewegung wich sie dem Ansturm aus. Da der Abstand zwischen ihnen zu gering war, konnte sie nicht zustechen, hieb aber nach ihm und trennte ihm ein gutes Stück des Ohrs ab. Er merkte es zunächst nicht, aber als er herumfuhr und wütend den Kopf schüttelte, fiel das halbe Ohr auf das Deck. Erst da registrierte er, was geschehen war. Seine Hand fuhr an die Schläfe, und ungläubig starrte er auf seine blutbedeckte Hand. Zornig brüllte er auf und griff wieder ungestüm an. Er kämpfte wie ein gereizter Stier, wild, unbeherrscht – und blind! Janine ließ ihn immer wieder ins Leere laufen, hütete sich aber tunlichst davor, die kraftvollen Hiebe seiner schweren Klinge direkt mit dem dünnen Blatt ihres Degens aufzufangen. Die beiden Kämpfenden führten ein skurriles Ballett auf. Vor Janines Augen verschwamm das hässliche, aufgedunsene rote Gesicht Bradys plötzlich. Er veränderte sein Aussehen. Statt seiner stand ein großer, stattlicher junger Mann vor ihr. Sein Gesicht war gebräunt, leuchtend blaue Augen blickten sie durchdringend an, dann wanderten die ausdrucksvoll gebogenen rotblonden Augenbrauen spöttisch nach oben. Die vollen roten Lippen öffneten sich leicht und ebenmäßige weiße Zähne strahlten sie an. Er trug keine Perücke, das lange rotblonde Haar hing lose bis über die Schultern herab und wehte im Wind wie die Mähne eines edlen Hengstes. Aber dann hob er die rechte Hand und winkte ihr lässig zum Abschied zu. Der schöne

Junge lächelte höhnisch, als sie ihn umfangen und festhalten wollte. Sie spürte es wieder körperlich! Er stieß sie brutal von sich weg, als sie ihn umklammern, ihn an sich drücken wollte. Es tat so weh! Immer noch! Sie hatte das Gefühl, dass eine glühende Klinge in ihr wild pochendes Herz fuhr. Die Wirkung war paradox: Sie hatte das Gefühl, dass jede Sinnesempfindung in ihr abstarb und sie plötzlich aus Eis bestand. Sie atmete heftig. Den kurzen, schweren Säbel am ausgestreckten Arm vor dem Körper haltend, sprang Brady erneut mit einem weiten Satz vor. Janine blieb ruhig stehen, tänzelte im letzten Augenblick elegant einen kleinen Schritt nach rechts und drehte sich dabei um neunzig Grad von ihm weg. Mit dem Degen stach sie über die rechte Schulter an ihrem Hinterkopf vorbei zu. Die Klinge drang von oben in die linke Brustseite des anstürmenden Brady, ein. Der Mann hatte noch nicht einmal mehr Zeit, überrascht auszusehen. Er war auf der Stelle tot und fiel dumpf auf das Deck. Janine Bondie blickte ihn ausdruckslos an. Dort lag nicht der junge, schöne Mann, sondern der fiese Brady und niemand sonst. Der Tod hatte ihn nicht verschönt. Er schielte noch immer, dass einem Angst und Bange werden konnte, nur dass seine Augen jetzt nicht mehr unstet herumirrten, sondern starr in den grauen Himmel stierten. Aus seiner Brust ragte ihr Degen. Die umstehenden Männer murmelten Beifall, einige klatschten. Einer stieß den Toten sogar abfällig mit dem Stiefel in die Seite.

„Das war eine gelungene Vorstellung, *Capitana*", flüsterte ihr Svenson zu. „Aber wie geht es jetzt weiter?"

„Lass ihn einnähen, Quartermaster, und dann über Bord werfen. Du solltest dazu ein paar Worte sagen. Es wäre in diesem Fall wohl nicht ganz passend, wenn ich das täte, schließlich soll man über Tote nur Gutes sagen. Außerdem muss ich noch weiter nachdenken, denn mir gefallen die beiden Möglichkeiten, die ich den Männern angeboten habe, auch kein bisschen. Es muss noch einen dritten Weg geben!"

Sie hatte Brady eigentlich nicht töten, sondern ihm nur eine Lektion erteilen wollen. Aber dann hatte sie plötzlich diesen anderen kaltherzigen Iren vor sich gesehen, hatte sich an ihm rächen müssen. Aber nein, nein, nein! An diesen unbedeutenden, flatterhaften Widerling verschwendete sie schon lange keinen einzigen Gedanken mehr! Oh, nein, Patrick McGrath, du bereitest mir keine unruhigen Nächte mehr. Energisch verbannte sie jede Erinnerung an ihn aus ihrem Kopf. Nein und nochmals nein, es musste etwas anderes gewesen sein, was Atropos* bewogen hatte, den Lebensfaden des Steuermanns mit ihrer Schere durchzuschneiden! Ja, jetzt wusste sie es wieder! Brady hatte sich so fies und unbeherrscht aufgeführt, dass sie an Lopez gedacht hatte und an die ungeheuerlichen Anschuldigungen, die der Steuermann über den Conde und sie verbreitet hatte. Es war Lopez gewesen, der ihr früher einmal den Kunststoß über die Schulter gezeigt hatte, mit dem ein berühmter Matador seinen Nebenbuhler bei einem Streit um eine schöne Señorita den *coup de grâce* gegeben haben sollte. Ich habe nur die Ehre dieses spanischen *Caballeros* wiederhergestellt, dachte sie, stellte einen Fuß auf den Brustkorb des Leichnams, zog den Degen mit einem Ruck heraus und wischte das Blut an Bradys Hemd ab. Etwas von einem eifersüchtigen, brutalen, tückischen Stier hatte auch Brady an sich gehabt.

„Vielleicht wäre es eine gute Idee, unseren Kameraden unter Deck mitzuteilen, dass heute Abend vielleicht nicht ganz der richtige Zeitpunkt für ein Freudenfest ist. Und, Quartermaster, die Männer sollen einen neuen Steuermann wählen. Immerhin ist es ja möglich, dass wir dieses schöne Schiff doch noch mal hinaus auf die See bringen werden. Es geschehen noch Zeichen und Wunder."

„Wer's glaubt wird selig", brummte der alte Matrose und spuckte seinen Priem in einem hohen Bogen über die Reling.

* Griechische Schicksalsgöttin, eine der drei Moirai, vergleichbar mit den römischen Parzen und den germanischen Nornen.

*

Die Nacht verstrich quälend langsam. Während der Wind weiter in den südöstlichen Quadranten drehte und langsam nachließ, wurde es wärmer und feuchter, und über dem moorigen Land begannen sich Nebelbänke zu bilden. Commander William Turner beobachtete diese Entwicklung besorgt. Noch war es zwar unmöglich, dass die *Medusa* ungesehen an ihnen vorbeischlüpfen konnte, aber wie würden sich die Sichtverhältnisse am Tage entwickeln? Er nahm zwar nicht an, dass der Freibeuter versuchen würde, unter Vollzeug durchzubrechen, aber irgendetwas würde sich die schlaue Janine sicher einfallen lassen. „Was würde ich an ihrer Stelle machen?", fragte sich William. Anker kappen, Marssegel setzen, längsseits scheren, entern – und abwarten, was dabei herauskommt? Eher nicht! So hätte Kapitän Swiney, möge er ewig in der Hölle schmoren, von der *Hellfire* in einer solchen Situation agiert. Ein überraschender Durchbruchversuch unter vollen Segeln im Schutz der Nebelschwaden? Nicht auszuschließen, aber wegen des hohen Risikos einer Strandung wohl eher unwahrscheinlich. Ein Bootsangriff im Morgengrauen? Hmm …, das hatte was! Die Ankerkabel der *Platvis* kappen und dann mit Vollzeug an der quer vor dem Wind ans Ufer treibenden Brigg vorbei hinaus auf den Strom! Doch, das konnte er sich gut vorstellen.

„Mister Dechamp!"

„Aye, Sir?"

„Lassen Sie bitte zwei Kutter voll bemannen und mit Drehbassen bestücken. Die Mannschaften sollen zusätzlich zu den Entermessern mit Blunderbüchsen ausgerüstet werden."

Dechamps Gesicht begann zu leuchten. Seine Nüstern blähten sich, Turner erwartete so halb und halb, dass er ein begeistertes Wiehern ausstoßen würde. „Wollen wir die *Medusa* mit einem Handstreich erobern, Sir? Das ist *magnifique*, eine ganz superbe Idee, die Ihrer wahrhaft würdig ist!" Er rieb sich voller Vorfreude die Hände.

„Mister Dechamp! Ihren Enthusiasmus, Ihre Kampfeslust und Ihren Eifer, sich in gefährliche Aktionen zu involvieren, in allen Ehren, aber überlegen Sie doch mal!" Er blickte Dechamp strafend an, der daraufhin, wie ein beim Äpfelklauen ertappter Schuljunge, betrübt zu Boden blickte. „Wenn ich einen Überfall planen würde, dann würde ich *alle* Boote einsetzen. Sie kennen doch meine Maxime: Nicht kleckern, sondern klotzen! Nein, diesmal wird es kein Ehre-oder-Tod-Unternehmen, mein Lieber! Eher das Gegenteil! Jeweils ein Kutter soll neben unseren Ankertrossen Position beziehen und verhindern, dass die Piraten sie kappen. Ach ja, wie ich sehe, hat der Wind so weit abgenommen, dass auch die Pinasse wieder gepullt werden kann. Sie soll eine gute Kabellänge von uns entfernt ankern, sozusagen als vorgeschobener Horch- und Ausguckposten. Schärfen Sie das den Männern ein, sie sind unsere Augen und Ohren. Sollten sie versagen, dann schicke ich sie zur Strafe in ihren Nussschalen zurück nach England. Allerdings dürften sie dort als Salzfleisch ankommen."

Dechamp sah etwas enttäuscht aus, nickte dann aber verstehend. „Aye, aye, Sir! Sie rechnen mit einem Überfall der Piraten noch in der Dunkelheit. Ja, das wäre durchaus möglich. Die Kerle haben nichts mehr zu verlieren, ihre Köpfe sitzen schon verdammt locker. An deren Stelle würde ich nicht mehr heftig nicken, ha, ha!"

„Immer einen kleinen Scherz auf den Lippen, James, nicht wahr? Wollen Sie Ihrem Freund Buck Rullingston nacheifern?"

Dechamp zog beleidigt von dannen. Turner blickte ihm nachdenklich hinterher. Es war unfair gewesen, den Mann so anzufahren. Dechamp konnte schließlich nicht wissen, in was für einem Dilemma sich sein Kommandant befand. William wurde regelrecht übel, wenn er daran dachte, dass auch die attraktive Janine ihren hübschen Kopf durch die Henkersschlinge stecken musste, falls sie das bevorstehende Gemetzel lebend überstand. Er konnte sie nicht einfach laufen lassen, so viel war klar, aber alles in ihm sträubte sich, sie aufknüpfen zu lassen. Immerhin schuldete er ihr etwas. Sie hatte das Risiko auf sich genommen und ihm das Entkommen von der *Medusa* ermöglicht. Zu seiner großen Überraschung stellte er fest, als er tiefer in sich hineinhörte, dass da noch etwas anderes war. Elizabeth hatte mit ihrem sicheren weiblichen Instinkt sofort beim ersten und einzigen Zusammentreffen der beiden Frauen erkannt, was für eine gefährliche Nebenbuhlerin Janine war, obwohl – oder gerade weil – sie so ganz anders als Elizabeth war. William Turner musste sich eingestehen, dass er für diese Frau mehr als nur Dankbarkeit empfand. Ja, die auch … Er bewunderte ihren Mut! Ja, den auch … Ihr Durchsetzungsvermögen gegenüber einer Horde brutaler, halbwilder Schurken, die alle geschriebenen Gesetze gebrochen hatten – und die ungeschriebenen gleich mit! Ja, das ganz gewiss auch … Ihren scharfen, analytischen Verstand! Ja, den natürlich auch … Ihre brillante Seemannschaft! Ja, die auch … Aber da war auch noch die Erinnerung an die kurze leidenschaftliche Liebesnacht, in der sie beide ganz bei sich und gleichzeitig doch auch vollständig mit dem Partner verschmolzen gewesen waren. Er musste sich eingestehen, dass er sie nie ganz hatte vergessen können, sosehr er das auch versucht hatte. Tief in seinem Herzen hatte stetig nagend eine Flamme gebrannt, die nur darauf gewartet hatte, wieder angefacht zu werden. Verdammt, er liebte dieses Teufelsweib! Grübelnd verbrachte Turner die restlichen Stunden auf dem Achterdeck in seinem geliebten, von Tom geretteten Korbstuhl (was würde er nur ohne seinen treuen Schatten machen?), fest in seinen dicken Bootsmantel eingehüllt. Bei jedem Glasen schreckte er hoch und warf einen Blick zu der Pinasse hinüber, die die Glockentöne mit einem Aufleuchten ihrer Blendlaterne beantwortete. Kleine Nebelschwaden trieben über das Wasser. Drüben auf der *Medusa* pendelte eine gelbe Lampe im Wind hin und her. Von Zeit zu Zeit schob sich eine dichte Nebelbank zwischen die beiden Schiffe. Dann fing es sanft an zu regnen. Aber nichts Ungewöhnliches geschah. Auf der *Medusa* blieb alles ruhig. Eine Stunde vor Sonnenaufgang wurde die *Platvis* vollständig gefechtsklar gemacht. Von einem Sonnenaufgang zu sprechen erwies sich allerdings auch als ein übler Euphemismus, denn das Schwarz und Dunkelgrau der Nacht wich nur einem Mittelgrau am Himmel, während sich das Dunkelgrau in verschiedenen Schattierungen auf die Wasserfläche und das Land zurückzog. Das Unterholz und die schiefen, vom Sturm gebeugten Bäume hüllten sich hartnäckig weiter in ihr bevorzugtes Schwarz. Etwa hundert Yards vor dem Freibeuter lag ein kleinerer dunkler Umriss. Dort ankerte ein Wachboot, denn auch Janine Bondie war keine Freundin von unliebsamen Überraschungen.

Ein übernächtigter Commander William Turner kaute unlustig auf einem kalten Hühnerschenkel herum, den ihm ein besorgter Thomas Brown mit einer dick mit Butter bestrichenen Scheibe frischen Brotes serviert hatte. „Wie wäre es denn heute Morgen mit einer kleinen Runde Schwimmen ums Schiff, Käptum, Zur?“, hatte ihn sein Bursche aufzuheitern versucht. Er hatte dafür nur einen vernichtenden Blick geerntet. Achselzuckend hatte er sich getrollt und wartete geduldig ab. Plötzlich krachte ein Kanonenschuss. Alle Männer zuckten erschrocken zusammen. Aber es konnte kein Einschlag beobachtet werden, und die Qualmwolke verwehte auf der ihnen abgewandten Seite der *Medusa* nach Lee. Es hatte sich offensichtlich um einen Signalschuss gehandelt. An einer Flaggleine stieg eine weiße Flagge in die Höhe, gleichzeitig löste sich von der Bordwand ein Boot und kam auf sie zu.

„Mister Dechamp, nehmen Sie meine Gig! Die Kerle müssen nicht sehen, wie stark wir sind! Preien Sie die Pinasse an! Sie sollen das Boot nicht passieren lassen! Ansonsten verfahren Sie bei der Verhandlung so, wie wir das heute Nacht besprochen haben!“

„Aye, Aye, Sir!“

Dechamp kletterte als Letzter in das Boot, das sofort ablegte, geschwind die kurze Strecke bis zur Pinasse zurücklegte und dann auf das in der Mitte zwischen den Wachbooten verankerte Beiboot der Brigantine zuhielt. Auch die Gig drehte in den Wind und warf Anker neben dem anderen Boot. Dechamp musterte die Besatzung. Achtern saß ein breitschultriger blonder Hüne, das war anscheinend der Vertreter der legendären Kommandantin. Dechamp war enttäuscht, er hätte sie zu gerne persönlich kennen gelernt. Die Piraten an den Riemen machten auf den ersten Blick keinen schlechten Eindruck auf Dechamp. Sie sahen mitnichten so aus, wie man sich blutrünstige Seeräuber gemeinhin vorstellte. Im Grunde genommen sahen sie aus wie ganz gewöhnliche Janmaaten von einem beliebigen durchschnittlichen britischen Schiff. Nun, es mochte so'ne und solche geben, dachte er.

Der große blonde Mann begann: „Mein Name ist Svenson, Sir. Wir wissen, dass Sie von einem britischen Kriegsschiff kommen. Wir sind Freibeuter mit einem offiziellen Kaperbrief des Staates Georgia.“ Er deutete auf die Flagge am Flaggenstock. „Als solche genießen wir den Status von Kombattanten …“

„Vergessen Sie's, Mister Svenson! Für die Royal Navy ist Ihr Schiff schlicht und ergreifend ein Piratenschiff. Wir haben Anweisung von der Admiralität unseres Allergnädigsten Königs George III., alle Freibeuter mit Kaperbriefen der aufständischen Kolonien als Seeräuber zu behandeln. Georgia ist kein souveränes, völkerrechtlich anerkanntes Rechtssubjekt, daher kann es keine wirksamen Kaperbriefe ausstellen.“ Er zuckte hochmütig mit den Schultern. „Ich kann Ihnen keine günstigere Auskunft geben, aber so ist nun mal die Rechtslage …, selbst wenn es mir persönlich leidtun würde, äh, was es nicht tut, Sir.“

Svenson nickte langsam vor sich hin. „Ich habe mir schon gedacht, dass Sie so argumentieren würden, Sir.“ Er musterte die tadellos geschnittene Leutnantsuniform aus bestem Stoff. Bewundernd ließ er seine Augen lange auf dem wertvollen Degen ruhen, den Dechamp vor sich zwischen den Knien auf die Bodenbretter gestellt hatte und auf dessen Löwenkopf seine Hände mit den tadellos manikürten Nägeln ruhten. „Ein echter Gentleman sind Sie, das sieht man sofort, Sir. Eine schöne Waffe haben Sie da. Geschmiedet in Birmingham, vermute ich mal, oder?“

Dechamp zog hochmütig eine Augenbraue in die Höhe. „Diese Waffe ist viel älter und kostbarer als das, was diese *start-ups* herstellen, ja vielleicht sogar besser als das, was dieser Deutsche Johannes Kinndt aus Hounslow* je geliefert hat! Ahem, offensichtlich kennen Sie sich mit Waffen aus, Sir. Kein Wunder bei Ihrer Profession. Aber jetzt lassen Sie uns über das Geschäftliche reden. Erstens: Sie werden Ihre gesamte Besatzung unbewaffnet an Deck antreten lassen. Zweitens: Vorher werden alle Blank- und Feuerwaffen über Bord geworfen. Ihre Bordmesser dürfen die Männer behalten, sie müssen sie aber gut sichtbar tragen. Drittens: Das Deck wird von Bereitschaftsmunition freigeräumt, die Drehbassen in der Waffenkammer verstaut, die Kanonen in Ruhestellung seefest gelascht, die Pulverkammer und die Sprietlast werden verschlossen. Jeder Mann, den wir unter Deck aufstöbern oder der eine Waffe versteckt, wird auf der Stelle exekutiert. Ansonsten bekommen Sie ein ordentliches Gerichtsverfahren auf den Bahamas, mehr kann ich Ihnen nicht versprechen.“

Svenson hatte geduldig zugehört. Kein Muskel hatte in seinem harten Gesicht gezuckt. Jetzt nickte er gleichmütig.

---

* Seit dem 15. Jahrhundert stammten die Klingen der englischen, schottischen und irischen hochwertigen Blankwaffen des Adels in erster Linie aus Solingen (Clemens Horn und andere), Passau, aber auch aus Belluno in Venetien (Andrea Ferara und Bruder) und Toledo (Juan Martinez). Johannes Kinndt alias John Kennet(h) wanderte von Solingen nach Hounslow aus. In Birmingham wurden etwa seit der Zeit Cromwells Blankwaffen als Massenware produziert. Gegen Ende des 18. Jahrhunderts etablierten sich dann Waffenmanufakturen im Raum Sheffield (Wilkinson).

Schleppend antwortete er: „Das war Ihre Version, Leutnant. Ich schlage Ihnen jetzt ein …, wie sagten Sie eben so richtig, ach ja, ein Geschäft vor." Dechamp hätte wetten können, dass der Mann insgeheim schmunzelte.

„Was wollen *Sie* mir denn anbieten, Sir!", knurrte er ungläubig.

„Nun, es trifft sich nun mal so, dass wir rein zufällig eine englische Dame als, nun, ich möchte es mal so ausdrücken, Passagier an Bord haben. Sie stammt, wie man bei Ihnen wohl landläufig so sagt, aus einem guten Stall. Es wäre doch sicher sehr peinlich für Ihren Kommandanten und Sie, wenn er in London berichten müsste, dass die junge Dame in einem völlig überflüssigen Gefecht mit einem amerikanischen Freibeuter ums Leben gekommen ist. Besonders ärgerlich und hinderlich für die weitere Karriere dürfte sein, dass die Familie der Dame, wie man munkelt, sehr einflussreich ist und gute Kontakte zum Königshaus haben soll. Aber es wird ja so viel geredet, nicht wahr, Herr Leutnant?" Svenson lächelte in sich hinein. Seine *Capitana* hatte ihn ausgezeichnet vorbereitet, denn er sah, dass seine auswendig gelernten Worte deutlich Wirkung zeigten.

Dechamp sog zischend die Luft ein. Mit einer solchen Wendung hatte er nicht gerechnet. Er spürte, dass die heiße Wut in ihm aufstieg. ‚Vorsicht, Charles, du bist nicht Wild Bill Turner! Auch wenn dieser Schuft jetzt auch provozierend in sich hinein grinst. Bleib ganz ruhig, mein Junge!', dachte er.

„Also, was verlangen Sie, Sir!"

„Freien Abzug, nicht mehr und nicht weniger! Dafür übergeben wir Ihnen die junge Dame, ihren Diener und ihr Gepäck. Nicht mehr und nicht weniger, verstanden, Leutnant?"

Dechamp zögerte. Dann presste er zwischen zusammengebissenen Zähnen hervor: „Keine Zofe, Sir? Höchst ungewöhnlich für eine Dame von Stand!"

Der große Schwede dankte seinem Herrgott, dass Janine auch daran gedacht und ihn entsprechend instruiert hatte.

„Das Kammerkätzchen und die Gesellschafterin der Lady weilen leider nicht mehr unter uns.“ Janine hatte ihn angewiesen, bei diesen Worten gemein zu grinsen, damit die Phantasie der Engländer etwas zu tun hatte. Wie mochten die armen Frauen zu Tode gekommen sein? Waren sie von einer Krankheit dahingerafft worden? Allerdings ließen sich die Worte auch so interpretieren, dass ihnen die Flucht geglückt war – oder waren sie gar in die Sklaverei verkauft worden? Dechamp schüttelte sich bei der Vorstellung. Es sollte durchaus Fälle in den beiden Amerikas gegeben haben, in denen auch Weiße als Sklaven verkauft worden waren. Und damit waren nicht die Auswanderer gemeint, welche die Kosten für ihre Überfahrt bis zu sieben Jahre unter sklavenähnlichen Verhältnissen abarbeiten mussten. Oder hatten sich gar diese wüsten Kerle an ihnen vergangen, und die unglücklichen Frauen hatten den letzten, den ehrenvollen Ausweg gesucht? Dechamp schnaubte entrüstet und funkelte den anderen Mann wütend an.

„Wir sehen uns in einer Stunde hier wieder, Pirat! Anker auf! Zurück zur *Platvis*!“

Sven Svenson lächelte grimmig, legte grüßend den Knöchel des rechten Zeigefingers an die Stirn und brummte: „Eine Stunde, nicht länger, Leutnant!“

*

„Ich fürchte, wir werden auf diese ungeheuerliche Erpressung dieses Spitzbuben eingehen müssen, Mister Dechamp!“ Turner knirschte scheinbar wütend mit den Zähnen, obwohl er keine Sekunde an die Geschichte glaubte, die Svenson seinem Ersten Leutnant untergeschoben hatte. Innerlich jubilierte er: Was bist du doch für ein schlaues Mädchen, Janine! Auf so eine Idee, die dem listenreichen Odysseus wahrhaft würdig gewesen wäre, muss man erst mal kommen. Mit diesem Schachzug rettest du deine Besatzung vor dem Galgen – zumindest vorerst –, und gleichzeitig kannst du dich ehrenvoll von deinen Spießgesellen trennen und in ein normales Leben zurückkehren. William war überzeugt, dass sie ihn erkannt hatte. Er konnte sich zwar nicht vorstellen, woran, aber es verwunderte ihn nicht, denn er war fest davon überzeugt, dass eine liebende Frau den Mann ihres Herzens auch erkennen würde, wenn er sich in einer finsteren Neumondnacht zwei Meilen von ihr entfernt in einer dunklen Scheune unter einem Berg Heu verstecken würde. William lächelte spöttisch. Seiner Erfahrung nach mussten Männer dagegen erst die ins Auge fallenden körperlichen Vorzüge einer Frau mit ihrer Erinnerung abgleichen, um sie wieder zu erkennen. Darin unterschieden sich vermutlich Männer und Frauen grundsätzlich. Wie hatte ein kluger Mensch einmal gesagt: „Das Objekt der Begierde ist nicht zwangsläufig das Subjekt der Liebe. Aber das Subjekt der Liebe sollte möglichst auch das Objekt der Begierde sein." Dechamp sah ihn fragend an. Turner räusperte sich. Hatte er halblaut vor sich hin gemurmelt? Rasch fuhr er fort: „Wir müssen uns Gedanken darüber machen, wie wir den Austausch bewerkstelligen können, ohne dass die Schurken uns übers Ohr hauen können, Sir."

„Und sicherstellen, dass sie uns nicht beim Vorbeisegeln beharken."

„Richtig, gut mitgedacht, James." Turner blickte sinnend aus dem Heckfenster. „Ich denke, wir sollten folgendermaßen vorgehen. Richten Sie diesem Svenson, ich glaube, er ist der Quartermaster der *Medusa*, aus, dass er zusammen mit dem Steuermann und zwei weiteren Männern die Bootsbesatzung bilden soll, die uns die Geiseln übergeben. Sie sollen zwei Kabellängen drinnen in der Bucht neben unserer Pinasse abwarten, bis uns die Brigantine passiert hat, dann sollen die Lady und ihr Steward auf die Pinasse übersteigen. Anschließend können sie unbehelligt hinter ihrem Schiff hersegeln. Machen sie ihnen klar, dass wir sie jederzeit mit unseren Booten abfangen können, falls die Bondie irgendwelche Tricks versucht."

Dechamp überlegte und rieb sich das Kinn. „Aye, Sir, das könnte klappen. Und dann verfolgen wir die Spitzbuben, nicht wahr?"

„Und was machen wir mit unseren Männern in den Booten, Mister Dechamp? Tse, tse, tse!" Er schüttelte missbilligend den Kopf. Der Erste Leutnant blickte geknickt vor sich hin, grüßte dann und verließ eilig die Achterkajüte.

Es lief alles wie geplant ab. Die verschleierte Lady wurde mit einem Bootsmannsstuhl aus der Pinasse an Deck gehievt, ihr Steward stieg geschickt die Stufen zur Relingspforte hinauf. Kisten, Kästen, Taschen und Hutschachteln folgten in einer Netzbrook. Die *Medusa* war schon durch die enge Durchfahrt verschwunden. Auf dem Achterdeck hatte eine knabenhafte Gestalt in einem blauen Rock, weißem Rüschenhemd und einem tief ins Gesicht gedrückten Dreispitz gestanden, wie Segelmeister Paul Lennon später berichtete. Das Boot mit Svenson und seinen Kumpanen folgte mit geblähten Segeln.

An Deck der *Platvis* herrschte rege Geschäftigkeit. Während der Passage der *Medusa* hatten Männer am Spill das Schiff stets mit Hilfe einer Spring so gedreht, dass die Breitseite auf den Freibeuter gerichtet war. Jetzt wurde der Anker gehievt und alles klar zum Auslaufen gemacht, wie immer in dieser Situation sah es an Deck aus, als hätte jemand einen Stein in einen Ameisenhaufen geworfen, von einem geordneten Arbeitsablauf konnte für einen Außenseiter nicht die Rede sein. Turner begrüßte die Lady kurz angebunden, die für ihn einen Moment lang den Schleier lüftete und ihm die Hand zum Kuss reichte. Artig beugte er sich über den weißen Spitzenhandschuh. Er spürte den sanften Druck ihrer Finger und schluckte trocken. „Milady, ich freue mich, Sie wohlbehalten an Bord meines Schiffes begrüßen zu dürfen.

Aber wenn Sie mich jetzt entschuldigen wollen, dringende Geschäfte, Sie verstehen … Man wird Ihnen Ihr Quartier anweisen, Milady."

Er hörte die dunkle Stimme sanft gurren: „Ich danke Ihnen, mein Retter. Aber jetzt will ich nicht im Wege stehen, Kapitän. Wir werden sicher Gelegenheit haben, uns in Kürze etwas näher kennenzulernen, nicht wahr?"

Kapitel 11

An der Küste von Süd-Carolina, Februar 1779

„So ein Mistkerl!" Jane war außer sich. Sie wühlte in einer ihrer Seekisten. Ein Knäuel aus weißer Spitzenwäsche flog unsanft auf den Boden der kleinen Schlafkabine. „Ich bring den Kerl um!" Ein schwerer Samtrock klatschte an das Schot. „Da hat dieses, dieses …", sie schniefte empört und suchte nach Worten, „Schwein eine steinreiche und, nu ja, recht attraktive, wenn auch etwas überlagerte Lady als Geliebte in Antigua. Ich liefere mich ihm hier auf Gedeih und Verderb aus, werfe mich ihm praktisch an den Hals, und was macht dieses unglaubliche Ferkel? Vergnügt sich mit seinem Sexualproviant! Wo ist mein Degen, verdammt?" Wütend beugte sie sich wieder über die große Seekiste. „Als ich eintrete, sitzt doch diese miese kleine amerikanische Hure in seiner Kabine und grinst mich blöde an. Der habe ich vielleicht Beine gemacht!" Sie lachte freudlos. „Das Einzige, was man zu ihren Gunsten sagen kann, ist, dass sie jung ist, verdammt jung! Wahrscheinlich hat er ihr mit seinem tollpatschigen Charme den Kopf verdreht – das kennt man ja – und das arme, unerfahrene Ding ist auf seine treuen Augen hereingefallen und hat sich nur zu gerne auf den Rücken legen lassen." Sie stampfte zornig mit einem Fuß auf. „Und jetzt kommt es, Horace! Diese schwarzhaarige Dirne hat auch noch ein Baby auf den Knien gewiegt. Es ist wirklich nicht schwer, zu erraten, wer der Vater dieses Knaben ist! Turner kann seinen Sohn nicht verleugnen. Der Teufel soll alle beide holen!" Horace rang die Arme, versuchte, sie zu beruhigen, und wollte ihren Redefluss unterbrechen, aber vergebens. „Aber warte, William Turner, wir beide sind noch lange nicht fertig miteinander!“ Ein rotes Seidenkleid flog auf die breite Koje. „Sogar ein bequemes Lotterbett hat dieser Wüstling hier auf diesem Klütenewer, um seinen Lüsten nur recht bequem frönen zu können!“ Sie schnaubte entrüstet, ihre Augen schleuderten zornige Blitze. „Ach, hier ist er ist ja, mein einzig verlässlicher Freund!“ Mit beiden Händen hob sie den Degen aus der Kiste und presste ihn fest an ihre Brust. Sie schloss die Augen und drückte ihre Lippen auf das kalte Metall des Degenkorbs.

Horace holte schnell tief Luft, und ehe sie mit ihrer wütenden Tirade fortfahren konnte, versuchte er sie mit ruhiger Stimme zu besänftigen: „Die Dinge sind nicht immer so, wie sie uns auf den ersten Blick erscheinen, *Capitana*!“ Er zuckte unter ihrem wütenden Blick zusammen und verbesserte sich rasch: „Äh, pardon, Lady Jane. Ich vergaß … Hören Sie mir bitte einen Augenblick zu, ich habe draußen mit dem Burschen des Commanders gesprochen, übrigens ein ganz ausnehmend netter und attraktiver Kerl, dieser Tom“, meinte er versonnen. Als er ihren eisigen Blick sah, fuhr er schnell fort: „Sie haben zwar recht, was den Vater des Babys angeht, Milady. Aber es ist Turners Kind mit Elizabeth Parker. Unser alter Bekannter Lord Dunbar hatte es in seiner Gewalt, bis William Turner wie ein Gottesgericht über ihn gekommen ist und ihn liquidiert hat. Davon kann man jedenfalls ausgehen, denn er war auf dem Schiff, das stromaufwärts in die Luft geflogen ist. Den Donner der Explosion haben wir noch hier unten an der Mündung gehört. Das muss ein beeindruckendes Feuerwerk gewesen sein!“ Horace blickte gedankenverloren durch das Seitenfenster in die Ferne.

„Was ist mit der schwarzhaarigen Hu…, äh, Frau, Horace“, erkundigte sich Jane etwas ruhiger, war aber noch keineswegs überzeugt.

„Sie gehörte zu Dunbars Gesinde und hat unter Einsatz ihres Lebens mitgeholfen, das Kind zu befreien. Außerdem ist sie mit einem Mann der Besatzung verlobt. Jetzt kümmert sie sich zusammen mit einer schwarzen Amme um den kleinen Richie.“ Er zögerte; nachdenklich blickte er Jane an, deren Gesicht sich langsam aufhellte. Die steile Zornesfalte zwischen ihren Augenbrauen verschwand allmählich, aber glücklich sah sie nicht aus. William hatte ein Kind von dieser reichen Sklavenhalterin! Dann war er bestimmt mit dieser alten Hexe verheiratet, verdammt, das brachte ihre Pläne ganz erheblich durcheinander. Aber die Parker war nicht an Bord – sie dagegen war es, und es sollte doch mit dem Teufel zugehen, wenn sie es nicht in den folgenden Wochen schaffen würde, William davon zu überzeugen, dass er und sie zusammengehörten wie der Wind und das Meer. Nichts machte einen Mann so schnell und dauerhaft gefügig und abhängig wie die aufrichtige Bewunderung einer Frau, die seine beruflichen Leistungen ernsthaft zu würdigen verstand, besonders wenn sie das Metier selbst gut beherrschte. Sie spürte ein Kribbeln im Bauch, und ihr Herz pochte heftig. Sicher würde ihm auch eine leidenschaftliche Bettgenossin nicht unangenehm sein, und daran würde sie es wahrlich nicht fehlen lassen. Nach ihrem langen, erzwungen Nonnendasein spürte sie ein heftiges Verlangen, sich in Williams Arme zu kuscheln. Außerdem waren Männer verfressen. Sie lächelte faunisch. Für exquisite Mahlzeiten würde schon Horace sorgen. Aber irgendetwas hatte ihr Diener noch auf dem Herzen. Sie blickte ihn forschend an. „Gibt es noch etwas, das du mir erzählen musst, mein alter Freund Horace?“

Der Steward gönnte sich ein kleines zufriedenes Lächeln. „Sehr wohl, Milady. Allerdings weiß ich nicht, ob es eine gute oder eine schlechte Nachricht ist.“

„Komm schon, raus damit! Mich kann heute nichts mehr erschüttern.“

„Lady Parker ist auf Martinique im Kindbett verstorben. Señor Hernandez hatte sie entführen lassen, bevor sie Mister Turner heiraten konnte. Wie Tom mir unter dem Siegel der Verschwiegenheit anvertraute, hat Hernandez fürchterlich dafür gebüßt. Die genauen Umstände seines Todes hat er mir nicht verraten, aber es muss ein langwieriges, schmerzhaftes Ende gewesen sein, Milady."

„Dieses arrogante Schwein hat nichts Besseres verdient. Er war mir eine Zeitlang recht nützlich, aber ich fühlte mich in seiner Gegenwart stets unwohl." Sie zuckte lakonisch mit den Achseln. Bei sich dachte sie: ‚Ich hatte in seiner Gegenwart immerzu das unschöne Gefühl, dass mich der widerliche alte Kerl geil vor sich hin sabbernd mit den Augen ausgezogen hat.' Forschend blickte sie den Steward an. „Das war eine gute Nachricht, Horace, die schlechte ist wohl, dass Lady Parker das Zeitliche gesegnet hat." Sie zögerte und fuhr dann langsam und mehr für sich selbst leise fort: „Nun ja, die einen sagen so, die anderen so. Ich kann aus meinem Herzen keine Mördergrube machen. Es ist wahr, dass ich keinerlei Sympathie für diese, äh, Lady empfinden konnte." So, wie sie das Wort „Lady" aussprach, klang es irgendwie nach Nutte. „Aber so ein Ende habe ich ihr nicht gewünscht, bei meiner Ehre! Ich wollte sie mit den Waffen einer Frau auf ihrem ureigenen Feld schlagen, um William für mich zu erobern. Den Rest der männlichen Population Antiguas hätte ich ihr ohne Bedauern gerne überlassen. Sie hätte sich schon wieder getröstet! Nach dem, was man in English Harbour so getuschelt hat, ist es ihr in der Koje auch vor William vor Einsamkeit nie langweilig geworden." Sie schlug mit ihrer geballten rechten Faust in die linke Handfläche. ‚Wenn's läuft, dann läuft's!', überlegte sie triumphierend. ‚Erst bin ich elegant meine tumben Kerle auf der *Medusa* losgeworden. Ein paar dieser sentimentalen Trottel haben sich sogar noch mit Tränen in den Augen bei mir bedankt, dass ich diesen schweren Weg an Bord eines englischen Kriegsschiffs auf mich nehme, um sie zu retten. Sie haben geschworen, während der nächsten drei Monate bei Vollmond in unserem geheimen Unterschlupf im Gewirr der Cays der Bahamas auf mich zu warten, weil ich ihnen weisgemacht habe, dass ich in Savannah schnellstens an Land gehen und mir einen schwimmenden Untersatz besorgen werde. Die Dummköpfe waren überzeugt, dass ich mir nichts Schöneres vorstellen könnte, als wieder mit ihnen zusammen auf diesem verwanzten, stinkenden, alten Eimer zu segeln. Schon der Gedanke daran lässt mich zusammenfahren!‘ Sie lächelte diabolisch. Ihre blauen Augen blickten kalt. Horace fröstelte; er kannte diesen Blick, konnte aber nicht ergründen, wem Jane in diesem Augenblick die Pest an den Hals wünschte. Wie er wusste, konnte sie mitleidlos, hinterhältig und bei der Wahl ihrer Mittel völlig skrupellos sein. Nur so hatte sie in diesem brutalen Gewerbe überleben können. Janine frohlockte in Gedanken: ‚Und jetzt ist ohne mein Zutun völlig unerwartet auch noch meine gefährliche Nebenbuhlerin aus dem Weg geräumt! Wenn Horace richtig informiert wurde, dann stellt diese junge amerikanische Schlampe keine Gefahr dar.‘ Sie faltete die Hände vor der Brust und sah für einen Augenblick so jung und unschuldig aus wie eine zukünftige Novizin kurz nach der Firmung. Ihre Gedanken waren allerdings eher weltlich. ‚William, mein Schatz, du gehörst mir mit Haut und Haaren! Mir allein! Jetzt muss ich nur noch dafür sorgen, dass sich die Navy auf die Spur der *Medusa* setzt und alle Zeugen liquidiert, die später irgendwann als ungebetene Geister aus der Vergangenheit auftauchen und mein Doppelleben publik machen könnten. Direkt kann ich William nicht auf sie ansetzen.‘ Sie nickte langsam vor sich hin. ‚Das würde ein schlechtes Licht auf meinen Charakter werfen. Ganz gewiss erwartet er von mir, dass ich loyal zu meiner ehemaligen Besatzung stehe und sie nicht verrate. Aber wenn ich mich scheinbar ein paarmal verplappere und William ein paar versteckte Hinweise gebe, wird er schon die richtigen Schlüsse ziehen und diese dreckige Arbeit für mich erledigen.‘ Sie seufzte kurz auf, reckte dann die kleine, gerade Nase hochmütig in die Luft und strich sich energisch eine blonde Locke aus der Stirn. Um Sven Svenson und ein paar weitere gute, ehrliche Seeleute der *Medusa* tat es ihr ehrlich leid, aber Opfer mussten gebracht werden. Und was war mit Horace? Nein, den konnte sie nicht über die Klinge springen lassen! Er war ein väterlicher Freund, ihr Vertrauter und Beichtvater. Horace würde sie nie verraten, ehe würde er sich für sie in Stücke hauen lassen. Aber sie musste ihn nochmals ernsthaft ermahnen, nichts versehentlich auszuplaudern. Besonders nicht gegenüber dem Burschen von William. Was hatte Horace gesagt, wie hieß der Kerl doch gleich? Ach ja, Tom. So sehnsüchtig wie Horace geguckt hatte, musste es ein schmucker Junge sein. Sie würde sich überraschen lassen. Mit ärgerlich gerunzelter Stirn fixierte sie den Steward.

„Horace! Ein für alle Mal, mein Name ist Jane Osborne, hast du das verstanden! Die *Capitana* Janine Bondie ist mit der *Medusa* ausgelaufen und wird für alle Ewigkeit in der Unendlichkeit des Ozeans verschwinden.“ Sie imitierte mit der rechten Hand das Flattern eines Vogels, der sich in die Lüfte schwang. „Schon bald wird sich niemand mehr an sie erinnern, ein Geist vom Winde verweht! Die letzten Jahre waren ein Traum, ein böser Traum, Horace, verstehst du?“

Der Mann legte die rechte Hand auf die Brust, lächelte dünn und verneigte sich: „Gewiss, Milady, ein Traum! Was sonst?“

*

„Es tut mir wirklich sehr leid, dass die Mutter deines Sohnes ein so unglückliches Ende gefunden hat. Dieses Schwein Hernandez! Möge er in der Hölle schmoren!“ Jane Osborne blickte William treuherzig an und strich ihm tröstend über die Wange. Sie spürte sehr wohl die tiefe Trauer des Mannes. Obwohl das Mitgefühl tatsächlich überwog, nagte in ihrem Inneren doch die Eifersucht. ‚Würde er auch um mich so trauern?‘, fragte sie sich misstrauisch. ‚Vermutlich nicht!

Aber uns verbinden auch nicht so viele gemeinsame Erlebnisse und glückliche Stunden. Daran muss ich arbeiten, das muss sich ändern!‘

Sie saßen dicht nebeneinander auf der Heckbank, auf die sie sich nach dem Dinner zurückgezogen hatten. Belustigt und etwas besorgt verfolgte sie das Katz-und-Maus-Spiel zwischen Tom und Horace. Der Aufklarer und Bootssteurer des Kommandanten war offensichtlich beleidigt, dass ein zweiter Mann in „seinem“ Reich etwas zu sagen hatte. Horace hatte recht gehabt, Tom war ein wohlgebauter junger Mann mit angenehmen Gesichtszügen. Die Manieren des hellhäutigen Quadronen waren tadellos; er hatte ihr gegenüber beim Servieren die Formen gewahrt, obwohl Horace darauf bestanden hatte, ihr das Essen vorzulegen und den Wein nachzuschenken. Beim Abräumen, als sie sich auf der Bank dichter neben William gesetzt hatte, als es eigentlich für eine so kurze Bekanntschaft schicklich war, hatte er sie stirnrunzelnd gemustert, bevor er die Kajüte verlassen hatte. Er machte sich offensichtlich so seine Gedanken. Zwar hatte er sie nur einmal kurz in Männerkleidern an der Pier von Puerto Santo gesehen, bevor er in das Hafenbecken gesprungen und entkommen war. Daher war es ziemlich unwahrscheinlich, dass er sie wiedererkannt hatte, aber er war ein heller Bursche, und sie musste alles daransetzen, dass er ihr ihre Rolle als bedauernswerte, von den bösen Piraten verschleppte, drangsalierte Lady abkaufte. Sie hörte, dass William neben ihr ärgerlich vor sich hin knurrte. Forschend blickte sie ihn an. Er hatte die Arme hinter dem Kopf gefaltet und blickte nachdenklich zu den Decksbalken empor.

„Was bedrückt dich, mein lieber Brummbär? Kann ich dir helfen?“

Er blickte sie halb geistesabwesend, halb überrascht an. „Ich fürchte, das wirst du nicht können.“ Er grinste bitter. „Dein Schiff hätte mir wirklich geholfen, aber das ist ja nun über alle Berge – wie man so sagt …“

Mit gespielter Entrüstung erwiderte sie: „Ja, so sind sie, die Männer. Das Schiff ist ihm wichtiger als das liebende Herz eines sehnsüchtigen Weibes!“ Sie schlug ihm spielerisch mit dem Spitzentaschentuch an die Wange. Der herbfrische Duft ihres Parfums stieg ihm in die Nase.

„Du hast es selbst miterlebt. Wir mussten vor Einbruch der Dunkelheit in einen der zahlreichen Meeresarme einlaufen und ankern, damit die Bootsflottille längsseits kommen und verpflegt werden konnte. Wie ich damit den Sprung hinüber zu den Bahamas schaffen soll, ist mir ein Rätsel, verdammt! Oh, entschuldige.“

„William, ich bin zwar jetzt wieder eine Lady, aber wenn wir unter uns sind, dann stören mich so dezente Flüche nicht.“ Sie kicherte glucksend. „Da sind meine Ohren, verdammt noch mal, wahrlich größere Kaliber gewohnt! Aber vielleicht kann ich dir doch helfen.“ Er fuhr herum und blickte sie scharf an. „Die Küstenbatterien in dieser Gegend sollen wieder instand gesetzt und bemannt werden, um den Briten Überraschungsangriffe zu erschweren, oder besser gesagt, sie sollen verhindern, dass Truppenlandungen überhaupt erfolgreich durchgeführt werden können. Aus diesem Grund setzt ein französischer Truppentransporter hier irgendwo Pioniere, Spezialisten für den Festungsbau und Sicherungstruppen an der Küste ab. Nun ist dieser Abschnitt zwar recht unübersichtlich, aber in deinen Karten sollten sich Hinweise befinden, wo es hier alte Befestigungen aus dem Siebenjährigen Krieg gibt.“

„Was weißt du über den Transporter, Eli…, äh, Janine?“

Eine steile Zornesfalte bildete sich auf ihrer Stirn, und ihre Augen blitzten. „Jane, wenn ich bitten dürfte, Herr Kapitän“, fauchte sie. „Falls Sie sich das nicht merken können – dann bitte: Milady!“

„Entschuldige, Jane, aber ich muss mich erst daran gewöhnen. Das kommt doch alles sehr überraschend für mich.“

„Ich ziehe mich jetzt für die Nacht zurück, Herr Kapitän." Sie deutete auf die kleine, abgeteilte Schlafkabine. „Schlafen Sie wohl in Ihrer bequemen Hängematte hier draußen!" Bevor sie die Tür hinter sich schloss, steckte sie noch einmal den Kopf heraus. „Bei dem Transporter handelt es sich um ein 64er-Linienschiff", sie machte eine wirkungsvolle Kunstpause, „aber *en flûte. Bon nuit, mon cher Capitaine*."

Er hörte, wie sie den Schlüssel innen umdrehte, und spürte, dass Ärger in ihm aufstieg. Was bildete sich dieses Weibsstück ein? Hielt diese dubiose Lady ihn für keinen Gentleman? Den ganzen Abend hatte sie ihn ziemlich ungeniert umgarnt, und jetzt spielte sie die Beleidigte! Was hatte er denn schon gesagt? Er hatte sich versprochen – na und …? Nun ja, dass er sie beinahe Elizabeth genannt hätte, war ein schwerer Fauxpas gewesen. Er stapfte zur Ausgangstür, knallte sie hinter sich zu und stieg an Deck. Ein altes Linienschiff *en flûte*! Darüber musste er nachdenken … hmmm …, das hörte sich gar nicht schlecht an. Auf dem Achterdeck traf er auf Dechamp, der salutierte und meldete: „Die Männer sind alle mit warmem Essen versorgt, Sir. Später werden wir so viele wie möglich an Deck schlafen lassen, aber eine beachtliche Zahl wird leider in den Booten übernachten müssen."

„Sehr gut, Mister Dechamp, machen Sie weiter." Turner wollte sich bereits abwenden und nach dem Segelmeister suchen, als ihm noch ein Gedanke durch den Kopf schoss. „James, Sie kennen sich doch in den Kreisen der besseren Gesellschaft aus. Wo muss ich das Geschlecht der Osbornes einordnen?"

Dechamp verzog belustigt sein Gesicht. „Sir, der schlichte Name täuscht, dahinter verbirgt sich eine der einflussreichsten Familien des Königreichs. Um eine lange Geschichte kurz zu machen, nur so viel: Thomas Osborne war der Erste Earl of Leeds. Er wurde 1631 geboren. Sein Urgroßvater war Edward Osborne, *Lord Mayor of the City of London*. Thomas heiratete Lady Bridget Birtie, die Tochter des Earl of Lindsay.

Seine Karriere wies zahlreiche Höhepunkte auf, er musste aber auch schwere Krisen durchstehen. 1694 wurde er der Erste Duke of Leeds. Der Mann war eine imponierende Persönlichkeit, der mehr Feinde hatte als ein Straßenköter Flöhe im Fell. Andererseits gelang es ihm dank seiner Intelligenz und Raffinesse immer wieder, nach oben zu kommen. Die Liste seiner Titel und Ämter ist beeindruckend. Schon über ihn könnte ich Ihnen einen ganzen langen Abend spannende Geschichten erzählen. Aber das wird die bezaubernde Lady sicherlich gerne für mich übernehmen." Er grinste faunisch. „Der Zweite Duke of Leeds, Peregrine Osborne, ist auch ein sehr interessanter Mann. Übrigens war er ein Kollege von uns, denn er war erst Kapitän der *Suffolk* mit siebzig Kanonen, dann der *Resolution*, und während der Schlacht von Barfleur befehligte er das 90er-Linienschiff *Windsor Castle*. Danach kommandierte er die *Royal William* mit hundert Kanonen. Nach dem Tod von Sir John Ashby wurde er zum Konteradmiral befördert. Außerdem war er Oberst des Ersten Regiments der Marines. Während des Besuchs von Peter dem Großen wurde er ein enger Freund des Zaren. Er war wie dieser auch im Schiffbau bewandert. So wurde die königliche Yacht *Peregrine* nach ihrem Konstrukteur benannt. 1716 wurde er von James III. zum Admiral ernannt." Dechamp redete sich in Feuer. Sein Gesicht rötete sich, und er gestikulierte heftig mit den Händen, um seine Ausführungen zu unterstreichen. Das war völlig untypisch für ihn. „Sein Sohn, der Dritte Duke of Leeds, tat sich besonders durch seine drei Ehen hervor, mit denen er die engen Verbindungen mit dem englischen Hochadel vertiefte. Seine erste Gattin war Lady Elizabeth", Dechamp stockte kurz und blickte William forschend an, aber der schien von der Familiengeschichte seiner Passagierin völlig absorbiert zu sein und die Namensgleichheit nicht zu bemerken, daher fuhr er fort: „Sie war die Tochter von Robert Harley, Earl of Oxford, dem *Lord High Treasurer of Great Britain*. Aus der Ehe mit ihr stammt wiederum ein Thomas, der beim Ableben des Alten den Titel erbte. Auch diese Elizabeth starb im Kindbett. Die zweite Ehefrau war Anne Seymour, die Tochter von Charles Seymour, des Sechsten Duke of Somerset, die 1722 verstarb. 1725 vermählte er sich mit Juliana Hele, der Tochter von Roger Hele of Holywell Devon." Der Erste Leutnant unterbrach sich kurz, um tief Luft zu holen. „Thomas, der jetzige Vierte Duke of Leeds, war zunächst einer der *Lords of the Bedchamber*, später *Cofferer of the Household* und in dieser Funktion Mitglied des *Privy Council* des Königs. Er ist folglich ein sehr einflussreicher Mann. Er ist mit Lady Mary, der jüngeren der beiden Töchter des Earl of Godolphin, verheiratet. Aus dieser Ehe sind drei Söhne und eine Tochter hervorgegangen. Zwei Söhne sind früh verstorben." James Dechamp machte eine bedeutungsvolle Pause und rieb sich seine große Nase, an deren Spitze wie immer ein kleiner wasserheller Tropfen hing. „Und jetzt wird es sehr interessant, Sir. Offiziell heißt es, dass auch die Tochter jung verschieden ist, aber es gibt da so Gerüchte, dass das aufmüpfige und sehr temperamentvolle Mädchen in Wahrheit im zarten Alter von sechzehn Jahren mit einem nichtsnutzigen Abenteurer nach Amerika durchgebrannt ist." Dechamp kniff wissend ein Auge zusammen und meinte, sich vertraulich vorbeugend: „Unter uns gesagt, Sir, man munkelt, er wäre ein verdammter irischer Aufwiegler und Glücksritter gewesen." Er schwieg und fixierte seinen Kommandanten scharf. „Nun, das würde passen, nicht wahr, Sir? Wie dem auch sei, ihr Bruder Francis-Godolphin, wird irgendwann mal der Fünfte Duke of Leeds werden. Zur Zeit ist er durch einen besonderen königlichen Beschluss Mitglied des Oberhauses, und unser aller Herrscher Georgie Nummer drei hat ihn zum *Lord Chamberlain of the Household* der Königin Sophie Charlotte ernannt. Ich bin gespannt, wie die Familie auf das Auftauchen der verlorenen Tochter reagieren wird." Der junge Adlige grinste breit, als er sich die Zwickmühle vorstellte, in der sich seine hochedlen Standesgenossen dann befanden.

„Erlauben Sie mir noch ein Wort zu den Godolphins, Sir. Die Familie kann – wie die meine – ihre Abstammung mindestens bis in die Zeit Williams des Eroberers zurückführen. Ihren Reichtum schöpft sie aus den Zinnminen der Grafschaft Cornwell. Außerdem sind sie mit den Churchills …"

Abwehrend hob William beide Hände. „Es ist gut, James, dieser, äh, kurze Ausflug in die Genealogie des englischen Hochadels reicht mir völlig. Bei mir dreht sich alles im Kopf: Duke of …, Earl of …, Privy Council, Lord Chamberlain …! Das Einzige, was ich einigermaßen verstanden habe, ist *Bedchamber*, aber was sich in Ihren Kreisen dahinter verbirgt, dürfte mir ein Buch mit sieben Siegeln sein."

Der Erste Leutnant hüstelte diskret und meinte dann mit einem gewinnenden Lächeln: „Oh, Sir, das meiste habe ich noch weggelassen. In meinen Kreisen pflegt man nicht nur einen Adelstitel zu haben. Dasselbe gilt für die Regierungsämter, von denen viele für den Inhaber lediglich sprudelnde Geldquellen sind. Sollte mit ihnen echte Arbeit verbunden sein, delegiert man die auf einen schlecht bezahlten Vertreter." Er zuckte mit den Schultern. „So sind nun mal die Spielregeln, Sir."

William knurrte: „*Sinecure* nennt man so etwas wohl, wenn ich mich recht erinnere."

„So in etwa, Sir. Der Dank des Vaterlands wäre eine andere Bezeichnung." Dechamp grinste spöttisch, als ob er selbst nicht recht an diese Definition glauben würde.

„Das ist ein verdammter Euphemismus, Sir! Vergessen Sie es, James! Ehe der Dank des Vaterlandes die erreicht, die für sein Wohlergehen und seine Sicherheit die Knochen hingehalten haben, deckt sie schon der grüne Rasen, oder das tiefe Meer hat sie verschluckt. Aber lassen wir das. Machen Sie weiter, James!" Er wandte sich zum Gehen. „Und vielen Dank für Ihre aufschlussreichen Ausführungen."

„Gern geschehen, Sir. Übrigens glaube ich nicht, dass Lady Osborne bei der Heimkunft große Schwierigkeiten mit der

Familie bekommen wird. Wie ich aus sicherer Quelle weiß, waren einige ihrer Kisten ungewöhnlich schwer. Die Matrosen murmelten etwas von Steinen – oder Gold. Wenn etwas gut für den Familienfrieden ist, dann die Tatsache, vom Familienvermögen unabhängig zu sein, denn nichts hasst der Adel mehr als unerwünschte Finger in der Kasse und Probleme bei der Erbfolge. Für alles andere lässt sich immer eine allseits befriedigende Lösung finden."

Turner nickte ihm zu und ging zu Mister Lennon hinüber, der am Kompass damit beschäftigt war, die Ankerpeilung zu kontrollieren. „Mister Lennon, haben Sie ein paar Minuten Zeit für mich?"

„Selbstverständlich, Sir."

„Dann lassen Sie uns einen Blick in die Karten werfen. Ich habe da so eine Idee."

Die Seeleute, die in der Nähe beschäftigt waren, stießen sich an. „Der Alte hat mal wieder eine seiner Eingebungen, Ted."

Sein Kumpel nickte. „Mal sehen, was er diesmal zusammen mit dem alten Weißkopfadler ausheckt."

„Ich wette, dass er einen verwegenen Überfall plant, bei dem wir ein zweites Schiff erobern können. Diese lahme Segelei mit der Bootsflottille geht ihm fürchterlich auf den Geist. Und wenn ich ehrlich sein soll, ich möchte nicht mit den Kameraden tauschen, die den ganzen Tag in den nassen, kalten Booten zusammengedrängt hocken müssen."

„Aber woher hat er denn plötzlich eine Idee, wo er ein passendes Schiff finden kann? So etwas kann man sich doch nicht auf Bestellung schnitzen."

„Oh, Kumpel, dir sollte man wirklich die Grogration streichen, du schnallst wirklich gar nichts mehr. Du weißt doch, dass der Alte mit den Seegeistern sprechen kann. Er wird ihnen ein Opfer dargebracht haben. Das war schon deshalb notwendig, um die Götter gnädig zu stimmen, weil wir drei Weiber an Bord haben. Jeder weiß doch, dass das Unglück bringt. Bei dieser Gelegenheit wird er mit ihnen sein Problem besprochen haben."

„Und du meinst, die haben ihm einen Tipp gegeben, Jimmy?", staunte ein junger Seemann ehrlich beeindruckt.

„Na klar, John, der Alte versteht es eben. Ich wette eine volle Monatsheuer, dass wir in einer Woche mit zwei stolzen Schiffen nach Antigua segeln. Wer hält dagegen?"

In den folgenden Stunden wurden im Zwischendeck zahlreiche Wetten abgeschlossen, darunter waren auch einige, bei denen es um erhebliche Summen ging. Allerdings konnte man nur einen hohen Gewinn erwarten, wenn man darauf setzte, dass sie in den Booten nach Hause segeln würden.

Kapitel 12

South Carolina, Ende Februar 1779

Auf dem französischen Transporter *Ville de Rouen* herrschte reges Treiben. Gerade hatten wieder die großen Schiffsboote abgelegt, um das letzte Material und Ausrüstungsgegenstände der Pioniere an Land zu bringen. Auf dem Achterdeck beobachteten der Kommandant und sein Erster Offizier gelangweilt, wie sie im gemächlichen Gleichtakt der Riemenschläge dem Ufer zustrebten, auf dem Zelte für die Männer errichtet wurden, die die halb zerfallene Batteriestellung der Küstenverteidigung im Mündungsgebiet des Flusses wieder aufbauen sollten.

„Seltsame Typen, diese Amerikaner", meinte Baron Jaques de Plumeau, der Erste Offizier, ein baumlanger Mann aus der Vendée, „da haben ihnen die Roastbeefs an fast allen strategisch wichtigen Stellen Küstenbefestigungen hinterlassen, und diese Ignoranten haben sie einfach verfallen lassen."

„Ja", stimmte ihm *Capitaine de frégate* Chevalier Louis-Alexandre de Jouville, ein vierschrötiger, untersetzter Mann, zu. „Die Engländer haben ein ganz anderes Bewusstsein für die Möglichkeiten, welche das Meer bietet, und auch für die Gefahren, die von ihm ausgehen können. Diese Halbwilden hier sind und bleiben Bauerntölpel, die es nicht besser verstehen, als in der Erde herumzuwühlen, *comme des cochons*, pah! Sie sind nicht viel besser als ihre schwarzen Sklaven. Haben Sie auch beobachtet, wie viele der Farmer zusammen mit ihren paar Sklaven auf den kleinen Feldern schuften, *dégoûtant, n'est-ce pas?* Man sollte kaum glauben, dass sie von den stolzen Söhnen der Insel abstammen."

Der Erste Offizier nickte bestätigend. „*Oui*, außerdem haben sie keine Umgangsformen." Er überlegte. „Nun ja, ein paar Großgrundbesitzer und Offiziere vielleicht ausgenommen. Und dann immer diese Streitigkeiten, wer das Kommando hat! Wenn ich daran denke! Da wollte Ihnen doch so ein dahergelaufener Leutnant der Miliz Befehle erteilen! Wohlgemerkt der Miliz, noch nicht mal ein bestallter Offizier eines anständigen Linienregiments – falls es so etwas hier überhaupt gibt –, von Garderegimentern will ich gar nicht reden!" Er schüttelte noch im Nachhinein entrüstet den Kopf. „Dabei weiß doch jedes Kind, dass der *Roi de Grande-Bretagne* seine unbotmäßigen Kolonien schon längst wieder unter der Fuchtel hätte, wenn wir den Rebellen nicht mit sehr viel Geld, Kriegsmaterial und Freiwilligen aus der Patsche geholfen hätten. Ich sage nur: Marquis de Lafayette und Johann de Kalb!"

„Sie haben völlig recht, Monsieur. Diese Milizen sind nach unseren Maßstäben wirklich veritable Sauhaufen. Aber man darf die Amerikaner nicht unterschätzen. Mit ihrer unkonventionellen Art der Kriegsführung, des überraschenden Zuschlagens aus dem Hinterhalt und dem anschließenden schnellen Verschwinden in den Wäldern, erzielen sie erstaunliche Erfolge. Denken Sie nur an die Rothäute, die auf diese Weise im letzten Krieg auch sehr erfolgreich waren. Wir machen es ihnen in gewisser Hinsicht mit den leichten Truppen, besonders mit den Husaren, aber auch mit den *chasseurs à pied* inzwischen nach, aber selbstverständlich auf einem ganz anderen Niveau." Hochmütig stieß er das Kinn nach vorne und machte eine Pause, dann blickte er durch sein Teleskop zum Ufer hinüber und fuhr fort: „Wie man hört, machen die regulären Einheiten von Washingtons Kontinentalarmee erhebliche Fortschritte in der formalen Kriegsführung, seit dieser preußische Baron von Steuben Generalinspekteur der Truppen ist. Übrigens ist dieser de Kalb auch ein gebürtiger Deutscher. Aber Sie haben natürlich recht, für unsere Staatsfinanzen ist dieser Krieg ein Desaster. So hat sich zumindest mein Cousin ausgedrückt, der gute Beziehungen zum Hof unterhält!"

Der Erste Offizier rückte seinen Hut zurecht und schmunzelte diskret hinter dem vorgehaltenen Arm. Es war schon drollig, dass der Kommandant bei jeder sich bietenden Gelegenheit auf seine Beziehungen zum Hof hinwies, dabei wusste Plumier aus zuverlässiger Quelle genau, dass der Cousin des Kapitäns ein völlig unbedeutender Mitläufer im Gefolge des Erzbischofs von Reims, Alexandre Angélique de Talleyrand-Périgord, war und gelegentlich als dessen Bote nach Versaille geschickt wurde. Seine eigenen Beziehungen waren da wesentlich besser, überlegte er. Aber auch sein Onkel, der im Zirkel des Comte de Maurepas verkehrte, hatte darüber geklagt, dass Frankreich unaufhaltsam auf den Staatsbankrott zusteuere, wenn der Krieg noch lange andauern sollte. Zwar hatten die Reformen und einschneidenden Sparmaßnahmen des Generalkontrolleurs der Finanzen, Anne Robert Jacques Turgot, Baron de l'Aulne, die Situation etwas entspannt, aber es war bei Weitem noch zu früh, Entwarnung zu geben.

Der Kapitän fuhr in Gedanken versunken fort: „Man munkelt, dass wir weit über zehntausend Soldaten nach Amerika geschickt haben, dazu kommen die immensen Kosten für den Unterhalt und die Ausrüstung der Flotten und das Kriegsmaterial für die Aufständischen. Da kommt ein erkleckliches Sümmchen zusammen. Und wofür das Ganze? Es ist uns doch im Grunde völlig egal, ob diese Hinterwäldler unabhängig von der britischen Krone sind!"

„Völlig richtig, *mon Capitaine*, unser Motiv ist ein sehr menschliches. Wir dürsten nach Rache für die schmähliche Niederlage im Siebenjährigen Krieg. Frankreich hat ein sehr langes Gedächtnis, besonders für tatsächliche oder vermeintliche Demütigungen, die uns von anderen zugefügt wurden! Hier in Amerika sehen der König und seine Minister endlich eine Chance, unserem ewigen Widersacher England ordentlich eins auszuwischen."

Kapitän de Jouville zog in typisch mediterraner Manier die Schultern hoch, drehte die Handflächen nach oben und bemerkte sarkastisch: „Das erinnert mich fatal an den Mann, der einem Ertrinkenden missgünstig eine Eisenkugel zuwirft, ohne zu bedenken, dass er selbst an diese Kugel angekettet ist.“

Plumier hüstelte dezent. Das war eine unverblümte Kritik an der Weisheit des Monarchen gewesen. Aber der Kapitän hatte ja Recht. Ein Ende des Krieges war noch lange nicht in Sicht, und wie ihm sein Onkel vertraulich mitgeteilt hatte, schaffte sich Turgot mit seinen radikalen Reformen viele einflussreiche Feinde, so dass man über kurz oder lang mit seiner Abberufung rechnen musste. Es war ein offenes Geheimnis, dass inzwischen selbst Maurepas langsam von seinem ehemaligen Protegé abrückte, und da der Comte das Ohr des Königs hatte, dürfte dies das politische Aus für den Finanzminister bedeuten. „Nun, *mon Capitaine*, es gibt doch auch ganz positive Entwicklungen zu konstatieren. Immerhin haben die Amerikaner die Invasion der Briten am 3. Februar bei Beaufort erfolgreich abgewiesen. Ihre Landung auf der Insel Port Royal war ein verlustreicher Fehlschlag. In einem heftigen Feuergefecht, das sich über eine Dreiviertelstunde hinzog, zwangen die Milizen die Briten zum übereilten Rückzug in die Boote. Der englische Kommandeur hatte einige gravierende taktische Fehler begangen. Daher sind sie nur mit viel Glück knapp der völligen Vernichtung entgangen und hatten vierzig Tote und viele Verwundete, außerdem wurden zwölf Briten gefangen genommen. Dagegen nehmen sich die Verluste der Amerikaner gering aus: sieben Tote und achtzehn Verwundete. Wären dagegen die Briten erfolgreich gewesen, würden wir jetzt hier nicht friedlich liegen und könnten in aller Ruhe unsere Aufgabe erledigen, Monsieur.“

Der Kommandant murmelte etwas, das wie „kleines Scharmützel und misslungenes Ablenkungsmanöver“ klang, nickte aber schließlich. „Monsieur Plumeau, lassen Sie bitte die leeren Laderäume und das Zwischendeck gründlich reinigen, mit Essig abwaschen und mit Schwefel ausbrennen, damit wir die versprochene Rückladung übernehmen können. Erkundigen Sie sich bei den Einheimischen, wo es hier in der Gegend gutes, sauberes Trinkwasser gibt. Lassen Sie ab morgen die Fässer reinigen und bei Bedarf am Ufer ausbrennen. Schicken Sie ebenfalls morgen Arbeitskommandos an Land, die Brennholz schlagen sollen. Unsere Verbündeten mögen die, äh, Schlacht um Beaufort gewonnen haben, mir ist trotzdem erst wieder wohl, wenn ich kein Land mehr in Sicht habe."

„Oh, Monsieur, gegen den Anblick der Ile d'Ouessant* hätte ich nichts einzuwenden", scherzte der Erste Offizier mit einem fröhlichen Lächeln.

Der eisige Blick seines Kommandanten wischte dieses Lächeln aus seinem Gesicht.

*

Die *Ville de Rouen* hatte verholt und ankerte jetzt vor einem breiten, flachen Uferstreifen, der von einem Bach geteilt wurde. In der vergangenen Woche hatte man das Schiff innen gründlich gereinigt und anschließend damit begonnen, Brennholz an Land zu schlagen und die Trinkwasserfässer auszuwaschen, auszubrennen und aufzufüllen. Auch große Berge Brennholz türmten sich bereits neben den Fässern und warteten darauf, verstaut zu werden. Das hatte Zeit gekostet, denn jetzt, am Ende des Februars, waren die Tage noch kurz. Das Ergebnis der Arbeit lagerte sorgfältig gestapelt am Ufer, denn bevor man den Laderaum wieder mit Verbrauchsgütern füllen konnte, an die man während der Reise problemlos herankommen musste, hatte man die wertvollen Handelswaren

---

* Insel vor der Bretagne an der Zufahrt nach Brest.

an Bord nehmen müssen. Die aus Baumwolle, Tabak und Reis bestehende Ladung war in den vergangenen Tagen mit Leichtern angeliefert worden, weil das alte Linienschiff das Fahrwasser wegen seines Tiefgangs nicht bis zum Hafen hinauflaufen konnte. Aber jetzt endlich pendelten die Boote unablässig zwischen dem Ufer und dem Schiff hin und her und brachten die Süßwasserfässer unter das Ladegeschirr.

Capitaine de frégate de Jouville war sehr erleichtert gewesen, dass ihm der Bevollmächtigte des Kongresses Güter für die Rückfahrt angeboten hatte, mit der sie einen geringen Teil ihrer Schulden tilgen wollten. Ohne diese Ladung hätte er sich um Ballast kümmern müssen. Wie es aussah, gab es in dieser Gegend keinen groben Schotter oder handliches Felsengeröll, das sich dafür geeignet hätte. Selbst trockener, einigermaßen grobkörniger Kies schien hier eine Rarität zu sein. Sein Schiff war eine bereits ältliche Matrone, die leider unter Undichtigkeiten im unteren Bereich litt, wie das bei alten Damen nicht unüblich ist. Das sich in den Bilgen sammelnde Wasser hätte den als Ballast eingenommenen kleinkörnigen Kies oder gar feinen Seesand in eine flüssige Pampe verwandeln und die Stabilität des Schiffes ernsthaft gefährden können. Die ständig über dem Kiel als Ballast gefahrenen Feldsteine hätten eine Kenterung nicht verhindern können, wenn der Schlick angefangen hätte, von einer Seite zur anderen zu schwappen. Aber so ließ sich alles zu seiner vollen Zufriedenheit an und Kapitän Jouville hoffte auf eine schnelle Reise über den Nordatlantik mit den kräftigen Westwinden. Zu heftig brauchten die Winde allerdings auch nicht zu sein, denn wie schon gesagt, war die *Rouen* eine etwas betagte Madame und mochte es nicht, wenn an ihren Röcken zu heftig gezerrt wurde.

Zwei Tage würden sie wohl noch benötigen, um das Wasser und das Holz zu übernehmen und seefest zu verstauen. Zudem hatte der Bürgermeister der Stadt versprochen, vier Leichter mit lebendem Vieh zum Ankerplatz stromab zu schicken, natürlich nur gegen harte goldene Louis d'or. Auch siegreiche Yankees verloren ihren wirtschaftlichen Vorteil nicht aus den Augen und ließen sich nicht zu sentimentaler Großzügigkeit hinreißen. Wie dem auch sei, so ausgerüstet würde er sich beruhigt selbst zu dieser stürmischen Jahreszeit auf die über dreitausend Meilen lange Reise machen können. Da das Schiff nur einen kleinen Teil seiner Armierung behalten hatte, war auch die Besatzung entsprechend geschrumpft. Durch den Wegfall der sechsundzwanzig schweren 24er- und eines Teils der 18- und Zwölfpfünder war die Mannschaftsstärke von über fünfhundert auf etwa zweihundertfünfzig Seeleute halbiert worden. Aber damit ließ sich das Schiff segeln, denn das Rigg entsprach ungefähr dem einer großen Fregatte. Mit den verbliebenen sechzehn Achtzehnpfündern und den zehn Zwölfpfündern konnte es sich auch gegen kleinere Feindschiffe erfolgreich behaupten, aber seine stärkste Waffe war der äußere Schein. Welche Fregatte wagte sich schon an ein Linienschiff der Dritten Klasse heran – allerdings bei den verrückten Engländern konnte man nie wissen! Fatal würde es jedenfalls dann werden, wenn sich ein echtes Schlachtschiff ihrer annahm. Aber in diesem Fall vertraute Jouville auf die Schnelligkeit der *Rouen*, die nicht so tief wie ein voll ausgerüstetes Schlachtschiff im Wasser lag und daher ein günstiges Verhältnis von Verdrängung zur Segelfläche hatte. Die alte Dame konnte, wenn es denn sein musste, mit hoch geschürzten Röcken erstaunlich schnell Fersengeld geben.

Zufrieden mit dem Verlauf der Dinge lud Fregattenkapitän de Jouville seine Offiziere und zwei Fähnriche ein, mit ihm am Abend zu dinieren. Auf See würde sich ihnen dafür in den nächsten Wochen auf dem winterlichen Nordatlantik voraussichtlich wenig Gelegenheit bieten. Es wurde ein ausgelassenes, festliches Mahl. Als Aperitif im Stehen wurde ein wohlschmeckendes Getränk gereicht, das Estève, der langjährige Steward des Kommandanten, aus Pastis und Crème de Menthe komponiert hatte, dazu konnten sich die

Herren an Nüssen und Mandeln delektieren, die in Schüsseln bereit standen. Auf ein Zeichen des Chefstewards hin, bat der Kapitän seine Offiziere, Platz zu nehmen. Man stieß noch etwas steif auf den harmonischen Verlauf des Abends an. Nach einer kurzen, freundschaftlichen Begrüßung durch den Kommandanten unterhielt man sich über die Dienstgeschäfte des vergangenen Tages. Der erste Gang bestand aus einer Art Bouillabaisse. Jouville machte sich keine Gedanken darüber, wie der Koch an die verschiedenen Fischsorten und Gewürze gekommen war. Jedenfalls hatte der Smutje unter den scharfen Augen des provenzalischen Kapitänsstewards verschiedene Fischarten geputzt und in nicht zu kleine Stücke zerteilt, sie kurz angebraten und dann zusammen mit Tomaten, Sellerie, Kartoffeln, Zwiebeln, Fenchel, Thymian, geriebener Orangenschale, etwas Sternanis, (sündhaft teurem) Safran und Lorbeerblättern zwei Stunden in einem Sud ziehen lassen. Estève Morlet hatte wehmütig an die heimischen Gewässer gedacht, in denen Drachenkopf, Petermännchen, Knurrhahn, Meeraal und Dorade die Basis dieses Gerichts bildeten, aber er hatte nehmen müssen, was er bekommen konnte. Zu der mit etwas Pastis abgeschmeckten, phantastisch duftenden Suppe wurden eine dicke Knoblauchsauce, geriebener Hartkäse und geröstete Weißbrotscheiben gereicht. Aus den Vorräten des Kapitäns servierten die Stewards einen exzellenten Cassis blanc aus der Provence. Als zweiten Gang hatte sich der Steward gebratene Hähnchenbrust mit Mandeln und Chili einfallen lassen. Der Smutje war wie auf den meisten Kriegsschiffen ein Invalide, der von den Feinheiten der Küche wenig verstand. Man hatte dem ehemaligen Bootsmannsmaaten diesen Posten verschafft, um seine Verdienste zu belohnen, nachdem er im Kampf einen Fuß verloren hatte. Immerhin hatte er seine Kochsmaaten gut im Zug, die Kupferkessel waren immer blitzblank geputzt, und der Herd strahlte stets die nötige Hitze aus. Estève ließ seinen Blick über die Gesellschaft gleiten. Die Herren sprachen dem frischen Chablis aus Montée de Tonnerre im nördlichen Burgund mit seinem fruchtigen Bouquet nach Äpfeln, Quitten und dem Kalkboden geschuldeten mineralischen Nachhall eifrig zu, die Gespräche wurden immer lauter und die Gesichter röteten sich. Nach einer angemessenen Pause wurde der Fischgang aufgetragen. Die Seezungenfilets waren mit Lauch und Zwiebeln in Weißwein überbacken worden und wurden reichlich mit einem trockenen Sauvignon Blanc aus Sancerre im Tal der Loire heruntergespült. Leutnant de Marchevite, der offensichtlich bemüht war, seinen schlechten Ruf als ironischer Nörgler aufzupolieren, leckte sich die Lippen und trompete dann: „Schmeckt wie Katzenpisse auf einem Stachelbeerstrauch!" Der eisige Blick des Kommandanten rührte ihn nicht. Unbeeindruckt widmete er sich wieder seinem Nachbarn. Die Gespräche am Kopf der Tafel drehten sich hauptsächlich um die bevorstehende Heimreise und welche Route wohl die bessere wäre. Die jungen Herren, die weiter unten platziert waren, diskutierten über den Fortgang des Krieges und bedauerten, dass sie noch keine Gelegenheit bekommen hatten, sich im Kampf auszuzeichnen. Der Zweite Leutnant, Hercule de Marchevite, meinte: „Wir haben zwar unsere Aufgabe sehr ordentlich erledigt, aber das wird uns keine Belobigung und schon erst recht keine Beförderung eintragen."

Die Gespräche brachen abrupt ab und alle spitzten die Ohren, als Steward Morlet, sein eigenes Licht unter den Scheffel stellend, den nächsten Gang ankündigte: „Messieurs, eine Spezialität unseres Herrschers über die Flammen der Kombüse: Provenzalischer Schmortopf mit Rosmarinkartoffeln!" Er klatschte in die Hände und seine Gehilfen trugen die Schüsseln auf. Ein verlockender Duft nach Knoblauch und Rotwein breitete sich in der großen Staatskabine aus, und bald erfüllte „gefräßiges" Schweigen den Raum. Der Steward wartete im Hintergrund ab. In seinem Gesicht mit dem olivfarbenen Teint und dem schmalen Oberlippenbärtchen zuckte kein Muskel. Er war von Natur aus ein Melancholiker und verachtete die Menschen, kurz gesagt, er war ein Misanthrop. Düster vor sich hin blickend überlegte er, wie lang und wie arbeitsintensiv die Zubereitung gewesen war und wie schnell sich jetzt die tiefen Schüsseln leerten: im Handumdrehen, ja, das war genau die richtige Bezeichnung dafür. Was hatte für dieses aufwendige Gericht nicht alles geputzt, klein gehackt, gewürfelt und geschnitten werden müssen. Die Kochsmaaten hatten Möhren, Schalotten und Knoblauchzehen fein gehackt und in Olivenöl angedünstet. Die Pfefferkörner hatte ein Küchenjunge in einem Mörser fein zerrieben und sie anschließend zusammen mit den Pilzen, dem Thymian und einem Teil des Rosmarins hinzugegeben. Mit einer leidenden Miene hatte der Koch alles mit einem halben Liter Marc de Provence abgelöscht und mit einem Viertelliter Wasser auffüllt, danach hatte er, den Steward zweifelnd anblickend, sehr vorsichtig die Orangenzesten dazugegeben. Steward Estève Morlet seufzte, als er an die Orangen dachte. Da sie aus der englischen Kolonie Florida kamen, war es eine kostspielige Angelegenheit gewesen, sie auf dem Markt zu erstehen. Aber es hatte sich gelohnt, denn den Herren Offizieren schmeckte es ganz offensichtlich vorzüglich. Alle Zutaten hatten sie dann ungefähr eine halbe Stunde sanft einkochen lassen und anschließend durch ein Sieb gegeben. In der Zwischenzeit waren die fünf Pfund bestes Rindfleisch in große Stücke geschnitten und in Olivenöl angebraten, mit Salz und schwarzem Pfeffer gewürzt und mit etwas Wein angegossen worden. Er persönlich hatte dann noch mit großer Geste die Lorbeerblätter hinzugegeben. Bei mittlerer Hitze hatten sie alles schmoren lassen. Sobald der Wein verkocht war, hatten sie immer wieder Wein nachgegossen und damit endlich auch den Satz abgelöscht. Insgesamt hatten sie in über drei Stunden vier Liter Rotwein aus einer Lage südlich von Nîmes verarbeitet. Er hatte scharf aufpassen müssen, dass sich der Koch und seine Brigade nicht heimlich an dem Kochwein vergriffen, wenn er kurzzeitig nicht in der Kombüse war. Während der letzten Stunde der Garzeit wurde abwechselnd Kochsud und Wein zugegeben. Die Sauce hatten sie einkochen lassen und kurz vor dem Servieren nochmals Kräuter hinzugegeben. Die Zubereitung der Rosmarinkartoffeln hatte er dem Koch überlassen, dafür reichte es bei ihm gerade aus. Er machte den Stewards ein Zeichen, den Herren freigiebig den roten Bandol aus der Gemeinde Le Castellet, einem mittelalterlichen kleinen Dorf in den Bergen über dem Mittelmeer, nachzuschenken. Wie Morlet im Laufe seiner langen Dienstzeit erkannt hatte, war der Wein aus der Mourvedretraube gut lagerfähig und vertrug auch lange Reisen. Die Rebe bestach durch ihr tiefes, bläuliches Rot. Sein kräftiger Duft wurde von reifen, dunklen Früchten und einem würzigen Holzton bestimmt, dazu gesellten sich im weiteren Verlauf Aromen von Kakao und Pfeffer. Alles in allem: ein vielschichtiger, kraftvoller und eleganter Gaumenschmeichler mit einem unglaublich lang anhaltenden Finale. Ein exklusiver Tropfen. Die Offiziere schienen seiner Meinung zu sein, auch wenn sie ihn nicht mit der nötigen Achtung tranken. Einige schütteten ihn hinunter, als ob es billiger Landwein wäre. Nach und nach rutschten die Herren schwer atmend nach hinten an die Stuhllehnen, und ihre Köpfe sanken erschöpft herab. Einige erleichterten sich dezent hinter ihrer Serviette mit einem kleinen Aufstoßen, andere hielten den Stewards auffordernd ihr leeres Glas zum Nachfüllen hin, aber alle lächelten satt und waren mit sich und der Welt zufrieden. Schließlich wurden die Käseplatten und Obstschalen aufgetragen. Als Digestif wurde ein Brandwein aus Cognac gereicht, nach Morlets Meinung war der Remy Martin recht trinkbar, obwohl er persönlich einen alten in Eichenfässern gelagerten Marc vorgezogen hätte.

Fregattenkapitän Louis Alexandre de Jouville stemmte sich schon recht mühsam aus seinem Stuhl in die Höhe und brachte den Toast auf den König aus. Seine Männer erhoben sich unter lautem Scharren von den schwankenden, vom Umfallen gefährdeten Stühlen und gaben ihm Bescheid. Danach ließen sich alle wieder erleichtert fallen. Die Gläser wurden wieder gefüllt und eine lebhafte Unterhaltung brandete auf. Es wurde gescherzt und viel gelacht, besonders über den jungen Fähnrich de Coque-Colline, der sich den Rausch des Abends angetrunken hatte und jetzt jedem von seiner unerfüllten tragischen Liebe zu der wunderschönen Tochter Brigitte des Schweinehirten Sansabot erzählen wollte. Mit erheblichen sprachlichen Mühen beschrieb er ihre langen hellblonden Flechten, ihre großen, ausdrucksvollen braunen Augen, dann versagte ihm die Stimme und er nahm die Hände zu Hilfe um ihre sonstigen körperlichen Vorzüge seinen Offizierskameraden bildhaft darzustellen. Dann begann er voller Selbstmitleid zu weinen. Der Zweite Offizier, Marchevite, klopfte ihm begütigend auf die Schulter und meinte jovial: „Ich sehe es kommen, *mon ami*, ich muss Sie dringend während unserer Liegezeit in Brest zu Hause besuchen und diese Perle des weiblichen Geschlechts persönlich in Augenschein nehmen." Er lächelte schief und dachte bei sich: ‚Wahrscheinlich wird dieses Landei riesige Plattfüße haben und entsetzlich nach Schweinedung stinken, aber wenn nur die Hälfte von dem stimmte, was der Junge erzählt, muss sich unter dem Dreck und den Lumpen ein recht ansehnliches Weibsstück verstecken. Ein Mädchen ihres Standes konnte es nicht wagen, sich den Wünschen eines Seeoffiziers des Königs zu verweigern. Vielleicht konnte sie den täppischen Annäherungsversuchen eines unerfahrenen *aspirant* widerstehen, aber nicht dem energischen Werben eines erfahrenen Mannes von Stand. Eine Woche, und dann adieu, *ma chérie*.' Er verspürte ein heftiges Verlangen. Die jungen Amerikanerinnen waren nicht sehr aufgeschlossen gewesen, nein, ganz und gar nicht. Sehr abweisend war die weitaus treffendere Beschreibung ihres Verhaltens.

Es war schon nach Mitternacht, als der Kommandant seine Offiziere verabschiedete. Nachdem sie die große Staatskabine verlassen hatten, taumelte er sofort in seine separate Schlafkammer und hievte sich, ohne sich lange mit dem Entkleiden aufzuhalten, in die Schwingkoje und war gleich darauf eingeschlafen. Der Steward, der die Kabine nebenan aufklarte, hörte durch das dünne Schott laute Schnarchgeräusche. Wie es seinem misanthropischen Charakter entsprach, verzog er geringschätzig die schmalen Lippen. „Der großmächtige Herr Kommandant ist besoffen wie ein gemeiner Fuhrknecht. Wenn er so weitersägt, wird das Schott morgen früh Kleinholz sein!“ Er goss sich ein großes Glas seines Lieblingsweins ein, schob genießerisch die Lippen nach vorne, nahm einen kleinen Schluck, bewegte ihn langsam und laut schmatzend im Mund, dabei atmete er tief ein. Genüsslich schluckte er, dann öffnete er den Mund und stieß ein wohliges Grunzen aus. „Wein ist der einzig wahre Freund des Menschen“, murmelte er vor sich hin. Nach kurzem Überlegen ergänzte er: „Jedenfalls wenn es ein guter Wein ist.“

In der Offiziersmesse verschwanden auch die meisten Herren sogleich in ihren kleinen Kammern, die seitlich von der Messe abgingen. Nur ein kleiner, harter Kern versammelte sich am Messetisch, um noch einen Scheidebecher zu nehmen. Es wurden noch ein paar Zoten gerissen und zwei, drei Liedchen angestimmt, aber irgendwie waren die Sänger nicht dazu in der Lage, sich auf dieselbe Melodie zu einigen, so dass schließlich nur noch Leutnant Marchevite leise vor sich hin brummte. Bald wurden auch diese drei Nachteulen von der Müdigkeit übermannt, stolperten in die Koje oder schliefen einfach am Tisch ein. So kam es, dass alle Offiziere des alten Linienschiffs den Schlaf des Gerechten schliefen, als die Schiffsglocke viermal glaste. Alle? Nein! Einer hörte nicht auf, Widerstand zu leisten und zu kämpfen … gegen den Schlaf! Auf dem Achterdeck stand der kleine Fähnrich Jules de Roche, dem man die Ankerwache dieser Nacht übertragen hatte. Seine kleine Truppe von einem Dutzend Seeleuten hatte sich im Schatten der Masten und Kanonen unsichtbar gemacht. Auch im Zwischendeck hatte man heute Abend gut gegessen – allerdings bei weitem nicht so exquisit wie in der Achterkajüte – und auch dort waren alkoholische Getränke freigiebig geflossen. Nicht alle Spirituosen stammten aus den Vorräten des Zahlmeisters, ein großer Teil war an Land gekauft worden. Die Männer an Deck hatten ihren Teil davon abbekommen. Was sollte hier auf dieser sicheren Reede schon passieren? Das Wetter war für die Jahreszeit recht gut, wenn auch immer wieder Wolken über den Himmel zogen. Ein fast voller Mond sorgte in den Wolkenlücken für Licht. Alles war ruhig. Jules de Roche hatte zuerst neidisch zu dem hell erleuchteten Skylight hinübergestarrt und mit der Versuchung gekämpft, sich dicht heranzuschleichen, um die Gespräche zu belauschen, die durch die leicht geöffneten Klappen drangen. Aber stets hatte er sich wieder mannhaft abgewendet und pflichtbewusst die Ankerpeilung überprüft. Ein Steward der Offiziersmesse hatte ihm nach jedem Gang einen mit den Köstlichkeiten voll beladenen Teller nach oben gebracht, die seine Kameraden übrig gelassen hatten und – dem Himmel sei es geklagt – leider auch stets eine Kanne mit dem dazugehörigen Wein. So kam es, dass auch der hoffnungsvolle Nachwuchs der königlichen französischen Marine keineswegs nüchtern seinen Dienst versah, sondern seit geraumer Zeit an die Luvwanten gelehnt mit geschlossenen Augen vor sich hin döste. Er zuckte jedes Mal wieder erschrocken hoch und richtete sich kerzengerade auf, wenn die Beine unter ihm nachgaben. Vor kurzem waren die vier Doppelschläge verklungen, die das Ende der Nachtwache bedeuteten und den Beginn der Morgenwache eingeläutet hatten. Bald hatte er es geschafft. Gott sei Dank. Er hakte den Arm in die Webeleinen zwischen den Wanten ein und packte mit der Hand fest das Revers seines Waffenrocks. Die Augen fielen ihm zu. Der Kopf sank langsam nach rechts an die dicken Taue, sein Hut rutschte in einem lächerlich schiefen Winkel zur Seite. Plötzlich schreckte er hoch. War da was? Er meinte einen Schrei gehört zu haben. Doch ja, da! Schatten huschten im Mondlicht über die Treppe auf das Achterdeck und dann auf ihn zu. In der Kuhl war das laute Getrampel von Füßen zu hören, raue Befehle wurden in einer fremden Sprache gebrüllt. Blanker Stahl blitzte in den Strahlen des kalten Mondlichts. Da! Wieder ein Alarmruf, der mit einem erstickten Gurgeln endete. Aus der Kuhl erklang ein erschrockenes: *„Qui va là?"* Eine andere rief entsetzt: *„Merde, les Anglais! Sauve qui peut!"* Vom Vorschiff flog ein dunkles, strampelndes Bündel im hohen Bogen über die Reling und klatschte laut auf die Wasseroberfläche. Ein großer Mann in einer Uniform mit gekreuzten weißen Brustgurten und einem schwarzen Tschako kam im Laufschritt auf ihn zugestürmt. In seinen Händen hielt er eine Muskete mit aufgepflanztem Bajonett. Der Fähnrich zog zitternd seinen kurzen Degen aus der Scheide und hielt die Klinge abwehrend vor seinen Körper, war aber ansonsten unfähig, sich zu rühren, geschweige denn seine Seitenwaffe aktiv zu benutzen. Jules de Roche starrte wie gelähmt fasziniert in die funkelnden, hellen Augen des Angreifers, sie waren das letzte, was er bewusst wahrnahm. Der Seesoldat durchbohrte ihn routiniert, wie er es tausendmal geübt und in anderen Gefechten bereits ein paar Dutzend Mal praktiziert hatte. Auch die anderen Männer der Deckswache wurden im Handumdrehen niedergemacht, nur wenige waren geistesgegenwärtig genug, sich mit erhobenen Armen auf das Deck niederzuknien und *„pardonnez moi!"* zu rufen. Die Seesoldaten unter der Führung von Leutnant Benjamin Blower besetzten routiniert das Achterdeck, eine zweite Abteilung stürmte in die Unterkünfte des Achterdecks. Die Offiziere wurden im Schlaf überrascht. Jaques de Plumeau hatte zuerst an einen bösen Alptraum geglaubt, als die Tür zu seiner Kammer aufflog und eine halbnackte Gestalt in der Tür stand, deren Gesicht mit seltsamen Farbzeichen geschmückt war. Das Gespenst trug Adlerfedern im Haar. Das musste eine besonders üble Ausgeburt seiner Phantasie sein. Waren das schon Anzeichen des Delirium tremens? Aber nein, der drohend erhobene Tomahawk und eine unmissverständliche Geste der anderen Hand überzeugte ihn, dass er nicht träumte, sondern in einer Realität erwacht war, die in ihrer Grausamkeit und Beschämung allerdings viel von einem Alptraum an sich hatte. Ähnlich war es dem Navigator gegangen, der von einem Kerl in Lederkleidung und einer Waschbärenmütze geweckt worden war. Ungnädig hatte der gestandene Seemann ihn als Ausgeburt von überreichlich genossenem gutem Essen und viel zu viel Alkohol mit einer gereizten Handbewegung aus der Kammer verweisen wollen, ehe ihn ein Stoß mit dem langen Lauf der Muskete davon überzeugte, dass sein schmerzender Kopf zwar auf das Zuviel an Alkohol zurückzuführen war, aber nicht seine jetzige prekäre Lage.

So mussten sich wohl oder übel all die stolzen Herren zähneknirschend in ihr Schicksal fügen und sich in der Messe versammeln. Der Zweite Offizier Marchevite hielt sich den dröhnenden Schädel, schnappte sich dann aber routiniert ein halbvolles Glas Rotwein, das noch auf dem Tisch stand, und stürzte es in einem Zug hinunter, um den pelzigen schlechten Geschmack in seinem Mund loszuwerden. Sarkastisch wandte er sich an den Ersten Offizier, de Plumeau: „Monsieur, immerhin haben wir gestern noch mal richtig anständig gegessen. Wie man hört, soll die englische Küche auf der Stufe der Höhlenbewohner der Steinzeit stehen geblieben sein. Halbrohes Fleisch und Brei aus gedarrtem Hafer, igitt igitt!“ Der Erste konnte darüber noch nicht einmal andeutungsweise lächeln. Trübe erwiderte er: „Monsieur Marchevite, wenn man in der Heimat erfährt, wie beschämend leicht uns die Briten überwältigt haben, dann wird man uns keine Lorbeerkränze winden, sondern zum Dienst auf die Mittelmeergaleeren schicken! Aber nicht auf das Achterdeck, sondern in Ketten an die Riemen! Verlassen Sie sich darauf.“

Auch Fregattenkapitän de Jouville war von dem Lärm geweckt worden. Wie jeder Kapitän hatte er bei Störungen des normalen Schiffsbetriebs einen leichten Schlaf – das galt sogar, wenn er ziemlich betrunken war. Er sprang aus der Koje, die ihn beim Zurückschwingen schmerzhaft in den Rücken traf. Er griff nach den Pistolen, die er für den Fall der Fälle immer griffbereit und geladen in seiner Schlafkammer aufbewahrte, dann stieß er die Tür zur großen Kabine auf. Im schwachen Licht der Nachtlaterne sah er mehrere Uniformierte eindringen, er hob die Pistolen und drückte ab. Allerdings passierte nichts. Seine Pistolen feuerten nicht, verwundert blickte er auf sie hinunter. Er hatte vergessen, die Hähne zu spannen! Die beiden britischen Seesoldaten dagegen verfügten über funktionstüchtige Musketen und sie zögerten nicht, sie einzusetzen. Die schweren Bleikugeln trafen ihn wie Hammerschläge in die Brust. Er taumelte rückwärts und fiel nach hinten in die Schlafkammer zurück, wo er schwer auf das Deck aufschlug. Er starb einen zwar sinnlosen – aber ehrenvollen Tod. In den Augen seiner Vorgesetzten war er als Held gefallen – und das war das Beste, was er in seiner Situation für seine Familie hatte tun können. Die Alternative für ihn wäre nach einem unvermeidlichen Schuldspruch des Kriegsgerichts sonst sehr wahrscheinlich das Ende an einem Pfahl vor einem Erschießungspeloton gewesen.

An Deck kam es zu einem kurzen, blutigen Handgemenge mit den ersten aus dem Zwischendeck nach oben stürmenden Franzosen. Leutnant Dechamp war ganz in seinem Element. Elegant tänzelte er über das Deck, sein Degen fuhr einem tödlichen Blitz gleich zwischen die Feinde. „Feuert mit den Blunderbüchsen in die Niedergänge und werft Granaten hinein!“, befahl er seinen Männern. Das gehackte Blei und die Sprengstücke der Granaten hatten auf dem beengten Raum eine entsetzliche Wirkung. Von unten erklang ein jammervolles Geschrei, das in ein lang anhaltendes Wehklagen überging. Dechamps Seeleute verrammelten die Niedergänge zum Zwischendeck und sicherten die Ladeluke, so dass die nachdrängenden Franzosen nicht mehr an Deck gelangen konnten. Nach weniger als einer halben Stunde war die *Ville de Rouen*, Linienschiff der Dritten Klasse *en flûte*, fest in den Händen ihrer neuen Herren.

William Turner hatte allen Grund, sich ausgiebig bei Jane Osborne für sein neues Schiff zu bedanken.

Kapitel 13

Auf See, Bahamas, März 1779

Auf der Luvseite des Achterdecks der *Ville de Rouen* marschierten Commander Turner und Segelmeister Lennon nebeneinander auf und ab. Sie waren tief in ein Gespräch versunken. Ab und zu deutete einer der beiden nach oben in die Takelage, worauf auch der andere kritisch den Verlauf des Tauwerks an der bezeichneten Stelle musterte. Die letzte Woche war für sie und die Besatzungen der beiden Schiffe anstrengend gewesen. Hatte Turner nach dem Verlust der *Shark* das Problem gehabt, zu viele Männer für die zur Verfügung stehende Arbeit zur Verfügung zu haben, so hatte sich das Problem jetzt umgekehrt. Er hatte, wie üblich, die französischen Kriegsgefangenen durch den Ersten Leutnant fragen lassen, wer von ihnen in den Dienst des britischen Königs treten wollte. Es hatte sich lediglich ein knappes Dutzend Schwarze von den karibischen Inseln und aus dem Senegal gemeldet, dazu kamen noch zehn Deutsche aus dem Elsass und vier Schweizer. Gemessen an den Verlusten war das nur ein Tropfen auf den heißen Stein, auch wenn sich in den folgenden Tagen herausstellte, dass es sich um erstklassige Seeleute handelte. Die anderen Franzosen, mit Ausnahme der beiden nautischen Offiziere, dem Segelmeister und dem Schiffsarzt, hatte Turner in kleinen Gruppen mit den Booten auf verschiedene Inseln im Marschgebiet bringen lassen. Die Offiziere hatten ihr Ehrenwort gegeben, keinen Fluchtversuch zu unternehmen und durften sich daraufhin frei an Deck bewegen, zudem konnten sie in ihren angestammten Kammern neben der Messe wohnen bleiben – Platz war mehr als genug vorhanden. Mit etwas säuerlichen Mienen nahmen sie zur Kenntnis, dass ihre neuen Messekameraden sich ohne falsche Scham an ihren privaten Vorräten gütlich taten, ohne sich finanziell daran zu beteiligen.

In den ersten Tagen hatte die genaue Inspektion ihrer Prise im Vordergrund gestanden. Sie waren zunächst an der Küste entlang gesegelt, wo sie sich außerhalb des nach Norden setzenden Stroms befanden. Dechamp war ihnen mit der *Platvis* getreulich gefolgt, so wie ein Küken seiner Mutter hinterher paddelt. Dann hatten sie aber auf der Höhe des Port Royal Sound den Kurs auf SE ändern können, hatten den Golfstrom gequert und hinaus auf den freien Atlantik gehalten. Begünstigt durch das Wetter hatten sie den Rumpf und das Rigg sehr genau in Augenschein nehmen können. Wie zu erwarten, wies der Rumpf des betagten Schiffes Alterserscheinungen auf. Selbst bei den zur Zeit herrschenden mäßigen Winden und moderaten Seegangsverhältnissen arbeiteten einige Plankenstöße so stark, dass der Zimmermann ein regelmäßiges Ansteigen des Wasserspiegels in der Bilge meldete und empfahl, statt wie üblich die Pumpen einmal am Tag in Betrieb zu nehmen, dies zweimal zu tun, um die Bilgen zu lenzen. Bei schwerem Wetter würden sie vermutlich die Pumpen ständig besetzen müssen. Das würde zwar lästig sein, aber bedeutete keine akute Gefahr, zumal sich der Zimmermann mit seinen Maaten intensiv auf die Suche nach den Leckagen machte und sie, vorausgesetzt, dass er sie lokalisieren konnte, so gut es ging kalfatern würde. Positiv war Turner aufgefallen, dass der Unterboden des Schiffes fast frei von störendem Bewuchs war. Das war allerdings kein Wunder, denn in der nordatlantischen Wintersaison mit ihren niedrigen Wassertemperaturen und wenigen Sonnenstunden entwickelten sich Algen und Muscheln nur langsam. Auch der Zustand des Riggs hatte sich als erstaunlich gut herausgestellt. Da die *Rouen* über längere Zeit bis auf die nackten Untermasten gestrippt im Arsenal aufgelegt gewesen war, hatte man einen Großteil der Spieren, das gesamte stehende und laufende Gut sowie die Segel neu an Bord schicken müssen. Der Segelmeister hatte zusammen mit dem Bootsmann dem Kapitän einige Verbesserungsvorschläge gemacht, die darauf abzielten, verschiedene Leinen und Blöcke in der Takelage zu versetzen und anders zu scheren, um sie dem englischen Usus anzupassen. Als alles den Wünschen des alten Weißkopfadlers entsprach und Turner zufrieden war, hatten sie mehrfach alle Manöver gefahren und festgestellt, dass die alte Dame zwar vielleicht etwas morsch war, aber durchaus noch flott das Tanzbein schwingen konnte. Auch wenn sich die Matrosen schnell an das neue Rigg mit seinen vielen Rahsegeln gewöhnt hatten, würden sie wegen der knappen Mannschaftsstärke viele Manöver nicht so rasch wie auf einem regulären Linienschiff der Royal Navy durchführen können. So war es beispielsweise unmöglich, an allen Masten alle Segel gleichzeitig zu reffen bzw. zu bergen. Aber Turner machte sich darüber keine Sorgen, man würde eben zeitiger mit dem Verkleinern der Segelfläche anfangen müssen. Plötzlich hatte er das wettergegerbte, zerfurchte Gesicht seines Vaters vor sich gesehen, wie er nachdenklich zu den grauen schnellziehenden Wolken über den steilen schmutziggrauen Wellen des Kanals hinaufblickte und wie nebenbei seinem Sohn aus dem Mundwinkel zunuschelte: „Bill, merke dir: Reffe immer, sobald du das erste Mal das Gefühl hast, dass es klug sein könnte! Die paar Kabellängen, die du unter Vollzeug scheinbar weitergekommen bist, die und noch viele mehr, verlierst du garantiert, wenn eine halbe Stunde später deine Jungs einen harten Kampf mit den Segeln ausfechten müssen, um sie zu bändigen! Es lohnt nicht, glaub' mir!"

Parallel zu den Arbeiten im Rigg hatte Midshipman George Starke zusammen mit dem Stückmeister die französischen Kanonen ausprobiert. Der Umgang mit den schweren Langrohrgeschützen war eine große Umstellung für die Geschützführer und die Kanoniere gewesen, die bald ihren handlichen, sehr viel leichter zu bedienenden Karronaden nachtrauerten. Nur Joshua Poupée hatte abends nach einem ausgiebigen Geschützdrill mit Zielübungen zu seinem Kumpel Tom gemeint: „Tommyboy, wenn wir diese dicken schwarzen Madammekes oben auf dem Toogoodoo-River an Bord der *Shark* gehabt hätten, dann hätten wir die verdammten Yankees auf ihrer Fregatte in die Hölle gepustet!"

„Na klar, Joshie, du dummer Nigger, und die *Shark* hätten wir nach dem Bombardement als Kleinholz auf dem Markt von Charleston verkauft. Du hast doch heute mit deinen eigenen Augen gesehen, wie diese Monster beim Rücklauf an den Brooktauen gerissen haben, oder nicht? Das hätten die Verbände des Schoners nie ausgehalten!" Tom schlug mit der flachen Hand bedeutungsvoll auf einen der massiven Spanten aus bester adriatischer Eiche, an dem der schwere Ringbolzen befestigt war, in dem das dicke Brooktau eingespleisst war.

Joshua hatte schuldbewusst geschluckt, dann aber seine weißen Zähne blitzen lassen und fröhlich erwidert: „Schon recht, Tom, aber man wird doch noch träumen dürfen!" Er seufzte sehnsüchtig. „Ich mochte die schmucke *Shark*! Sie war eine temperamentvolle, heißblütige Lady …" Er grinste breit und kniff ein Auge zu. „So wie diese englische Lady, die neuerdings in der Achterkajüte residiert. Hast du da überhaupt noch etwas zu melden, *mon ami*?"

Tom hatte ihn verdrießlich angeblickt. Kühl entgegnete er von oben herab: „Lady Jane ist in Ordnung! Sie behandelt mich durchaus höflich." Er zupfte sich am Ohrläppchen. „Aber ich weiß nicht, irgendwie werde ich das komische Gefühl nicht los, dass ich die Dame schon mal irgendwo gesehen habe …" Mit gerunzelter Stirn starrte er in die Ferne, dann fuhr er unwirsch fort: „Mir geht nur ihr Diener auf die Nerven, der sich in meiner Pantry breitmacht, und so tut, als ob er das Kochen erfunden hätte!"

„Hat er denn keine Ahnung, Tommy?"

„Doch, leider, das ist ja das Ärgerliche."

„Dann sei doch froh, er wird dir doch sicher eine Menge Arbeit abnehmen, nicht wahr?"

Tom grunzte unwillig und dachte bei sich: ‚Aber er streicht auch alles Lob für sich ein, dieser schleimige Bursche, verdammt! Außerdem blickt er mich immer so komisch an.'

Joshua, der ihn genau beobachtet hatte, lachte laut heraus und schlug ihm mit seiner großen Pranke auf die Schulter. „Ha, ha, ha, der kleine Tommy ist eifersüchtig, das ist gut, das ist sogar sehr gut!" Bevor Tom wütend aufbrausen konnte, kreuzte er die Arme vor der Brust und verneigte sich entschuldigend. „Entschuldige, Tom, aber die Vorstellung ist wirklich zu komisch, wie ihr in der engen Pantry darum wetteifert, wer von euch die hohen Herrschaften besser verwöhnen kann. Übrigens, was denkst du, wo willst du die Lady schon mal gesehen haben? Da kommen eigentlich nur New York oder Philadelphia in Frage, oder nicht?"

„Richtig, Joshie, für so einen Dummkopf, wie du einer bist, hast du das erstaunlich schnell rausbekommen", höhnte Tom, schüttelte dann aber resigniert den Kopf. „In diesen Städten sind mir zu viele hübsche weiße Ladies über den Weg gelaufen, als dass ich mich an jedes Gesicht erinnern könnte."

„Zumal du mehr auf die Hintern der schwarzen Mädchen geachtet haben dürftest, du unersättlicher Verführer! Böser, böser Bube!" Wieder lachte Joshua laut auf. „Alle Frauen weinen, die Tom, *le papillon*, kennen. Die Mütter, wenn sie ihn kommen sehen, die Töchter, wenn er gegangen ist."

Tom machte eine wegwerfende Handbewegung, fühlte sich aber geschmeichelt. Leise vor sich hin summend ging er nach achtern, wo er sich um die Waffen seines Kapitäns kümmern wollte. Der Degen musste mal wieder geschliffen und die Feuersteine der Pistolen angefeilt werden.

Für Tom und seinen Kapitän war der Umzug von der zwar gemütlichen, aber doch sehr beengten Kabine der *Platvis* in die große „Kommandantensuite" der *Rouen* eine große Umstellung gewesen. Allerdings war dies eine ausnehmend angenehme Veränderung. Jane hatte mit ihrem Gepäck die Schlafkammer belegt, aber William konnte sehr bequem in dem auf der Backbordseite gelegenen Büro des Schiffsschreibers in einer behelfsmäßig an den Decksbalken befestigten Hängematte schlafen. Die riesige Staatskabine lag zwischen ihnen. Tom und Horace hatten eine gut eingerichtete und auch verhältnismäßig geräumige Pantry zur Verfügung. Gemeinsam hatten sie gemäß der Anweisung von Turner die privaten Speise- und Weinvorräte des Kapitäns überprüft und waren recht zufrieden gewesen. Zusammen mit den persönlichen Schätzen Turners war eine standesgemäße Versorgung der Achtergäste im Salon bis Antigua sichergestellt.

Jane und William hatten sich seit dem Auslaufen nur selten gesehen. Turner musste im Wechsel mit Lennon Wache gehen, und tagsüber war er auf seinen Freiwachen im Rigg oder im Rumpf unterwegs gewesen. Wenn er zum Dinner während der jeweiligen Hundewache nach unten kam, schlang er schnell die Mahlzeit hinunter, wechselte ein paar freundliche, aber belanglose Worte mit Jane und eilte dann wieder an Deck. Die kluge Frau machte ihm keine Vorwürfe, denn sie kannte aus eigenem Erleben die Zwänge genau, die sein Handeln bestimmten. Oft besuchte sie ihn während der ersten Hundewache oder Abendwache oben an Deck und besprach mit ihm Wind und Wetter, aber für persönliche Gespräche, geschweige denn zum Süßholzraspeln, war das weder der Ort noch die richtige Zeit. Beim Fachsimpeln war er immer wieder beeindruckt von ihrem Sachverstand und ihren profunden Kenntnissen. Jane ihrerseits ließ es sich angelegen sein, den Zustand seines Schiffes und die Disziplin seiner Männer zu loben. Sie war klug genug, dabei nicht zu dick aufzutragen, sondern ihre Schmeicheleien geschickt – fast wie nebenbei – an den Mann zu bringen. Ihren Tag verbrachte sie zum Teil an Deck, zum anderen in der Kabine, wo sie sich mit Constanze und Sophie um den kleinen Richie kümmerte. Nachdem sie festgestellt hatte, dass von Constanze keine Gefahr ausging, hatte sie sich mit ihr angefreundet. Es war lange her, dass sie so etwas wie eine beste Freundin gehabt hatte, mit der sie über alles reden konnte. Horace hatte versucht, diese Stellung auszufüllen, war aber doch immer eher der große Bruder geblieben, dem sie zwar viel, aber doch nicht alles anvertrauen wollte. Jane gefiel die offene, unkomplizierte Art der jungen Amerikanerin, die sich von dem affektierten Gehabe ihrer ehemaligen „Freundinnen" aus gutem Hause in England wohltuend unterschied. Lediglich die recht ausgeprägte Religiosität von Constanze ging ihr manchmal auf die Nerven. Dahinter vermeinte sie ein gerüttelt Maß an Bigotterie zu entdecken.

Turner hatte einen Kurs gewählt, der sie nördlich und östlich um den Archipel der Bahamas führen sollte, denn er wollte möglichst jeden Kontakt mit anderen Schiffen vermeiden. Während die *Rouen* gemächlich in der schwachen Brise nach Südosten rollte, machte sich Jane daran, ihren Plan umzusetzen, der Turner auf die Spur der *Medusa* und ihrer Besatzung führen sollte.

Eines Tages, als das Schiff in einer Beinahe-Flaute unangenehm rollte und Turner auf Wache war, unterhielt sich Tom mit Horace über seine Zeit auf dem Freibeuter.

„Wie haben euch die Piraten behandelt, Horace? Was ist das übrigens für ein komischer Name?"

„Mir gefällt er, Tom. Du bist doch ein erstaunlich gebildeter Mann, vielleicht kennst du meinen Namensgeber unter seinem lateinischen Namen Horatius, genauer gesagt, Quintus Horatius Flaccus? Er war ein berühmter römischer Denker und Dichter. Ein Anhänger Epikurs, und sein Motto lautete: Freude ist das höchste Gut und Schmerz das größte Übel! Da steckt viel Wahrheit drin, aber wie schwer fällt es uns, entsprechend zu leben, denn wenn man es richtig bedenkt, dann sind es doch gerade die kleinen Freuden, an denen wir nur zu oft achtlos vorübergehen, die uns das Leben verschönen." Horace warf Tom einen sehnsüchtig verschleierten Blick zu.

Tom übersah das und nickte energisch. „Den Horatius kenne ich natürlich. In unserer Bibliothek hatte mein … hatten wir ein paar Bände von ihm zu stehen.“ Er legte die Stirn in Falten. „Satiren und Oden glaube ich. Im Original und in einer französischen Übersetzung.“ Er kicherte fröhlich. „Ein Schwein aus der Herde Epikurs, hat ihn der Monsieur genannt.“ Er zupfte Horace am linken Ohr, das fraglos recht groß geraten war. „Du könntest gut und gern ein Nachgeborener von ihm sein“, spottete er. „Bei deinen philosophischen Neigungen und *den* Ohren, Flaccus!“*

Unbeeindruckt fuhr Horace mit seiner Arbeit fort. „Was die Behandlung durch die Piraten angeht, so war die recht anständig. Wahrscheinlich wollten sie für meine Herrin ein saftiges Lösegeld erpressen. Lady Osborne hat ihnen klargemacht, dass sie einer mächtigen Familie entstammt, die zwar zähneknirschend bezahlen, aber niemals dulden würde, dass man ihre Ehre antastete.“

Schlau hakte Tom nach: „Hast du eine Ahnung, wohin die Piraten nach eurer Freigabe flüchten wollten?“

Grüblerisch schaute ihn Horace an. „Ich bin kein Seemann und schon gar kein Navigator, mein Freund. Aus verständlichen Gründen haben sie mir ihre Pläne nicht auf die Nase gebunden, aber ich meine, etwas von einer Inselgruppe in den Bahamas gehört zu haben. Ich habe mir das auch nur gemerkt, weil die Inselchen einen so seltsamen Namen hatten: Ragged Islands, glaube ich. Wie soll denn das gehen: zerlumpte, ausgefranste Inseln? Sicher wollten mir die Kerle einen Bären aufbinden.“

„Ausgefranst? Zerrissen oder zerklüftet passt wohl besser. Danke, Horace, das wird den Käptum interessieren.“

„Keine Ursache, *mon cher ami*! Kann ich vielleicht sonst noch etwas für dich tun …?“

* Flaccus = flach, schlapp, hier schlappohrig

*

Mit wechselnden, schwachen Winden hatte sich das kleine Geschwader nördlich an den Bahamas vorbeigearbeitet. Aber als am Sonntag, dem 21., die vierte Märzwoche begann, setzte sich auf der Abendwache langsam der Nordostpassat durch. Die schmale Sichel des zunehmenden Mondes näherte sich dem westlichen Horizont. Turner spazierte mit Lady Jane auf dem Achterdeck auf und ab. Sie hatte sich bei ihm eingehängt und presste sich dicht an ihn. Er spürte den Druck ihrer Hand auf seinem Unterarm und der wohlvertraute Duft ihres Parfums stieg ihm verlockend in die Nase. Verlegen räusperte er sich. „Ahem, was will die *Medusa* eigentlich auf den Ragged Islands, Milady?"

Sie zuckte zusammen, fasste sich aber schnell und flüsterte: „Sei doch nicht so schrecklich förmlich, mein Liebling, oder hast du vergessen, dass wir schon einmal ... ein Liebespaar gewesen sind? Glaubst du vielleicht, dass sich nur verrufene Piratenweiber nach einem Mann sehnen? Auch englische Ladies des Hochadels vermehren sich keineswegs auf dem Weg der jungfräulichen Empfängnis. Allerdings, wenn ich mich so an die Kerle erinnere, die in den Augen meiner Eltern eine gute Partie für mich gewesen wären, scheint es mir, dass mir die unbefleckte Empfängnis entschieden lieber gewesen wäre, als eine Nacht mit diesen bornierten, eitlen Hornochsen zu verbringen." Sie lachte gurrend und presste wieder seinen Arm. Er schluckte, sein Mund war plötzlich sehr trocken. „Was die *Medusa* angeht, so glaubst du doch nicht wirklich, dass ich dir den Schlupfwinkel meiner Männer verrate. Nein, William Turner, bei aller Liebe, das kannst du nicht von mir verlangen."

„Äh, da hast du wohl recht", stimmte er ihr zu, grinste aber still vergnügt in sich hinein. Sie war deutlich spürbar zusammengezuckt, als er die Inselgruppe erwähnt hatte, und – was noch bedeutsamer war – sie hatte nicht energisch abgestritten, dass sich die *Medusa* auf dem Weg zu den Ragged Islands befand. Er würde Tom anweisen, sich mit Horace gutzustellen, denn schließlich war der Steward der engste Vertraute der *Capitana* gewesen. Der Mann musste einfach alles über das Versteck auf einem der zahlreichen kleinen Cays wissen. Allerdings hatte die *Medusa* einen guten Vorsprung, daher war es mehr als zweifelhaft, dass sie das Schiff noch einholen würden. Der Drill der Mannschaft und die widrigen Winde hatten viel Zeit verschlungen. Aber wozu war so eine kleine Insel am Rande des Bahama-Archipels den Piraten eigentlich nütze? Für die Versorgung? Es mochte auf den Inselchen verwilderte Schweine und Ziegen geben, die Frischfleisch liefern konnten, ob es ergiebige Süßwasserquellen gab, würden Lennon und Turners erbeutete See- und Hafenbeschreibungen wissen. Eigentlich konnte man diese abgelegene Ecke nur als ideales Versteck für ein Schiff ansehen, das sich für eine gewisse Zeit unsichtbar machen wollte. Sei es drum! Er würde mit Paul Lennon darüber reden und sich die Karten genau anschauen. Er grinste faunisch. Natürlich dann, wenn Jane nicht in der Kabine war. Er spürte in der Dunkelheit, dass ihn Jane anschaute. Sie drückte sich fest an ihn und schnurrte dabei wie eine verschmuste Katze. „Schaust du nach der Wache noch mal nach mir, mein Liebster?"

Trocken antwortete er: „Wozu? Fürchten sich Milady in ihrem Eispalast? Keine Angst, vor der Tür steht ein wachsamer Marineinfanterist!" Sie drückte ihm ihre Fingernägel in den Unterarm. Wenn er nicht seinen dicken Uniformrock getragen hätte, wäre sicher Blut geflossen. „Das war eine billige Retourkutsche, William Turner! Oder war das ein Angebot, die Dienste des schmucken Seesoldaten in Anspruch zu nehmen?" Der Spott in ihrer Stimme war mit Händen zu greifen.

„Wenn der seinen Platz verlässt, bringt ihn das an die Gräting, du Biest!", knurrte er. Er war verärgert, dass allein der

Gedanke daran, ein anderer Mann könnte die Frau an seiner Seite berühren, heiße Eifersucht in ihm entfachte.

Honigsüß flüsterte sie in sein Ohr: „Oh, wie schön! Du hast Biest zu mir gesagt, also bin ich dir doch nicht gleichgültig, wie du in den letzten Wochen vorgegeben hast. Vielleicht schaffst du es mit ein wenig Übung noch vom Biest zum Liebling, mein Brummbär."

„Eher geht die Sonne im Westen auf!", grummelte er halbherzig vor sich hin. Sie hauchte ihm einen Kuss auf die Wange und wisperte ihm ins Ohr: „Bis gleich!" Dann löste sie sich von ihm und verschwand leichtfüßig in Richtung des Niedergangs. Er blickte ihr hinterher, zuckte mit den Schultern und besann sich dann wieder auf seine Pflichten als Wachhabender. Aufmerksam kontrollierte er den Stand der Segel, dann ging er zum Kompass hinüber und beobachtete die Kompassrose, die kaum unter dem Steuerstrich hin und her schwang. „Wie läuft sie, Shultz?"

Der alte Quartermaster grinste breit, unter seiner Mütze quoll sein weißer Haarkranz hervor, die buschigen weißen Augenbrauen leuchteten im Licht des Kompasslichts. „Mit der Willi Diruhn* haben wir einen guten Fang gemacht, Sir. Wenn die Segel richtig getrimmt sind, läuft sie auf dem Strich wie eine alte Hafendirne. Na ja, mit der *Shark* kann man sie nicht vergleichen, aber die war ja auch was ganz Besonderes."

William seufzte. Ja, seine *Shark*! Der Schoner war gewiss etwas Besonderes gewesen, hauptsächlich für ihn. Für einen Nautiker war das erste selbstständige Kommando eine so einschneidende Begebenheit wie für ein Mädchen die Defloration.

* Verballhornung von Ville de Rouen

*

Finster brütete William Turner über der Seekarte. San Salvator, Rum Cay, Long Island an Backbord, Crooked Island an Steuerbord, dann freihalten vom Diana-Riff, und schon lagen die Ragged Islands aufgereiht wie eine Perlenkette vor einem. Nur schade, dass es so viele Cays waren, die sich in einem leicht geschwungenen Bogen von Süden nach Nordosten über ungefähr siebzig Seemeilen hinzogen. Es war eine höchst merkwürdige Gegend. Bis unmittelbar vor die Inselkette war kein Grund zu loten. Aus dem unergründlichen Nichts stieg dann das Land zu einem Plateau an, über dem sich der Flachwasserbereich der Großen Bahamabank ausbreitete, den man nur mit Booten einigermaßen sicher befahren konnte, und auch das nur, wenn man auf die zahlreichen Unterwasserfelsen achtete. Wenn man gute Ortskenntnisse besaß, dann mochte es Stellen geben, an denen man auch in Lee der Cays sicher ankern konnte. Jedenfalls sollte das für ein kleines Schiff wie die *Medusa* möglich sein. Die Ankerplätze auf der Luvseite betrachtete William mit tiefer Abscheu. Zwar konnte man vor einigen Inselchen in zwei, drei Kabellängen Abstand auf bis zu zehn Faden Wasser ankern, aber bei aufkommendem Wind musste man schleunigst den Anker hieven oder vielleicht sogar die Trosse kappen, um sich rechtzeitig von der Leeküste freizusegeln. Lennon hatte ihm zu diesem Thema noch eine grausige Schauergeschichte erzählt, von der William nicht genau wusste, ob sie tatsächlich auf Fakten beruhte oder gut gesponnenes Seemannsgarn war.

Der Segelmeister hatte ganz ernsthaft berichtet: „Vor ein paar Jahren habe ich mit dem Schiffer der *Golden Swan*, Jeffry Hopkins, in einer Weinstube in Lissabon zusammengesessen. Er war früher auf anderen Schiffen schon einige Male mein Bordkamerad gewesen. An diesem Abend hat er mich freigehalten. Als ich mich erkundigte, wie ich zu dieser Ehre käme, erklärte er mir, dass er an diesem Tag seinen zweiten Geburtstag im Jahr hätte. Ich kannte ihn eigentlich als nüchternen, ernsthaften Mann, der nicht zu losem Geschwätz neigte, und allzu viel *vino tinto* hatten wir auch noch nicht verkasematuckelt. Auf meine entsprechende Vorhaltung, dass man doch nur einmal im Jahr Geburtstag haben könne, lächelte er wehmütig und belehrte mich dann ganz ernsthaft.

‚Du irrst, Paul Lennon, ich kenne ein paar Männer, die feiern vier, fünf Mal in jedem Jahr Geburtstag, und das nicht, weil sie krampfhaft nach einem Grund für ein Besäufnis suchen, sondern weil ihnen an diesen Tagen jedes Mal das Leben wiedergeschenkt worden ist. Du kennst doch den Spruch von der Katze, die angeblich neun Leben soll?'

Ich nickte, wusste aber immer noch nicht, worauf er abzielte. ‚Nun, Paul', fuhr er fort, ‚diese Männer und auch ich müssten eigentlich, wenn alles mit rechten Dingen zugegangen wäre, tot sein. Nur die schützende Hand Gottes, eine unerklärliche Laune des Schicksals, nenne es, wie du willst, hat uns am Leben erhalten. So ist anlässlich der Beschießung eines Küstenforts an der Kosarenküste neben einem meiner Freunde eine Granate explodiert! Die fünf Männer, die neben ihm standen, waren alle sofort tot, drei andere so fürchterlich verstümmelt, dass sie kurz darauf verstarben. Ihm dagegen war fast kein Haar gekrümmt worden, nun ja, sein Wams war angesengt, und er war einige Zeit völlig taub, und auf dem linken Ohr ist er es seitdem geblieben, aber sonst fehlte ihm nichts. Der Mann heißt übrigens Bert Collier und stammt aus Exmouth in Devon, nur falls du mir nicht glauben solltest. Dort kannst du in jedem Pub im Hafen nachfragen, jeder kennt dort die Geschichte seiner wunderbaren Rettung.'

Der Mann war fast ein wenig beleidigt, als er mein skeptisches Gesicht sah. Ich beruhigte ihn schnell: ‚Ist schon in Ordnung, mein Alter. Aber sag, was ist dir widerfahren, dass du heute den zweiten Geburtstag feierst?' Nach einem kräftigen Schluck, fuhr er mit seiner Geschichte fort.

,Wir waren mit der *Flying Dolphin* auf dem Weg nach Jamaika, durch widrige Winde hatten wir viel Zeit auf der Überfahrt von Gorée verloren, zudem waren wir viel weiter nach Norden versetzt worden, als wir das beabsichtigt hatten. Lange Rede, kurzer Sinn: Uns ging das Wasser aus. Wenn wir unsere Sklaven nicht verdursten lassen wollten, mussten wir unbedingt Frischwasser bunkern. Da bot es sich an, einen kleinen Abstecher auf die südlichen Inselchen der Bahamas zu machen. Dort gibt es ein Eiland, das aus gutem Grund den sinnigen Namen Watercay trägt. Wir machten unseren Landfall, ankerten sicher vor der Insel und setzten unsere Boote aus. Wir fanden die Quelle und begannen mit der Wasserübernahme. Ich war damals Zweiter Maat, und der Kapitän beauftragte mich, mit dem kleinen Beiboot die Verhältnisse auf der anderen Seite der Insel zu erkunden. Dem alten Salzbuckel behagte der ungeschützte Ankerplatz auf der Luvseite überhaupt nicht. Ich lachte ihn heimlich aus. Du kennst das vermutlich aus eigener Erfahrung, Paul, als junger Mann hält man die Sorgenfalten des Alten für übertriebene Miesmacherei, für ein Abfallprodukt seiner Magenbeschwerden und gestörten Verdauung. Was sollte uns denn passieren? Eine gleichmäßige Kühlte wehte aus Nordost, die Sonne strahlte von einem fast wolkenlosen Himmel, der Anker hatte auf acht Faden sicher gefasst. Also was? Wir loteten also von unserem Bötchen hinter der Insel auf der Bank und fingen dabei auch noch jede Menge leckere Fische mit einer Schleppangel. Plötzlich hörten wir ein entferntes drohendes Grollen. Erschrocken blickten wir zum Himmel empor, aber der war unschuldig blau wie zuvor. Das Grollen wuchs zu einem Donnern an. Es war unheimlich. Dann erstarrte ich. War völlig unfähig, mich zu rühren, geschweige denn, irgendeinen vernünftigen Befehl zu geben – wenn mir denn irgendetwas Sinnvolles eingefallen wäre, was wir hätten tun können. Meinen beiden Gefährten erging es nicht anders. Was ich sah, ließ mir das Blut in den Adern gefrieren: Die *Flying Dolphin* ritt auf einer haushohen Welle, die über die Wipfel der Palmen hinausragte. Sie kam rasend schnell auf uns zu. Die Woge brach sich, überschlug sich mit einem ohrenbetäubenden Donnern, mit einer Explosion, die uns den Atem raubte. Unser Schiff wurde wie ein Spielzeugboot von einer Titanenhand auf die Insel geschleudert und löste sich buchstäblich von einer Sekunde zur anderen in Nichts auf. Die Palmen brachen wie die Zahnstocher und verschwanden unter den Wassermassen. Dann erreichte uns die Wasserwand. Das Boot kenterte, wir fielen ins Meer. Mit einer unbeschreiblichen Geschwindigkeit wurde ich vorwärts geschoben, trudelte mal Kopf, mal Füße oben im Wasser umher, nur dass ich nicht wusste, wo oben und wo unten war. Mir drohten die Lungen zu platzen. Ein Gedanke setzte sich in meinem Kopf fest: Das war's also, alter Junge. Du gehst jetzt ab in Davy Jones Locker,* und das bei bestem Wetter. Ich hätte immer gedacht, dass es mich mal in einem Orkan oder Taifun erwischen würde, aber so … das ist einfach ungerecht! Es ist schon seltsam, was einem in einem derartigen Augenblick so durch den Kopf geht.'

Ich nickte, denn die Erfahrung hatte ich auch schon gemacht. Er schwieg düster und nahm einen großen Schluck. Schließlich setzte er seine Erzählung fort.

‚Irgendwann bekam ich den Kopf aus dem Wasser, wie mir das gelang, weiß ich bis heute nicht. Gierig sog ich die Luft in meine Lungen ein. Die See um mich herum war wieder ruhig, aber trübe. Nun sind die Wassertiefen über der Bahamabank zwar gering, aber für einen Fußgänger immer noch zu tief. Ich hatte Glück. Nicht weit von mir entfernt, entdeckte ich das gekenterte Boot. Ich schwamm hinüber, richtete es unter Mühen auf und zog mich beschwerlich hinein. Nachdem ich mich etwas ausgeruht hatte, orientierte ich mich am Sonnenstand und begann mittels einer Ducht in Richtung des Landes zu paddeln, das ich nach zwei Tagen und Nächten auch völlig erschöpft und halbverdurstet erreichte. Aber bis heute

---

* Davy Jones = Teufel / Locker = Verschlussraum; Synonym für Seemannsgrab

weiß ich nicht, was diese Monsterwelle verursacht hat, die alle meine Kameraden und die Sklaven an Bord das Leben gekostet hat.

Ich war gehörig beeindruckt. Schließlich sagte ich lahm: Die Alten waren der festen Überzeugung, dass solche riesigen Flutwellen bei den wilden Kämpfen der gigantischen Seeungeheuer in der Tiefsee entstehen. Zwar hat noch niemand diese Monster gesehen, aber wer weiß schon, was in der Tiefe der Ozeane existiert. Vielleicht gibt es aber auch eine ganz andere Erklärung für dieses Phänomen, von dem ich auch schon in Ostasien gehört habe. Wir sind möglicherweise nur zu dumm, auf die Lösung zu kommen. Ja, so war das damals mit meinem alten Macker Jeffry Hopkins, Sir. Sie haben es auf der Karte gesehen, die Bahamabank steigt senkrecht aus unergründlichen Tiefen bis auf nahezu Null auf. Wenn eine tiefgehende, lange Welle dagegen anläuft, muss sie sich monumental aufsteilen und alles überrollen, was sich ihr in den Weg stellt. Die Energien, die ihr innewohnen, sind unvorstellbar. Wir kennen das in einem wesentlich kleineren Maßstab von den gefürchteten Grundseen vor unseren Küsten, und die sind wahrlich schon gefährlich genug. Sie sind eine tödliche Gefahr, und das kann man wortwörtlich nehmen."

Turner nickte. Er kannte diese Wellen nur zu gut von den Untiefen vor der Küste von Sussex. Aber das half ihm jetzt auch nicht weiter. Sein Problem war, auf welchem der vielen kleinen und kleinsten Eilande hatten die Piraten ihren Stützpunkt, und was hatten sie dort versteckt? Er schlug sich plötzlich mit der flachen Hand an die Stirn und schalt sich einen Esel. In den Verträgen, die die Piraten miteinander abschlossen, war zumeist eine bestimmte Beutesumme festgelegt, die zusammenkommen musste, bevor sich die Bruderschaft auflösen konnte, bevor man auseinanderlief oder doch einigen Kameraden den Ausstieg gestattete. Dieses Geld an Bord mitzuführen war zu riskant. Aus naheliegenden Gründen konnten sie auch nicht einfach ein Bankdepot eröffnen, obwohl sie vermutlich nicht ahnten, dass da die größeren Schurken residierten. Turner musste grinsen, als er sich vorstellte, wie sich ein halbes Dutzend gefährlich aussehender Galgenvögel in English Harbour bei seinem Bankier Salomon Goldman melden ließen, mit hochgezogener Augenbraue vorgelassen wurden, mehrere schwere Kisten und Säcke in sein Privatkontor schleppten, sie dort ausleerten, auf die goldenen Pokale, silbernen Leuchter, mit Edelsteinen besetzten Kruzifixe und Berge von Münzen aus aller Herren Länder deuteten und sich geschäftsmäßig erkundigten: „Wir möchten gerne ein Konto eröffnen. Sie können uns doch gewiss eine sichere, rentable Anlage empfehlen, Sir? Wir legen nämlich viel Wert auf seriöse Partner, Mister Salomon. Wir verdienen unser Geld schwer genug, sozusagen mit unserem Herzblut, da möchten wir bei unserer Altersversorgung kein Risiko eingehen." William gluckste bei der Vorstellung amüsiert vor sich hin. Der alte Salomon war ein rechtschaffener Geschäftsmann und achtbarer Bankier, aber bei dem Anblick von so viel Gold, Silber, Perlen, Edelsteinen und Münzen hätte er gewiss in einer schweren Gewissenskrise gesteckt. Aber das war die Lösung, die Piraten hatten auf einer der Inselchen ihre Beute versteckt. Nach dem Ausscheiden ihrer klugen *Capitana* würden die Besonnenen unter ihnen darauf dringen, das Geschäft zu liquidieren. William blieb das Lachen im Halse stecken. Verdammt! Er würde zu spät kommen! Die Kerle würden das Versteck längst ausgeräumt haben und inzwischen schon wieder auf dem Weg in irgendeinen Hafen sein, wo sie die Schätze versilbern und den Erlös unter sich aufteilen konnten. Er war verärgert. Nicht dass er das Prisengeld nötig gehabt hätte, aber dieser Fang wäre doch das Sahnehäubchen gewesen, ein krönender Abschluss seines Aufenthalts in diesen Gewässern. Turner rechnete fest damit, dass man ihn nach dem Verlust der *Shark* nach England zurückschicken würde. Dort erwartete ihn zwar das Kriegsgericht, aber wenn er in Portsmouth mit einem eroberten Linienschiff auftauchte, das mit einer wertvollen Ladung Kolonialgüter beladen war, er außerdem noch einen Piratenschatz und eine befreite Dame von Stand präsentierte, dann dürfte das die Entscheidung der über ihn zu Gericht sitzenden Kapitäne gewiss zu seinen Gunsten beeinflussen. Selbst wenn die Herren wegen des Prisengeldes grün vor Neid im Gesicht waren und ihm die Pest an den Hals wünschten, würde ihnen die Admiralität gewiss den Hinweis geben, dass man einen erfolgreichen Helden wegen der etwas großzügigen Auslegung eines Befehls nicht zum Tode verurteilte. Allerdings würde er sich vermutlich die Bestätigung seiner Beförderung zum Commander abschminken können. Sei es drum, er war auf die Royal Navy nicht mehr angewiesen. Er atmete tief durch. Aber schön wäre es gewesen. Ach was, nachschauen konnte er auf alle Fälle! Vielleicht waren auch die Freibeuter aufgehalten worden oder lagen sich in den Haaren, weil sie endlos über ihre zukünftigen Pläne diskutierten und sich nicht einigen konnten. Entschlossen setzte er den Kurs von ihrer Mittagsposition auf die Insel San Salvador ab.

Kapitel 14

Bahamas, Ende März 1779

Die Karte war auf dem großen Tisch des Salons ausgebreitet, William Turner beugte sich darüber und trug gewissenhaft ihre letzte Position ein, die sie mittags beim Wachwechsel aus Peilungen und Abstandsmessungen der Höhen von San Salvador gewonnen hatten. Aus der Schlafkammer von Lady Jane drangen seltsame Geräusche. „Reibe nicht so heftig, Horace, du altes Scheusal! Du sollst mir nicht die Haare ausreißen, sondern nur waschen und trocknen!"

„Aye, Milady. Die Dame ist wohl etwas verweichlicht, seit sie wieder die feine Lady spielt." Horace durfte sich derartig spitze Bemerkungen erlauben.

„Horace, bei allen Teufeln, ich *bin* eine feine Lady! Wenn du nicht lernst, dich zu benehmen, dann darfst du in meinem zukünftigem hochherrschaftlichen Haushalt bestenfalls die Stiefel der Stallknechte putzen."

„Und wenn ich mich bessere, Milady?"

„Dann könnte es sein, dass ich dir in meiner großen Güte wegen erwiesener Dienste gnädigst erlaube, im Garten meine Rosen zu gießen. Ob du sie schneiden darfst, weiß ich noch nicht, schließlich sollte man einem alten, blutrünstigen Piraten wie dir keine scharfe Waffe in die Hand geben."

Turner spitzte die Ohren. Wenn die beiden so unbefangen über ihre vergangene Zeit auf der *Medusa* sprachen, dann mussten sie sicher sein, dass es keine Ohrenzeugen gab. Als er vom Deck heruntergekommen war, hatte er schnell abgewinkt, als der Posten vor der Kabinentür die Muskete präsentieren und Meldung machen wollte. Ihm ging das sinnlose soldatische Gebrüll auf die Nerven. So hatte er von den beiden ungehört den Salon betreten, obwohl er keineswegs den Vorsatz gehabt hatte, Jane und Horace zu belauschen. Er hatte noch nicht mal gewusst, dass heute eine Kopfwäsche bei ihr anstand. Sein Verhältnis zu Jane hatte sich entspannt, sie hatte ihn erfolgreich umgarnt. Nach einem delikaten Dinner, das Horace und Tom gemeinsam bereitet hatten und das von den besten Weinen aus den Vorräten des Kapitän de Jouville begleitet worden war, hatten sie sich über alles Mögliche unterhalten. Dann hatte Jane plötzlich übermütig eine Jigg mitgesummt, die von ein paar Musikanten der Freiwache an Deck gespielt wurde. Sie war aufgesprungen, hatte ihn vom Stuhl hochgezerrt und sie hatten getanzt. Als das Schiff überholte, war sie scheinbar gestolpert und wie zufällig in seine Armen getaumelt. Was dann folgte, hatte sich ganz von allein ergeben – scheinbar. Er schlief jetzt regelmäßig jede Nacht, wenn er von seiner Wache kam, bei ihr. Und er musste sich eingestehen, dass er das auch nicht mehr missen wollte. Dabei war sie unberechenbar wie eine Wildkatze. War sie noch eben sanft und anschmiegsam gewesen, so war sie im nächsten Augenblick wild und fordernd. Am Tage neckte sie ihn damit, dass sie sich von Hercule de Marchvite, dem ehemaligen Zweiten Offizier der *Rouen*, den Hof machen ließ. Der Landedelmann hielt sich für einen unwiderstehlichen Herzensbrecher und mit seinem rauen Charme war er das in gewisser Weise sicherlich auch. Die Herzen von geistig etwas einfach gestrickten Damen mochten ihm sicherlich zufliegen. Für Janes Gefühlsleben war er keine Gefahr, es war eher so, dass sie ihn als ihren Pudel betrachtete, dem sie Kunststückchen beibringen konnte. So brachte sie ihn dazu, lange Passagen aus den *Chants spirituels* von Racine zu deklamieren, wenn sie sich als gern gesehener Gast bei den Herren in der Offiziersmesse aufhielt. Das Buch hatte sich im Besitz des unglücklichen Fregattenkapitäns Louis Alexandre de Jouville befunden. Nun entstammten die geistliche Lyrik Racines und Leutnant Marchvites eher derb rustikale Gedankenwelt zwei sich diametral gegenüberliegenden Galaxien, aber genau das schien für Jane den Reiz auszumachen. Sie genoss es offensichtlich, wie sich der Leutnant mit den für ihn halb unverständlichen, völlig unverdaulichen Texten abmühte. Sie erfreute sich an seinen gequälten Bemühungen wie ein Kind, das naiv mitleidlos einem Maikäfer die Beine ausreißt. Begeistert klatschte sie ihm Beifall, während Jaques de Plumeau hilfesuchend die Augen gen Himmel verdrehte. Der Erste Offizier war seit seiner Gefangennahme in tiefe Depressionen verfallen. Melancholisch wanderte er über das Deck und beobachtete teils verbittert, teils bewundernd, wie schnell die Briten sein ehemaliges Schiff in den Griff bekommen hatten. Von Jane hielt er sich so gut es ging fern, wie Turner zufrieden konstatierte. Er verdrängte die Gedanken an die Franzosen, denn die Stimmen im Schlafraum ließen ihn wieder aufmerksam lauschen.

„Was meinst du, Horace, werden unsere Jungs noch vor der Insel liegen und die Schatzhöhle ausräumen? Wie es aussieht, führt uns unser Kurs dicht an den Cays vorbei."

„Wenn Sven als Kapitän die Männer im Griff behalten hat, dann ankern sie bestimmt noch auf der sicheren Reede hinter Palm Cay. Schließlich ist bald Vollmond. Falls aber die miesen Typen die Oberhand gewonnen haben, dann könnte es zu Mord und Totschlag gekommen sein, und die Überlebenden sind längst über alle Wellenberge." Er kicherte leise, weil er sich an seinem Wortspiel erfreute. Aber Jane meinte nur schnippisch: „Es besteht kein Grund zur Heiterkeit, Horace, denn das eben war ein reichlich dünnes Brett. Der Steward brummte etwas Unverständliches. Turner grinste breit vor sich hin, verstaute leise seine Utensilien, damit diese nicht vom Tisch rollen konnten und schlich dann zur Tür. Schnell machte er wieder dem Seesoldaten ein Zeichen, dass er das übliche Zeremoniell unterlassen sollte. Zufrieden vor sich hin summend ging er auf das Achterdeck, gesellte sich zu Lennon und hielt ihn am Ärmel fest, bevor der ihm, den ungeschriebenen Gesetzen folgend, die Luvseite überlassen konnte.

„Mister Lennon, wenn Sie mir ein paar Minuten Ihrer kostbaren Zeit opfern würden. Gibt es eigentlich auf vielen der Jumentos, äh, Ragged Islands, Höhlen, die sich zur Aufbewahrung von, sagen wir mal, Gütern eignen?"

Der Segelmeister blickte ihn scharf an, runzelte die Stirn und meinte dann, jedes Wort sorgfältig abwägend: „Nun, es gibt zwar einige Höhlen, die von der See aus dem weichen Kalkstein herausgewaschen wurden, aber in den meisten ist der Boden überspült, daher dürften sie sich nicht sonderlich gut für Lagerzwecke eignen. Allerdings kenne ich nur zwei, nein, drei der Cays aus eigener Anschauung, Sir, aber es gibt bestimmt auch ein paar Höhlen, in denen der Boden über den Wasserspiegel ansteigt und bei einer entsprechenden Verpackung ..."

„Welche Inselchen kennen Sie denn, Mister Lennon?"

„Ich war auf der Hauptinsel Ragged Island im Süden, Water Cay und dem Flamingo Cay."

„Palm Cay ist Ihnen nicht bekannt, Sir?"

„Nur dem Namen nach, Herr Kapitän. Das Eiland liegt ziemlich weit im Norden in Ostrichtung auf Long Island zu. Falls mich meine Erinnerung nicht täuscht, gibt es dort eine Passage, durch die man auf Lee der Inseln gelangen und dort auf gut fünf Faden ankern kann."

Turner staunte wieder, welche Fülle von Informationen der alte Weißkopfseeadler in seinem Gedächtnis gespeichert hatte und bei Bedarf mühelos abrufen konnte. Wie nebenbei sagte er: „Ich denke, in Anbetracht der Tatsache, dass diese Inseln nahezu an unserem Kurs liegen und wir heute fast Vollmond haben, sollten wir beim Passieren einen Blick auf die Cays werfen, vielleicht lohnt sich unsere Neugierde. Bei den zu erwartenden Windverhältnissen sollten wir mit der Suche im Norden beginnen, meinen Sie nicht auch, Mister Lennon?"

Lennon blickte seinen Kommandanten aufmerksam an. Turner sah aus wie ein zufriedener Kater, der gerade den Kanarienvogel, das überaus kostbare Zuckervögelchen der Hausherrin, verputzt hat. „Gewiss, Sir, im NE-Passat wäre alles andere sträfliche Dummheit – mit Verlaub gesagt."

„Schon recht, Mister Lennon, schon recht."

Lennon tippte an seinen Hut und ging zum Kompasshaus hinüber. Er machte sich so seine Gedanken. Die seltsame Passagierin schien dem Kapitän gut zu tun. Turner wirkte nicht mehr so verbittert und leicht aufbrausend wie noch vor wenigen Wochen. Er schien den Verlust seiner geliebten Elizabeth fast verwunden zu haben. Allerdings glaubte Lennon nicht so recht an die Geschichte von der armen verschleppten adligen Lady. Der Segelmeister war ein guter Beobachter. Sobald Jane aus dem Niedergang trat, blickte sie zuerst stets nach oben zum Kommandantenwimpel im Großtopp, um die Windrichtung festzustellen, dann auf den Stand der Segel. Es war ihr deutlich anzumerken, dass sie am liebsten anschließend noch den Kompasskurs kontrolliert hätte. Aber stattdessen flanierte sie dann ganz selbstverständlich auf der Luvseite auf und ab, die traditionell dem Kommandanten vorbehalten war. Alles im allem, er würde seinen Dreispitz ungekocht verspeisen, wenn diese Lady nicht Salzwasser in den Adern hatte. Hatte die *Medusa* nicht einen weiblichen Kapitän gehabt? Glücklicherweise war der Segelmeister weise und abgeklärt genug, sich seinen Verdacht nicht anmerken zu lassen. Er war offensichtlich aber nicht der Einzige, der Zweifel bezüglich der Identität der Lady Osborne hatte. Lennon hatte die misstrauischen Blicke von Thomas Brown registriert, und dieser Tom war ein helles Bürschchen. Allerdings hatte Leutnant Dechamp im Brustton der Überzeugung verkündet, dass die Lady zweifellos eine echte Osborne war. Und wenn schon, hatte Lennon zweifelnd bei sich gedacht, das eine musste das andere nicht zwangsläufig ausschließen.

Die Dame, über die sich Lennon gerade den Kopf zerbrach, hatte sich inzwischen von Horace neckische Schläfenlocken mit dem schweren gusseisernen Ondulierstab einbrennen lassen. Kritisch hatte sie das Ergebnis in einem mit Schildplatt und Perlen besetzten Handspiegel betrachtet. Schließlich hatte sie zufrieden genickt und hatte den Mann fortgeschickt, um ihr frischen Kaffee aufzubrühen. „Horace, vergiss nicht, den Kaffee mit etwas Schokolade und einer Spur Chili zu verfeinern."

Der Steward verneigte sich übertrieben devot. „Sehr wohl, Milady. So, wie Sie ihn lieben, Milady! So, wie ich ihn Ihnen immer zu servieren pflege, Milady!" Geschickt wich er der Haarbürste aus, die Jane ihm nachwarf.

Als er fort war, sprang sie auf, ging schnurstracks zur Karte auf dem Tisch und beugte sich über sie. Suchend ließ sie ihren Blick über das Seegebiet bei San Salvador gleiten, mit dem Finger fuhr sie die Kurslinie bis zu den dünnen Peilstrahlen und Kreisbögen entlang, die William sorgfältig eingezeichnet und mit der Uhrzeit versehen hatte. Lächelnd murmelte sie vor sich hin: „Wusste ich's doch, du bist ein gewissenhafter Navigator, mein William. Hier ist die Mittagsposition. Du warst also hier und hast du unser Gespräch belauscht, so wie es von mir beabsichtigt war. Der ahnungslose Horace hat sogar wie auf Bestellung den Namen des Inselchens ausgeplaudert, ohne dass ich ihn erst irgendwie umständlich dazu bringen musste." Sie richtete sich auf, presste die Hände auf die linke Brust, atmete tief durch und blickte mit weit aufgerissenen Augen durch das geöffnete Heckfenster auf das schäumende Kielwasser. Abrupt stieß sie leise hervor: „Ich werde erst wieder ruhig schlafen können, wenn die Zeugen meiner wilden Vergangenheit auf dem Grund der See zerfallen."

Horace durchquerte inzwischen auf seinem Gang zur Kombüse das Wohndeck. Dort im Zwischendeck kochten wilde Gerüchte, denn Quartermaster Shultz hatte den einen oder anderen Satz aus dem Gespräch zwischen Turner und Lennon aufgeschnappt und nach der Wachablösung natürlich nichts Besseres zu tun gehabt, als mit seinem bruchstückhaften Wissen bei seinen Mackern anzugeben. Der alte Seemann, der früher einmal selbst zeitweise von Piraten in den Dienst gepresst worden war, hatte sich den Rest zusammengereimt, und jetzt wurde ungezügelt drauflos spekuliert, wie hoch die Berge aus Gold und Edelsteinen wohl sein mochten, die in einer Höhle nur darauf warteten, von ihnen wieder unter die Menschen gebracht zu werden. Hatte manch einer bis jetzt den durchaus realistischen Traum von einer kleinen Gastwirtschaft am Hafen oder einem kleinen Bauernhof mit einer kleinen, saftigen Viehweide und ein paar Acre* Land für ein wogendes Kornfeld geträumt, den er sich von seinem Prisengeld erfüllen konnte, so wurden jetzt schnell ein elegantes Logierhaus für zahlungskräftige Offiziere in der Nähe der Admiralität oder ein feudales Landgut daraus. Aber wie heißt es doch so richtig, man soll das Fell des Bären nicht verteilen, bevor man ihn erlegt hat. Jedenfalls – und wie konnte es auch anders sein – wurde im Mannschaftslogis wieder mal gewettet, was das Zeug hielt. Auch diejenigen, die sich erst bei der letzten Wette verzockt hatten, waren wieder dabei, ja, sie waren die ersten, die ihre Einsätze machten. Es war voraussehbar, dass ein paar Pechvögel es mindestens zum Admiral bringen und alt wie Methusalem werden mussten, um jemals ihre Wettschulden bezahlen zu können. Gesetzt wurde auf den Wert des Piratenschatzes, wie er vom Prisengericht festgelegt wurde. Die Möglichkeit, dass sie ihn nicht finden würden, wurde keinen Augenblick lang ernsthaft in Erwägung gezogen. Das Vertrauen in Turners übersinnliche Fähigkeiten, in seine Verbindung zu den Geistern der See oder ersatzweise in seine gute Spürnase und seinen scharfen Verstand war unerschütterlich …

* 1 acre hat ungefähr 4050 m2

*

In der ersten Hundewache standen die beiden Schiffe vor der Crooked Island Passage. Vor Sonnenuntergang ließ Turner beidrehen. Dechamp kam mit seinem Segelmeister Sharps und Midshipman Armstrong an Bord. Der Commander erläuterte ihnen sowie Segelmeister Lennon, Leutnant Blower, Midshipman Starke und Quartermaster Shultz seinen Angriffsplan …, falls es denn etwas anzugreifen gäbe. Nach gründlichem Studium der Seekarten, die nach ihrem jeweiligen Herkunftsland durchaus erhebliche Unterschiede aufwiesen, hatte er mehrere Varianten ausgetüftelt. Während der Einsatzbesprechung hatte sich Jane scheinbar desinteressiert an Deck aufgehalten. Später hatte sie ihn wie nebenbei gefragt, wie er auf die Idee gekommen sei, auf den Jumento Cays – sie verwendete absichtlich die spanische Bezeichnung für die Inselkette – nach Freibeutern zu suchen. Dabei hatte sie ihn aus ihren veilchenblauen Augen unschuldig angeblickt. Er wollte ihr nicht unverblümt sagen, dass sie ihn auf die Spur gesetzt hatte, da er befürchtete, dass sie sich dann vorwerfen würde, ihre ehemaligen Bordkameraden ans Messer geliefert zu haben, daher meinte er lässig: „Ach, Jane, weißt du, es ist doch nur ein kleiner Abstecher, und jeder weiß doch, dass diese Cays von den Piraten gerne als Unterschlupf benutzt werden. Wahrscheinlich wird das Unternehmen ein Fehlschlag werden, aber es wird sich in meinem Bericht an die Admiralität gut ausnehmen. Wer immer strebend sich bemüht, den kann die Admiralität befördern." Von unten her hatte sie ihn angelächelt und es dabei bewenden lassen.

Inzwischen war die Nacht hereingebrochen, aber der nahezu volle Mond war bald schmutziggelb und fleckig wie eine angestoßene Orange im Osten aufgegangen. Die Sichtverhältnisse waren gut, die lockere Passatbewölkung, die über den sternenübersäten Himmel zog, störte nicht. Die Ausguckposten in den Toppen und auf der Back waren doppelt besetzt. Die *Platvis* hatte die Führung übernommen. Nachdem sie gegen vier Glasen auf der Abendwache South Point gerundet hatten, segelten die Schiffe gut voll und bei am Wind. Die niedrigen Hügel von Long Island behinderten den Nordostpassat nicht, am South Point hatte er sogar zu ihren Gunsten um einen Strich geraumt, allerdings ließ er immer mehr nach, je weiter die Nacht fortschritt. Die Bewölkung löste sich völlig auf. Turner knurrte gereizt vor sich hin. Bei acht Glasen der Nachtwache hatten sie gefechtsklar gemacht, das war vor einer halben Stunde gewesen. Er hatte vor Tagesanbruch vor dem vermuteten Schlupfwinkel der Freibeuter stehen wollen, um sie in der Morgendämmerung verkatert und verschlafen zu überraschen, daher war eine Flaute das Letzte, was er gebrauchen konnte. Er war angespannt bis zum Äußersten. Zwei- oder dreimal blieb er an der Heckreling stehen, blickte verkniffen nach Luv und schlug mit der geballten Faust auf den Schandeckel aus ostindischem Teak. Die launische Kühlte ließ sich davon nicht beeindrucken. Er riss sich zusammen. Nein, er durfte sich nicht so gehen lassen! Für seine Männer musste er ein Vorbild an Gelassenheit sein, stets selbstsichere Gewissheit ausstrahlen, ihnen das Gefühl vermitteln, dass er alles im Griff hatte! Alles, nur leider nicht diesen verdammten Wind, sapperlot! Wild Bull Turner und ein Musterexemplar kühler Abgeklärtheit, das war ein Widerspruch in sich! Wie um sich über seine Überlegungen lustig zu machen, schlief der Passat für einen Moment völlig ein. Der schwache Fahrtwind ließ die Segel backschlagen und, als das Schiff fast völlig zum Stehen kam, zusammenfallen. Turner hätte aus der Haut fahren können. Es hätte nicht viel gefehlt und er hätte sich den Hut vom Kopf gerissen, ihn auf das Deck geschleudert und wäre darauf herumgetrampelt. Zum Glück kräuselte sich das Wasser wieder achteraus und der Wind fiel wieder in die Segel, die sich mit einem dumpfen Knall wieder füllten, sich bauchig aufblähten. Das

Schiff beschleunigte wieder, wenn auch langsam, sehr langsam. Das Glucksen unter dem Heck wurde lebhafter. Aber seine Sorgen waren nicht vorbei. Er blickte nach vorne, die *Platvis* schien von dem Flautenloch nicht aufgehalten worden zu sein, sie hatte inzwischen einen Vorsprung von einer halben Meile. Sollte er signalisieren, um sie aufzuhalten? Nein, Dechamp sollte versuchen, so schnell wie möglich ihr Ziel zu erreichen und dann gemäß den Umständen handeln. Der Mann war inzwischen erfahren genug, um selbständig handeln zu können. Unruhig marschierte Turner mit verschränkten Armen auf dem Achterdeck auf und ab, als ihm plötzlich ein wohlbekannter Maiglöckchenduft in die Nase stieg. Misslaunig schaute er auf. Jane lächelte ihn an. „Ohne dich ist es unten sooo langweilig, mein Tiger", schnurrte sie und blickte ihn vielsagend an. Ehe er etwas sagen konnte, hakte sie sich bei ihm ein und drückte sich eng an ihn. Sein erster Impuls war, sie unter Deck zu verweisen, aber dann überlegte er es sich. Jane ließ sich nur schwer etwas befehlen, und was wollte er machen, wenn sie seiner Anordnung nicht folgte? Sollte er sie von den Marines in ihre Gemächer tragen und ans Bett fesseln lassen? Er musste unwillkürlich grinsen, als er sich vorstellte, was das für ein Bild abgeben würde, wenn zwei Seesoldaten in voller Kriegsbemalung sich damit abmühten, die trotz ihrer schlanken Figur sehr kräftige und überaus bewegliche Wildkatze zu bändigen, ohne ihr ernsthaft weh zu tun. Vermutlich würden sich die beiden anschließend zu Doc MacKinnon in Behandlung begeben müssen, um ihre diversen Kratz- und Bisswunden verbinden zu lassen.

Sie hatte sein Mienenspiel beobachtet. „So gefällst du mir gleich viel besser, mein Lieber", schnurrte sie einschmeichelnd, „allerdings hat dein Grinsen eine gewisse hinterhältige Komponente, die mir zu denken gibt. Könnte das etwas mit mir zu tun haben? Nein, antworte nicht, ich möchte nicht, dass du mich anlügst." Er spürte den Druck ihrer linken festen kleinen Brust an seinem Arm, seine Gedanken irrten ab, er beugte sich hinunter und wollte ihr etwas Charmantes ins Ohr flüstern: „Liebste Jane …“

„An Deck! Land voraus!“

Er erstarrte, richtete sich dann kerzengerade auf, riss sich von ihr los und bellte: „Mister Starke, wenn Sie so freundlich sein würden, sich ein Fernglas zu schnappen! Aufentern in den Großtopp, Sir! Und wenn Sie es ermöglichen könnten, heute noch!“

Der Mond stand jetzt schon tief im Westen. William streckte fordernd die Hand aus, ein Signalgast drückte ihm wortlos ein Fernglas hinein, schnell eilte er damit zu den Luvwanten des Besanmasts und schwang sich auf die Webeleinen. Geschickt enterte er bis zur Mars auf, kletterte auf die Plattform, auf der sich zwei Scharfschützen der Seesoldaten und drei Matrosen mit einer Drehbasse drängten. Ehrerbietig, fast erschrocken machten die Männer ihm Platz. Sicher hatten sie während der langen Dienstzeit in der Navy auf dieser Gefechtsstation noch nie Besuch von ihrem Kommandanten bekommen. Sorgfältig justierte der sein Fernrohr und richtete es aus. Nichts! Hatte sich der Ausguck von Wasserspiegelungen oder den Schatten der letzten fernen Wolken zum Narren halten lassen? Allerdings war es nach seiner Koppelrechnung höchste Zeit, dass sie das verdammte Land in Sicht bekamen. Gut, die Inselchen waren flach und sie hatten immer mehr an Fahrt verloren, aber trotzdem …! War da etwas? Doch, ja, ein kurzer, flacher schwarzer Streifen, der fast mit dem Nachthimmel verschwamm, und dort noch einer, der sich sogar besser von dem silbrig glänzenden Wasserstreifen unterhalb des Mondes abhob. Zufrieden schnaubte er vor sich hin und schob mit einem lauten Klacken das Teleskop zusammen. Er wollte schon wortlos die Gefechtsmars wieder verlassen, als er sich eines Besseren besann. „Jungs, den Bau haben wir nun gefunden, jetzt wollen wir hoffen, dass Familie Reinecke auch zu Hause ist, nicht wahr?“

„Aye, Sir! Wir haben großen Appetit auf die dicken, fetten Braten, die der Fuchs dort verstaut hat!"

„Braten? Ach so, ja, natürlich." Und schon war er verschwunden. Beim Abstieg fragte er sich, wie die Männer schon wieder darauf gekommen waren, dass er hinter dem Piratenschatz her war. Aber wenn es um Gold ging, hatten die Burschen ein sehr feines Näschen. Allerdings nicht nur dafür. Als ihr Kapitän außer Hörweite war, meinte der eine Marineinfanterist unterdrückt glucksend: „Habt ihr das gerochen, Jungs? Maiglöckchenparfüm! Der Alte muss verdammt dicht an der feinen Lady festgemacht haben, wenn er so eine Duftschleppe hinter sich herzieht! Längsseits, auf Tuchfühlung, wie man so sagt."

„Woher kennst du denn so etwas, Ben? Ich dachte, bei euch in der Kaserne* riecht es nur nach Schweißfüßen", spottete einer der Matrosen.

„Pass auf, was du sagst, Rod Boiler, sonst könnte es passieren, dass dir diese sogenannten Schweißfüße in deinen ganz gewiss ungewaschenen Arsch treten!" Der Seesoldat funkelte den Matrosen Boiler wütend an.

Ein anderer Matrose mischte sich begütigend ein: „Ben hat recht, ich hatte mal in Plymouth etwas mit einer ganz reizenden Zofe am Laufen. Übrigens ein dralles Prachtweib! Jungs, ihr könnt es euch gar nicht vorstellen, aber die hatte solche Dinger …" Er machte bezeichnende Bewegungen mit seinen Händen, dabei waren die Finger weit gespreizt und deuteten Rundungen von Kohlkopfgröße an. Der Mann blickte verträumt vor sich hin. „Und einen Hintern hatte die, ich sage euch …"

„Halt bloß die Klappe, Richie! Was nützt mir hier der schönste Plum Pudding, wenn er in Plymouth auf dem Tisch steht", unterbrach ihn Rod. „Ich frage mich nur, wie konnte sich deine zarte Fee von ihrem sicherlich nicht gerade üppigen Lohn Maiglöckchenparfüm leisten?"

* Kaserne wurde traditionell auch der abgetrennte achtere Teil des Wohndecks genannt, auf dem die Seesoldaten untergebracht waren.

„Ganz einfach, das hat sie bei ihrer Herrschaft abgestaubt, wie man so sagt", äffte er den Seesoldaten nach. „Fanny, so hieß das Prachtweib, hat mir erzählt, dass sich ihre Lady das Zeug literweise über den Körper gießt, da würden die paar Tropfen überhaupt nicht auffallen, die sie auf ihr zartes Körperchen träufelt, dabei hat sie verschämt die Augen niedergeschlagen und mich dann neckisch von unten her angeblinzelt. Mir wurde gleich ganz anders. Dann wollte sie noch wissen, ob der Duft mir gefallen würde. Na ja, habe ich gesagt, besser als der Geruch der Bilge an Bord wäre er allemal. Das scheint nicht ganz die Antwort gewesen zu sein, die sie erwartet hatte, denn sie hat mir eine ganz furchtbare Maulschelle verpasst. Mir hat noch am nächsten Tag der Kopf gedröhnt!"

„Das glaube ich dir unbesehen, aber das dürfte nicht an dem kleinen Backs gelegen haben, den dir deine Holde gegeben hat. Ich würde wetten, dass das viel eher an dem letzten Gläschen Gin gelegen hat. Es war gewiss verdorben, so wie es die letzten Gläschen immer so an sich haben." Alle prusteten vor Lachen. Von unten brüllte Bootsmann Horseshoe Baxter: „Ruhe da oben! Oder ich komme nach oben und bändsele eigenhändig ‚Knochen'* in eure Schandmäuler!" Die Matrosen zuckten zusammen, denn Bootsmann Baxter war kein Mann, der leere Versprechungen machte, und wer wollte schon mit einem schweren Schäkelbolzen im Mund herumlaufen! Die Marineinfanteristen grinsten schadenfroh, aber ihre Gesichtszüge gefroren auf der Stelle, als sie das wütende Gebell ihres Sergeanten hörten. „Noch ein Ton da oben und die Marines paradieren zwanzigmal im Quickstep auf der Großrah bis zur Nock hinaus und wieder zurück – aber in tadelloser Haltung!" Auch Sergeant Bull pflegte seine Versprechungen zu halten.

Kaum war Turner wieder auf dem Achterdeck angekommen, ließ sich auch Midshipman Starke von einem Backstag

* Auf sogenannten stillen Schiffen, auf denen jede Unterhaltung während der Arbeit verboten war, wurde bei Missachtung des Verbots dem Delinquenten ein Schäkelbolzen quer in den Mund gepresst und hinter dem Kopf festgelascht. Auf anderen Schiffen wurde gotteslästerliches Fluchen so bestraft – wobei grundsätzlich jeder Fluch eine Lästerung war!

leichtfüßig auf das Deck fallen. „Sir, es sind fünf Inselchen, wobei die äußeren jeweils etwa vier Strich an Steuerbord bzw. Backbord peilen. Ob ein Schiff in Lee liegt, konnte ich bei diesen Lichtverhältnissen leider nicht erkennen, aber auf der zweiten Insel von rechts scheint eine schwache Lichtquelle zu sein, Sir. Ich würde vermuten, dass dort ein Feuer herunterbrennt, äh, möglicherweise schon weit heruntergebrannt ist."

Turner blickte ihn durchdringend an. Der junge Mann war pfiffig, aber war hier vielleicht der Wunsch der Vater des Gedankens gewesen? „Danke, gut gemacht, Mister Starke." Starke verbeugte sich leicht und sah hocherfreut aus. Es kam nicht gerade häufig vor, dass der Kommandant jemand lobte.

„Mister Lennon, gehen Sie bitte hoch an den Wind!", befahl Turner, dann wandte sich um und begann mit schnellen Schritten an der Luvseite auf und ab zu geistern. Aber gab es überhaupt noch eine Luvseite? Die schweren Segel fielen immer wieder mit dumpfen Klatschen in sich zusammen, schlugen müde gegen den Mast. An der Bordwand rauschte kein Wasser mehr vorbei, alles, was er hören konnte, war ein leichtes, sanftes Glucksen. Von einer schäumenden Heckwelle konnte schon lange keine Rede mehr sein, nur müde glasige Blasen quollen unter dem Spiegel empor und platzten mit einem leisen Blupp. Der Teufel sollte diesen unzuverlässigen Gesellen Wind holen. Sie waren so nahe dran, verdammt! Aber was sollte, was konnte er tun? Voraus vergrößerte sich langsam der Abstand zur *Platvis*. Wie weit mochten die Inseln noch entfernt sein? Drei Meilen, vier, oder waren es nur zwei? Bei diesen flachen Cays, die kaum über den Wasserspiegel hinausragten, war das schwer zu sagen. Turner war ein sehr erfahrener Seemann, daher wusste er, wie sehr man sich im Mondlicht bei Entfernungen verschätzen konnte. Er rief sich die Karte ins Gedächtnis zurück. Wenn Starkes Angaben stimmten, was die Peilungen anging, dann hätte er freilich sechs Eilande sichten müssen. Waren es aber tatsächlich nur fünf, dann konnte die Seitenpeilung an Steuerbord nicht richtig sein! Hatten sie sich total vergurkt, waren sie irgendwo in der Walachei gelandet? Hatte ein starker Strom sie unbemerkt um viele Meilen versetzt? William stieß geräuschvoll den Atem durch die Nase aus. Er stampfte mit dem Fuß auf und schalt sich einen Narren. Natürlich, das war es! Alles war Quatsch, Quatsch, alles völliger Quatsch! Starke hatte zweifellos recht, er hatte nur fünf Inseln gesehen, hatte nur fünf sehen können, weil sich die beiden Cays an Steuerbord aus diesem Sichtwinkel überlappten! Und das Feuer? Zugegeben, das war seltsam, sehr seltsam. Fast hätte man vermuten können, dass die Piraten während der Nacht auf einem erhöhten Platz ein großes Feuer unterhalten hatten, das als Ansteuerungsmarke fungieren sollte. Möglicherweise erwarteten sie einen Spießgesellen oder sie wollten damit ein Handelsschiff anlocken, um dann darüber herzufallen. Letzteres war ziemlich unwahrscheinlich, niemand würde auf gut Glück so einen Aufwand treiben, denn schließlich führte keine Schifffahrtsroute hier unmittelbar vorbei. Selbst wenn man von San Salvador nach Havanna wollte, würde man diese Insel in einem gehörigen Abstand passieren, überlegte er. Schiffbrüchige? So viel Brennmaterial gab es nicht auf der Insel, als das man damit Verschwendung treiben konnte. Jedenfalls schienen die Feuermacher auf keinen Fall mit einem Besuch der Royal Navy zu rechnen. Turner überlegte. Dafür gab es auch keinen vernünftigen Grund. Mit seiner Bootsflottille wäre er hier keinesfalls aufgekreuzt und die paar kleinen Kreuzer, die auf den Bahamas stationiert waren, hatten gewiss etwas anderes zu tun, als diese abgelegenen Inselchen regelmäßig abzuklappern. Ohne länger zu zögern, rief er Mister Lennon heran. Turner kannte keine falsche Scham, wenn es darum ging, sich von einem erfahrenen Mann beraten zu lassen. „Was schätzen Sie, Sir, wie weit sind wir von diesen Inseln noch entfernt?“

Lennon wiegte nachdenklich sein imposantes Haupt mit den langen weißen Locken. „Mondkimm, flache Silhouetten ohne markante Landmarken, mmmh, schwer zu sagen, Sir.“

„Wenn es einfach wäre, würde ich den Latrinenreiniger fragen!", polterte Wild Bill Turner los, seinem Namen alle Ehre machend, riss sich aber gleich wieder zusammen und fuhr besänftigend fort: „Verzeihen Sie bitte einem ungestümen Hitzkopf, Mister Lennon, aber wie heißt es doch so richtig: ‚Leicht kann jeder. Erst wenn es schwer wird, zeigt sich der wahre Meister!'"

Lennon blieb unbeeindruckt. Er dachte bei sich, sieh mal an, so langsam läufst du wieder zu deiner alten Normalform auf, mein Junge. Die feine Lady scheint dir zu zeigen, was eine Harke ist, dabei sieht sie so unschuldig wie frisch gefallener Schnee aus. Nun, auch auf Vulkanen kann Schnee liegen. „Ich würde meinen, dass wir knapp drei Meilen vor der nächstgelegenen Insel stehen, also gut zwei Meilen bis zum Ankerplatz. Bei dieser Fahrt werden wir dafür allerdings zwei Stunden brauchen."

Er hörte wie Turner mit den Zähnen knirschte. „Die Zeit haben wir nicht, verflucht noch mal!"

Lennon ließ sich nicht beirren: „Bedenken Sie, Sir, falls da drinnen ein Schiff liegen sollte, hat es auch keinen Wind! Über das riesige Flachwassergebiet der Bahama Bank kann es uns nicht entkommen, da können nur Boote einigermaßen sicher navigieren."

Turner starrte ihn einen Augenblick lang mit offenem Mund an, dann schlug er ihm heftig auf die Schulter. „Es hätte nicht viel gefehlt", meinte Lennon später schmunzelnd in der Offiziersmesse, „und er hätte mir einen dicken, feuchten Schmatz auf die Wange gegeben." Das war vielleicht etwas übertrieben, aber Turner strahlte tatsächlich jungenhaft über das ganze Gesicht. Das war die Lösung – sie lag auf der Hand! „Danke, Mister Lennon!" Er wandte sich um und röhrte: „Mister Starke, Bootsmann! Die Boote wie besprochen klarmachen. Die eingeteilten Mannschaften antreten! Leutnant Blower, mustern Sie Ihre Marines! Und Sie, Mister Lennon, Sie bringen das Schiff auf den vorgesehenen Ankerplatz und, Sir, glauben Sie mir, da drinnen liegt ein Schiff! Wetten?“

„Ich bin doch nicht verrückt, Sir. Wenn Sie das sagen, wird es so sein.“

Kapitel 15

Palm Cay, auf See, Ende Februar 1779

Schnell näherten sie sich der *Platvis.* Turners kleines Geschwader, das aus zwei Pinassen und einem Kutter bestand, lief unter Segeln gute Fahrt. Es machte eben doch einen erheblichen Unterschied, ob der schwache Wind ein schweres Schlachtschiff, das tief im Wasser lag und einen dementsprechend großen Widerstand aufwies, oder ein leichtes Beiboot, das kaum Tiefgang hatte, vorwärts treiben musste. Turner hatte bei der Ausrüstung der Boote großen Wert darauf gelegt, kein unnötiges Gewicht mitzuschleppen, außerdem hatte er auch die Besatzungen auf das Allernötigste reduziert. Selbst auf den Einsatz der schweren Barkasse mit ihrem beeindruckenden Buggeschütz hatte Turner aus dieser Überlegung heraus verzichtet. Von der Brigg löste sich ein Boot. Segel stiegen an den Masten des Kutters empor, der sofort Kurs auf die Nordhuk von Palm Cay nahm. Es war jetzt völlig dunkel, denn der Mond war untergegangen. Das dunkelrote Feuerauge auf der Insel war jetzt deutlich zu erkennen. Turner blickte prüfend nach Osten. War da schon ein feiner, heller Streifen in der Kimm sichtbar? Nein, noch würden sie für einen müden, nicht allzu pflichtbewussten Wachposten auf der Insel unsichtbar sein. Die schwarzen Silhouetten der beiden großen Schiffe waren allerdings auszumachen, wenn man wusste, wohin man schauen musste. Turner zuckte mit den Schultern. Nun, das war nicht zu ändern. In Gedanken ging er nochmals den Angriffsplan durch. Sie waren zwar spät dran, aber wenn alles klappte, dann würden sie unentdeckt bei der *Medusa* längsseits gehen, sie entern, die schlaftrunkene Besatzung ohne großes Blutvergießen überwältigen und das Schiff in Besitz nehmen. Er rechnete fest damit, dass ein großer Teil – wahrscheinlich sogar der größte Teil – der Männer an Land gegangen, sich dort mit frisch geröstetem Fleisch die Bäuche vollgeschlagen, dabei ausgiebig gezecht und dann volltrunken am Strand übernachtet hatte. Von ihrem Schiff abgeschnitten war, von der geballten Feuerkraft zweier Kriegsschiffe bedroht, würde den überraschten Freibeutern nichts anderes übrig bleiben, als zu kapitulieren. Drüben an Land blieb alles ruhig. Selbst die dort nistenden Seevögel schienen sich von den leise dahin geleitenden Booten nicht gestört zu fühlen. Monoton gurgelte das Wasser an der Bordwand. Turners Gedanken begannen zu wandern. Er leckte sich die Lippen und grinste in der Dunkelheit wölfisch vor sich hin. Es würde interessant sein, was für Schätze die Verbrecher angehäuft hatten. Natürlich würde Blut an dem Gold und den Preziosen kleben, aber man würde es nicht sehen. *Non olet!* Weder die in England hochverehrte jungfräuliche Königin Elizabeth I. und ihre Nachfolger noch die spanischen Könige hatten jemals irgendwelche Skrupel gehabt, wohlgefällig das Silber und Gold der Neuen Welt in ihre Schatullen zu schaufeln, obwohl sie, um in ihre Schatzkammern zu gelangen, bis über die Knie in den Blutströmen der getöteten spanischen Seeleute respektive der misshandelten, ausgebeuteten und grausam erschlagenen Indios waten mussten. Nein, William Turner wollte nicht päpstlicher als der Papst sein. Er konnte den Unglücklichen nicht mehr helfen, die man beraubt, gefoltert und getötet hatte. Vielleicht konnte er sie rächen, indem er die Halunken der Justiz auslieferte. Er zögerte. Das würde schwer werden, verflucht. Wenn er die *Medusa* als Prise nahm, dann musste er auch für die noch eine Prisenbesatzung zusammenkratzen – und das bei seiner knappen Personaldecke, puh! Gut, er konnte die Piraten auf die Schiffe verteilen, aber das waren sicher über einhundert Männer, die nichts mehr zu verlieren hatten, und so stellen sie ein großes Risiko dar. Er schaute wieder zur Insel hinüber, aber dort blieb alles dunkel und außer dem saften Rauschen der Brandung am weißen Strand war kein Laut zu hören. Also, welche Alternativen hatte er? An der Rah aufknüpfen. Das würde das Problem zwar schnell und endgültig aus der Welt schaffen, aber würde für ihn eine Menge Schriftkram bedeuten. Er würde seine Handlung umfangreich begründen müssen. In Hinblick auf sein Kriegsgerichtsverfahren sollte er sich nicht noch weitere Minuspunkte auf seinem Schuldkonto leisten. Vielleicht war es geschickter und eine gerechte Strafe obendrein, sie einfach mit einem Minimum an Proviant und Wasser auf einem der kleinen Cays auszusetzen. Der Gedanke gefiel ihm. Es war eine Art Gottesurteil. Sollte der HERR der Meinung sein, dass die Schurken den Tod noch nicht verdient hatten, dann würde er ihnen ein rettendes Schiff schicken ... Während sich die Nordspitze des Eilands nur noch langsam näherte, weil der Wind vor der Morgendämmerung einschlief, spann er den Gedanken genüsslich weiter aus. Der HERR konnte sogar eine gewisse Selektion vornehmen, indem er die schlimmsten Unholde krepieren und die braven Männer, die nur durch Zwang auf das Schiff gekommen waren, überleben ließ. Das Blasphemische seiner Überlegungen blieb Turner verborgen. Wie sensibel hatte er noch damals in Gravesend auf den kaum verhüllten Mordauftrag durch den Geheimdienstchef Hermes reagiert. Alles in ihm hatte sich dagegen gesträubt, einen Gegner anders als im offenen Kampf zu töten. Jetzt dagegen zog er, ohne mit der Wimper zu zucken, kaltblütig in Erwägung, Männer einem grauenhaften, langsamen Tod durch Verdursten und Verhungern auszuliefern. Gewiss, die meisten waren gewissenlose, schändliche Verbrecher mit einem Sündenregister so lang wie die Verpflegungsabrechnung eines Linienschiffs der Ersten Klasse, aber so unbestreitbar richtig das auch war, rechtfertigte das tatsächlich sein skrupelloses Vorhaben? Waren seine beabsichtigten Handlungen wirklich von einer weniger niedrigen Gesinnung geprägt als die der Piraten? Würde ihm danach zukünftig nicht, wenn er in den Spiegel schaute, die hämisch grinsende Fratze eines gewissenlosen Menschenschlächters entgegenstarren. Er zögerte. Die gepressten Männer waren in der Tat ein Problem. Er würde Jane befragen müssen, wer zu dieser Gruppe gehörte. Diese Männer konnte er mit einem guten Gewissen in den Dienst des Königs aufnehmen, zudem konnte er wahrlich jede Hand gut gebrauchen. Er dachte an den Expiraten Quartermaster Shultz, der gerade jetzt zusammen mit Leutnant Blower den einen Kutter befehligte, und nickte zufrieden vor sich hin. Gerade wollte er sich entspannt auf der Heckducht zurücklehnen, als auf der Insel Schüsse fielen. Alle Männer fuhren erschrocken zusammen. Man hatte sie entdeckt! Sie wurden unter Feuer genommen! Unwillkürlich zogen die meisten den Kopf ein. Aber nein, auf dem hellen Strand waren keine Männer zu sehen, auch waren keine Mündungsfeuer auszumachen. Der Kampf musste auf der anderen Seite des Inselchens stattfinden, dort entspann sich ein regelgerechtes Feuergefecht, in das jetzt auch Kanonen eingriffen. Was war da los? Es hatte keinen Sinn, darüber lange zu philosophieren, er musste eine Entscheidung treffen. Sollte er den ursprünglichen Plan weiterverfolgen oder auf die veränderte Situation reagieren? Er konnte die Boote hier auf den Strand auflaufen lassen, mit seinen Männern die etwa dreihundert Yards zur anderen Seite zurücklegen und in den heftigen Kampf eingreifen, der dort offensichtlich entbrannt war. Aber wer kämpfte gegen wen? Er kam zu einem Entschluss. „Achtung! Alle mal herhören!“, brüllte er, so laut er konnte. „Die Segel runter und klar bei Riemen!“ Der jahrelange Drill zahlte sich mal wieder aus. Die Segel verschwanden wie von Zauberhand, wurden zusammen mit den Spieren in der Mitte der Boote gestaut, und die Riemen begannen im Takt die Boote vorwärts zu treiben. „Legt euren Rücken in die Schläge, Jungs, ich habe es heute ausnahmsweise mal etwas eilig!“

Tom, der wie gewöhnlich an der Pinne saß, setzte noch einen drauf: „Der Commander möchte an den Blättern Strudel sehen, die bis zum Grund reichen, ihr faulen Säcke. Meint ihr, unser guter König George verpflegt euch so gut, damit ihr hier nur lahm das Wasser umrühren könnt?“

Die Männer gluckten, viel Luft für derartige Extravaganzen hatten sie allerdings nicht übrig, denn sie rissen an den Riemen, dass diese sich durchbogen. Die Pinasse schoss durch das Wasser vorwärts. Dechamps großer Kutter hatte die Nordspitze schon erreicht und wartete dort. Die Konturen des Bootes und seiner Besatzung zeichneten sich deutlich ab, fast sah es aus, als ob das Boot und der winkende Dechamp von unten durch eine weiße Lichtquelle angestrahlt wurden, aber das war nur der Widerschein des weißen Meeresgrunds, der unter dem kristallklaren Wasser heraufleuchtete. Der Übergang von der schwarzen, unergründlichen Tiefe zum flachen weißen Grund hatte sich ohne Übergang vollzogen. Als Turners Pinasse auf gleicher Höhe mit Dechamp war, stieg hinter ihnen im Osten der rote Ball der Sonne aus dem Meer auf. Sie rundeten die weit ins Wasser hineinragende weiße Landzunge und konnten die Reede hinter der Insel einsehen. Was sie dort sahen, war beeindruckend. Die *Medusa* lag dort tatsächlich eine Kabellänge vom Ufer entfernt vor Anker. Sie hatte eine Spring auf dem Ankerkabel angeschlagen und damit das Heck herumgehievt, so dass sie parallel zum Ufer lag. Ihr Heck zeigte in Richtung der sich nähernden Boote. Aus ihrer Bordwand quollen vereinzelt Rauchwolken, aus denen lange rote Feuerzungen leckten. Dröhnender Donner rollte über die Reede. Auf dem weißen Strand standen und hüpften Männer, sie schwangen drohend ihre Entermesser, Piken oder Äxte, dazu stießen sie ein wütendes Geschrei aus. Dazwischen lagen Tote in verkrümmten Stellungen. Verwundete schrien laut und versuchten mit verzweifelten Gesten auf sich aufmerksam zu machen, aber ihre Kameraden hatten etwas anderes zu tun. Ein großer Teil war gerade im Begriff, mit den Booten bei der Brigg längsseits zu gehen, um sie zu entern. Ein mörderisches Gebrüll klang zu den sich schnell nähernden Booten Turners hinüber. Die Kanonen verstummten, stattdessen krachten Musketen und Pistolen. Das typische Klirren von aufeinander treffenden Blankwaffen war zu hören. Turner zog seinen Säbel, ließ ihn über dem Kopf kreisen und deutete dann auf die dem Ufer abgewandte Bordwand. Sie waren noch eine knappe Kabellänge entfernt, als sich ein Dutzend Männer aus einem Heckfenster in das darunter liegende Boot abseilte. Im Nu waren die Riemen ausgebracht, die Leine gekappt und schon schoss das Boot hinaus auf die freie, hellblau leuchtende Fläche der Bank, die sich scheinbar endlos nach Süden, Westen und Norden erstreckte. Er steuerte nach Nordwesten. Noch eine halbe Kabellänge. Turner machte Dechamp ein Zeichen, das Boot abzufangen. Der Kutter schor nach Steuerbord weg und nahm die Verfolgung auf. Kleine aufsteigende Wasserfontänen markierten die Stellen, an denen die Musketenkugeln einschlugen, die die Enterer den Flüchtlingen hinterher schickten. Einer der Männer im Kutter fiel plötzlich hintenüber von der Ducht, alle Ruderer kamen dadurch aus dem Takt. Für einige Sekunden herrschte an Bord ein völliges Tohuwabohu, dann setzten die Männer ihre Flucht fort. Sie spürten jetzt den heißen Atem der Royal Navy im Genick. Dieser heiße Atem manifestierte sich auch gleich in den gut gezielten Kugeln der Seesoldaten, die ihnen um die Ohren flogen, und das setzte ungeahnte Kräfte bei ihnen frei.

Auf dem Achterdeck der *Medusa* deuteten ein paar Kerle in die Richtung von Turners Bootsflottille, zwei, drei Musketenschüsse wurden in ihre Richtung abgefeuert, aber dann waren die Männer erstaunlicherweise ganz plötzlich verschwunden. Kurz vor dem Erreichen der Brigantine sah Turner zu seiner großen Verwunderung, dass die Enterer hektisch ein paar Kisten in ihre Boote hinabließen, anschließend sofort Hals über Kopf hineinsprangen, mit allen Anzeichen der Panik abstießen und hastig zum Ufer zurückruderten. Was war da los? Tom neben ihm presste leise zwischen den zusammengebissenen Zähnen hervor: „Feuer im Schiff, Käptum, Zur!" Er deutete auf den feinen grauen Rauchschleier, der aus den Heckfenstern aufstieg.

„Verdammt! Hart Backbord, Tom!"

Die Pinasse schwang begleitet von einigen kräftigen Flüchen der Ruderer herum und glitt schnell auf den Strand zu. Die Kutter folgten. Kaum waren die Vorsteven auf Grund aufgelaufen, als die Männer auch schon mit ihren Waffen ins flache Wasser sprangen und so schnell es ging an Land wateten. Leutnant Bower ließ seine Männer sofort eine vorschriftsmäßige Schützenkette bilden. Das erste Glied kniete sich hin, das zweite nahm dahinter auf Lücke Aufstellung. Die langen Bajonette waren aufgepflanzt. Hinter den Seesoldaten sammelten sich die Seeleute. Die Freibeuter hatten sich von ihrer Überraschung über den unerwarteten Besuch erholt und kamen in breiter Front ungeordnet mit erhobenen blitzenden Waffen mit durchdringendem Geheul und drohenden Flüchen auf sie zugestürmt. Blower blickte Turner fragend an. Der nickte.

Leutnant Blower präsentierte ohne eine Miene zu verziehen den Degen vor Turner, drehte sich auf dem Absatz um und schnarrte wie auf dem Exerzierplatz: „Sergeant Bull! Feuer frei auf dreißig Fuß!"

„Aye, Sir! Dreißig Fuß, Sir!", erwiderte der altgediente Sergeant so gleichmütig, als ob er auf dem Kasernenhof stünde und nicht mehrere Dutzend blutrünstige Piraten auf ihn zustürmten. „Feuer frei auf mein Kommando, Männer! Danach Bajonettangriff mit Schulterschluss!"

Midshipman Starke hatte inzwischen etwas Ordnung in den ungeordneten Haufen der Seeleute gebracht, denen die Disziplin des Infanteriekampfes an Land völlig fremd war. Turner wandte sich an sie: „Männer, sobald die Marines gefeuert haben und mit gefällten Bajonetten auf die Hundesöhne losgehen, folgt ihr mir! Verstanden!"

Eine Antwort bekam er nicht, denn die Salve der Marineinfanteristen übertönte alles. Auf diese Entfernung war die Wirkung des Musketenfeuers vernichtend. Die heranbrandende Woge aus Menschenleibern brach buchstäblich zusammen, die nachfolgenden Angreifer stolperten über die Gefallenen und Verwundeten, hielten inne und sahen die rote Mauer mit den blitzenden Bajonetten im Gleichschritt unaufhaltsam auf sich zukommen. Zunächst drehten sich erst einige um und flohen, dann wurden es immer mehr, schließlich gaben alle Fersengeld.

„Mir nach!", röhrte Turner und schwang seinen Säbel. Im Laufschritt eilte er auf dem festen Sand an der Wassergrenze vorwärts. Seine Männer folgten ihm heiser brüllend, überflügelten die Seesoldaten. Wer eingeholt wurde, wurde niedergemacht, wer sich zum Kampf stellte auch. Die Flüchtlinge spritzten in ihrer Panik auseinander, eilten zur Inselmitte, wollten sich im kargen Unterholz oder im Palmenhain in der Senke bei der Quelle verstecken, die Bajonette der Seesoldaten fanden sie. Andere drückten sich in Spalten des niedrigen Kreidefelsens, die Piken der Matrosen fanden sie. Einige warfen sich zu Boden und stellten sich tot, die Entermesser sorgten dafür, dass ihr heftiges Atmen sie nicht mehr verriet. Mehrere Topmatrosen hatten sich in die Kronen von Palmen emporgehangelt, die Waldläufer schossen sie mit ihren langen Musketen herunter. Es gab kein Entkommen, es war ein blutiger Tag auf dem malerischen tropischen Inselchen inmitten des weißblauen, sonnenüberglänzten Wassers, unter einem strahlenden Himmel. In das idyllische Bild passten die dunklen Blutflecken auf dem weißen Sand so ganz und gar nicht, von den durch Kartätschen verstümmelten Leichen ganz zu schweigen.

Plötzlich zerriss eine ohrenbetäubende Detonation die Luft. Für einen kurzen Augenblick blieben alle wie angewurzelt stehen und ließen die Waffen sinken. Über der *Medusa* stand eine Rauchsäule. Besser gesagt, da, wo eben noch die *Medusa* gelegen hatte. Ihr Heck war weggerissen worden. Das Feuer musste sich bis zur Pulverkammer durchgefressen haben. Als sich der Rauch verzogen hatte, ragte noch der Fockmast aus dem Wasser, die Stengen und Rahen waren nach vorne übergekippt, vor dem Bug durchbrach die Spitze des Klüverbaums die Wasseroberfläche. Dieser Anblick versetzte Turners Männer in noch stärkere Wut, ließ sie in einen Blutrausch verfallen. Sie hatten zum einen unter dem Verlust ihrer geliebten *Shark* gelitten, die in ihren Augen ein unwürdiges Ende gefunden hatte, zum anderen hatte sie es gewurmt, dass sie die in der Falle sitzende *Medusa* hatten ziehen lassen müssen, mit der sie aus alten Zeiten noch ein, zwei offene Rechnungen zu begleichen hatten. Und jetzt konnten sie auch noch das Prisengeld für die Brigantine *à fond perdu* schreiben. Diese aufgestauten Enttäuschungen brachen sich jetzt Bahn und ließen sie alles niedermetzeln, was ihnen vor die Klingen kam. Sie steckten damit sogar die sonst so disziplinierten Seesoldaten an, aber im Unterholz löste sich deren enge Schützenlinie zwangsläufig auf. Selbst Leutnant Blower und seine Unteroffiziere verloren die Kontrolle. Niemand schritt ein, als der Mob die Getöteten und Verwundeten ausraubte.

Zur Schande von Commander William Turner muss festgehalten werden, dass er keinen Versuch machte, seine wie die Berserker wütenden Männer zu disziplinieren, im Gegenteil! Er selbst stach und hieb ebenfalls alles nieder, was sich ihm in den Weg stellte. Schließlich blieb er mangels weiterer Opfer schwer atmend stehen und streckte den Arm in die Luft. Tom, die Trapper und die beiden Shawnees versammelten sich um ihn. „Männer, hier muss es irgendwo eine Höhle geben, die müssen wir finden." Alle, mit Ausnahme der Indianer, nickten vielsagend. „Seid vorsichtig, es ist nicht ausgeschlossen, ja, es ist sogar sehr wahrscheinlich, dass sich überlebende Korsaren in diese Höhle geflüchtet haben." Für die beiden Indianer war es ein Leichtes, den vielbegangenen Pfad mit den frischen Fußspuren aufzuspüren. Als sich Turner mit seiner Leibgarde der Höhle näherte, wurden sie beschossen. Schnell suchten sie Deckung hinter herumliegenden Felsbrocken und in dem niedrigen Unterholz, die beiden Shawnees waren plötzlich wie vom Erdboden verschwunden. William Turner fragte sich immer wieder, wie so etwas möglich war, die Kerle schienen sich in Luft auflösen zu können. Es war schon brütend heiß. Aber mit der aufsteigenden Sonne kehrte immerhin auch der Wind wieder. Turner stellte fest, dass er durstig war. Aber ein labender Schluck kühlen, frischen Quellwassers musste jetzt zurückstehen. Am Strand war inzwischen Ruhe eingekehrt. Er brauchte sich keine Sorgen zu machen, dort würden Leutnant Blower und Midshipman Starke inzwischen wieder für Ordnung sorgen. Er hob den Kopf. Eine Kugel klatschte in den weichen Kalkstein und bestäubte ihn mit weißem Pulver. Peng! Zum ersten Mal verstand er den alten Spruch der Stoppelhopser wirklich, der da lautete: ‚Den Schuss, der dich tötet, den hörst du nicht!' Verdammt, so genau hatte er das gar nicht wissen wollen. Er robbte etwas weiter zur Seite. Snake Taylor grinste ihn an: „Der hat das letzte Mal auf Sie geschossen, Sir!" Er lud auf dem Rücken liegend seine Muskete nach. Turner hatte vor lauter Schreck gar nicht mitbekommen, dass Taylor geschossen hatte. Es war nicht ohne eine gewisse schwarze Komik, dass er den Schuss, der seinen Beinahemörder ausgeschaltet hatte, auch nicht gehört hatte. „Danke, Snake! Ich denke, du hast etwas gut bei mir."

Taylor tippte an seine an diesem Ort durchaus deplatziert wirkende Waschbärenmütze und meinte breit grinsend: „Keine Ursache, Sir, gern geschehen und stets zu Diensten." William nahm den Hut ab und wischte sich mit dem Taschentuch den Schweiß von der Stirn ab. Der Trapper fuhr in seinem typischen schleppenden Tonfall fort: „Gleich werden die Rothäute die Skunks aus dem Bau heraustreiben. Dann hat meine treue Lizzy wieder Arbeit.“ Er streichelte liebevoll seine Muskete und brachte sie wieder in Anschlag. Für ihn schien es keinen Unterschied zu machen, ob er damit einen Truthahn oder einen Menschen vom Leben zum Tode beförderte. Für die Waldläufer schien das Wichtigste zu sein, dass sie es mit einem sauberen Schuss erledigten. Turner blickte zum Eingang der Höhle hinüber, konnte aber keinerlei Anzeichen von den Aktivitäten der Indianer ausmachen. Er spürte, dass ihn Taylor ein wenig mitleidig aus den Augenwinkeln beobachtete. Um seine Unfähigkeit nicht zu deutlich werden zu lassen, verkniff er sich die Frage, was die Shawnees vorhatten. Dann sah er es. Neben dem dunklen Loch stand plötzlich eng, an die weiße Kalkwand gepresst, der nur mit einem Lendenschurz, Leggins und Mokassins bekleidete Brokenwing. Für dieses Klima war das die einzig richtige Bekleidung, überlegte Turner neidisch. Mit der Adlerfeder im Haar und der Kriegsbemalung sah der Mann wahrhaft furchterregend aus. Er schwang ein brennendes Reisigbündel in der Hand, das er zielsicher in den Höhleneingang schleuderte. Ein zweites Bündel landete vor seinen Füßen, mit einer geschmeidigen, fließenden Bewegung packte er es und schlenzte es in die Höhle, es folgte eine drittes, ein viertes. Eins kam wieder herausgeflogen, aber im selben Augenblick krachte an der Stelle, an der Nat Moose lag, ein Schuss. Ein dumpfer Schrei aus der Höhle zeugte davon, dass der Werfer für seine Verzweiflungstat bezahlt hatte. Völlig überraschend stürmten vier rußgeschwärzte, hustende Männer aus der Höhle. Sie hielten ihre Waffen über den Köpfen. Ehe Turner etwas sagen konnte, krachten Musketen, drei der Männer brachen auf der Stelle zusammen, der letzte wurde von Brokenwing mit einem wuchtigen Hieb seines Tomahawks niedergemacht. Ohne zu zögern wandte sich der Indianer um und sprang in die Höhle hinein, Thunderingwater folgte ihm auf dem Fuß. Kurz darauf ließ der herausquellende Qualm nach. Turner stand langsam auf. Seine Knie, Schienenbeine, Ellenbogen,

Unterarme und Hände schmerzten von dem ungewohnten engen Kontakt mit dem felsigen Boden. ‚Verdammt', dachte er, ‚wenn ich je einen Beweis gebraucht hätte, dass ich nicht für den Landkrieg geboren bin, dann habe ich ihn heute geliefert bekommen!' Er blickte missmutig an sich herunter. ‚Meine Strümpfe, die Breeches und mein Uniformrock sind ruiniert. Was das wieder kosten wird! Warum habe ich nicht mein bequemes Räuberzivil angelegt? Wem wollte ich mit diesem unpraktischen Aufzug imponieren? Jane? Geschenkt! Zwei schwervergoldete Knöpfe sind abgerissen und auch die Schuhe sind durch die scharfen Steine irreparabel zerkratzt! Als ob ich das Geld zum Fenster hinauswerfen könnte!' Obwohl er inzwischen ein steinreicher Mann war, steckte ihm die anerzogene Sparsamkeit seiner ärmlichen Jugend noch im Blut. Missmutig vor sich hin murmelnd stieg er zum Höhleneingang hinauf, stieß den toten Freibeuter, der mit ausgebreiteten Armen und immer noch angstvoll weit aufgerissenen Augen auf dem Weg lag, mit dem Fuß zur Seite. Er bückte sich und schlüpfte in die dunkle Öffnung. Es war drinnen angenehm kühl, aber keineswegs so dunkel, wie er erwartet hatte. Schnell stellte er fest, woran das lag. Der Boden war abschüssig und am gegenüberliegenden Ende der Höhle stand Wasser, unter der Oberfläche leuchtete das Wasser hellblau. Es gab dort einen zweiten Ausgang zur See. Verkohlte Reisigbündel trieben auf dem leuchtenden Wasser. Von den Indianern war nichts zu sehen. Tom lachte leise. Als William ihn fragend anschaute, meinte sein Bursche erklärend. „Falls ein paar der Schurken gemeint haben, dass sie sich vor uns durch diesen Hinterausgang in Sicherheit bringen könnten, dann haben sie sich gewaltig in den Finger geschnitten. Auf dieser kleinen Insel den Skalpmessern der Rothäute zu entgehen ist einem Weißen genauso unmöglich, wie eine fußlahme Maus vor den scharfen Krallen einer hungrigen Katze weglaufen kann."

„Ahem“, räusperte sich Turner, der einsah, dass Tom natürlich recht hatte. „Gibt es Hinweise darauf, dass die Piraten hier etwas versteckt hatten?“

„Hier, Sir!“, rief ihm Fred Blackwood zu. Der Scout deutete auf ein tiefes Loch im oberen trockenen Bereich der Höhle, neben dem ein hoher Haufen aus Seesand und zerbrochenen Muschelresten aufgetürmt war. Oben in diesem Berg steckten ein halbes Dutzend Schaufeln. „Leer, Sir!“, bemerkte Tom überflüssigerweise.

„Das sehe ich selbst!“, fauchte Turner enttäuscht. „Ich bin ja nicht blind ...“ Er riss sich zusammen. ‚Wenn man mal davon absieht, dass ich an Land nie so richtig verfolgen kann, wo sich diese verdammten Rothäute herumtreiben, vermutlich noch nicht einmal, wenn sie direkt neben mir ihre verfluchten Messer wetzen‘, dachte er belustigt. Zur Überraschung seiner Begleiter grinste er und sagte fast fröhlich: „Nun, dann haben uns die Halunken wenigstens die schweißtreibende Arbeit des Grabens abgenommen, Jungs! Dann wollen wir mal nachsehen, ob sie auch so nett waren, uns den mühseligen Transport zum Strand zu ersparen! Ach ja, nehmt die Leichen der Kerle mit!“

Unten am Strand bewachte eine Abteilung der Seesoldaten unter dem Kommando von Leutnant Blower drei große, mit Eisenbändern beschlagene Kisten und drei verwundete Piraten. Die Seeleute und die restlichen Marines schleppten die Toten heran. Gelegentlich stießen sie auch einen Verwundeten vor sich her. Turner hatte den Verdacht, dass man gehunfähige Schwerverwundete kurzerhand von ihren Leiden erlöst hatte. Abseits von der immer länger werdenden Reihe der Seeräuberleichen lagen vier gefallene Seeleute der *Rouen*, daneben hockte ein halbes Dutzend verwundeter Männer von der *Rouen* und der *Platvis.* Turner blickte sinnend zum Wrack der *Medusa* hinüber. Falls sich noch weitere Kisten mit wertvollem Inhalt an Bord befunden hatten, dann waren diese verloren. Zwar lag das Wrack nur auf gut drei Faden

Wasser, das Deck befand sich also knapp unter der Oberfläche, aber wo sollte man die Kisten suchen? Im Laderaum? Es war viel wahrscheinlicher, dass man sie im Achterschiff unter der Aufsicht des Kapitäns gestaut hatte und dann waren sie durch die Explosion in den Himmel geblasen worden. Er zuckte abschließend mit den Schultern. Wie viele Kisten waren es gewesen? Er würde die Gefangenen entsprechend befragen, außerdem würde ihm Jane sicher Auskunft geben können. Drei Kisten hatten sie sichergestellt, eine befand sich an Bord des flüchtigen Kutters. Nun, die würde Dechamp mit zurückbringen, da war er sich sicher. Er kniff die Augen zusammen und spähte auf die gleißende Wasserfläche im Nordwesten hinaus. Er meinte weit hinten einen kleinen, dunklen Punkt ausmachen zu können. Bis sie hier Klarschiff gemacht hatten, würde sich der Erste Leutnant gewiss auch wieder eingefunden haben. Das Krächzen der Möwen riss ihn aus seinen Überlegungen. Ein riesiger Schwarm Seevögel kreiste gierig über ihnen. Der Lärm, den sie verursachten, war ohrenbetäubend. Ihm war klar, was sie angelockt hatte. Die Räuber waren keineswegs auf eine Fischdiät spezialisiert, sondern verschmähten auch keineswegs eine Mahlzeit, die aus Aas bestand, dabei war es ihnen völlig gleichgültig, ob das Fleisch animalischen oder humanen Ursprungs war. Die vielen Leichen tief genug zu begraben würde schwierig werden. Wenn man sie im weichen Seesand zur letzten Ruhe bettete, konnte es durchaus sein, dass das Meer sie innerhalb kurzer Zeit wieder herauswusch. Auch die allgegenwärtigen Ratten würden versuchen, sich an den reichhaltigen unverhofften Fressvorrat heranzubuddeln.

„Schichtet die Leichen der toten Seeräuber zu einem großen Haufen auf, packt reichlich Strauchwerk dazwischen, dann gießt Lampenöl darüber und zündet den Scheiterhaufen an. Mister Starke, unsere Toten und alle Verwundeten kommen in Ihre Pinasse. Bringen Sie sie an Bord der *Rouen*,

Sir. Corporal Powdey soll sie mit vier Seesoldaten begleiten. Ab dafür!“

„Aye, aye, Sir!“

„Mister Blower, die Kisten kommen unter Bewachung in meine Pinasse. Sergeant Bull wird zusammen mit Quartermaster Shultz, vier Seesoldaten und zehn Seeleuten die Toten zählen, die Einäscherung durchführen und uns dann mit dem Kutter folgen. Wir haben hier nichts mehr verloren.“

„Aye, aye, Sir.“ Selbstverständlich bestätigte Leutnant Blower den Befehl, aber er sah ziemlich verbiestert vor sich hin, so, als ob ihm eine überaus kräftig gebaute Laus über die Leber gelaufen wäre.

Turner seufzte, was war denn jetzt schon wieder los? „Was haben Sie, Sir? Passt Ihnen das Begräbnisritual nicht?“

„Nein, Sir, das ist es nicht. Vermutlich ist das die beste Lösung. Aber haben Sie nicht gesehen, dass unsere Männer die Leichen und Verwundeten schamlos ausgeplündert haben? Leichenfledderei nennt man das, Sir! In zivilisierten Gegenden der Welt ist so ein Verhalten streng verpönt – selbst in Kriegszeiten.“

Turner blickte ihm scharf in die Augen, dann ging er ein paar Schritte zur Seite, um aus der Hörweite der Männer zu kommen, und winkte Blower, ihm zu folgen. Wie immer, wenn Turner ärgerlich war, hatten seine Augen das eiskalte Grau der winterlichen Nordsee angenommen. Leutnant Blower war kein Feigling, er hielt Turners Blick ohne mit der Wimper zu zucken stand.

Leise, aber sehr dezidiert begann Turner: „Ich weiß, worauf sie hinauswollen Sir, Manneszucht und so!“ Er schnaubte verächtlich. „Erstens, Sir, blicken Sie sich bitte um: Wie um Himmels willen kommen Sie auf die abstruse Idee, diesen beschissenen Kalkpickel am Arsch der Welt als zivilisierte Gegend zu bezeichnen! Zweitens! Sie sind ein junger vielversprechender Offizier, den ich sehr schätze, aber darf ich Ihnen einen guten Rat geben, Sir?“

Blower schluckte schwer, sein Adamsapfel hüpfte ein paarmal auf und ab, dann nickte er zustimmend.

„Gut, Benjamin, ich verrate Ihnen jetzt ein Geheimnis, das Sie in einer stillen Stunde gründlich überdenken sollten! Natürlich müssen Sie und ich als kommandierende Offiziere über alles informiert sein, aber unsere Männer müssen nicht wissen, dass wir alles wissen – oder doch fast alles!“ Er blies die Wangen auf und stieß die Luft dann langsam aus. „Will sagen, manchmal muss man auf einem Auge blind sein oder in die falsche Richtung schauen. In unserem speziellen Fall heißt das ganz praktisch: Wie hätte ich das, was Sie völlig zu Recht als Leichenfledderei bezeichnen, unterbinden sollen? Hätte ich mir nur die paar Dummköpfe herausgreifen sollen, die so blöd waren, es am Strand direkt unter Ihren und meinen Augen zu tun? Die anderen, die den Toten oben im Unterholz die Taschen geleert haben, wären dann ungestraft davongekommen! Es sei denn, ich hätte alle unsere Männer von Ihren Seesoldaten durchsuchen lassen! Und wer hätte die Marines gefilzt? Sie, Sergeant Bull und Corporal Putney? Was glauben Sie, was für eine tolle Stimmung danach an Bord geherrscht hätte. Die Jungs hatten mit Sicherheit kein Unrechtsbewusstsein. Sie haben Verbrechern deren Beute abgenommen. Das mag keine Entschuldigung für die Übergriffe sein, macht aber ein Einschreiten so schwierig. Wenn ich einen Übeltäter an der Gräting auspeitschen lasse und der Bursche weiß, dass er sich die Bestrafung redlich verdient hat, wird er sie mannhaft wegstecken! Aber wehe, er fühlt sich ungerecht behandelt, dann habe ich zukünftig einen rachsüchtigen, unsicheren Kantonisten in der Besatzung, einen faulen Apfel, der unter Umständen andere anstecken kann.“ Turner machte ein kurze Pause, ernst fuhr er dann fort: „Wie ich schon sagte, Benjamin, antworten Sie jetzt nicht, aber denken Sie in aller Ruhe darüber nach.“

Blower zögerte, nickte dann und salutierte zackig; „Aye, aye, Sir!“

*

„Es tut mir leid, Jane, aber von deinen Männern haben nur wenige überlebt, und die sind überdies verletzt. Wie viele Leutnant Dechamp noch zurückbringen wird, kann ich nicht sagen, aber es dürften nicht allzu viele sein, fürchte ich." William war endlich in seine geliebte saloppe Kleidung geschlüpft: weite, weiße Arbeitshosen, ein fast bis zum Gürtel offenes weißes Hemd und ein rotes Kopftuch.

Jane wandte sich ab, senkte den Kopf und hielt sich eine Hand vor die Augen. Sie wollte vermeiden, dass William bemerkte, dass sie ein triumphierendes Lächeln nicht unterdrücken konnte. Das lief ja besser, als sie zu hoffen gewagt hatte. Sie verspürte einen unbändigen Drang, erleichtert laut aufzulachen. Ihre Schultern zuckten verräterisch. Allerdings deutete William das völlig falsch. Er nahm an, dass sie um ihre ehemaligen Bordkameraden weinte. Tröstend legte er ihr einen Arm um die Schultern und zog sie an seine Brust. Zärtlich küsste er ihr duftendes Haar. „O ja, Liebes, ich kann deine Trauer sehr gut verstehen. Was meinst du, wie oft ich in der Nacht hochschrecke, weil mich die vorwurfsvollen Gesichter der Männer heimsuchen, die ich in den Tod geschickt habe. Und es werden immer mehr. Deine Besatzung mag zwar zu einem großen Teil aus üblen Burschen bestanden haben, aber sie waren für eine lange Zeit deine Bordkameraden. Ihr habt zusammen so manchen gefährlichen Sturm und so manches Gefecht, in dem es auf Leben und Tod ging, durchgestanden. So etwas verbindet, das schweißt mehr zusammen als der geschworene Eid auf den König." Sie umarmte ihn und legte ihre Wange auf seine nackte Brust. Ihre Fingerspitzen glitten sanft über seinen Rücken. Plötzlich spürte sie etwas Hartes. Neugierig tastete sie den Gegenstand ab, es war ihr Dolch mit dem Griff aus ineinander gewundenen Schlangen, den sie ihm damals vor seiner Flucht zugesteckt hatte. Sie war gerührt. Dann dachte sie bei sich: ‚William Turner, wenn du wüsstest, was ich wirklich denke, dann würdest du mich vermutlich voller Abscheu aus deiner Kabine jagen und auf Antigua in Ketten an Land schleifen. Mir tun diese Scheißkerle nämlich überhaupt nicht leid! Sie haben alle nur das bekommen, was sie schon seit langem verdient haben. Bevor ich dich kennengelernt habe, habe ich alle Männer gehasst. Ich wollte möglichst viele von diesen selbstsüchtigen, herzlosen Schweinen umbringen. Wenn ich schon diesem irischen Hurenbock nicht die Eier abschneiden konnte, dann sollten wenigstens so viele wie möglich von diesen breitbeinig daherstolzierenden, aber letztlich durch den ständigen Suff impotenten Schlappschwänzen durch meine Hände leiden und sterben. Du würdest nicht glauben, welche perverse sinnliche Befriedigung es mir bereitet hat, Katz und Maus mit diesen plumpen Fechtern zu spielen, um sie dann, wenn ich des Spiels müde war, wie nebenbei zu durchbohren. Nicht gleich tödlich, versteht sich! Oh, welch ein Genuss war jedes Mal ihr ungläubiges Staunen, das sich dann schnell in fassungsloses Entsetzen verwandelte. Wie erhebend war es, wenn sie vor mir in die Knie sanken und flehend die Arme in die Höhe reckten, natürlich vergebens. Wenn es sich um ein im Grunde ganz ansehnliches Exemplar handelte, habe ich ihm dann verhältnismäßig schnell den Gnadenstoß gegeben. Ich weiß nicht, ob du dieses Gefühl kennst, William? Macht! Es ist unglaublich! Dieses berauschende Gefühl der Macht. Mehr noch, man bekommt eine Ahnung davon, was Allmacht bedeutet! Dieser unvergleichliche kurze Moment, in dem ich gottähnlich über Leben und Tod entschied, verschaffte mir eine ungeahnte perverse Lust. Eigentlich wollte ich dich auch töten, weil ich sofort gespürt habe, dass du ein wirklich ernstzunehmender Gegner bist. Nun, die Ereignisse haben gezeigt, dass ich mit dieser Einschätzung völlig richtig lag. Aber wie das Leben so spielt, mein kleiner, wilder Bulle, ich habe mich in dich verliebt. Schon seit unserem Zusammentreffen auf der Feier von Hernandez hat mich dein Bild begleitet. Seit wir in Puerto Santo eine kurze Nacht zusammen verbracht hatten, habe ich mich allezeit nach deiner Umarmung gesehnt. Immer öfter hast du in meinen Träumen das zynisch lächelnde Gesicht des irischen Hundsfotts verdrängt. Stattdessen hast du mich mit deinen blauen Augen angeschaut. Ja, wenn du liebst, dann sind sie von einem strahlenden Blau, mein Schatz. Ich habe deine kräftigen Finger, die wirklich erstaunlich sanft sein können, so intensiv auf meiner Haut gespürt, dass es mich vor Verlangen fast zerrissen hat. Ich wusste, dass wir zusammengehören.' Sie schniefte leise. ‚Ich muss diesem Scheusal Hernandez noch nachträglich dafür dankbar sein, dass er diese aufgedonnerte Matrone Elizabeth beseitigt hat. Sonst hätte ich ein Problem gehabt, allerdings kein unlösbares. Jetzt muss ich nur noch dafür sorgen, dass wir in England in Frieden zusammenleben können. Keine Zeugen für mein abgestreiftes Leben, die Schlange hat sich gehäutet! Ich habe vom Achterdeck aus mit einem Fernglas bewaffnet den Kutter mit den Verwundeten näher kommen sehen und meine Männer erkannt. Vorsichtshalber bin ich mit Horace unter Deck verschwunden, damit sich die blöden Kerle nicht schon beim Anbordkommen verplappern. Ich werde eine Lösung für das Problem finden müssen.' Sie seufzte tief auf.

Turner drückte sie mitleidig fest an sich. „Komm, meine Kleine, trink ein Glas Wein, das wird dir guttun." Sie nickte und nahm ihm den Pokal ab.

Um sie auf andere Gedanken zu bringen, fragte er: „Übrigens, wie viele Kisten waren in dem Versteck vergraben?"

Sie zuckte mit den Schultern, so, als ob sie das nicht sonderlich interessieren würde. „Es waren vier. Zwei davon enthalten aber sehr viel billigen Schmuck und Tinnef, gut, in der dritten sind allerdings auch ein paar recht wertvolle Ringe, Ketten, Uhren, reich verzierte Waffen und teure Navigationsgeräte dabei. In der vierten kleineren befinden sich mehrere große Beutel mit gemünztem Gold und Silber aus den Bordkassen der aufgebrachten Schiffe. Aber im Großen und Ganzen hätte alles zusammen bei einem Verkauf kaum gereicht, um hundertzwanzig gierigen Männern einen ausreichend fetten Anteil auszuzahlen zu können, mit dem sie sich hätten zur Ruhe setzen können, selbst wenn sie vernünftig genug gewesen wären, das in Erwägung zu ziehen. Aber bei den vielen Kisten hatten die Männer immer das Gefühl, dass sie reich wären. Im Übrigen habe ich auf diese Kisten noch nie große Erwartungen gesetzt. Ich habe da von Anfang an meine eigene Linie verfolgt."

„Wie, das verstehe ich nicht, mein Schatz."

„Findest du es nicht etwas geschmacklos, mich als Schatz zu titulieren, da wir gerade von Piratenschätzen sprechen, mein Bullenkälbchen?"

William grunzte verlegen vor sich hin, dabei verzog er säuerlich das Gesicht. Die Bezeichnung Bullenkälbchen fand er äußerst unpassend – und das sollte er auch.

„Mir war diese komplizierte Aufteilerei der Beute in Stücke von Achten* zu lästig. Immer gab es dabei Streit. Daher habe ich mit den Männern ausgemacht, dass ich stets sofort eine gewisse Summe Bargeld der Beute entnehmen und in die Schiffskasse tun würde, damit ich anfallende Kosten immer sofort bezahlen konnte. Das fand nach einer langen, zeitraubenden Diskussion ihre Zustimmung. Da die wenigsten der Schwachköpfe des Lesens kundig waren, musste ich nur dafür sorgen, dass ich immer genügend in ihrer Notwendigkeit nicht anzuzweifelnde Rechnungen zur Hand hatte, die, sagen wir mal so, etwas großzügig nach oben aufgerundet waren, damit ich einerseits die Kassenkontrolleure zufriedenstellen und andererseits mich für meine Anstrengungen ein wenig schadlos halten konnte. Der Schiffsrat fand es auch ganz in Ordnung, dass ich den Verkauf der Ladungen und der gekaperten Schiffe übernahm. Wir haben zu diesem

* Peso zu achten Realen, im 17. Jh. Währung Kastiliens

Zweck vorzugsweise holländische Inseln angelaufen, weil in den Staaten der Ostküste gutes Geld Mangelware war und ist. Die Handelsherren auf den Inseln sind zwar ausgefuchste Kaufleute, besonders die Juden und die sogenannten Portugieser, die nichts anderes als zum Christentum konvertierte Juden sind. Aber wenn man weiß, was man will, kann man mit ihnen gute Geschäfte machen. Ich habe stets einen fairen Preis raushandeln können, davon habe ich mir nur einen gewissen Prozentsatz vertraglich fixieren und in bar auszahlen lassen, den Rest habe ich über die holländischen Banken zum größten Teil sofort nach Amsterdam überwiesen. Über die Restsummen ließ ich mir Kreditbriefe ausstellen, die auf Londoner Banken gezogen sind. Sie lagern in meiner Seekiste. Da ist im Laufe der Jahre ein ganz hübsches Sümmchen zusammengekommen. Manchmal haben die Männer gemurrt, wenn ich mit dem Geld an Bord kam, weil es ihnen zu wenig erschien. Ich wusste sie aber zu überzeugen, dass man mit gestohlenen Schiffen und Konterbande nie den vollen Marktpreis erzielen kann, weil vor dem Weiterverkauf neue gefälschte Ladungs- oder Schiffspapiere beschafft werden müssen, was mit Bestechungsgeldern etc. verbunden ist. Das leuchtete ihnen ein und ein Blick in die notariell beglaubigten Verträge hat sie jedes Mal überzeugt. Du kannst mir glauben", sie kniff ein Auge zusammen, „du darfst ruhig *Schätzchen* zu mir sagen, denn ich bin eine verdammt gute Partie. Als ich jetzt überstürzt von Bord gehen musste, habe ich einfach die Truhe mit der Schiffskasse mitgenommen und Svenson erklärt, dass mit dem Inhalt meine und Horace' Ansprüche an der Beute abgegolten wären." Sie lächelte spitzbübisch. „Darin befindet sich übrigens auch noch genug Kleingeld, um in London meiner hochwohllöblichen Familie nicht auf der Tasche liegen zu müssen, bis ich die Kreditbriefe eingelöst habe. Außerdem habe ich mir natürlich eine Kollektion der wirklich wertvollen Schmuckstücke zusammengestellt und über die Zeit ist auch die recht umfangreich geworden. Diese Einfaltspinsel können einen lupenreinen Diamanten nicht von einem gut geschliffenen Bergkristall unterscheiden. Nur groß muss der Klunker sein!“ Sie lachte leise.

William erinnerte sich an den wertvollen Schmuck, den Jane auf Hernandez' Fest getragen hatte. Elizabeth hatte ihn als zu protzig eingestuft – gewiss war sie ein wenig neidisch gewesen. Er vermutete, dass sie von dem Inhalt der Kiste gewiss einige Jahre in Saus und Braus würde leben können, auch ohne ihr Bankdepot angreifen zu müssen. Wenn etwas ein Beweis für die Zugehörigkeit Janes zur englischen Oberschicht war, dann ihre Vorliebe für ein fast schon pathologisches Understatement. Aber etwas anderes interessierte ihn dann doch noch. Neugierig fragte er nach: „Wie viel Prozent von den Verkäufen hast du deinen Männern ausgezahlt?“

„Etwa fünfundzwanzig bis dreiunddreißig Prozent. Ich fand, dass das durchaus angemessen und ausreichend war.“

Turner stieß einen bewundernden kurzen Pfiff aus. Damit hatte Jane sogar noch seinen 3/8-Anteil am Prisengeld übertroffen. Er schwieg beeindruckt. Dieses zarte Weibchen war nicht nur eine gefährliche Degenkämpferin und ausgezeichnete Nautikerin, sondern auch eine ausgebuffte, schlitzohrige Händlerin! *Chapeau!* Da hatte er sich ja ein ganz besonderes Juwel angelacht – sozusagen. Wenn es ums liebe Geld ging, hatte Jane ohne mit der Wimper zu zucken ihre Männer völlig skrupellos über den Tisch gezogen. Die vier erbeuteten Kisten warteten noch darauf, geöffnet zu werden, damit er den Inhalt katalogisieren konnte. Er vermutete, dass Jane ganz erheblich untertrieben hatte, was den Wert des Inhalts anging. Ein winziger Funke von Misstrauen regte sich in ihm. Konnte er Jane vertrauen und mit ihr zusammen eine grobe Schätzung vornehmen? Er schalt sich einen Narren, selbstverständlich konnte er das, sie war eine reiche Frau! Zur Sicherheit würde er Tom hinzuziehen, der dank seiner umfassenden Erziehung, die er als unehelicher Sohn eines weißen französischen Plantagenbesitzers genossen hatte, über erstaunlich viele Kenntnisse auf den verschiedensten Gebieten verfügte.

*

Mister Ian MacKinnon, der Schiffsarzt, lehnte sich in seinem Sessel zurück. „Es freut mich wirklich außerordentlich, dass ich Ihnen melden kann, dass alle unsere Männer wieder dienstfähig sind, Sir." Er wartete auf ein Lob, und als Turner schwieg, nahm er enttäuscht einen großen Schluck von dem leicht salzigen, zartbitteren Manzanilla aus Sanlúcar de Barrameda. „Ohne die überaus hilfreiche Mithilfe meines sehr geschätzten Kollegen *Docteur* André Grogé wäre die Gesundung wohl nicht so schnell erfolgt. Ich muss leider gestehen, dass mir der Franzose viele neue interessante Gesichtspunkte eröffnet hat und ich viel von ihm gelernt habe. Peinlich, aber wahr, Sir."

„Es ist nie peinlich, wenn man etwas dazulernen kann, Mister MacKinnon. Insbesondere ist es ein Zeichen von Größe, wenn man in der Lage ist, das frank und frei zuzugeben. Noch einen Schluck, Sir?"

„Danke, gerne, Sir. Auch darf ich nicht vergessen, den tapferen und aufopferungsvollen Einsatz von Lady Osborne zu erwähnen. Sie hat sich ganz rührend um die Verwundeten gekümmert. Unsere Männer verehren sie wie einen Engel. Sie hat geduldig mit ihnen gesprochen, ihnen kühlende Umschläge gemacht und sie gelegentlich mit einem Schluck Wein gestärkt. Zusammen mit Jessie, meinem *Loblollyboy*, war sie sich nicht zu schade, auch stinkende Verbände zu wechseln. Bewundernswert, wirklich sehr beachtlich!"

Turner räusperte sich. „Ahem, so, so, schön zu hören, Sir. Und was ist mit den Männern der *Medusa*?"

„Tscha.“ MacKinnon rutschte unbehaglich auf seinem Stuhl hin und her. „Wir stehen da vor einem Rätsel. Einige waren gar nicht so schwer verletzt, aber trotzdem sind leider alle verstorben. Der Kollege André vertritt die Auffassung, dass sie wahrscheinlich alle schon lange eine gefährliche tropische Krankheit in sich getragen haben, die durch die Verwundung und die damit verbundene Schwächung des Organismus ausgebrochen ist. Nun, davon hatte ich im Kolleg in Edinburgh zwar noch nie etwas gehört, aber er konnte mir eine Reihe namhafter Kapazitäten auf dem Kontinent nennen, die so einen Kausalzusammenhang für denkbar und sogar wahrscheinlich halten.“ MacKinnon verschwieg wohlweislich, dass er keine wissenschaftlichen Veröffentlichungen dieser kontinentalen Mediziner gelesen hatte, aber er hatte sich fest vorgenommen, dies nachzuholen, sobald sie wieder in England wären.

„Hmm, Mister MacKinnon, sehr schön. Wir haben dann bei unseren Gegnern siebenundachtzig Tote zu beklagen. Wie viele auf dem Schiff umgekommen sind, wissen wir nicht genau. Nach Aussage dieses Svenson müssten es etwa zwei Dutzend gewesen sein. Und das bei nur vier eigenen Verlusten. Das wird die Admiralität freuen. Bekanntlich zählt für die Herren in London in erster Linie immer die Fleischerrechnung. Je mehr Tote, desto besser macht sich der Bericht im *Chronicle*. In diesem Sinne war unsere Eroberung der *Rouen* eine glatte Nullnummer. Ehe ich es vergesse, wie sieht es mit der Gesundheit der Gefangenen aus? Sind die auch von dieser tropischen Krankheit befallen?“

„Nein, Sir. Aber das kann daran liegen, dass es sich bei den vier Männern um gehobene Dienstränge handelt. Sie wohnten getrennt von den einfachen Mannschaften und haben sich vermutlich auch besser ernährt. Es ist auch nicht auszuschließen, dass nur zwei oder drei der verwundeten Piraten die tödliche Krankheit in sich trugen, aber als sie zusammengedrängt im Lazarett lagen, haben sie die anderen angesteckt. Unsere Männer hatten wir, äh, nun ja, denen hatten wir bessere Plätze in einigem Abstand zugeteilt. Äh, schon um zu verhindern, dass sich die Leichtverwundeten in die Haare kriegen", meinte der Arzt entschuldigend und sah unglücklich drein.

„Geschenkt, Pille. Wenn ich Sie richtig verstanden habe, dann ist Ihr Lazarett wieder geräumt. Lassen Sie es mit Essig auswaschen und ausschwefeln!"

„Aye, aye, Sir. Aber nochmals, Sir, die Gefangenen sind in einem guten körperlichen Zustand, allerdings ist der Aufenthalt im Käfig unten auf dem Orlopdeck nicht gerade gesundheitsfördernd. Es handelt sich um einen Quartermaster, einen Stückmeister, einen Zimmermann und einen Schmied. Alles Männer, die von den Freibeutern wegen ihrer fachlichen Qualitäten gezwungen wurden, auf der *Medusa* zu fahren, so sagt man."

„Danke, Mister MacKinnon, ich freue mich, dass Sie das bereits für mich herausgefunden haben."

Der Arzt schob ihm das leere Glas zu, aber Turner sah ihn nur scharf an und wiederholte: „Danke, Mister MacKinnon." Der Schotte erhob sich schnell, verbeugte sich knapp und verließ eilig den Raum.

William Turner blickte sinnend in die Luft. Er würde die Gefangenen möglichst schnell die Musterrolle unterschreiben lassen. Aber vorher würde er noch Jane befragen, was sie von den Männern hielt. Er wollte gerade an Deck gehen, als der Seesoldat draußen den Kolben auf das Deck rammte und laut schnarrend verkündete: „Die Lady für den Käpt'n!" Frisch wie ein Frühlingsmorgen schwebte sie herein. Wie schaffte sie es nur, nie verschwitzt oder zumindest abgespannt auszusehen? „Schön, dass du kommst, Jane. Ich wollte gerade zu dir an Deck kommen."

„Was gibt es denn, mein Liebster?"

„Was kannst du mir über die vier Gefangenen sagen, die Dechamp abgeliefert hat?"

Sie runzelte die Stirn und krauste ihr Näschen. „Eigentlich sind alle vier gute Männer." Sie stockte.

„Eigentlich?"

„Nun ja, sie waren alle ziemlich lange bei mir an Bord. Man weiß nie, wie sich der schlechte Umgang langfristig auswirkt."

Er grinste jungenhaft. „Der schlechte Umgang mit dir?"

Sie sah sich nach einem Wurfgegenstand um, und als sie nichts Passendes fand, funkelte sie ihn zornig an und drohte ihm mit der Faust. „Wart' es ab, William Turner, das wird dir noch leidtun! Komm du heute Nacht in meine Schlafkabine ... auf dem Teppich vor meiner Koje darfst du schlafen, ha!" Aber sie beruhigte sich schnell wieder. Lächelnd schnurrte sie: „Wie kann man nur so frech sein? Aber selbst das liebe ich an dir." Sie schnappte sich die Sherryflasche und goss sich ein Glas ein. „Der Schmied und der Zimmermann sind erstklassige Handwerker, der Stückmeister ist durchschnittlich, aber verlässlich. Sven Svenson ist ein ausgezeichneter Seemann, er hat auf der *Medusa* als Quartermaster gefahren. Das ist an Bord eines Piratenschiffs die wichtigste Position, weil er der Mannschaftssprecher ist. Sie ist im Grunde wichtiger als die des Kapitäns. Ich konnte mich immer auf ihn verlassen. Er hätte auch als Steuermann fahren können, die Fähigkeiten und das Wissen dazu hat er, aber ich habe ihn stets gebeten, Quartermaster zu bleiben, damit ich über ihn als Mittler das Zwischendeck unter Kontrolle hatte."

„Also kann ich ihn als Steuermannsmaaten anmustern."

„Ohne Bedenken, aber ich möchte dich bitten, dass ich vorher mit ihm unter vier Augen sprechen kann. Ich möchte sicher sein, dass er meine Tarnung nicht auffliegen lässt. Das gilt auch für die drei anderen." Sie sah sehr besorgt aus. „Es ist völlig unnötig, dass deine Männer meine Vergangenheit kennenlernen."

„Ja, das verstehe ich, Liebling. Ich werde ihn holen lassen."

Kurz darauf wurde Svenson in klirrenden Ketten in die Staatskabine geführt. William zog sich dezent zurück. Er hatte keine Bedenken, Jane mit dem großen Schweden allein zu lassen. Falls nötig, würde sie sich zu wehren wissen.

Svenson starrte seine ehemalige *Capitana* böse an, dann spuckte er auf den Boden.

Sie ignorierte es. „Sven, es ist nicht so, wie du denkst. Setz dich erst mal hin." Sie schob ihm ein Glas Wein zu. Die Ketten klirrten, als er es ergriff. „Zuerst zur Klarstellung, mein lieber Sven. Ich konnte nicht wie abgesprochen von Bord gehen. Dieser verrückte Turner hat diesen Transporter geentert und sich von Savannah ferngehalten. Er befürchtete da wohl Ärger mit der Armee."

„Transporter, verdammt, dass ich nicht lache! Das ist ein dreimal verfluchtes Schlachtschiff! Und wie kommt es, dass uns dieser Bluthund ausgerechnet bei Vollmond auf Palm Cay aufgestöbert hat? Das kann doch kein Zufall sein!"

„Ich verstehe deine Wut, Sven! Aber du weißt doch, dieser Turner ist ein ganz ausgekochtes Schlitzohr. *Ich* habe ihm nicht gesteckt, dass ihr auf Palm Cay auf mich wartet." Das stimmt sogar, dachte Jane bei sich, das war Horace. „Ich war selbst sehr erstaunt und habe ihn bei Gelegenheit – natürlich so ganz nebenbei – gefragt, was er auf den Jumentos denn zu finden gedenke. Er hat nur lakonisch geantwortet, die Inseln lägen am Weg, und da wolle er nur mal nachschauen, ob sich dort zufällig etwas herumtreiben würde, das man erbeuten könnte. Er bräuchte noch etwas für sein Logbuch. Auf alle Fälle würde sich ein Erfolg in seinem Bericht gut machen. Ja, so war es, mein alter Freund. Ich konnte es wirklich nicht verhindern." Sie blickte ihn unschuldig an und zuckte bedauernd mit den Schultern. Ihre Stimmung schlug um, scharf fuhr sie ihn an: „Was war eigentlich auf der Insel los? Wie ich hörte, hat es da zwischen euch mordsmäßig gekracht, bevor Turner ankam. Außerdem ist meine liebe *Medusa* in die Luft geflogen."

Svenson blickte sie an wie ein geprügelter Hund. „Ich habe eigentlich nie geglaubt, dass Sie uns ans Messer geliefert haben, aber Sie müssen zugeben, dass diese Chose schon ein vertrackt merkwürdiges Zusammentreffen unglücklicher Umstände war. Das mit der *Medusa* tut mir leid. Nun, es gab Streit zwischen den Jungs, *Capitana* ..." Er zuckte zusammen, als sie ihm mit einer energischen Handbewegung das Wort abschnitt und ihn anfauchte: „Von jetzt ab, Milady oder Lady Jane, Sven Svenson! Vergiss das nie wieder! Die gesamte Besatzung der *Rouen*, mit Ausnahme von Turner, kennt mich nur unter diesem Namen. Muss ich dir das Wort für Wort in deinen schwedischen Holzkopf hinein hämmern? Sie glitt behände an ihm vorbei, nahm eine von Turners Pistolen aus einem Gestell, drehte sie um und schlug ihm mit den Kolben nicht allzu sanft auf den Hinterkopf und buchstabierte. *Milady!* oder *Lady Jane!* Verstanden?" Eifrig bestätigte er das Gehörte. „Hab ich kapiert, Milady." Sie nickte zufrieden und machte eine auffordernde Handbewegung. „Weiter!"

„Also, ein großer Teil der Besatzung wollte sofort wieder auslaufen, sobald wir die Kisten an Bord hatten. Es ist mir zusammen mit Baker, dem neuen Käpt'n, gelungen, sie zu überzeugen, dass wir zumindest an diesem Abend erst mal in Ruhe an Land feiern sollten. Wir hatten vor, in der Morgendämmerung, wenn noch alle ihren Rausch ausschlafen, das Schiff mit ein paar verlässlichen Leuten hinaus auf die Luvseite zu bringen, um dort zwei Tage abzuwarten, ob Sie eine Möglichkeit gefunden hätten, zum Rendezvous zu erscheinen. Aber der Plan muss verraten worden sein, jedenfalls ist irgendwie etwas durchgesickert. Wie dem auch sei, als wir mit dem Hieven des Ankers beginnen wollten, fing das Wutgebrüll am Ufer an. Wir wussten sofort, wenn die uns erwischen, dann baumeln wir, also haben wir die Kiste mit dem gemünzten Gold genommen und sind abgehauen. Vorher haben wir Feuer gelegt. Ließ sich leider nicht vermeiden, wir mussten uns einen ausreichenden Vorsprung verschaffen. Hat nur beinahe geklappt. Dieser pferdegesichtige Leutnant hat uns eingefangen, nachdem seine Scharfschützen vorher

Karol, Marco und Ted während der Verfolgung erschossen haben. Käpt'n Baker allerdings ist gleich nach dem Ablegen von unseren eigenen Leuten getroffen worden und dann verblutet." Er stöhnte auf. „Was wird jetzt aus uns und aus Ihnen? Wird Turner uns gleich aufhängen?"

„Nein, er wird euch anmustern. Du bekommst eine zweite Chance, Sven Svenson! Nutze sie! Das gilt auch für die anderen drei. Mache ihnen sehr eindringlich klar, dass ich jeden, der mich verrät, zur Rechenschaft ziehen werde." Spielerisch hielt sie ihm die Mündung der Pistole an die Stirn, spannte den Hahn und machte eine bedeutungsschwere Pause. Einen Moment lang lastete tiefes Schweigen in dem Raum, dann fuhr sie beinahe heiter fort: „Du weißt genau, was ich damit meine, und du weißt aus Erfahrung auch, dass ich mein Wort zu halten pflege. Andererseits werde ich mich, wenn alles gut geht, in England bei euch erkenntlich zeigen. Großzügig erkenntlich! Wir verstehen uns? Ach, ehe ich es vergesse, mein lieber Sven, du haftest mir mit deinem Kopf für die anderen drei Kerle!" Beinahe zärtlich tippte sie mit dem Lauf an sein Kinn. „Mein braver, guter Freund, ich denke, du hast mich verstanden!"

Der Schwede schluckte heftig. Eilig erhob er sich, nickte und marschierte kettenklirrend zur Tür, wo ihn draußen ein Marineinfanterist erwartete. Sven kannte Jane lange genug, um in der Tat genau zu wissen, dass sie meinte, was sie sagte. In den vergangenen Jahren hatte er häufig miterlebt, wie sich dieses scheinbar so zarte Wesen in eine wilde, männermordende Furie verwandelt hatte. Unter der hübschen Larve verbarg sich das schreckliche Gorgonenhaupt. Ihm lief ein kalter Schauer den Rücken hinunter. Allerdings wusste er auch, dass Jane geleistete Dienste großzügig prämierte. Wahrscheinlich hatte sie auch Commander Turner eine Belohnung in Aussicht gestellt, wenn er sie unerkannt nach England brachte. Also war auch ein Offizier des Königs bestechlich, schlussfolgerte er, dann erstarrte er und stieß wütend die Luft aus. Womit bezahlte sie ihn? Geld? Das war verdammt unwahrscheinlich. Ein Gentleman hatte gegen die Verlockungen des Goldes immun zu sein. Die Alternative, die sich ihm aufdrängte, gefiel ihm kein bisschen, aber ihm war klar, dass Jane für ihn jetzt noch unerreichbarer geworden war. Mit zusammengebissen Zähnen beschloss er, darüber nicht nachzudenken. Aber ein bitterer Nachgeschmack blieb zurück.

Kapitel 16

Auf See, März 1779

Wie würde das Kriegsgerichtsurteil ausfallen? Viel würde davon abhängen, wer jetzt die Leeward-Squadron kommandierte und welche Kapitäne das Gericht bildeten. Turner gab sich keinen Illusionen hin. Zwar hatte Jane energisch versucht, ihm Mut zu machen. „Du hast diesen gefährlichen Verräter Dunbar zur Strecke gebracht! Du hast eine weit überlegene feindliche Fregatte vernichtet! Du hast ein beinahe Schlachtschiff geentert und bringst es im Triumph nach Hause! Du hast einen seit langem gesuchten Freibeuter gestellt, die verbrecherischen Schurken getötet und die Beute sichergestellt! Was also wollen diese Gentlemen von dir?“ Aber William hatte sie nur trübe angeschaut und düster gemurmelt: „Vor Gericht und auf hoher See sind wir allein in Gottes Hand …“ Aber ihr Trost hatte ihm gut getan. Sie hatte ja Recht, er hatte durchaus ein paar beachtliche Aktivposten auf der Habenseite seines Kontos. Seine nicht unerhebliche Mitwirkung bei der Eroberung Savannahs hatte sie noch nicht einmal erwähnt, weil sie davon nichts wusste. Auch von der Eroberung der *Dove* und der Gefangennahme des Hochverräters Lord Crystal Swifthount hatte er nichts erzählt. Aber was nutzte das alles? Wer wusste, was für schmutzige Intrigen im Hintergrund gesponnen wurden, über wie viel politischen Einfluss die Unterstützer von Lord Swifthount verfügten? Selbst Lord Dunbar mochte immer noch geheime Verbindungen nach London gehabt haben. Ach was! Ganz gewiss gab es dort Mitwisser und Helfershelfer. Seine Verwandten und die Mitverschwörer in der Heimat würden auf Rache sinnen, immerhin hatte er den alten Lord und seine zwei Söhne in den Hades geschickt. Was ihn am meisten beunruhigte, war die Tatsache, dass er den neuen Befehlshaber des Antigua-Geschwaders nicht kannte. Der trottelige, versoffene Konteradmiral Sir Samuel Blake war zwar ein ideenloser Pedant gewesen, aber bei ihm hatte man immerhin genau gewusst, woran man war. Unwillig drehte sich Turner um, als er hinter sich ein respektvolles Hüsteln hörte.

„Was gibt es denn, Mister Starke?", erkundigte er sich unwirsch. Er hatte Starke zum diensttuenden Leutnant ernannt und ihm den frischgebackenen Steuermannsmaaten Svenson zur Seite gestellt. Natürlich hätte er weiter selbst die zweite Wache gehen können, aber was war, wenn ihn Lennon mehrfach in der Freiwache an Deck holen lassen musste? Irgendwann würde er wegen Übermüdung im Stehen einschlafen. (Als Gentlemen wollen wir an dieser Stelle nicht von den kräfteraubenden Ansprüchen reden, die Jane in der Koje geltend machte.) Die beiden Männer waren von ihrer Beförderung völlig überrascht gewesen. Es war in der Tat ein sehr unorthodoxes Gespann, das er da zusammengestellt hatte. Aber Turner wäre nicht Turner gewesen, wenn er sich nicht abgesichert hätte. Der alte Weißkopfadler hatte Svenson nach allen Regeln der Kunst auf den Zahn gefühlt. Danach hatte er zufrieden gelächelt und William gemeldet: „Sir, das ist ein erstklassiger Seemann. Er ist in der Navigation sattelfest, und was die Seemannschaft angeht, ist er topfit! Er ist als Erster Maat auf Vollschiffen bis in den Fernen Osten gesegelt, daher bereitet ihm auch das Rigg dieses Schiffchens keine Kopfschmerzen. Wie Sie sicher mitbekommen haben, habe ich ihn ein paar Manöver kommandieren lassen, und ich muss sagen, ich hätte es kaum besser machen können, und auch das nur, weil ich unsere Männer seit langem kenne. Kurz gesagt, Sir, ich bin der Meinung, dass Sie mit ihm einen Glücksgriff gemacht haben. Mister Starke wird eine Menge lernen können!" Eigentlich hatte er noch hinzufügen wollen: ‚Und Sie können ruhig schlafen, oder so.‘ Aber das hatte er sich verkniffen. Auch Starke hatte eine Prüfung über sich ergehen lassen müssen. Eine Kommission, die aus Lennon als Vorsitzendem, dem Bootsmann, dem Zimmermann und dem Stückmeister bestand, hatte ihn durch die Mangel gedreht. Jeder der Deckoffiziere hatte den schwitzenden Starke in seinem Fachgebiet auf Herz und Nieren geprüft. Diese Befragung wurde protokolliert und jeder der Prüfer gab abschließend eine schriftliche Beurteilung ab. Alle waren sich – wenn auch teilweise mit Einschränkungen – darin einig, dass der Proband das Examen bestanden hatte. Selbstverständlich war sich Turner bewusst, dass dieser interne Check kein Ersatz für die offizielle Leutnantsprüfung sein konnte, obwohl sie ganz gewiss schwieriger und anspruchsvoller gewesen war als die meisten Befragungen durch fünf gelangweilte oder missgünstige Kommandanten im Rang von Postcaptains auf irgendeinem Flaggschiff. Aber unter dem Strich würde dieser Einsatz als WO Starke wichtige Erfahrungen und ein gesundes Selbstbewusstsein bescheren.

Jetzt sah ihn George Starke ernst, ja fast ein wenig traurig an. Er räusperte sich umständlich. „Ahem, Sir, ein paar von unseren Yankeematrosen, Sie wissen schon, die Männer, die wir nach der Eroberung der *Trinity* in die Besatzung eingereiht haben, würden gerne mit Ihnen reden.“

„Worum geht es, Mister Starke?“

Starke wand sich wie ein Aal. „Ich glaube, Sir, das sollten Ihnen die Jungs besser selbst verklickern.“

„Was ist denn mit Ihnen los, Sir? Sie sind doch sonst nicht auf den Mund gefallen.“

„Also, ich schicke Ihnen den Sprecher der Yankees … und, äh, auch Thunderingwater zu Ihnen. Der Indianer wollte für sich selbst sprechen, Sir. Selbstverständlich nur, wenn es Ihnen recht ist, Herr Kapitän.“

Turner machte eine ungeduldige Handbewegung, worauf sich Starke schnell umdrehte und zu der geschwungenen

Treppe eilte, die in die Kuhl hinunterführte. Kurz darauf kam ein bärtiger, breitschultriger Vollmatrose namens Andrew Bowie auf ihn zu, gefolgt von dem Indianer. Bowie riss sich die Mütze vom Kopf, legte grüßend den gekrümmten Zeigefinger an die Stirn und holte dann tief Luft. „Sir, ich bitte um Verzeihung, Sir, aber ich und ein halbes Dutzend Ostküstenmänner haben eine Bitte." Er stockte und fuhr mit seinem großen, hornigen Zeigefinger zwischen dem massigen Hals und dem roten Halstuch entlang.

„Nun mach es nicht so spannend, Bowie. Raus mit der Sprache!"

„Wie Sie wissen, haben wir getreulich unsere Pflicht auf der *Shark* getan und sogar gegen unsere, äh, Landsleute gekämpft." Er hielt erschrocken inne, als er Turners warnendes Knurren hörte, für den die Amerikaner nach wie vor britische Untertanen und damit immer noch auch seine Landsleute waren. Er fuhr dann aber mutig fort: „Nun ja, es waren ja meist nur verdammte Erdhörnchenfresser aus dem Süden. Also, Sir, es ist so, jetzt, da Sie mit diesem Schiff wahrscheinlich nach England zurückgeschickt werden, möchten wir Sie bitten, uns auszuzahlen und eine Heimkehr nach Hause zu ermöglichen." Er stieß den Atem aus, erleichtert darüber, dass er die lange Rede ohne Stottern zu Ende gebracht hatte. Ehe Turner etwas erwidern konnte, trat Thunderingwater vor, legte die rechte Hand auf sein Herz und begann feierlich: „Auch für mich wird es Zeit, wieder zu den Wigwams der Shawnees in den Bergen zurückzukehren. Meine Squaw hat mir eine Nachricht geschickt, dass sie mich erwartet. Ich werde ihrem Ruf folgen, Häuptling des großen Kanus mit den vielen weißen Wolken. Hugh, ich habe gesprochen!"

Einen Augenblick lang war William Turner sprachlos, dann wollte er wütend losbrüllen, aber im letzten Augenblick zügelte er sich, klappte den schon aufgerissenen Mund mit einem lauten Geräusch zu. Er blickte Thunderingwater scharf an. „Wie hat dir denn die Squaw eine Nachricht geschickt, kannst du mir das vielleicht verraten?"

„Das kann ich nicht nur vielleicht." An Thunderingwater war jede Ironie verschwendet. „Sie war bei mir, Sör." Als er Turners ungläubiges Gesicht sah, ergänzte er: „Ich habe gestern und heute Nacht im Traum mit ihr gesprochen. Sie hat mich sehr bedrängt, Sör!" Er sagte das, als ob solche medialen Grenzerfahrungen etwas ganz Selbstverständliches und völlig Normales wären. Obwohl alles in Turner danach rief, das als finsteren Aberglauben und Spökenkiekerei abzutun, nickte er ernsthaft, denn etwas in ihm hielt ihn davon zurück, diesen Mann auszulachen. Die Indianer hatten ihn mit ihren außergewöhnlichen Fähigkeiten zu oft nachhaltig beeindruckt.

„Bowie und Thunderingwater, ich werde über euren Wunsch nachdenken. Wir ihr wisst, sind wir unterbesetzt, das macht mir eine Entscheidung nicht leichter. Ich werde euch meinen Beschluss wissen lassen. Wegtreten!"

*

Die große holländische Bark drehte endlich bei. Sie war von den beiden Kriegsschiffen in die Zange genommen worden, und als die *Ville de Rouen* ihr einen Warnschuss vor den Bug gesetzt hatte, war der Skipper zu der Überzeugung gekommen, dass es besser war, sich nicht mit diesem übermächtigen Gegner anzulegen. Wie es aussah, würde er auch nichts zu befürchten haben, denn auf dem Schlachtschiff wehte die französische Flagge an der Gaffel, und auf der Galiot war die französische über der englischen Flagge gesetzt. Ein Boot näherte sich der *Eendracht*. Im Heck saß ein Offizier. Als der Mann in der französischen Offiziersuniform an Deck kletterte, stellte Mijnherr van Hoorn fest, dass die Physiognomie des Mannes eine vertrackte Ähnlichkeit mit einem Ross hatte. Das Pferdegesicht bleckte zur Begrüßung freundlich seine großen, gelben Zähne, wischte sich einen großen Tropfen von der Spitze seiner Nüster ab und überschüttete ihn mit einem Schwall französischer Höflichkeitsfloskeln, die van Hoorn nur teilweise verstand. Er räusperte sich, musterte den erstaunlich schlecht geschnittenen Uniformrock und sagte dann in gebrochenem Französisch mit dickem holländischem Akzent: „*Pardonnez-moi*, Lieutenant, ick nix *comprendre.*" Er zuckte bedauernd mit den Schultern. Der Leutnant fixierte ihn scharf, fuhr dann aber auf Englisch fort, das er fließend zu beherrschen schien: „Herr Kapitän, wir bedauern sehr, dass wir Sie ein wenig erschreckt haben, aber wir haben eine große Bitte." Der Holländer fuhr erschrocken zusammen. Wenn ein Offizier unter den Kanonen eines weit überlegenen Kriegsschiffs eine Bitte äußerte, dann war das nichts anderes als ein in Samthandschuhen verpackter Befehl, gegen den es keine Möglichkeit des Widerspruchs gab. Er stieß pfeifend den Atem aus. Ehe er etwas entgegnen konnte, fuhr der Leutnant beschwingt fort: „Mein Kapitän bittet Sie, ein paar befreite amerikanische Kriegsgefangene mit in die *Etats-Unis d'Amérique* zu nehmen. Ihrem gesteuerten Kurs nach, können Sie kein anderes Ziel haben, *n'est-ce pas*? Wir haben die Männer auf dem britischen Schiff gefunden. *Les garçons ont eu de chance.** Was ist Ihr Bestimmungshafen, Monsieur? Philadelphia?"

Der Skipper zögerte; sein Gehirn arbeitete auf Hochtouren. War das eine Falle? Wollte der Mann herausfinden, ob er Konterbande in die Staaten schmuggelte? Aber das verstand sich eigentlich von selbst, wenn man beladen auf dem Weg zur Bahama-Straße unterwegs war. Es hatte keinen Zweck, das zu leugnen. Er gab sich einen Ruck. „*Vóór!* Wilmington. Es wird mir ein Vergnügen sein, Mussir, diesen Gentlemen eine Beförderung anzubieten." Sein holländisches Krämer-

* Die Kerle haben Glück gehabt!

herz meldete sich, und so fügte er schnell hinzu: „Aber ich werde Kosten haben …“

Dechamp lächelte spöttisch und warf den Kopf in den Nacken. Gespannt wartete von Hoorn ab, ob er in lautes Wiehern ausbrechen würde. Aber nein, der Offizier nickte nur, dann meinte er gelassen: *„Die Jungs sont pauvre, naturellement*, aber *le Roi de France* erlaubt sich, die Kosten für die Passage zu übernehmen. Mein Kommandant meint, dass ein Louis d'or pro Mann für die kurze Passage ausreichend wäre, um alle Kosten abzudecken. Stimmen Sie darin mit ihm überein, *mon Capitaine*?“

Van Hoorn nickte rasch. Später ärgerte er sich, dass er nicht versucht hatte, noch mehr herauszuholen. Gierig blickte er auf den kleinen Lederbeutel, den der Offizier ihm in die Hand drückte. „Dann sind wir uns einig, Monsieur.“ Er wandte sich zum Gehen. Bevor er ins Boot stieg, drehte er sich um und sah den Skipper ernst an. „Was ich vielleicht noch erwähnen sollte, Monsieur. Die Kerle sind *très dangereux*! Ich an Ihrer Stelle würde nicht versuchen, sie zu Arbeiten zu zwingen oder sie mit Hungerrationen abzuspeisen, *compris*? Nun, Sie werden schon sehen!“ Mit einem unterdrückten Prusten stieg er ins Boot hinunter und ließ sich zurück pullen.

Turner verabschiedete sich einzeln von den Männern. Er hatte dafür gesorgt, dass jeder seinen noch ausstehenden Anteil an den Prisen und die verdiente Heuer bis zum Kampf auf Palm Cay ausbezahlt bekommen hatte. In den Büchern führte er sie ab diesem Datum als „dd“ (discharged dead, gefallen). Damit erhöhte sich der Blutzoll seines kleinen Geschwaders ein wenig. Der Admiralität würde das gefallen. Viel Blut – viel Ehr! Er würde diese Logik nie verstehen. Andererseits waren diese guten Männer für ihn in der Tat so gut wie tot. Man würde sich nie wiedersehen. Sie würden ihm fehlen, die kernigen Seeleute und harten Kämpfer aus New Hampshire und Massachusetts, der ernsthafte Krieger Thunderingwater und, das tat ihm besonders weh, die beiden fast unersetzlichen Waldläufer Nathaniel Moose und Fred Blackwood. Er seufzte. Seine leichte Kavallerie war stark geschrumpft. Aber er konnte die Männer verstehen. Ein kleines Lächeln huschte über sein Gesicht, als er sich an die Worte von Thunderingwater erinnerte, mit denen er sich verabschiedet hatte: „Der große weiße Häuptling wird an den Wigwams der Shawnees immer ein willkommener Gast sein. Für ihn wird stets ein schönes Stück Wildbret bereit liegen, das gilt auch für eine junge Squaw." Turner wusste nicht genau, wie er den Satz interpretieren sollte. Hatte Thunderingwater Schwierigkeiten mit der präzisen Formulierung gehabt oder hatte er es so gemeint, wie er es ausgedrückt hatte. Jedenfalls hätte William wetten können, dass bei dieser Bemerkung die Andeutung eines verschmitzten Lächelns über das lederne Gesicht des Indianers huschte. „Wenn der große weiße Häuptling lange genug seinen Anker bei uns wirft, dann kann er möglicherweise auch lernen, wie man sich unsichtbar und unhörbar durch einen Wald bewegt, hugh!" Das war schon fast eine Subordination gewesen, aber bei diesen Worten hatte Thunderingwater ganz deutlich gegrinst. Turner war völlig baff gewesen, der Kerl hatte doch tatsächlich Humor.

Er hatte Starke befragt, warum Brokenwing nicht auch zurück zu seinem Stamm wollte. Grinsend hatte der junge Mann geantwortet: „Er ist verdammt neugierig, Sir. Er ist gespannt auf die grandiosen Wigwams der weißen Männer auf der anderen Seite des großen Wassers, von denen ihm unsere Männer vorgeschwärmt haben. Verständlich, nicht wahr, Sir?"

„Ahem, ja, das kann man verstehen. Ich fürchte nur, dass es ein verdammter Schock für unseren roten Bruder werden wird."

Er blickte dem Holländer noch so lange nach, bis dessen Mastspitzen unter der Kimm verschwunden waren. Jane war neben ihn getreten und hatte ihre kleine Hand auf seine gelegt, die sich fest um das Teakschandeck verkrampft hatte.

‚Ich werde diese Männer nie verstehen!', dachte sie. ‚Jetzt steht dieser starke Mann da und sieht verschreckt aus, wie ein Ochs, der es donnern gehört hat. Man könnte meinen, dass er gleich losheulen wird. Dabei waren diese Kerle doch nur ganz unbedeutende Lichter.' Doch dann erinnerte sie sich an Williams Worte, als er ihr von dem Massaker auf Palm Cay berichtet und sie getröstet hatte. ‚Es stimmt wohl: Die Gefahren der See hat diese Männer über die Barrieren der Klassenunterschiede hinweg zusammengeschweißt. Mein kleiner Liebling gehört von der Geburt her eigentlich zu ihnen. Der Sohn eines stinkenden Fischers! Wenn meine liebe Frau Mama das hört, wird sie sicher sofort die Fenster aufreißen und das Zimmer durchlüften lassen! Ich kann es gar nicht erwarten, ihr schockiertes Gesicht zu sehen! Aber das muss noch warten. Diese einfachen Männer haben zusammen mit William gefährliche Situationen in Stürmen gemeistert, haben zusammen auf Leben und Tod gekämpft, aber das rechtfertigt doch noch lange keine Sentimentalitäten. Oder vielleicht doch?', sinnierte sie. ‚Ich werde bei Gelegenheit darüber nachdenken!', nahm sie sich vor. Energisch klopfte sie auf Williams Hand. „Wach auf, mein Geliebter, wir müssen etwas besprechen! Wie wollen wir in Antigua vorgehen? Du weißt, dass mich dort ein paar Leute kennen."

*

„Ich habe es dir doch prophezeit, mein Liebling, wenn man gut vorbereitet ist, dann kann man alle Klippen sicher umschiffen", stellte Jane triumphierend fest. Antigua lag achteraus. Sie saßen auf der Heckbank der Staatskabine und blickten erleichtert auf die grüne Insel, die in den Regenschauern des Passats zurückblieb. William nickte langsam. Er stieß mit ihr auf den glücklichen Verlauf ihres Aufenthalts an, denn sie hatten tatsächlich diese Hürde ohne Probleme genommen. Der kommandierende Admiral der Leeward Islands war jetzt Samuel Barrington, der in der Abwesenheit von Turner alle Hände voll zu tun gehabt hatte. Die Franzosen hatten überraschend Dominica besetzt. Als Antwort hatte Barrington St. Lucia in Besitz genommen und zusammen mit dem inzwischen eingetroffenen Commodore William Hotham zwei halbherzige Gegenangriffe von dem aus Nordamerika herbeigeeilten Admiral d'Estaing abgewehrt, die dieser auf die im Cul-de-Sac von Santa Lucia liegenden Schiffe der Briten gefahren hatte. Am 7. Januar war dann auch noch Admiral Byron vor St. Lucia erschienen und hatte das Kommando von Admiral Barrington übernommen. Admiral Byron, dessen Spitzname aus leicht nachvollziehbaren Gründen *Foul-weather-Jack* lautete, war zur Zeit auf See und voll und ganz damit beschäftigt, d'Estaing in Schach zu halten, um zu vermeiden, dass die Franzosen weitere britische Besitzungen eroberten. Für solch zweitrangige Dinge wie ein Kriegsgerichtsverfahren gegen einen kleinen, unbedeutenden Commander war ihm seine Zeit zu schade, zudem Turner nicht unter seiner Flagge diente. Sollten sich doch die hohen Herren in London die Köpfe zerbrechen, wie sie mit diesem seltsamen Heiligen umgehen wollten.

So kam es, dass Smith in Antigua alles so arrangieren konnte, wie es sich Turner und nicht zuletzt auch Lady Jane Osborne wünschten. Zwar war Smith hier draußen ein kleiner König, aber auch er wusste genau, dass es höchst gefährlich war, sich mit den einflussreichen Familien des Hochadels anzulegen. Wenn die Dechamps und Osbornes gemeinsam beschlossen, ihm Schwierigkeiten zu bereiten, dann war er erledigt. So, oder doch so ähnlich hatten es ihn auch der Gouverneur und der Kronanwalt in einem vertraulichen Gespräch wissen lassen.

Auf sein Drängen hin wurden die *Rouen* und die *Dove* mitsamt ihrer Ladung kurzfristig vom Prisengericht aufgekauft und das Prisengeld ausgezahlt. Soweit erforderlich, wurden die Schäden am Rumpf von den Schiffbauern und Zimmerleuten der Werft besichtigt und auf Reede ausgebessert. Die Prisenbesatzung der *Dove* und die Männer von der *Platvis* kehrten zum größten Teil auf die *Rouen* zurück, die dadurch jetzt fast über die komplette Besatzung eines Transporters verfügte. Dazu kamen Invaliden und schwer von tropischen Krankheiten gezeichnete Männer aus der Garnison und Schwerverwundete von den Schiffen, die vor St. Lucia gekämpft hatten. Ein Teil von ihnen konnte sofort zu leichten Arbeiten an Deck herangezogen werden, bei den anderen würde man sehen …

Auf Turners Plantagen führte Michelle ein strenges Regiment, wie Abi Goldman mit einem bewundernden Lächeln angemerkt hatte. Von zwei Verwaltern hatte man sich trennen müssen, da sie mit den von William angeordneten und von Michelle streng überwachten Veränderungen im Betrieb der Plantagen nicht einverstanden gewesen waren und diese zu hintertreiben versucht hatten. Aber die neuen Männer hatten die Vorteile der großzügigen Regelungen erkannt und vermeldeten, dass die Arbeitsmoral und die Disziplin der Sklaven sich deutlich verbessert hätten, was die Rentabilität erhöhte. Auch der Umsatz der Rumfabrik ließ nichts zu wünschen übrig, und der Verkauf von Melasse und Zucker an die Flotte warf reiche Gewinne ab. Das galt ebenfalls für den Handel mit dem Mutterland. Turner hätte also eigentlich hoch zufrieden sein können, wenn da nicht stets der nagende Gedanke an das unangenehme Kriegsgericht in seinem Hinterkopf gewesen wäre.

Jane hatte sich, eine Unpässlichkeit vorschützend, nur selten an Land fahren lassen, aber wenn sie sich tatsächlich einmal in der Öffentlichkeit zeigen musste, so beispielsweise zu einem Höflichkeitsbesuch beim Gouverneur, trat sie verschleiert und äußerst zurückhaltend auf. So galt sie bald als unausstehliche Langweilerin und wurde von der „besseren

Gesellschaft" der Insel nicht mehr eingeladen. Was ihr sehr recht war. Sie war übrigens sehr überrascht gewesen, als sie erkannte, wie wohlhabend William Turner war. Drei Plantagen, eine Rumfabrik und, wie sie dem Inselklatsch entnommen hatte, Eigentümer eines beachtlichen Vermögens, das er mit den Prisengeldern gemacht hatte. Sie hatte Horace und Sven in unterschiedlichen Kreisen Erkundigungen einziehen lassen, wie viele Schiffe Turner als Beute nach Antigua eingebracht hatte und wie hoch die Summen gewesen waren, die das Prisengericht dafür bezahlt hatte. Die Ergebnisse der beiden hatten dicht beieinander gelegen und ihr Bewunderung abgenötigt. In der Stimme von Horace hatte echte Hochachtung mitgeschwungen, und selbst Sven war gegen seinen Willen tief beeindruckt gewesen. Es ist unbewiesen, dass Turners Reichtum der Grund war, dass Jane sich plötzlich außerordentlich stark für das Wohlergehen des kleinen Richard James Augustus Turner-Parker interessierte. Ihre leibliche Mutter hätte sich nicht rührender um den Kleinen kümmern können. Sie wetteiferte darin mit Constance, der frisch verheirateten Mrs. Taylor. Obwohl die schwarze Amme zuerst etwas misstrauisch und auch ein wenig eifersüchtig gewesen war, hatte sie schließlich Jane akzeptiert und war über ihre Bemühungen voll des Lobes. Aber Lady Jane dauerhaft als treusorgendes Hausmütterchen – wer hätte sich das ernsthaft vorstellen können? Wer allerdings den durchaus berechnenden Charakter unserer lieben Jane kannte, wird wohl den Verdacht nicht als völlig unbegründet verwerfen, dass sie beabsichtigte, den Vater durch den Sohn noch stärker an sich binden.

Aber Turners Gedanken waren mit vielen anderen offenen Fragen beschäftigt: ‚Wie werde ich mich im Dschungel der Intrigen der Hauptstadt zurechtfinden? Wie wird das Kriegsgericht ausgehen? Wird meine Beförderung von der Admiralität bestätigt werden? Wie wird die Familie des gefallenen Leutnant Edward Augustus Rullingston es aufnehmen, dass ich den charmanten, aber recht unerfahrenen Jungen auf ein Himmelfahrtskommando geschickt habe? Was ist mit den Swifthounts?' Der Lord war in seinem feudalen Stubenarrest an der kurzen, aber sehr heftigen Attacke einer tropischen Krankheit verstorben, jedenfalls hatte das so im Attest des Leichenbeschauers gestanden. Als Turner bei Smith vorsichtig auf den Busch geklopft hatte, ob der vielleicht seine Finger beim Ableben des Verräters im Spiel gehabt hatte, hatte Smith das entrüstet mit erhobener Schwurhand abgestritten. Nun war ein Eid von Smith so viel wert wie eine Schneeflocke auf einer glühenden Herdplatte, aber da blieb immer noch die schöne Michelle mit ihren magischen Kräften. Sie befragte William lieber nicht. Auch an seinem Tod – gleichgültig, wodurch oder durch wen er letztendlich herbeigeführt worden war – konnte man Turner eine Mitschuld geben, wenn er nicht die *Dove* aufgebracht hätte, dann …

Dann war da noch sein Verhältnis zu Jane. Wie würde Ihre Familie auf die Rückkehr der verlorenen Tochter reagieren, wenn sie plötzlich und unerwartet mit einem Fischersohn aus Sussex im Schlepptau vor der Tür steht? Würde ihn die Familie akzeptieren? Ihn, einen ungebildeten Parvenü, einen neureichen *Upstart*! An dieser Einschätzung würde sich auch nichts ändern, wenn er sich einen Titel kaufte und vielleicht irgendwann Admiral würde.

Dann waren da noch Sorgen, die er sich wegen der bevorstehenden Reise über den stürmischen Nordatlantik machte. Wie würde die Überfahrt der *Rouen* und des kleinen Konvois aus zwölf Handelsschiffen, zu denen auch die *Dove* gehörte, verlaufen? Turner wusste, dass es bei der Annäherung an den Englischen Kanal schwer werden würde, Angriffe von französischen Kaperern abzuwehren. Disziplin beim Halten von Positionen gehörte nicht zu den Tugenden der Skipper auf den Kauffahrteischiffen.

Nun, die *Rouen* lief in den nächsten Regenschauer, und es blieben so viele Fragen offen, wie Regentropfen auf das Deck prasselten: Kann Jane tolerieren, dass es an Bord Männer gibt, die ihr in England gefährlich werden können? Werden die ehemaligen Besatzungsmitglieder der *Medusa* gesund und lebend England erreichen?

Nur eins scheint sicher zu sein: Der Lebensweg von William Turner sieht ganz gewiss nicht vor, dass er schon in diesen jungen Jahren sein Leben als langweiliger, saturierter Landjunker fristen wird …

Übersichtskarte Bahamas zu „Weiße Böen“

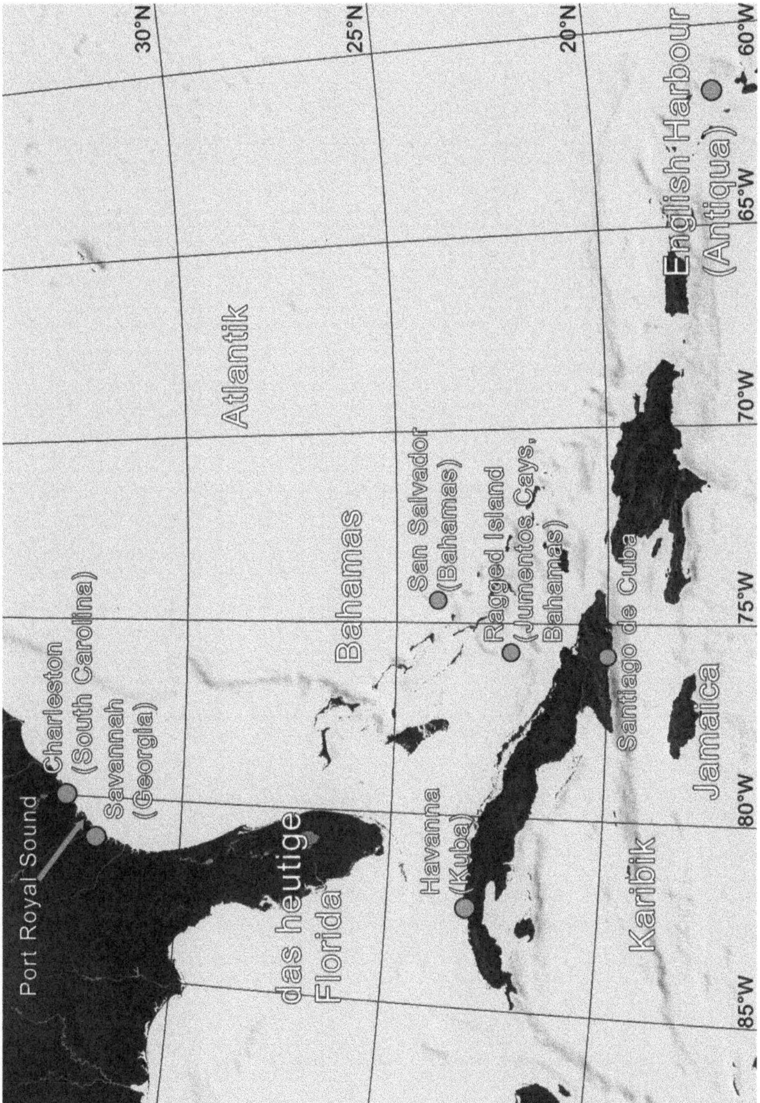

Paul Quincy

Entermesser blank

„Wild Bull“ Turner und die Capitana

Band 2 der Reihe „William Turner“

Um dem Verfolgungsdruck der Royal Navy zu entgehen, besetzten Piraten eine kleine Hafenstadt an der Nordküste des spanischen Südamerikas. William Turner wird gefangengenommen, aber die Capitana eines Piratenschiffes ermöglicht sein Entkommen. Er verfolgt den Hauptschuldigen quer durch die Karibik, holt dessen Schiff in einer Sturmnacht aus einem Hafen Kubas und entert ihn draußen auf See.